HEDWIG
COURTHS-MAHLER

Das Erbe der Rodenberg

HEDWIG COURTHS MAHLER

Das Erbe der Rodenberg

WELTBILD VERLAG

Das für den Einband verwendete Foto stammt aus dem Filmhistorischen Bildarchiv Peter W. Engelmeier und zeigt eine Szene aus dem Film „Viel Lärm um Nichts“.

Genehmigte Lizenzausgabe für
Weltbild Verlag GmbH, Augsburg 1998

Einbandgestaltung: Peter Engel, München
Gesamtherstellung: Presse-Druck Augsburg
Printed in Germany
ISBN 3-89350-939-9

I

Der Sturm heulte und rüttelte an den Türen und Fenstern der Villa Rodenberg, als müsse er sich Einlaß erzwingen. Feste, harte Hagelkörner schlugen wie Geschosse von Maschinengewehren gegen die Fenster und prallten auf die äußeren, mit Zinkblechen beschlagenen Fensterbretter nieder. Die Dunkelheit war bei diesem Unwetter früher als sonst hereingebrochen. Eva Maria Dornau, die Enkelin des Hüttenbesitzers Georg Rodenberg, zog fröstelnd das schwarze Seidentuch um ihre schlanke Gestalt und sah immer wieder besorgt nach dem Bett hinüber, in dem der kranke Großvater, der Vater ihrer verstorbenen Mutter, lag. Zuweilen, wenn der Sturm ein wenig nachließ, hörte sie die tiefen Atemzüge des Kranken. Sein scharfes, edles Profil hob sich von den tiefroten, an der Wand hinter dem Bett angebrachten Vorhängen ab, als sei es aus Marmor gemeißelt. Noch sehr dichtes, graues Haar umgab das bleiche Gesicht und lag wirr auf dem weißen Kopfkissen.

Vor Eva Maria lag ein Buch auf dem Tisch; sie versuchte immer wieder zu lesen, aber die Angst und Unruhe in ihr ließen sie oft aufschrecken. Zwar war der Zustand des geliebten Großvaters etwas besser geworden, und er schlief nun schon seit Stunden tief und ruhig, aber sie sorgte sich auch noch um ihren um zwei Jahre jüngeren Bruder, der gleich ihr seit dem Tode ihrer Eltern im Hause des Großvaters lebte und den sie in diesem Unwetter unterwegs wußte.

Der Großvater war der einzige Mensch, der für sie und ihren Bruder Liebe und Zärtlichkeit empfand. Heimlich mochte wohl auch Tante Melanie, die jüngere Schwester ihrer Mutter, ein wenig Zuneigung für die beiden verwaisten Kinder fühlen, aber sie durfte das nicht ihren Gatten, Arthur Mertens, merken lassen, der die beiden Geschwister haßte, weil sein Neffe als Sohn der ältesten Tochter des jetzigen Besitzers eines Tages Herr der Hüttenwerke sein würde. Arthur Mertens' Kinder hatten erst an zweiter Stelle Erbaussichten. Eva Maria und ihr Bruder wußten um die Gefühle ihres Onkels für sie, wenngleich dieser seinen

Haß unter der Maske scheinheiliger Freundlichkeit und salbungsvoller Biederkeit zu verbergen wußte. Er tat das so geschickt, daß selbst der Großvater keine Ahnung davon hatte und glaubte, Arthur Mertens sei der beste und uneigennützigste Freund seiner verwaisten Enkelkinder.

Eva Maria und ihr Bruder Hans wußten das, wie gesagt, besser, aber sie wollten dem Großvater nicht das Herz damit beschweren, und so behielten sie es für sich. Nur untereinander sprachen sie sich zuweilen darüber aus.

Immer wieder blickte Eva Maria zu dem Großvater hinüber. Sie war von Herzen froh, daß der Arzt ihr gesagt hatte, die Krise sei vorüber, und der Kranke werde nun der Genesung entgegengehen. Sie wagte noch gar nicht daran zu glauben, war doch der Großvater sehr krank gewesen, so krank, daß man um sein Leben zittern mußte. Fast ganz allein hatte Eva Maria ihn gepflegt, nur zuweilen war Tante Melanie aus ihrem Haus – sie wohnte mit ihrer Familie in einer von der des Vaters nicht allzu weit entfernten Villa – herübergekommen, um die Nichte stundenweise abzulösen. So schwer die Pflege für Eva Maria auch gewesen sein mochte, war sie doch froh, etwas tun zu können, um dem Großvater ihre Dankbarkeit zu beweisen. Denn er ersetzte ihr und dem Bruder seit dem bei einem Eisenbahnunglück erfolgten gemeinsamen Tode ihrer Eltern Vater und Mutter zugleich, während sie wiederum für ihren jüngeren Bruder wie eine Mutter sorgte.

Das Toben des seit Stunden wütenden Unwetters verursachte Eva Maria zumal darum so große Angst, weil ihr junger Bruder Hans in das Gebirge hinaufgestiegen war, um nach den Holzarbeitern zu schauen, die dort oben Bäume fällten. Überall sollte er nach dem Rechten sehen, denn er war nun schon seit Jahresfrist in dem Betriebe angestellt, um sich für seine künftige Stellung und Tätigkeit vorzubereiten. Da mußte er alle Zweige des umfangreichen Werkes gründlich kennenlernen. So wollte es der Großvater. Hans war schon seit dem Morgen von Hause fort, und es war möglich, daß er oben in den Holzfällerhütten vor dem Unwetter Unterschlupf gesucht hatte. Ebenso möglich konnte es aber auch sein, daß er sich bei Ausbrechen des Wetters schon auf dem Rückweg befunden hatte, und dann war sein Weg lebensgefährlich.

Im Hause war es totenstill. Die Dienerschaft saß im Souterrain in dem großen Domestikenzimmer, und wenn auch ein leichter Druck auf die elektrische Klingel genügte, um sofort jemand von den Angestellten herbeizurufen, so kam Eva Maria sich doch sehr einsam und verlassen vor. Sie mußte sich zusammennehmen, um ihre Ruhe wenigstens äußerlich zu bewahren.

Plötzlich schrak sie empor. Sie hatte eine Tür schlagen hören; der Sturm hatte sie wohl einem in das Haus Tretenden aus der Hand gerissen. Besorgt sah das junge Mädchen nach dem Großvater hinüber. Gottlob, er schlief ruhig weiter. Atemlos lauschte sie hinaus und hörte bald darauf einen behutsamen, aber etwas schwankenden Schritt die Treppe heraufkommen. Sie atmete, wie von schwerer Last befreit, auf. Das war der Schritt ihres Bruders, sie kannte ihn genau, nur etwas müde und unsicher erschien er ihr gegen sonst. Das war aber kein Wunder; wenn Hans den Rückweg in diesem Unwetter zurückgelegt hatte, dann war er gewiß müde und abgehetzt.

Leise erhob sie sich, ging, jedes Geräusch vermeidend, zur Tür und öffnete sie behutsam. Sie huschte hinaus auf den breiten Korridor. Da sah sie den Bruder die Treppe heraufkommen, er trug einen vollständig durchnäßten Wettermantel, der jetzt offen über seinen breiten Schultern hing. Sein blonder Schopf war sturmverweht, aber obwohl er keuchte, lachte er die Schwester beruhigend an.

»Oh, Hans, gottlob, daß du wieder zu Hause bist. So warst du also doch in dem Sturm, Regen und Hagel unterwegs?« sagte Eva Maria, erlöst aufatmend.

Hans Dornau strich mit der Hand die nassen, zerwühlten Haare aus der Stirn.

»Heia, Eva Maria! Der Sturm hat mich gründlich gebeutelt und mir mehr als einen Baumstamm in den Weg geworfen. Auf die Nase bin ich auch mehrere Male gefallen, denn ich machte Riesensprünge, um heimzukommen. Deine Angst konnte ich mir ja vorstellen, aber – es war wundervoll!«

Und er reckte seine schlanke, kraftvolle Gestalt. Er erschien älter als er war, aber seine blauen Augen lachten jungenhaft unbekümmert.

»Du warst also doch schon auf dem Rückweg, als das Wetter losbrach, Hans?«

Er nickte.
»Ich war noch nicht weit von den Holzfällerhütten entfernt, als es losbrach, aber umkehren wollte ich nicht, du weißt, das liebe ich nicht. Und ich dachte auch nicht, daß es so schlimm käme, sonst würde ich doch wohl lieber die Nacht oben in der Hütte geblieben sein. Die Holzfäller warnten mich freilich, aber ich lachte sie aus. Nun habe ich es aber geschafft – und schön war es doch, so mitten durch den Sturm siegreich dahinzuschreiten.«
Sie strich ihm liebevoll über das nasse Haar.
»Tollkopf, du lieber!«
»Gelt, hast dich um mich gesorgt, Eva Maria?«
»Das kannst du dir denken, Hans. Gottlob, daß dir nichts Schlimmes geschehen ist.«
»Nur die Mütze ist davongeflogen! Meine schöne, neue Ledermütze. Die liegt nun irgendwo und wird im Wasser aufweichen.«
»Die Mütze wollen wir gern verschmerzen. Wie gut, daß Großvater den ganzen Sturm verschlafen hat, er hätte sich mit mir um die Wette um dich gebangt.«
»Wie geht es ihm?«
»Doktor Pfalz sagt, die Krise sei vorüber und er gehe der Genesung entgegen.«
Die Augen des Jünglings leuchteten auf, seine Gestalt reckte sich, er nahm den nassen Mantel von den Schultern und wollte ihn ausschlagen. Mit einem Blick auf die Schwester ließ er aber davon ab.
»Gott sei Dank, Eva Maria, daß es soweit ist. Wir brauchen Großvater doch gar zu nötig, denn wenn Onkel Arthur hier an das Ruder kommt, was, wenn Großvater stürbe, vor meiner Mündigkeit wohl zu befürchten wäre, dann gnade uns Gott!«
Sie legte ihm die Hand auf den Mund und lauschte ängstlich die Treppe hinunter.
»Vorsicht, Hans, es könnte jemand von den Leuten horchen.«
»Nun ja, er hat überall seine Spione, aber mögen sie es ihm wiedersagen, daß ich ihn verachte.«
Kriegerisch hatte er die Stimme erhoben. Eva Maria sah ihn flehend an.
»Still doch, Hans! Vergiß nicht, daß er Großvaters Vertrauen besitzt.«
»Weil er es sich mit seiner scheinheiligen Biederkeit erschlichen

hat. Großvater in seiner Herzensgüte vertraut ihm, weil er selbst ohne Falsch ist. Man müßte ihm die Augen öffnen.«

»Oh, Hans, möchtest du ihm diesen Schmerz zufügen? Die Erkenntnis, sein Vertrauen einem Unwürdigen geschenkt zu haben, würde ihn tief niederdrücken.«

Hans schüttelte den Kopf.

»Selbstverständlich werde ich das nicht tun, aber ich weiß nicht, ob es nicht ein Unrecht ist. Aber er hat schon so viel Schweres ertragen müssen. Tante Melanie ist sein letztes Kind. Unsere Mutter wurde ihm auf schreckliche Weise genommen und – Onkel Lutz –«

Eva Maria lauschte ängstlich an der Tür des Krankenzimmers. Es war aber alles still.

»Zieh dir trockene Kleider an, Hans.«

»Das will ich, Eva Maria. Und einen Mordshunger habe ich.«

»Laß dir zu essen geben, ich muß wieder zu Großvater hinein.«

»Wenn er wach ist, rufst du mich aber.«

»Ja, Hans.«

Die Geschwister drückten sich die Hände und nickten sich in geschwisterlicher Zärtlichkeit zu. Sie hingen sehr aneinander. Eva Maria ging in das Zimmer zurück.

Der Sturm hatte etwas nachgelassen, es war, als mache ihm das Toben und Wüten keinen Spaß mehr, weil der junge Dornau nicht mehr gegen ihn ankämpfte. Eva Maria versuchte, wieder zu lesen, und jetzt ging es besser, da sie die Sorge um den Bruder los war. Aber lange blieb sie nicht ungestört, der Kranke erwachte.

»Eva Maria!«

Schnell war sie bei ihm, das schwarze Seidentuch abwerfend, das sie gehindert hätte, ihm Handreichungen zu leisten. Liebevoll sah sie auf den Kranken nieder.

»Wie fühlst du dich, Großvater?«

Er lächelte, ein bißchen matt noch, aber mit klaren Augen.

»So zerschlagen, als hätte ich sieben Klafter Holz gehackt«, scherzte er.

»Komm, nimm schnell noch einmal die Medizin, die dir so gutgetan hat. Dann wird es gleich besser werden. Nach den bösen Fiebertagen ist es kein Wunder, wenn du matt und kraftlos bist.«

Sie reichte ihm den Heiltrank, den er gehorsam schluckte. Dann lauschte er.

»Oh, was für ein Sturm heute!«

Sie setzte sich zu ihm und lächelte ihn an.

»Das Schlimmste hast du zum Glück verschlafen, Großvater, es war ein tolles Unwetter mit Hagelschlag.«

Er sah unruhig aus. »Und Hans?«

»Ist heil und gesund zurück.«

»Gottlob! Ach, Eva Maria, ich habe so wunderschön geträumt.«

Sie nahm seine Hand.

»Ich freue mich, daß du gut und fest geschlafen hast. Nun wird es besser werden mit dir, Doktor Pfalz sagt, du seist über den Berg.«

»Von meinem Sohn Lutz habe ich geträumt.«

Zärtlich strich sie ihm das Haar aus der Stirn.

»Es war seltsam, Eva Maria; er stand auf der breiten Veranda eines fremdartigen Hauses, und rings um das Haus blühten wundersame, farbenprächtige Blumen. Heller Sonnenschein lag über allem, und mein Sohn trug eine Art Tropenanzug. Sein Arm lag auf der Schulter eines zierlichen, jungen Mädchens, es war noch ein Kind. Es hatte blondes Haar, das in der Sonne wie gesponnenes Gold leuchtete und, denke dir, sie nannte meinen Sohn Vater. Und er lächelte ihr zu und sagte: ›Wenn uns Großvater jetzt sehen könnte, mein Kind, wie würde er sich freuen.‹ Das Kind aber erwiderte: ›So weit kann Großvater doch nicht sehen, lieber Vater.‹ Und dann winkten sie mir beide zu. Dabei wich das Haus immer weiter zurück, verblaßte und verschwand in dichten Nebeln. Aber solange ich es sehen konnte, so lange winkten mir beide mit liebevollem Lächeln zu.«

»Das war ein sehr seltsamer Traum, Großvater.«

»Nicht wahr? Und denke dir, Lutz war so viel älter und reifer als damals, da er für immer von mir ging. So würde er vielleicht jetzt aussehen, wenn er noch am Leben wäre. Was sagst du zu diesem Traum, Eva Maria?«

»Daß du auch im Schlaf an Onkel Lutz denkst und dich mit ihm beschäftigst. Du träumst doch so oft von ihm.«

»Aber noch nie sah ich ihn so deutlich und so lebendig vor mir. Ich spreche mit niemandem als mit dir über diese Träume. Die andern würden mich vielleicht auslachen oder kindisch schelten.

Nur dir vertraue ich es an, daß ich zuweilen das Gefühl habe, er müsse noch am Leben sein, er könne doch gerettet sein, als damals das Schiff unterging.«

»Lieber Großvater, ich verstehe sehr wohl, daß dein Vaterherz sich an die Möglichkeit klammert, dein Sohn könne noch am Leben sein, allein du weißt doch, daß kein einziger von den Passagieren jenes Dampfers gerettet wurde, und daß man nur einen Matrosen und einen Steuermann einige Tage nach der Katastrophe halb verhungert und verdurstet und fast wahnsinnig vor Entbehrungen aufgefischt hat. Sie bezeugten doch, daß alle übrigen mit dem Dampfer untergegangen seien. So hast du mir doch selbst erzählt.«

Erschöpft sank der Kranke zurück, und auf seinem Gesicht erschien ein herber Leidenszug.

»Ja, ja, Eva Maria, ich weiß ja selbst, daß es unwahrscheinlich ist. Aber – laß mir doch diese stille Hoffnung, ich tue ja niemandem weh damit.«

»Ich will sie dir gewiß nicht rauben, Großvater, weiß ich doch, wie sehr du an Onkel Lutz gehangen hast. Aber – strengt dich das Sprechen auch nicht an?«

»Nein, nein, laß mich nur, es ist mir stets eine Erleichterung, kann ich mit dir von Lutz sprechen. Die anderen hören ja nie mehr zu, wenn ich es tue, und machen dann immer Gesichter, als hielten sie mich für schwachsinnig.«

Niemand wollte ihn mehr von dem Sohne sprechen hören, dessen Ende ihn so tief erschüttert hatte, aber Eva Maria schenkte ihm immer wieder geduldig ihr Ohr.

»Das mußt du nicht denken, sie meinen wohl nur, du schadest dir, wenn du von jener Katastrophe sprichst.«

»Im Gegenteil, es ist mir eine Wohltat, wenn ich davon sprechen kann. Es quält mich viel mehr, wenn ich es in mich verschließen muß. Darf ich dir noch einmal erzählen, wie es kam, daß mein Lutz die Heimat verlassen mußte, um in den Tod zu gehen?«

Wieder strich sie ihm liebevoll das Haar aus der hohen Stirn.

»Gern höre ich dir zu, Großvater, wenn dir daran liegt und es dich nicht anstrengt.«

»Im Gegenteil, es erleichtert mich. Also: Lutz hatte an der Hochschule in Charlottenburg sein Studium vollendet. Es gab nur noch einige Formalitäten zu erledigen, und deshalb hielt er sich noch einige Zeit in Charlottenburg auf. Weil er sein Examen glänzend bestanden hatte, hatte ich ihm in stolzer Freude gestattet, zur Belohnung nach Abschluß des Studiums eine große Auslandsreise zu machen. Er sollte in verschiedenen Ländern große Hüttenwerke besuchen und dabei praktische Kenntnisse erwerben. Er hatte seine Reisevorbereitungen getroffen. Nun erwartete ich ihn noch für einige Tage daheim. Nach Beendigung dieser Reise sollte er dann in unseren Hüttenbetrieb eintreten, sah ich doch in ihm meinen einzigen Sohn, meinen Nachfolger. Aber alles sollte ganz anders kommen. Lutz war am Abend, vor seiner Abreise von hier, mit einigen Studienfreunden zusammengewesen; sie hatten wohl ein wenig intensiv Abschied gefeiert und traten in etwas ausgelassener Stimmung den Heimweg an. Auf der Straße wurden sie von einigen andern wohl ebenfalls etwas angeheiterten jungen Leuten aus irgendeinem nichtigen Grunde angerempelt. Es gab anfänglich einen Wortwechsel, dann aber ernste Streitigkeiten, und zuletzt arteten diese in Tätlichkeiten aus. Plötzlich fiel einer von der Gegenpartei, von einem Schlage getroffen, tot zu Boden. Entsetzt, plötzlich ganz nüchtern geworden, stoben alle auseinander, nur ein Freund des Getöteten blieb bei ihm zurück. Wer den tödlichen Schlag geführt hatte, wußte keiner. Nur stellte sich später heraus, daß er mit einem Schlagring geführt worden war. Lutz stand am andern Tag blaß und verstört vor mir, berichtete mir alles und sagte mir, er wisse nicht, ob er der Mörder des jungen Menschen geworden sei. Jedenfalls habe er, als er sich bedroht sah, mit einem Schlagring zugeschlagen. Wie ein Ertrinkender, der nach Rettung sucht, faßte er wie im Krampf meine Hand und sagte: ›Ehe ich ins Gefängnis gehe und mich als Totschläger aburteilen lasse, bringe ich mich selbst um. Ich muß fliehen, Vater, bevor die Polizei auf meinen Fersen ist. Bitte, hilf mir, Vater, gib mir genügend Geld, daß ich mich einige Jahre im Ausland aufhalten kann, bis Gras über diese Sache gewachsen ist. Ich ertrage es nicht, verhaftet und festgesetzt zu werden. Dein Sohn soll nicht im Gefängnis sitzen.‹ – Siehst du, Eva Maria, er war mein Einziger und mein ganzer Stolz, und es zerbrach an jenem Tage etwas in mir. So versah ich ihn denn mit reichlichen Geldmitteln und trieb ihn selber an, sofort abzureisen, denn zuerst wäre er ja bei mir gesucht worden.

Zum Glück hatte er seine Reisepässe schon in Ordnung. Somit stand ihm die Welt offen. Er sagte mir noch, daß er sich von Spanien aus nach Südamerika einschiffen werde. Ein Telegramm, dessen Inhalt wir vereinbarten, sollte mir melden, mit welchem Dampfer er reisen würde. Der Abschied war schwer, Eva Maria. Mir brach fast das Herz, und er sah zum Erbarmen blaß und verstört aus.

Zwei Tage später forschte die Polizei bei mir nach Lutz. Es hatte sich, wie ich später erst in den Zeitungen las, herausgestellt, daß der Getötete mit einem Schlagring erschlagen worden war, und nur mein Sohn sollte einen solchen besessen haben. Das ging durch alle Blätter. Mein armer Junge war gebrandmarkt — er war ein Totschläger geworden, ohne recht zu wissen, wie. Zum Glück war er entkommen. Nach einigen Tagen erhielt ich das verabredete Telegramm, das nichts enthielt als den Namen des Dampfers. Unruhe und Angst im Herzen, hatte ich im Geiste seine Spur verfolgt, und wenige Wochen später ging durch alle Zeitungen die Nachricht, daß jener Dampfer mit Mann und Maus untergegangen sei. Nur ein Matrose und ein Steuermann wurden nach einigen Tagen als die einzigen Überlebenden aufgefunden. Lutz Rodenbergs Name stand auf der Passagierliste. Ich hatte gehofft, er könne doch noch mit einem andern Dampfer gereist sein, allein diese Hoffnung wurde zunichte. Eva Maria, damals war ich dem Wahnsinn nahe. Auf diese Weise meinen einzigen Sohn, meinen Stolz, zu verlieren, war hart. Ich habe es nie ganz verwinden können. Weiß Gott, ich hätte ihn nun doch lieber im Gefängnis gesehen, dann wäre er wenigstens am Leben geblieben.«

Eva Maria strich leise und sanft über die Hände des alten Herrn.

»Mein armer, lieber Großvater, nun hast du dich von neuem aufgeregt.«

»Aber ich bin dir dankbar, daß du mich anhörst. Nun habe ich mir es wieder einmal vom Herzen gewälzt und obendrein von meinem Lutz geträumt. Ich habe ihn vor mir gesehen und er hat mir zugewinkt mitsamt dem reizenden Kinde, das ihn Vater nannte! Nun ist mir leichter ums Herz. Nun darf ich mir wieder einbilden, mein Sohn lebe noch und habe in einem fernen Lande eine Heimat gefunden.«

»Wäre das der Fall, Großvater, so hätte er dir doch bestimmt einmal eine Nachricht gesandt.«

»Vielleicht wagte er das nicht. Vielleicht fürchtete er, seine Briefe könnten in falsche Hände geraten. Vielleicht wollte er für tot gelten, damit er nicht weiter verfolgt würde. Das Verfahren wurde nach Meldung seines Todes eingestellt. Er wollte mir vielleicht kein Lebenszeichen geben, um mich nicht in Konflikte mit der Polizei zu bringen. Nimm mir nur nicht diese Hoffnung, mein Kind, an die ich mich klammere, sie ist mein einziger Trost in all meinem Unglück.«

Ein tiefes Erbarmen spiegelte sich in Eva Marias Zügen. Sie sah ein, daß man dem Großvater diesen Trost lassen müsse. Mitleidvoll sagte sie:

»Nun ja, Großvater, es sind ja schon wunderbarere Dinge geschehen, man kann nicht wissen, ob Onkel Lutz nicht doch noch lebt. Zeuge seines Todes ist ja niemand gewesen, und vielleicht ist es wirklich so, wie du es dir ausgedacht hast.«

Lebhaft umklammerte er ihre Hand.

»Nicht wahr, Eva Maria, irgendwie könnte er doch gerettet worden sein, ohne daß es jemand erfahren hätte. Und daß ich so oft von ihm träume und ihn dann immer älter und reifer geworden vor mir sehe, ist doch auch wie ein Wunder.«

Ablenkend sagte sie freundlich, aber bestimmt:

»Nun mußt du aber etwas zu dir nehmen, Großvater, Doktor Pfalz hat verordnet, du solltest ein wenig Hühnerbrühe und ein Stückchen Brustfleisch von einem zarten Huhn genießen. Ich habe das alles vorbereiten lassen, und du mußt es nun zu dir nehmen.«

Er lächelte ihr zu.

»Ich werde ganz folgsam sein, meine kleine Samariterin. Und dann möchte ich Hans sehen. Er soll mir berichten, wie es oben bei den Holzfällern aussieht.«

Eva Maria klingelte und gab, als ein Diener erschien, die nötigen Befehle. Hans Dornau kam auch sogleich und berichtete dem Großvater, wie er seinen Auftrag ausgeführt hatte.

Inzwischen brachte der Diener den Imbiß für den Kranken, und Eva Maria fütterte ihn sorgsam und liebevoll. Hans saß dabei, half der Schwester, und er trieb zugleich allerlei kleine Possen, um den Großvater aufzuheitern. Der sah ihn einige Male forschend an und sagte dann ganz versonnen:

»Du gleichst deinem armen Onkel Lutz von Tag zu Tag mehr, mein lieber Hans. Mögest du glücklicher werden als er.«

Eva Maria ging aber schnell auf ein anderes Thema über, und als der Großvater gespeist hatte, trieb sie Hans aus dem Zimmer.

»Großvater muß jetzt wieder schlafen, Hans.«

»Nun gut, Eva Maria, der Sturm hat nachgelassen, und ich gehe noch einmal nach den Hochöfen hinüber.«

»Tue das, Hans, du mußt beizeiten lernen, überall nach dem Rechten zu sehen«, sagte der alte Herr.

Und dann versuchte er, wieder zu schlafen.

II

Es war einige Tage später. Eva Maria stand am Fenster des Krankenzimmers und schaute über die Bäume des Parkes hinweg, hinab auf die Rodenberg-Werke. Das Wohnhaus, Villa Rodenberg genannt, lag oben auf einem Berge, und von den Fenstern der oberen Etagen konnte man die ganze Anlage überblicken. Aus einer großen Anzahl von Schornsteinen sah man den Rauch in die helle, klare Morgenluft emporsteigen. Das Wohnhaus lag so, daß der Wind den Rauch nicht hierher treiben konnte, denn zwischen der Villa und den Werken lag eine große Strecke Wiesenland und niederes Gebüsch und außerdem ein Stück Wald. Erst jenseits der Wiesen dehnten sich die hohen, die ganze Anlage umgebenden Mauern aus.

Der aufsteigende Rauch verteilte sich hoch oben in der Luft und legte sich dann, langsam, aber stetig, gleich dichten Schleiern oder wie Spinnweben über die weitläufigen Maschinenhallen aus Glas und Eisenwerk, in denen es unablässig pochte und hämmerte. Hoch oben das mechanische Greifen der eisernen Fangarme, die spielend schwere Lasten emporhoben. Dazu das schütternde Geräusch der Maschinen, das Knirschen von Metallen, das Splittern von Holz, das Sausen der Räder, das Schleifen der Treibriemen und das stete feine Rieseln der Schlacken, die sich zu hohen Bergen auftürmten. Tote, verglühte Erde war das, der jeder Wert genommen war durch Menschenfleiß und Menschengeist.

Sie wurde unentwegt aus den Loren gekippt. Dazwischen schnurrte das Surren des die Hölzer für den Grubenbau zerschneidenden Sägewerkes, das Klirren von Werkzeugen und das Sausen der Maschinen, eine Symphonie der Arbeit, des hastenden Fleißes, der Tausende von Menschen anspornte, das beste herzugeben.

Eva Maria kannte und liebte diese Melodie der Arbeit. Sie war eine echte Rodenberg, kannte jeden Arbeiter des Werkes, jedes Arbeiterkind. Drüben, jenseits der Betriebsanlagen, befanden sich die kleinen, schmucken Arbeiterhäuser, alle mit kleinen Gärten davor, alle nett und praktisch eingerichtet. Diese kleine Arbeiterstadt hatte der Großvater erbauen lassen, um seinen Leuten menschenwürdige Behausungen zu schaffen. Großartige sanitäre Einrichtungen waren von ihm geschaffen worden, und sowohl Eva Maria als auch ihre Tante Melanie beteiligten sich an den Wohlfahrtsbestrebungen für die Arbeiterfamilien. Hauptsächlich Eva Maria widmete den Familien viel von ihrer freien Zeit und war überall gern gesehen, weil man spürte, daß sie ein Herz für die Arbeiter hatte. Die Kinder hingen an ihr, denn sie kam nie mit leeren Händen zu ihnen, und wenn sich gar Hans in ihrer Begleitung befand, der immer kleine Späße mit ihnen machte, gab es nur fröhliche Gesichter überall.

In Hans Dornau sahen die Rodenberger Arbeiter schon jetzt ihren zukünftigen Chef. Ihn und seine schöne Schwester liebten sie, während sie Georg Rodenberg, den Chef der Werke, verehrten, aber mit einem großen Respekt.

Den Onkel der Geschwister aber, Arthur Mertens, fürchteten die meisten, trotzdem immer ein öliges Biedermannslächeln auf seinem runden, rosigen Gesicht lag. Die Arbeiter wußten ganz genau, daß Direktor Mertens ihnen die von Georg Rodenberg zugebilligten kleinen Vergünstigungen mißgönnte, und daß er diese, soweit es an ihm lag, zu hintertreiben versuchte. Sie wußten auch, daß Mertens seinen ganzen Einfluß aufbot, den alten Herrn von seiner »gutmütigen Schwäche« zu kurieren. Alles das fühlten die Leute instinktiv, zumal die, die fast ihr ganzes Leben auf den Werken verbracht hatten. Und es waren deren viele. Sie wußten genau Bescheid, daß Mertens ein knauseriger, engherziger Mensch war, der immer nur zusammenscharren wollte. Sie trauten seinem Biedermannslächeln schon lange nicht mehr, denn sie fühlten, daß es unecht war und nur täuschen sollte.

Eva Maria wußte ganz genau, daß die Leute den Onkel als den bösen Geist der Werke betrachteten, genauso wie sie selber und ihr Bruder Hans es taten.

Nur dem Großvater war das alles fremd. Dieser sonst so gute Menschenkenner war wie blind und taub, wenn es sich um Arthur Mertens handelte. Er ließ sich betören durch das sanfte Biedermannslächeln, glaubte dessen scheinbar unbestechliche Gerechtigkeit. Und Arthur Mertens' unbestreitbare Geschäftstüchtigkeit tat das ihre dazu, ihn dem alten Herrn unentbehrlich zu machen. Er hatte es verstanden, sich das Vertrauen seines Schwiegervaters zu erringen, allein niemand wußte so recht, wodurch ihm das gelungen war. Er hatte es erschlichen, das war sicher, aber so, daß Georg Rodenberg nichts von dieser Schleicherei merkte. Zudem benutzte Mertens seinen Einfluß auf seinen Schwiegervater so klug und behutsam, daß dieser erstaunt gewesen wäre, wenn man ihm gesagt hätte, wie sehr man ihn beeinflusse.

Trotzdem behielt er sich in manchen Dingen gewisse Reservate vor, zum Beispiel in allem, was seinen verschollenen Sohn Lutz betraf. Das entsprang einer gewissen Schamhaftigkeit des alten Herrn. Mertens sollte nicht merken, daß er noch immer nicht an den Tod seines Sohnes glauben wollte.

Auch in einer andern damit zusammenhängenden Angelegenheit hatte Georg Rodenberg seinem Schwiegersohn Mertens sein Vertrauen vorenthalten. Er hatte eines Tages sein Testament gemacht, ohne ihm über dessen Inhalt irgendwelche Mitteilung zu machen. Nur mit Eva Maria und Hans Dornau hatte er ausführlich darüber gesprochen. So wußten die Geschwister, daß er letztwillig zunächst seinen Sohn Lutz als Erben eingesetzt hatte. Erst wenn dieser zwanzig Jahre nach jenem Schiffsunglück nicht wieder auftauchen sollte, würde Hans Dornau der Erbe der Rodenberg-Werke sein. Fast fünfzehn Jahre waren seither verstrichen. Also fünf Jahre mußten noch vergehen, ehe sich Hans als Erbe betrachten konnte. Der Großvater hatte zu ihm gesagt:

»Du sollst es wissen, Hans, daß ich es noch immer für möglich halte, daß dein Onkel Lutz, sobald seine Schuld verjährt ist, noch einmal ein Lebenszeichen von sich geben könnte und zurückkehrt. Dann soll er sein Erbe antreten können, sofern ich es nicht erlebe. Kehrt er nicht heim, so daß auch für mich jede Hoffnung schwinden müßte, dann freilich sollst du der Erbe der Rodenberg-Werke werden, bis dahin wirst du etwa fünfundzwanzig Jahre alt sein.«

Und da niemand außer dem alten Herrn noch daran glaubte, Lutz Rodenberg könne noch am Leben sein, galt Hans überall als der künftige Herr. Nur Hans selbst dachte noch nicht daran, und so antwortete er dem Großvater:

»Ich wünsche dir und mir, Großvater, daß du den Tag noch erleben mögest, an dem Onkel Lutz zurückkehrt.«

»Ich weiß es, Hans. Du würdest es ihm gönnen, wenn er sein Erbe antreten könnte, auch wenn dir damit sehr viel verlorenginge. Aber nach meinem Sohne möchte ich niemand als Chef der Werke sehen als dich. Du allein hast die Gaben und Fähigkeiten, mein Nachfolger zu sein. Aber ich kann jeden Tag sterben, und du bist noch zu jung, auch zu unreif, um jetzt schon als Chef der Werke fungieren zu können. So habe ich in meinem Testament bestimmt, daß Onkel Arthur nach meinem Ableben dein Vormund und oberster Leiter der Werke sein soll, bis du dein fünfundzwanzigstes Jahr vollendet hast. Bis zu diesem Zeitpunkt wäre auch die Frist verstrichen, die ich für Onkel Lutz reserviert habe. Und bis dahin sollst du nichts tun und bestimmen können, was Onkel Arthur nicht gutheißt. Er ist ein äußerst tüchtiger Geschäftsmann, ist gewohnt, alles in meinem Sinne zu leiten, und du wirst es daher verständlich finden, daß ich dir bis dahin einen verständigen Führer und Berater an die Seite stelle, falls ich selber es nicht mehr zu sein vermag.«

Mit gelindem Grauen hatte Hans es allerdings vernommen, daß gerade Onkel Arthur ihm als Vormund bestellt sein sollte, denn er wußte sehr wohl, daß dieser ihm Gefühle entgegenbrachte, die kaum etwas anderes waren als ausgesprochener Haß. So hatte er denn das Gefühl, daß Mertens alles tun würde, was in seiner Macht stand, ihm sein Erbe zu entreißen. Denn abgesehen davon, daß Mertens sehr geldgierig war, war er auch ungeheuer machthungrig und ehrgeizig. Hätte der Großvater ihn gekannt, wie er und seine Schwester, würde er ihn gewiß nicht als Vormund für den Enkel ausersehen haben. Aber die Geschwister wollten das Vertrauen nicht erschüttern, das der alte Herr in

Mertens setzte. Sie wußten, daß sie ihn dadurch nur betrüben würden, und es fehlte ihnen andererseits auch an Beweisen, denn Mertens war viel zu klug, um sich eine Blöße zu geben.

Darum waren sie sehr glücklich darüber, zu sehen, daß des Großvaters Befinden sich wieder gebessert hatte und er sich von Tag zu Tag mehr erholte. Er war bereits imstande, einige seiner Beamten zum Vortrag zu empfangen. Onkel Arthur kam jeden Vormittag, um mit ihm zu konferieren. Aber Eva Maria hielt streng darauf, daß er sich nicht überanstrengte. Sobald sie merkte, daß er müde wurde, legte sie ein Veto ein und schickte die Herren fort, wer auch gerade anwesend war.

Arthur Mertens besaß zwei Kinder, einen Sohn und eine Tochter. Diese beiden Kinder seiner jüngsten Tochter waren Georg Rodenberg nicht so sehr ans Herz gewachsen wie Hans und Eva Maria. Sie waren seiner Wesensart zu fremd. Trotzdem würden auch sie dereinst ein reiches Erbe zu erwarten haben, denn auf Melanie fiel nach seinem Tode doppelt so viel Vermögen, wie Eva Maria erhalten würde; folglich würden ihre Kinder genauso gestellt sein wie diese. Aber der Besitz der Rodenberg-Werke sollte in einer Hand vereinigt bleiben, und wenn er nicht auf seinen Sohn Lutz übergehen konnte, sollte er Hans als dem Sohn seiner ältesten Tochter zufallen. Dieser war dann nur verpflichtet, seiner Tante Melanie oder deren Kindern sowie seiner Schwester Eva Maria einen bestimmten Prozentsatz des Reingewinns auszuzahlen, und das Barvermögen, das Georg Rodenberg hinterließ, würde zwischen seinen Erben aufzuteilen sein. Sollte Lutz jedoch eines Tages zurückkehren, würde Hans mit seiner Schwester gleichgestellt.

Es war Arthur Mertens unbekannt, daß sein Schwiegervater zunächst seinen Sohn Lutz zum Erben eingesetzt hatte. Aber wenn auch, trotzdem würde er Hans als den Haupterben betrachtet haben, denn er glaubte fest an Lutz' Tod. Aus diesem Grunde galt sein Groll einzig und allein Hans. Er allein stand ihm im Wege zu einer unbegrenzten Machtstellung. Hätte Georg Rodenberg geahnt, wie sehnsüchtig Mertens seinen Tod erwartete, wäre ihm endlich wohl ein Licht über diesen aufgegangen. Denn Mertens hoffte, Hans auf irgendeine Weise für sich unschädlich zu machen, und grübelte jetzt schon Tag und Nacht darüber nach, wie das am unauffälligsten geschehen könne. Daß sein

Schwiegervater seine schwere Krankheit überstanden, war eine große Enttäuschung für ihn, und so setzte er seine alleinige Hoffnung darauf, daß sein Herzleiden den alten Herrn eines Tages plötzlich hinraffen könne. Und je eher das geschah, desto eher bekam er das Heft in die Hand, und dann – dann gedachte er seine Macht rücksichtslos zu gebrauchen.

Instinktiv ahnten die Geschwister diese dunklen Wünsche und Pläne des Onkels. Diese Ahnung war es, die sie mit Furcht und Grauen vor ihm erfüllten.

Hans hätte gern auf das ihm zugedachte Erbe verzichtet. Ihm wäre es lieber gewesen, Onkel Lutz noch am Leben zu wissen. Neidlos hätte er sogar Tante Melanie und seinem Cousin Egon, deren Sohn, das Vorrecht eingeräumt, aber der Großvater hatte nun einmal anders verfügt, und immerhin war Hans, obwohl er den Namen Dornau trug, seiner Art, seinem ganzen Wesen nach, ein echter Rodenberg, und er war sich auch bewußt, daß er zugleich mit dem einstigen Erbe bedeutende Pflichten zu übernehmen hatte.

Als der alte Herr zum ersten Male mit den Geschwistern über seine Absichten gesprochen hatte, hatten diese ihn gefragt, ob er wirklich des Glaubens sei, daß Hans die Fähigkeiten besitze, Chef eines so großen Unternehmens zu sein. Er habe auf dem Gymnasium nur mäßig abgeschnitten, während Egon stets sehr gute Zensuren heimgebracht habe.

»Trotzdem, lieber Hans«, hatte Georg Rodenberg erwidert, »traue ich es dir zu, daß du das Zeug dazu hast, das Unternehmen in meinem Sinne weiterzuführen. Du bist Blut von meinem Blut, hast den nötigen Elan, besitzt Schaffenslust und impulsive Schaffenskraft. Trotz deiner allerdings sehr mittelmäßigen Leistungen in der Schule habe ich längst das Schöpferische und Gestaltende in dir erkannt. Das aber geht Egon ab. Er ist nur mäßig begabt, wenn er auch strebsam ist. Er wird eine ihm gestellte Aufgabe stets gewissenhaft bis auf das Tüpfelchen erfüllen, allein seinem Hirn entspringen keine schöpferischen Gedanken. Du dagegen bist deines Onkels Lutz Ebenbild und hast auch dessen produktive Genialität geerbt. Ich glaube sogar, daß du gerade deshalb auf dem Gymnasium nicht eben gut abgeschnitten hast. Für die Schablone bist du nicht geschaffen. Aus diesem Grunde kann ich auch allein nur in dir meinen Nachfolger sehen, wenn es mein eigener Sohn nicht sein darf. Hüte dich nur vor dem einen, mein Junge, daß du nicht allzusehr überschäumst und deine Kräfte nicht verzettelst. Mit Bedacht stellte ich dich jetzt schon, gleich nach deinem Abitur, mitten in den Betrieb der Werke, damit du dessen gesamten Zweige im einzelnen und von Grund auf kennenlernst. Ich habe ebenfalls nicht studiert, und war von meinem Vater gleichfalls dazu angehalten, von der Pike auf zu dienen und alles aus eigener Anschauung kennenzulernen. Nur so wirst du einmal alles übersehen können. Das übrige leisten die Beamten und Ingenieure. Du mußt nur imstande sein, alles zu überblicken, damit du über allem zu stehen vermagst. Eventuell kannst du später noch einige Semester auf einer Hochschule belegen. Aber selbst dann, wenn dein Onkel eines Tages heimkehren sollte, wünsche ich deine Kraft den Werken erhalten zu wissen. Das ist in meinem Testament genau bestimmt. Du würdest alsdann unter seiner Leitung und gemeinsam mit ihm zu arbeiten haben. Dein Vetter Egon mag, seinem Wunsche gemäß, Jura studieren. An seiner Mitarbeit liegt mir nichts. Er hat ja nicht einmal das kaufmännische Genie seines Vaters geerbt. Eigne du dir nur so viel praktische Kenntnisse wie irgend möglich an. Du wirst wie ein echter Rodenberg überall deinen Mann stellen. Davon bin ich überzeugt.«

Diese Worte hatten Hans sehr stolz gemacht, und er suchte fortan das von dem Großvater in ihn gesetzte Vertrauen nach besten Kräften zu rechtfertigen.

An alles das mußte Eva Maria denken, als sie jetzt, während der Großvater schlief, am Fenster stand und in den Park hinausblickte und auf die Dächer der Werksbauten.

Stille herrschte im ganzen Hause. Nur die ruhigen Atemzüge des seiner Genesung Entgegenschlummernden drangen leise an ihr Ohr.

Gedanken kamen und gingen. Gottlob, daß der Großvater ihr und dem Bruder erhalten blieb. Wäre er ihnen genommen, schutzlos würden sie beide zurückgeblieben sein und nur allein aufeinander angewiesen. Egon und Jolante standen ihnen fremd gegenüber. Sie besaßen überhaupt nicht viel Gefühl. Höchstens daß Tante Melanie ihnen, den Kindern ihrer auf so jammervolle Weise ums Leben gekommenen Schwester, freundlich gesonnen war. Aber sie war so haltlos und schwach und stand vollkommen unter dem Einfluß ihres Gatten. Es erschien Eva Maria wie ein Rätsel, daß die gute, weichherzige Tante einen Mann wie ihn überhaupt zu lieben vermochte und sich ihm willenlos unterordnete.

Ein Schauer rann Eva Maria bei dem Gedanken an ihn durch die Glieder. Sie fürchtete sich vor ihm, wiewohl er ihr stets freundlich, ihrer Meinung nach sogar zu freundlich, begegnete. Es war ihr schon zuwider, wenn er ihr nur die Hand reichte, und sie wurde niemals das Gefühl los, als müsse sie vor ihm auf der Hut sein. Vielleicht lag das daran, daß sie zuweilen, wenn er sich unbeobachtet wähnte, einen seiner auf Hans gerichteten Blicke aufgefangen hatte, einen Blick, in dem etwas Scharfes, Stechendes lag, was mit seiner sonst stets betonten wohlwollenden Sanftmut in Widerspruch stand. Zuweilen verriet auch, sobald er sich mit Hans allein wähnte, ein ihm unversehens entfahrenes Wort seine Feindseligkeit. So war ständig etwas da, was sie in Gegenwart des Onkels ängstigte, was sich nicht in Worte kleiden, was sich nicht bannen ließ und ihr doch immer wieder von neuem fühlbar wurde.

Wie gern hätte sie ihre Angst und Furcht vor diesem Menschen dem Großvater anvertraut, aber sie sorgte sich, ihm damit Kummer zu bereiten, und davor und vor jeder Aufregung sollte er behütet werden, weil sein Herz nicht intakt war. Um keinen Preis hätten die Geschwister den geliebten Großvater aufgeregt.

Eva Maria lehnte noch sinnend am Fenster. Plötzlich zuckte sie zusammen. Der Klang eines hellen Frauenlachens drang an ihr Ohr. Sie kannte dieses Lachen, das ein wenig schrill und hart klang. Unruhig spähte sie hinaus, und da erblickte sie auch schon ein helles Kleid, das durch die Bäume schimmerte. Da drüben auf dem durch den Park den Berg hinaufführenden Weg erschien ihre Cousine Jolante, von allen Familienmitgliedern nur Jo genannt. Sie tänzelte an der Seite eines hochgewachsenen jungen Mannes und balancierte so unvorsichtig, daß sie gerade in dem Moment, da die beiden Gestalten in Eva Marias Sehfeld kamen, ein wenig taumelte. Dabei stieß sie einen kleinen Schrei aus, als erschrecke sie, und ihr junger Begleiter mußte notgedrungen schnell zufassen, um sie vor einem Fall zu bewahren. Lachend schmiegte sich Jo ein Weilchen in den zufassenden Arm und sah mit einem koketten Augenaufschlag zu ihrem Gefährten empor. Dabei gab sie sich den Anschein, als habe sie Eva Maria noch nicht bemerkt, aber ihre scharfen Augen hatten sie längst entdeckt. Gerade Eva Marias wegen hatte sie die kleine Komödie aufgeführt, sie wollte ihren Begleiter veranlassen, seinen Arm um sie zu legen. Sie hatte besondere Gründe dazu.

Eva Maria hörte abermals das girrende Lachen Jos und vernahm auch, was sie sagte.

»Vielen Dank, lieber Herr Doktor, ohne Ihre Hilfe wäre ich jetzt sicherlich gestürzt, und vielleicht hätte ich mich schlimm verletzt.«

»Es war selbstverständlich, daß ich ihnen geholfen habe«, erwiderte eine warme, sonore Männerstimme.

»Bitte, geben Sie mir Ihren Arm, Herr Doktor, ich möchte nicht noch einmal straucheln«, sagte Jo mit kokettem Lächeln.

Eva Maria sah, daß der junge Herr seine Aktenmappe fest unter den Arm klemmte und Jo den Arm bot. Diese hängte sich recht vertraulich bei ihm ein, während heimlich ein triumphierender Blick zu Eva Maria hinaufflog.

Als die beiden bis an das Portal der Villa herangekommen waren, gab der junge Herr Jolantes Arm mit einer Verbeugung frei.

Jolante markierte ein kleines verlegenes Erschrecken.

»Ach, da bist du, Eva Maria? Stehst du vielleicht schon lange am Fenster?«

Eva Maria nickte nur stumm, weil sie den Großvater nicht wecken wollte.

»Wie geht es Großpapa?« fragte Jolante.

Eva Maria legte den Finger auf den Mund und zeigte in das Zimmer, um Jolante anzudeuten, daß der Großvater schlafe. Dieser war aber bereits aufgewacht und rief Eva Maria an.

»War das nicht Jos Stimme, Eva Maria?«

Diese eilte schnell zu ihm hinüber.

»Ja, Großvater, sie kam soeben in Gesellschaft Doktor Bernds herauf, der dir einen Vortrag halten will. Und Jo ist gekommen, um sich nach deinem Befinden zu erkundigen. Darf ich sie zu dir hereinlassen?«

»Nun ja, Doktor Bernd erwarte ich schon. Und Jo laß auch auf einige Minuten herein, aber dann entferne dich mit ihr. Sie ist immer ein wenig geräuschvoll, und man braucht starke Nerven, um ihre Gegenwart zu ertragen. So stark fühle ich mich doch noch nicht, um ihren ›modernen Weltanschauungen‹ standzuhalten. Wenn sie fort ist, kommst du ruhig wieder herein, du störst uns nicht.«

Eva Maria wandte sich zurück zum Fenster und rief Jolante und Doktor Bernd zu, sie möchten heraufkommen, der alte Herr sei erwacht. Dann begab sie sich wieder zu dem Großvater, richtete ihn auf, reichte ihm seine Medizin und stellte ein erfrischendes Getränk handlich zurecht. Sie legte ihm stützende Kissen unter, so daß er bequem sitzen konnte, und streichelte zärtlich sein graues Haar.

Er lächelte zu ihr empor.

»Liebe kleine Samariterin, nun hast du mich bald wieder ganz gesund gepflegt und wirst dir endlich wieder etwas mehr Ruhe gönnen können.«

»Danach verlangt mich gar nicht, lieber Großvater.«

»Du hast so viele Mühe mit mir und meiner Pflege gehabt, weil ich egoistischer alter Mann mich so schwer an die Krankenschwester gewöhnen konnte, die ich nur zu den notwendigsten Handreichungen um mich dulden mochte.«

Sie lächelte ihm zu, wie nur Eva Maria Dornau lächeln konnte, so voll Güte und Liebe.

»Es hat mir aufrichtige Freude gemacht, dir nützen zu können, und daß du immer nach mir verlangtest. Nur um deinetwillen freue ich mich, daß du meiner bald nicht mehr bedürfen wirst.«

»Mein gutes, liebes Kind. Wie du deiner schönen Mutter immer ähnlicher wirst. Sie war auch so lieb und gut wie du und paßte vortrefflich zur Frau eines Arztes. Und so glücklich war sie mit deinem Vater — sie führten eine Idealehe. Dein Vater war ein tüchtiger Arzt. Er hat vielen Menschen das Leben gerettet, so jung er auch noch war, als er sterben mußte. Und wie deine Eltern in Liebe vereint gelebt haben, so starben sie auch gemeinsam, einen schrecklichen Tod. — Aber es war, als wollte eines das andere nicht allein lassen. Sie gedachten, zu einem Kongreß zu fahren, und dein Vater wollte nicht ohne deine Mutter reisen. Da brachte sie euch beide, dich und Hans, für diese Zeit zu uns; damals lebte ja Großmutter noch. Sie war so glücklich, euch mal einige Zeit ganz für sich zu haben, und ahnte nicht, daß ihr nie wieder fortgehen würdet. Als dann die Nachricht von dem jähen

Tod eurer Eltern kam, brach Großmutter zusammen und hat sich auch nicht mehr von diesem Schreck erholt. Sie starb bald darauf und erlebte es zum Glück nicht mehr, daß unser Lutz uns bald darauf ebenfalls genommen wurde. Und all das Elend und den Jammer habe ich überdauert«, schloß er schmerzbewegt.

Sie küßte ihn auf die Wange.

»Nicht daran denken jetzt, Großvater, du mußt gesund werden. Bitte, rege dich nicht auf, ich habe so große Angst um dich. Du weißt, daß dein Herz geschont werden muß.«

»Ja, ja, mein Kind, ich denke schon daran. Und – ich möchte doch noch erleben, daß mein Lutz wieder heimkommt. Immer wieder träume ich von ihm, immer sehe ich ihn lebend und gesund.«

»Auch unsertwegen sollst du dich erholen, lieber Großvater. Wir brauchen dich so nötig, Hans und ich. Wenn du uns genommen würdest, wären wir ganz verwaist. Als die Eltern starben, waren wir noch zu jung, um die ganze Größe unseres Verlustes zu ermessen, wenn wir auch schon alt genug waren, um Schmerz darüber empfinden zu können. Hans war fünf, ich sieben Jahre alt, und ein Jahr darauf starb Großmutter, was uns auch sehr betrübte. Aber deinen Verlust, Großvater, könnten wir nicht verwinden, wir haben ja nur dich.«

»Nun, nun, Eva Maria, Tante Melanie ist doch auch noch da und Onkel Arthur.«

Es zuckte in Eva Marias Gesicht.

»Niemand kann dich ersetzen, auch Tante Melanie nicht, so lieb und gut sie auch ist. Sie hat ihren Mann und ihre Kinder, das füllt sie ganz aus.«

Er nickte mit einem mitleidigen Lächeln.

»Meine gute Melanie! Sie liebt ihren Mann über alles, weil er sie liebt. Sie war nicht so begehrt und umschwärmt wie deine schöne Mutter, immer mußte sie beiseite stehen, unbeachtet. Und doch war sie stolz auf ihre schöne Schwester. Und ich danke es Onkel Arthur jeden Tag in meinem Herzen, daß er Tante Melanie so glücklich gemacht hat.«

Eva Maria wagte kein Wort gegen Arthur Mertens zu sagen, wenn sie auch nicht glaubte, daß er seine Frau wirklich liebte und aus Liebe geheiratet hatte. Sie durfte den Großvater nicht betrüben. Ablenkend sagte sie: »Du darfst dich jetzt aber nicht mehr aufregen, Großvater, sonst lasse ich Doktor Bernd gar nicht erst zu dir ins Zimmer.«

Er lachte.

»Laß ihn nur unbesorgt herein, du weißt, wie wohltuend mir seine Gesellschaft ist. Er ist nicht nur unser tüchtigster, befähigster Ingenieur, sondern er ist mir auch als Mensch sehr sympathisch. Und seine Stimme hat direkt etwas Beruhigendes für mich. Ich bin froh, daß Hans sich gerade an Doktor Bernd so innig angeschlossen hat. Von ihm kann er viel lernen. Deshalb habe ich bestimmt, daß er in seinem Büro direkt unter seiner Leitung arbeitet, wenn er nicht praktisch in den Werken beschäftigt ist.«

Eva Marias Wangen hatten sich bei diesen Worten des Großvaters gerötet, und ihre Augen glänzten verräterisch. Laut und stark klopfte ihr Herz, weil der Großvater sich so anerkennend über Doktor Bernd äußerte. Aber sie sagte ruhig:

»Ich glaube es ebenfalls, Großvater, daß Doktor Bernd einen sehr guten Einfluß auf Hans ausübt. Seine ruhige, bestimmte Art ist für unsern Heißsporn sicherlich sehr heilsam.«

Der alte Herr lächelte.

»Sag' mir nichts gegen sein Temperament. Das ist echte Rodenbergart.« Und seufzend fuhr er fort: »Mein Lutz hatte das auch – aber leider ist es ihm in einer schlimmen Stunde zum Verhängnis geworden. Gott mag geben, daß Hans nie solch ein Unglück begegnet. Aber in seinem Temperament liegt so viel urwüchsige Kraft und Wärme! – Die Ruhe kommt mit den Jahren von selbst.«

Jetzt trat leise ein Diener ein. Es war Hermann, der Kammerdiener des alten Herrn, der schon über vierzig Jahre in seiner Stellung war.

»Herr Doktor Bernd und das gnädige Fräulein Jolante sind angekommen, sie sagten mir, sie hätten Erlaubnis zum Eintritt erhalten!«

Eva Maria nickte ihm freundlich zu.

»Ja, Hermann, lassen Sie die Herrschaften ruhig eintreten. Großvater ist wach und will sie empfangen.«

Hermann öffnete nun die Tür, die er bisher heldenmütig verteidigt hatte, weil er glaubte, daß sein Herr noch schlafe. Jolante trat etwas verärgert in das Zimmer, und Doktor Bernd folgte ihr.

»Was sagst du dazu, Großvater, Hermann wollte mich wahrhaftig nicht hereinlassen, obwohl ich sagte, daß ich erwartet würde. Er nimmt sich wirklich manchmal sehr viel heraus.«

»Er hat gehandelt, wie ihm befohlen war, Jo. Guten Morgen übrigens.«

Lachend beugte sich Jolante über den Großvater und küßte ihn auf die Wange.

Und sie fiel mit einem wahren Wortschwall über ihn her: daß die Mama herzlich grüßen lasse, aber heute nicht kommen könne, weil sie Migräne habe, daß aber ihr Bruder Egon am Nachmittag den Großvater besuchen werde. Egon sei spät nach Hause gekommen und habe vermutlich einen Kater. Sie plapperte das alles in ihrer gewollt lebhaften Art heraus und kokettierte dabei heftig zu Doktor Bernd hinüber, der ruhig wartend an der Tür stand, nachdem er Eva Maria artig begrüßt hatte. Einen Moment hatten sich dabei seine und ihre Augen getroffen, und dieser eine Blick genügte, um Eva Marias Herz wieder frei und leicht zu machen. Vorüber war das beklemmende Gefühl, das sie vorhin hatte erblassen lassen, als sie sah, wie Jo sich so innig an ihn schmiegte. Ein Blick in das edel geschnittene markante Gesicht des jungen Mannes, in seine klaren, stolzen Augen hinein beruhigte sie. Das war nicht der Mann, der sich durch die koketten Mätzchen ihrer Cousine einfangen ließ. Sie tauschte, während Jo mit dem Großvater sprach, einige Worte mit ihm in ihrer ruhigen, gütigen Art.

Nach einigen Minuten wandte sich Eva Maria auf einen heimlichen Wink des Großvaters an die Cousine.

»Komm Jo, wir wollen die Herren nicht länger stören, Großvater hat mit Herrn Doktor Bernd zu konferieren.«

Jo erhob sich schmollend.

»Niemals läßt du einem Zeit zu einer richtigen Aussprache mit Großpapa. Ich habe noch so allerlei auf dem Herzen. Ich bin doch eben erst gekommen. Du hast es gut, du kannst den ganzen Tag um Großvater sein.«

»Du würdest bestimmt nicht mit Eva Maria tauschen wollen, Jo, sie hat schwere Wochen mit mir durchgemacht.«

»Oh, ich würde dich auch gern gepflegt haben.«

Er lachte leise.

»Offen heraus, Jo, dir traue ich keine Befähigung zur Samariterin zu. Mit Eva Maria kannst du in dieser Beziehung sicherlich nicht konkurrieren.«

Jolante warf Eva Maria einen bösen Blick zu.

»Das käme auf eine Probe an.«

»Nein, nein, dieser Probe will ich mich lieber nicht unterziehen. Deine Mutter ist die einzige, die mir Eva Maria auf Stunden ersetzen kann.«

»Nun ja, vielleicht bin ich zu lebhaft und zu temperamentvoll zur Krankenpflegerin, dazu muß man wohl Eva Marias langweilige Sanftmut haben.«

Bei diesen Worten klang Jolantes Stimme sehr scharf. Eva Maria aber lachte über diesen Ausfall.

»Du hast schon recht, Jo, du bist zu lebhaft und unruhig. Aber nun komm, Großvater darf nicht länger aufgehalten werden.«

Sie legte bei diesen Worten energisch die Hand auf den Arm der Cousine und zog sie mit sich fort. Jo wußte, daß nun nichts mehr zu machen war. Wenn Eva Maria ein solches Gesicht machte wie eben jetzt, war nicht mit ihr zu spaßen. Und sie wollte sich doch vor Doktor Bernd nicht blamieren. Sie warf ihm noch ein kokettes Lächeln zu. Er verneigte sich, aber er tat sehr formell. Seine Augen suchten nur Eva Marias Gesicht. Sie sagte im Hinausgehen zu ihm:

»Herr Doktor, Sie klingeln bitte, wenn Sie mit Großvater gesprochen haben oder wenn er mich braucht.«

»Gewiß, mein gnädiges Fräulein.«

»Und bitte, nichts Aufregendes für meinen Patienten.«

»Ausgeschlossen, ich habe nur Erfreuliches zu melden.«

Die beiden Damen hatten das Zimmer verlassen, und Doktor Bernd öffnete seine Aktenmappe, um seinen Vortrag zu beginnen.

III

Eva Maria führte die Cousine in ihren kleinen Salon in der Nähe des Krankenzimmers.

»Bitte, nimm Platz, Jo! Darf ich dir eine Erfrischung reichen lassen? Es ist heute morgen schon sehr warm.«

»Danke, ich mag nichts«, erwiderte Jo und warf sich ziemlich ungezogen in einen Sessel. Sie zog eine Puderquaste und einen

Taschenspiegel hervor und rieb sich das Gesicht ab. Alsdann ordnete sie ihr schwarzes Haar, das im Nacken kurz geschnitten und über der Stirn in tiefe Wellen gelegt war. Darauf sagte sie schroff:

»Du siehst übrigens erbärmlich aus, Eva Maria. Dein Teint hat alle Frische verloren. Ich hielte es wirklich nicht aus, Tag für Tag und auch noch die Nacht zuweilen im Krankenzimmer zu verbringen. Ganz scharfe Züge hast du bekommen; du verblühst vor der Zeit und siehst nicht wie zweiundzwanzig, sondern wie achtundzwanzig aus.«

Das entsprach durchaus nicht der Wahrheit. Eva Maria sah entzückend und jugendfrisch aus, wenn man ihr auch anmerkte, daß sie in letzter Zeit nicht viel im Freien gewesen war. Aber Jolante Mertens sagte, sofern sie es ungestraft tun konnte, den meisten Menschen lieber etwas Unangenehmes als etwas Angenehmes. Darin unterschied sie sich von ihrem Vater, der immer bemüht war, jedermann mit etwas Angenehmen zu dienen, wenn es ihm auch fast nie von Herzen kam.

Eva Maria mußte lachen. Sie kannte Jolantes Art und erwiderte sehr gelassen:

»Ich kann dir dies ›Kompliment‹ nicht zurückgeben, wenn ich ehrlich sein soll, du siehst sehr frisch und hübsch aus und hast heute entschieden deinen guten Tag.«

Jolante war etwas entwaffnet. Sie warf noch einen koketten Blick in den Taschenspiegel – wenn sie niemand anders zum Kokettieren hatte, tat sie es mit sich selber – und sah mit blitzenden Augen zu Eva Maria empor.

»Findest du? Doktor Bernd verglich mich poetisch mit einem Frühlingsmorgen. Na, überhaupt, er spart nicht mit Komplimenten.«

Ihr lauernder Blick ließ dabei nicht von Eva Marias Gesicht, und sie bemerkte befriedigt, daß die Cousine sich verfärbte. Dieser stockte wirklich für einen Moment der Herzschlag, aber dann sah sie Jolantes Blick, und da wußte sie, daß diese, wie auch sonst oftmals, gelogen hatte.

Ohne mit einer Wimper zu zucken, entgegnete sie daher: »Wenn dir Doktor Bernd Angenehmes über dein Aussehen gesagt hat, so ist das kein Kompliment, sondern die Wahrheit.«

Jolante machte eine abwehrende Bewegung.

»Ich weiß schon, worauf er hinaus will. Er möchte um jeden Preis eine der Enkelinnen unseres Großvaters heiraten. Man kennt das, auf eine glänzende Partie sind die jungen Herren immer aus. Und wir sind doch glänzende Partien, nicht wahr?«

»Das ist wohl nicht zu leugnen, Jo.«

»Nun siehst du! Und da du ihm gegenüber doch, wie gegen alle Männer, ein Bild ohne Gnade bist, so versucht er eben sein Heil bei mir. Ich mache mir keine Illusionen. Aber – trotzdem mag ich ihn furchtbar gern, er ist mein Typ, weißt du, ich mag diese großen, stolzen Männer mit den markanten, intelligenten Gesichtern und der kraftvollen Persönlichkeit. Ein interessanter Mensch ist er auf jeden Fall, er wird mir sehr gut zu Gesicht stehen, nicht? Seine grauen Augen, die so hell aus dem gebräunten Gesicht leuchten, kontrastieren mit meinen schwarzen Augen. Ich reiche ihm gerade bis an die Brust, also passen wir in der Größe famos zusammen. Also ich werde kein Unmensch sein. Ein bißchen zappeln lasse ich ihn doch, das erhöht den Reiz. Aber ich werde gelegentlich durchblicken lassen, daß seine Bemühungen nicht hoffnungslos sind. Und eines Tages, wenn er erst zum Oberingenieur avanciert ist, was bei seiner Begabung nicht lange dauern kann, werde ich ihn erhören. Er ist aus guter Familie, selbst nicht ganz unvermögend, und Großpapa scheint viel von ihm zu halten. Papa freilich steht ihm nicht sehr freundlich gegenüber, ich glaube, weil er sehr aufrecht und stolz ist. Väter verhalten sich zukünftigen Schwiegersöhnen gegenüber immer etwas feindlich. Aber das wird sich legen, wenn es erst soweit ist. Also, ich werde eines Tages Herrn Doktor Ralf Bernd erhören. Ralf heißt er mit Vornamen – klingt ganz nett mit Jo zusammen, findest du nicht? Dir komme ich doch bestimmt nicht ins Gehege, Eva Maria? Oder irre ich mich?«

Eva Maria sah das boshafte Funkeln in Jolantes Augen. Sie unterdrückte die heimliche Erregung, die bei der Cousine Worten in ihr aufgestiegen war. Um keinen Preis der Welt hätte sie verraten, daß ihr Ralf Bernd mehr galt als alle andern Männer, und daß sie nur ihn allein liebte. Sie wollte sich nicht schwach zeigen.

»Nein, Jo, du irrst dich nicht, mir kommst du bestimmt nicht ins Gehege. Ein Mann, der um dich wirbt, würde ohne alles Interesse für mich sein, wenn er mich auch bis dahin interessiert hätte.«

Jolante lachte vergnügt auf, fest davon überzeugt, daß sie Eva Maria bis ins Herz getroffen hatte, denn es war ihr nicht entgangen, daß diese Doktor Bernd nicht gleichgültig gegenüberstand. Gerade deshalb erschien er ihr begehrenswert. Obwohl er ihr gefiel, liebte sie ihn doch nicht. Jedenfalls machte es ihr Vergnügen, Eva Maria zu kränken, denn sie mißgönnte ihr, daß der Großvater sie bevorzugte und daß sie seit ihrer Mündigkeit bereits über eigenes Vermögen verfügte, das ihr der Vater hinterlassen hatte. Jolante dagegen wurde von ihrem Vater sehr knapp gehalten. So machte es ihr immer Freude, Eva Maria irgendwie zu ärgern.

»Also gut, dann bleibt Doktor Bernd für mich reserviert, denn sicherlich ist er fest entschlossen, eine der Enkelinnen des Chefs der Rodenberg-Werke für sich zu gewinnen. Gar zu schwer werde ich ihm das nicht machen, denn wie gesagt, er ist mein Typ. Sage mal, findest du, daß mich dieses Kostüm gut kleidet?«

»Ausgezeichnet«, erwiderte Eva Maria scheinbar ruhig.

»Du müßtest etwas Rot auflegen, Eva Maria. Du siehst wirklich miserabel aus, mindestens zehn Jahre älter als du bist.«

Eva Maria mußte lachen. Jolantes Unarten konnten sie kaum mehr treffen. Sie war daran gewöhnt.

»Ich verzichte darauf, Rot aufzulegen, Jo. Ich würde es auch nicht tun, wenn ich zwanzig Jahre älter aussähe.«

»Mein Gott, bist du rückständig, alle Welt schminkt sich jetzt doch. Dies graue Kleid steht dir übrigens gar nicht, da siehst du ja wie eine Nonne darin aus.«

»Im Krankenzimmer kommt es nur darauf an, was praktisch und hygienisch ist.«

»Hu! Wie eine alte Großmutter sprichst du. Aber, nun will ich gehen. Offen gestanden, ich bin nur mit heraufgekommen, weil ich weiß, daß Doktor Bernd immer um diese Zeit zu Großpapa geht. Ich muß ihm doch Gelegenheit geben, mich zu treffen. Bis Großpapa ganz gesund ist und selbst wieder zu den Werken hinübergeht, kann ich Bernd täglich begegnen, wenn er hierherkommt. Später findet sich dann eine andere Gelegenheit.«

Eva Maria wollte etwas erwidern, preßte aber die Lippen zusammen. Jolante sah sie fragend an.

»Wolltest du vielleicht sagen, es sei unpassend, einem Herrn nachzulaufen?«

»Es würde dich sehr wenig kümmern, fände ich etwas unpassend.«

Jolante lachte laut auf.

»Ich bin ein modernes Mädchen. Man sitzt nicht mehr hinter dem Ofen und wartet, bis er, der Herrlichste von allen, so gut sein wird, seine Wahl zu treffen. Man greift jetzt selbst bestimmend in sein Schicksal ein.«

»Ja, du bist ein modernes Mädchen mit einer modernen Weltanschauung, wie du mir schon oft gesagt hast. Ich aber bin wirklich ein wenig rückständig, Jo, und kann mich zu deinen Ansichten nicht bekehren. Die Hauptsache ist aber, daß jede von uns auf ihre Art glücklich wird. Ich wünsche es dir jedenfalls von Herzen.«

»Oh, dafür laß mich nur sorgen. Und nun gehe ich wirklich. Falls Mamas Migräne besser ist, wollen wir zur Stadt fahren und Besorgungen machen. Du, einen Hut habe ich bei der Bendow gesehen – todschick, sage ich dir, nur rasend teuer. Mama wird allerdings einen billigeren für mich aussuchen wollen. Ich bin ja leider nicht in so einer glücklichen Lage wie du. Du kannst dir kaufen, was du willst.«

Mit einem gütigen Lächeln sah Eva Maria zu Jolante hinüber.

»Willst du mir gestatten, dir den Hut zu schenken, Jo?«

Jolante sah ziemlich konsterniert zu ihr auf. Diese Eva Maria war doch wirklich ein sonderbares Geschöpf. Jetzt hatte sie ihr eine Menge der übelsten Dinge gesagt, hatte sie zu ärgern und zu kränken versucht, und nun wollte sie ihr zum Dank dafür den entzückenden Hut schenken.

»Aber nein, Eva Maria, das kann ich doch nicht annehmen«, sagte sie ein wenig verlegen.

»Warum nicht, Jo, du tust mir direkt einen Gefallen, dann brauche ich mir nicht den Kopf zu zerbrechen, was für ein Geschenk ich für dich auswählen soll.«

»Nun, wenn ich dir damit einen Gefallen tue, gern, Eva Maria, aber er wird, wie gesagt, teuer sein.«

»Schadet nichts, ich habe jetzt ohnedies nicht viel von meinem Toilettengeld aufgebraucht. Laß den Hut bei der Bendow auf meine Rechnung schreiben.«

Jo umarmte Eva Maria lachend.

»Du, das ist famos! Jetzt lasse ich mir erst von Mama einen

andern Hut kaufen und dann kaufe ich mir auf deine Rechnung den, den ich mir wünsche. Wenn es dir nur nicht leid tut, er kleidet mich nämlich wundervoll.«

»Es wird mir bestimmt nicht leid tun. Ich freue mich, dir einen Wunsch erfüllen zu können.«

»Dann also auf Wiedersehn, Eva Maria, grüße den alten Herrn von mir. Schönen Dank nochmals!«

»Auf Wiedersehn, Jo!«

Diese küßte Eva Maria nochmals auf die Wange. Eva Maria ließ es sich gefallen. Sie trug es Jolante nicht einmal nach, daß sie ihr allerlei Bosheiten gesagt hatte. Im Grunde bemitleidete sie die Cousine ihres Charakters wegen.

Nachdem Jolante fort war, blieb Eva Maria eine Weile mit geschlossenen Augen mitten im Zimmer stehen und drückte die Hände aufs Herz. Ein wenig hatten sie die Worte der Cousine bezüglich Ralf Bernd doch beunruhigt.

Eva Maria liebte Ralf Bernd mit der ganzen Ausschließlichkeit und Innigkeit ihres Herzens. Und sie hatte keinerlei Gewißheit, ob diese Liebe erwidert würde. Höchstens daß bisweilen ein unbeherrschter Blick seiner Augen, ein leises Schwanken seiner Stimme, wenn er mit ihr sprach, es sie hoffen ließ. Freilich hatten selbst diese kleinen, sie innig beglückenden Anzeichen ihr Hoffnung gegeben, daß Ralf Bernd sie ebensosehr liebte wie sie ihn, aber Jolantes feste Absicht, ihn für sich zu erobern, hatte sie doch beunruhigt. Aber dann schüttelte sie aufatmend den Kopf, und ihre Augen begannen wieder zuversichtlich zu leuchten. Ein wertvoller, tiefgründiger Mensch ließ sich nicht von einer Frau erobern, er suchte sich selbst eine Frau nach seinem Herzen aus. Es war eine ganz irrige Ansicht von Jo, wenn sie meinte, er gehe darauf aus, eine der Enkelinnen Georg Rodenbergs zu gewinnen, um eine glänzende Partie zu machen. Ein Mann wie er bestimmte sein Schicksal selber und machte sich nicht abhängig von einer reichen Frau. Das erschien Eva Maria gewiß.

Sie wehrte sich gegen die Unsicherheit, die sie bei Jolantes Worten überfallen hatte, aber sie trat doch etwas zaghaft an den Spiegel heran und betrachtete sich mit kritischen Blicken. Hatte Jo recht, sah sie wirklich so jämmerlich aus, wie diese gesagt hatte?

Aber aus dem Spiegel sah ihr eine jugendfrische, reizende Erscheinung entgegen. Wohl waren die Wangen infolge der anstrengenden Krankenpflege ein wenig blasser als sonst, aber die tiefblauen Augen leuchteten so klar wie je, und um den blaßroten, feingeschnittenen Mund lag ein reizendes Lächeln voll leiser Schelmerei. Sie lachte sich selbst ein wenig aus, weil sie sich so kritisch betrachtete. Das schmucklose graue Kleid, das sie trug, wollte ihr auf einmal jedoch selber nicht mehr gefallen. Jo hatte recht, sie sah ein wenig wie eine Nonne darin aus.

Eva Maria eilte auf ihr Zimmer und warf schnell ein blaßblaues Sommerkleid über. Es verschönerte sie noch mehr, und ein wenig errötend sagte sie sich, ob sie darin Doktor Bernd wohl besser gefallen würde als in dem grauen Nonnenkleid. Sie war kaum umgekleidet, als aus des Großvaters Zimmer die Klingel ertönte, die sie herbeirief. Schnell eilte sie hinüber.

»Sind Sie fertig mit Ihrem Vortrag, Herr Doktor?« fragte sie, mit reizendem Lächeln zu ihm aufsehend.

Ralf Bernd verneigte sich, und das Aufstrahlen seiner Augen verriet ihr zu Genüge, wie sehr sie ihm gefiel.

»Ja, mein gnädiges Fräulein, ich bin fertig, und Herr Rodenberg hat mich beauftragt, Sie herbeizurufen.«

»Deine Ruhepause war sehr kurz, Eva Maria, und dein anspruchsvoller Patient hat schon wieder allerlei Wünsche bereit«, sagte der alte Herr.

»Die ich dir gern erfüllen werde, lieber Großvater. Hast du dich auch gewiß nicht zu sehr angestrengt?«

»Nein, nein, Herr Doktor Bernd hat mir alles so vorgetragen, daß es absolut keine Anstrengung war. Jetzt möchte ich aber ein kräftiges Frühstück einnehmen.«

»Oh, wie mich freut, daß du Appetit hast. Gleich lasse ich alles herbeibringen.«

»Tue das, mein Kind. Erst wollen wir uns aber von Herrn Doktor Bernd verabschieden. Auf Wiedersehn, lieber Herr Doktor, morgen früh erwarte ich Sie zur selben Zeit.«

Ralf Bernd hatte selbstvergessen zugesehen, wie sich Eva Maria liebreich um den Großvater mühte. Nun schrak er zusammen und verneigte sich vor seinem Chef und dessen Enkelin.

»Ich werde pünktlich zur Stelle sein, Herr Rodenberg.«

»Auf Wiedersehn, Herr Doktor«, sagte nun auch Eva Maria

und reichte ihm mit einem lieben Lächeln die Hand. Das beglückte ihn so sehr, daß seine Augen in die ihren strahlten. Sie errötete unter seinem Blick, und er fühlte, wie ihre Hand leise bebte. Es wurde ihm sehr schwer, zu gehen, aber es mußte sein.

Großvater und Enkelin waren nun wieder allein. Dann brachte Hermann das Frühstück für den Kranken und half Eva Maria, es ihm mundgerecht zu machen. Nachdem der Großvater sich gestärkt hatte, verordnete Eva Maria ihm wieder ein Ruhestündchen.

»Du mußt erst wieder ein wenig schlafen, Großvater, ehe Onkel Arthur kommt, um Geschäftliches mir dir zu besprechen.«

Er ließ sich lächelnd die Kissen richten und sah zu ihr auf.

»Wie reizend du in diesem blauen Kleid aussiehst, Kind. Wenn ich Jo betrachte, frage ich mich immer, ob sie nicht viel eher wie ein Knabe aussieht. Sie hat so wenig Weibliches. Mir gefällt diese knabenhafte Weiblichkeit von heute gar nicht.«

»Oh, lasse das Jo nicht hören, Großvater, dann nennt sie dich rückständig und macht dir den Vorwurf, du seist nicht mit der Zeit fortgeschritten«, scherzte Eva Maria.

»Wenn der Fortschritt darin besteht, daß die Frauen sich wie Männer und die Männer sich wie Frauen kleiden und gebärden, will ich nichts damit zu tun haben. Aber – du bist doch auch eine recht moderne junge Dame und bleibst doch Frau dabei, das lasse ich gelten. Jedenfalls freue ich mich, wie reizend dich dieses lichte Blau kleidet.«

»Großvater, wenn du mir weiter solche Komplimente machst, dann werde ich eitel.«

»Nein, dazu neigst du nicht«, scherzte er.

Sie lachte.

»Jo würde mir das auch schnell austreiben. Sie hat mir vorhin gesagt, ich sähe miserabel aus und mindestens zehn Jahre älter als ich bin.«

Er streichelte ihre Hand und mußte mitlachen.

»Da hat Jo also wieder einmal nicht an Schüchternheit gelitten. Aber, sehr blaß bist du in diesen schweren Wochen allerdings geworden; ich mache mir Vorwürfe, du mußt jetzt täglich wieder einige Stunden ins Freie.«

»Das holen wir beide zusammen nach, Großvater, in einigen Tagen darfst du wieder aufstehen, der Arzt wünschte nur noch einige Tage Bettruhe für dich zur Kräftigung, nach den schweren Fiebertagen. Ich hoffe, daß du am Sonntag aufstehen darfst. Dann bringen wir dich hinaus in die Sonne, und ich leiste dir da auch Gesellschaft.«

Er lächelte ihr zu.

»Ich bin schon froh, daß ich wieder aufstehen kann. Es wird schon recht langweilig, noch im Bett zu bleiben.«

Sie machte ein drollig-strenges Gesicht.

»Langweile ist die beste Medizin für einen Genesenden. Und jetzt schläfst du noch ein Stündchen, damit du frisch bist, wenn Onkel Arthur kommt.«

»Ich wage nicht zu widersprechen, meine gestrenge Samariterin. Und während ich ruhe, gehst du ein Stündchen im Park spazieren. Die Krankenschwester kann zu deiner Beruhigung im Nebenzimmer bleiben.«

Das geschah dann auch. Eva Maria durchstreifte den Park und sog tiefatmend die würzige Luft ein. Ihr war, als habe sie mit dem grauen Kleide alle Sorgen abgestreift, als müsse nun alles wieder gut werden. Nach einer Stunde kehrte sie erfrischt zurück. Der Großvater schlief noch, aber gleich darauf erschien Onkel Arthur. Er trug einen eleganten, vorzüglich geschnittenen grauen Anzug. Damit es nicht auffallen sollte, daß sein schwarzes Haar schon sehr gelichtet war, hatte er sich den ganzen Kopf glatt abrasieren lassen, so daß er einer polierten Kugel glich. Die Züge seines Gesichts erschienen flach und ausdruckslos, nur das Kinn schob sich seltsam hart und kantig vor, was dem Gesicht etwas Unausgeglichenes gab. Seine schwarzen Augen waren hinter leicht gefärbten Brillengläsern verborgen. Nur ein sehr scharfer Beobachter konnte in ihnen zuweilen ein seltsam aufzuckendes Glimmen, wie in den Augen eines Raubtiers, wahrnehmen, das die gefärbten Brillengläser nicht ganz verbergen konnten.

Mit einem unbehaglichen Gefühl trat Eva Maria dem Onkel entgegen, der ihr mit seinem gewohnten Lächeln die Hand reichte. Es war eine seltsam weiche, fleischige Hand mit dicken Fingern und stumpfen Nägeln. Und doch faßten diese Finger mit festem, hartem Druck zu, so daß Eva Maria jedesmal das Gefühl hatte, als presse diese fleischige Hand ihr das Herz zusammen. Schnell zog sie die ihre wieder zurück.

»Guten Morgen, meine liebe Eva Maria. Wie entzückend du

aussiehst! So frisch und wohl – ich freue mich, mein liebes Kind. Diese Farbe kleidet dich vorzüglich. Du wirst wahrhaftig von Tag zu Tag schöner.«

Sie mußte denken, daß er im Gegensatz zu seiner Tochter immer etwas Liebenswürdiges sagte, aber diese Liebenswürdigkeiten erschienen ihr unerträglicher als Jolantes Bosheiten.

»Ich war eben eine Stunde im Freien«, sagte sie so freundlich sie konnte. »Großvater schläft noch.«

»Es freut mich, daß du dir jetzt etwas mehr Ruhe gönnen kannst. Es war ein schweres Opfer für dich, Großvaters Pflege zu übernehmen.«

»Es war kein Opfer«, wehrte sie hastig ab.

»Doch, doch, es war bewundernswert von dir, wirklich, das macht dir so leicht keiner nach. Jo wäre dazu ganz unbrauchbar.«

In diesem Augenblick trat zu Eva Marias Erleichterung die Krankenschwester ein und meldete, Herr Rodenberg sei erwacht und wünsche Herrn Mertens zu sprechen. Das gnädige Fräulein möchte aber erst noch einmal mit hereinkommen.

Mertens betrat dicht hinter Eva Maria das Krankenzimmer, und diese hatte wieder das seltsam beängstigende Gefühl, als drohe ihr von ihm eine Gefahr.

Der Großvater saß schon aufgerichtet im Bett und nickte Eva Maria zu. »War es schön draußen, Kind?«

»Wunderschön, Großvater! Da habe ich dir einen Strauß Maiblumen mitgebracht, sieh, wie schön. Aber ich glaube, es sind die letzten. Du liebst sie so sehr. Ich stelle sie hinüber an das Fenster, damit du dich an ihrem Anblick freuen kannst. Hierher neben das Bett möchte ich sie nicht stellen, da stört dich der Duft vielleicht.«

Der Kranke sog den Duft der Blumen ein.

»Maiblumen noch Anfang Juni! Wie schön, Eva Maria. Ich danke dir. Also bitte, stelle sie an das Fenster. Guten Tag, Arthur, was bringst du mir?«

Mertens beugte sich über ihn und streichelte ihm, wie von Gefühlen übermannt, die Hand.

»Guten Morgen, lieber Schwiegervater, allerlei Wichtiges ist es, worüber ich nicht gern allein entscheiden möchte. Zu meiner großen Freude sehe ich, daß du heute wieder etwas frischer und wohler aus den Augen blickst, ganz hell und klar leuchten sie.«

Der alte Herr lächelte.

»Nun, so sehr weit ist es nicht her mit der Klarheit und Helligkeit. Ohne Brille kann ich nicht einmal dein Gesicht vor mir sehen. Bitte, gib mir meine Brille herüber, Eva Maria.«

Diese hatte inzwischen die Maiblumen in einer Vase geordnet und auf einen kleinen Tisch am Fenster gestellt. Nun brachte sie rasch die Brille herbei und setzte sie dem Großvater vor die Augen. Schnell und fürsorglich schüttelte sie ihm die Kissen noch einmal zurecht. Er nickte ihr dankend zu.

»Nun kannst du mich mit Onkel Arthur allein lassen, mein Kind.«

Arthur Mertens sah mit seinem glatten Lächeln zu Eva Maria hinüber.

»Mit einer so liebevollen Pflegerin, wie Eva Maria, ist es fast ein Vergnügen, krank zu sein, lieber Vater.«

Der alte Herr nickte zustimmend, einen zärtlichen Blick auf seine Enkelin werfend. Als Eva Maria verschwunden war, besprachen die beiden Herren allerlei Geschäftliches. Es wurde alles schnell erledigt, und anerkennend sagte Georg Rodenberg:

»Du bist mir in dieser Zeit eine große Stütze und Hilfe gewesen, Arthur, alles hast du in meinem Sinne geordnet.«

Mertens beugte sich abermals über die Hand des alten Herrn und küßte sie.

»Wenn du wüßtest, wie stolz mich deine Anerkennung macht, lieber Vater. Ich setze alle meine Kräfte ein, um dir meine Dankbarkeit zu beweisen«, sagte er wie in tiefer Ergriffenheit.

»Dankbarkeit? Wofür glaubst du mir die schuldig zu sein, mein lieber Arthur?«

»Dafür, daß du mich für wert hieltest, dein Sohn zu werden. Nie vergesse ich dir das.«

Der alte Herr sah ein wenig verlegen aus. Er mußte daran denken, daß er Mertens nur ungern in seine Familie aufgenommen hatte. Als ihm seine Tochter Melanie damals gestand, sie liebe Mertens und werde von ihm wiedergeliebt, hatte er angenommen, daß er sich nur um die glänzende Partie bewarb, denn seine Tochter Melanie war im Gegensatz zu ihrer schönen Schwester immer ein unansehnliches, reizloses Geschöpf gewesen. Und da Mertens ganz arm war, lag der Verdacht nahe, daß es ihm nur an ihrem Reichtum gelegen war. Er unterwarf ihn daher erst einer

Probe, erklärte, daß er seine Einwilligung zu dieser Verbindung nicht geben werde, und wenn Melanie trotzdem nicht von Mertens ablassen wolle, werde er sie enterben. Mertens aber war schlau genug gewesen, das nur für eine Falle zu halten und hatte mit zur Schau getragener großer Leidenschaftlichkeit erklärt, er werde Melanie auch heimführen, wenn sie bettelarm wäre. Und so hatte der alte Herr schließlich nachgegeben, denn er wollte seine von der Natur stiefmütterlich behandelte Tochter nicht unglücklich machen.

So sagte er nun mit einem kleinen verlegenen Lächeln:

»Dafür bist du mir keinen Dank schuldig, das mußt du nur Melanies Liebe danken. Offen heraus, ich hatte andere Pläne mit ihr, aber sie wollte um keinen Preis von dir lassen. So mußte ich in euren Bund willigen und – ich habe es nie bereut.«

Wieder küßte Arthur Mertens die Hand des alten Herrn: »Es macht mich glücklich, daß du es nie bereut hast.«

»Nein, Arthur, du hast Melanie glücklich gemacht.«

»Aber ich war ein armer Schlucker, und für die Vermessenheit, mit der ich um deine Tochter warb, kann ich eben nur meine große Liebe zu Melanie als Entschuldigung angeben.«

»Nun, du hast andere Werte mit in die Ehe gebracht, als Reichtum. Ich habe eine tüchtige Stütze an dir gefunden und, wie gesagt, daß du Melanie durch deine Liebe so glücklich gemacht hast, rechne ich dir hoch an.«

Arthur Mertens allein wußte, daß er seine Frau nie geliebt hatte, daß es ihm nur um die glänzende Partie zu tun gewesen war. Aber er hatte bisher die Rolle des liebenden Gatten so gut gespielt, daß er alle getäuscht hatte, auch seine Frau. Niemand ahnte, daß er es mit der ehelichen Treue durchaus nicht genau nahm.

Mit seiner öligen Stimme sagte er aufseufzend:

»Ich wäre ein todunglücklicher Mensch geworden, hätte ich meine Melanie nicht heimführen dürfen. Daß du sie mir gabst, lieber Vater, verpflichtet mich dir gegenüber auf ewig zur Dankbarkeit. Und ich werde nie nachlassen, dir diese zu beweisen und bitte dich, mich vor immer schwierigere Aufgaben zu stellen.«

»Daran wird es nicht fehlen, mein lieber Arthur, auch über meinen Tod hinaus nicht. Diesmal ist der Sensenmann ja noch an mir vorbeigegangen, aber wer kann wissen, wie kurz die mir noch gestellte Frist sein mag. Sterbe ich vor Hans' fünfundzwanzigstem Lebensjahre, mußt du deine Kraft und Treue in seine Dienste stellen, mußt ihm Führer und Berater sein, bis er selbst die Zügel in die Hand nehmen kann. Auch darüber hinaus sollst du ihm zur Seite stehen.«

»Ich brauche dir nicht zu versichern, daß ich das tun werde, lieber Vater.«

Der alte Herr spürte nicht, wie der Groll an Mertens Herzen fraß, daß Hans Dornau und nicht er eines Tages Chef der Rodenberg-Werke sein sollte. Er fand sich schließlich damit ab, daß nicht sein eigener Sohn Haupterbe sein würde, aber daß er übergangen wurde, daß er hinter diesem jungen Menschen eines Tages erst an zweiter Stelle stehen sollte, das verwand er nicht. Dafür hatte er nicht Jahr für Jahr den alten Herrn umschmeichelt, sich nicht mit dieser reizlosen Frau begnügt, um nun übergangen zu werden. Sein Ehrgeiz und seine Machtgier strebten sehr hoch, und er war bereit, einen hohen Preis für deren Befriedigung zu zahlen.

Als die beiden Herren den geschäftlichen Teil erledigt hatten, begann Georg Rodenberg: »Ich wollte noch etwas mit dir besprechen, Arthur, es betrifft unseren tüchtigen Ingenieur Doktor Bernd. Er hatte heute morgen nach dem üblichen Vortrag über die technischen Arbeiten mit mir von einer Erfindung gesprochen, die er gemacht hat und die ich für unsere Werke für außerordentlich wichtig halte. Ich habe ihm bereits gesagt, daß ich sie anzukaufen gedächte. Er ist zweifellos unser begabtester und genialster Ingenieur und hat eine Auszeichnung verdient, ganz abgesehen von seiner Erfindung – ich möchte ihn zum Oberingenieur avancieren lassen. Sobald ich ganz gesund bin und wieder in die Werke komme, soll das geschehen.«

Wenn Arthur Mertens außer gegen Hans noch gegen einen Menschen eine tiefe Abneigung hegte, so war es Doktor Bernd. Die aufrechte, stolze Art des jungen Mannes reizte den eitlen Herrn Direktor ungemein.

Seine gefärbten Brillengläser verbargen ein zorniges Aufblitzen seiner Augen. Was sein Schwiegervater ihm sagte, mißfiel ihm gründlich. Es paßte nicht in seine Pläne, daß Hans von Doktor Bernd beeinflußt wurde, weil er diesen Einfluß nicht bestimmen konnte. Am liebsten hätte er Doktor Bernd von den Rodenberg-Werken entfernt, aber dazu fehlte ihm vorläufig jede Möglichkeit, da sein Schwiegervater so große Stücke auf den Ingenieur hielt. Immer grübelte er über einen Vorwand nach, wie man sich Bernds entledigen könne. Bisher war ihm das nicht gelungen, und nun plante der alte Herr gar noch eine Auszeichnung für diesen. Das paßte ihm durchaus nicht.

Er nahm sich aber zusammen, und um Zeit zu gewinnen, sagte er:

»Ah, Doktor Bernd hat eine Erfindung gemacht? Davon hat er mir doch kein Wort gesagt.«

»Das ist ja verständlich, Arthur, da du nur Kaufmann bist.«

»Nun, immerhin. Ich bin doch genügend mit den Werken verwachsen, um mich auch für dergleichen zu interessieren, und eine Erfindung würde ich wohl auch beurteilen können. Jedenfalls ist es ein wenig anmaßend von dem jungen Mann, daß er dich jetzt damit belästigt, wo du noch nicht ganz gesund bist. Er hätte besser getan, erst einmal bei mir anzufragen, ob er dir zur Zeit damit kommen dürfte. Aber das entspricht ganz seiner etwas überheblichen Art. Ich halte ihn für ziemlich arrogant.«

»Damit tust du ihm unrecht, Arthur. Wohl ist Doktor Bernd ein Mensch, der sich seines Wertes bewußt ist, wie jeder rechte Mann, aber von Arroganz habe ich nie eine Spur bei ihm bemerkt. Er hat mich übrigens durchaus nicht mit seiner Erfindung belästigt. Er hatte bereits mit Hans darüber gesprochen. Hans hat sogar daran mitgearbeitet und war des Lobes voll davon. Daraufhin habe ich Doktor Bernd selbst danach gefragt und ihn gebeten, mir heute Vortrag darüber zu halten. Das hat er dann auch getan, und die Erfindung ist, wie gesagt, sehr wichtig für uns und zeugt von seiner Genialität. Ich habe nicht gezögert, sie uns zu sichern.«

Mertens hatte sich wieder gefaßt.

»Du mußt das ja beurteilen können, lieber Vater. Hans hätte nur damit warten können, bis du wieder ganz gesund bist, wir sind doch so sehr in Sorge um dich. Und ich muß dabei bleiben, daß Doktor Bernd ein für seine Jugend allzu ausgeprägtes Selbstbewußtsein besitzt, und deshalb dürfte es wohl genügen, wenn du es dabei bewenden läßt, seine Erfindung anzukaufen. Zum Oberingenieur würde ich ihn an deiner Stelle erst später einmal avancieren lassen. Es könnte auch die andern Ingenieure verstimmen, wenn er ihnen außer der Reihe vorgezogen wird.«

Georg Rodenberg wehrte aber mit einer Handbewegung diesen Einwand ab.

»Es steht jedem Ingenieur frei, sich auszuzeichnen, und es wird dann keinem an Anerkennung fehlen. Es spornt im Gegenteil an, wenn sie wissen, daß ihnen auch außer der Reihe eine Auszeichnung möglich ist. Hegen sie aber die Überzeugung, daß eine Beförderung nur erfolgt, wenn jeder eine bestimmte Reihe von Jahren abgedient hat, lähmt das jedes Streben. Doktor Bernd ist, wie gesagt, ein außerordentlich befähigter Mensch und der ihm zugedachten Auszeichnung in jeder Weise wert. Deshalb soll es schon dabei bleiben; sobald ich wieder drüben amtieren kann, erfolgt seine Ernennung.«

Arthur Mertens kochte innerlich vor Wut, aber er hatte es immer verstanden, sich zu beherrschen. Er wußte auch, wenn sein Schwiegervater in diesem energischen Ton sprach, war nichts zu ändern. Sein ganzer Ärger konzentrierte sich in der Hauptsache wieder auf Hans. Wie kam der Junge dazu, diesen Doktor Bernd hervorzuheben, indem er seinem Großvater große Dinge von dessen Erfindung vorerzählte.

»Wie du willst, lieber Vater«, sagte Mertens, seinen Groll hinabwürgend, »ich beuge mich deiner besseren Einsicht. Aber eines möchte ich dir noch zu bedenken geben: Hältst du es für gut, wenn dieser selbstbewußte junge Mann einen so starken Einfluß auf Hans bekommt? Die beiden sind fast unzertrennlich, und Hans vergöttert ihn geradezu.«

Der alte Herr lächelte.

»Jugendlicher Überschwang steht einem Jüngling wohl an, und ich wüßte nicht, warum ich es nicht für gut halten sollte, daß Hans sich an Doktor Bernd anschließt. Er kann ja nur Gutes von ihm lernen, denn ich schätze Bernd als einen zielsicheren, energischen, fleißigen und ehrenhaften Mann.«

»Nun, lieber Vater, du zwingst mich, dir zu sagen, daß ich die feste Überzeugung habe, daß er sich sehr hohe Ziele gesteckt hat, viel höher, als du ahnst.«

»Was meinst du damit?«

Mertens strich sich über seinen runden Kopf, als sei ihm zu heiß. Er war erst in diesem Moment darauf gekommen, scheinbar einer Sache Wichtigkeit zuzulegen, die er bisher kaum beachtet hatte. Als Mittel zum Zweck kam sie ihm plötzlich jedoch sehr gelegen.

»Nun, so muß ich Farbe bekennen. Doktor Bernd scheint also den festen Vorsatz zu haben, eine deiner Enkelinnen zu erobern.«

Jetzt stutzte der alte Herr.

»Wie kommst du darauf?«

»Nun, rund heraus, Jo hat sich verraten. Sie macht kein Hehl daraus, daß sich Doktor Bernd um sie bemüht, und sie erklärte mir sogar, sie habe die Absicht, seine Werbung zu erhören. Du kennst Jo, sie ist sehr eigenwillig, und deshalb wäre es vielleicht angebracht, Doktor Bernd von den Rodenberg-Werken zu entfernen, ehe es zu spät ist, statt ihn noch enger an die Werke zu fesseln.«

Nachdenklich sah Georg Rodenberg vor sich hin. Dann sagte er ungläubig:

»So, so, er meint Jo, ich –«

Er stockte, er hatte sagen wollen: Ich glaubte, er sähe Eva Maria gern. – Aber er unterdrückte es und fuhr nun fort:

»Ich könnte darin kein Unglück sehen. Würde es dir denn so schlimm erscheinen, wenn er sich um deine Tochter bewürbe?«

»Aber lieber Vater, es liegt doch auf der Hand, daß es ihm nur um eine glänzende Partie zu tun ist. Er spekuliert augenscheinlich darauf, sich durch Jo in den Rodenberg-Werken festzusetzen.«

Damit hatte Arthur Mertens eine Unklugheit begangen. Der alte Herr sah ihn mit einem seltsamen Lächeln an.

»Mein lieber Arthur, das habe ich auch einmal von dir gedacht, als du um Melanie warbest. Meinst du, daß Doktor Bernd nur an die glänzende Partie denkt, wenn er sich wirklich um Jo bewirbt?«

Mertens fuhr etwas erschrocken zusammen. Um Gottes willen seinen Schwiegervater nicht mißtrauisch machen.

»Jo ist nicht eben eine Schönheit«, stammelte er.

»Das war deine Frau auch nicht, und du hast sie doch aus Liebe geheiratet.«

Jetzt spielte Mertens eine gelungene Komödie, die bei dem alten Herrn jedes Mißtrauen im Keime erstickte.

»Meine Melanie? Aber Vater, mir ist nie eine Frau schöner und liebenswerter erschienen, als meine Melanie«, sagte er in überfließender Zärtlichkeit.

Arglos lachte der alte Herr.

»Nun wohl, vielleicht erscheint Jo dem jungen Mann auch so schön und liebenswert. Aber als Vater steht man seinen künftigen Schwiegersöhnen meistens etwas mißtrauisch gegenüber, und nun verstehe ich mit einem Male deine Abwehrstellung gegen Doktor Bernd. Ich bin aber überzeugt, daß du dich sehr schnell mit ihm aussöhnen wirst, falls er wirklich um Jo anhält.«

Mertens' Kopf durchschoß plötzlich ein Gedanke, der mit einem Male seine Einstellung zu Doktor Bernd völlig umwandelte. Wie, wenn er diesen durch eine Verbindung mit seiner Tochter in die Hand bekäme und ihn dadurch auf seine Seite brächte?

Er konnte diesen Gedanken jetzt nicht von allen Seiten beleuchten, deshalb sagte er nur einlenkend:

»Du würdest also nicht gegen eine solche Verbindung protestieren?«

»Absolut nicht! Wenn Doktor Bernd sich um Jo bewirbt und sie ihn heiraten will – ich meine, einen besseren Mann kann sie nicht finden. Jo braucht eine feste Hand. Offen gesagt, je eher sie unter die Haube kommt, desto besser.«

Arthur Mertens wurde immer nachdenklicher. War es nicht wirklich das klügste, wenn er diesen Mann, der so viel Einfluß auf Hans hatte, durch die Hand seiner Tochter an sich kettete und ihn zu einem willigen Werkzeug für seine Pläne machte? Da er nicht von Rodenberg zu entfernen war, wenigstens nicht, solange sein Schwiegervater lebte, so war es vielleicht klüger, er machte gemeinsame Sache mit ihm. Einlenkend sagte er daher:

»Da du nichts dagegen einzuwenden hast, lieber Vater, brauche ich auch keinen Widerstand zu leisten. Ich ziehe also alle meine Bedenken zurück. Ich dachte, du würdest gegen eine eventuelle Verbindung Jos mit Bernd sein. Nun aber hast du mir diese Sorge abgenommen durch dein gütiges Verständnis, und ich bin meine Angst los. Wir wollen also die Dinge laufen lassen, wir brauchen nichts pro oder kontra zu unternehmen, es wird sich alles von selber fügen. Wenn du Doktor Bernd für würdig hältst, deine Enkelin zu heiraten, so darf auch ich nicht dagegen protestieren. Es wird vielleicht ganz gut sein, wenn du ihn zum Oberingenieur avancieren läßt. Es klingt dann vielleicht besser.«

Der alte Herr lächelte.

»Ein Mann wie Doktor Bernd kann einem Vater auch ohne Titel als Schwiegersohn willkommen sein. Außerdem ist er aus guter Familie und selbst vermögend. Und wird er Jos Gatte, halten wir ihn für immer auf den Rodenberg-Werken und können uns dazu beglückwünschen. Laß also die Dinge laufen.«

Im besten Einvernehmen schieden die beiden Herren voneinander; Arthur Mertens entfernte sich mit nachdenklichem Gesicht, nachdem er Eva Maria noch einige Liebenswürdigkeiten gesagt und sie scheinbar sehr herzlich gebeten hatte, sich bald einmal wieder in der Villa Melanie einzufinden.

»Wir haben so lange nicht mehr die Freude gehabt, dich bei uns zu sehen. Jetzt hält dich Großvaters Pflege nicht mehr so fest, und darum lassen wir keine Entschuldigung mehr gelten, du mußt sehr bald kommen.«

Eva Maria sagte zu, obwohl es ihr immer widerstrebte, in das Haus zu gehen, wo er Hausherr war. Selbst die Liebe zu ihrer Tante Melanie konnte daran nichts ändern.

In tiefes Nachdenken versunken kehrte Mertens zu den Werken zurück.

IV

Als Eva Maria eine Weile später bei ihrem Großvater saß und ihm die Zeitungen vorlesen wollte, sagte dieser plötzlich:

»Sag' einmal, Eva Maria, ist es dir aufgefallen, daß Doktor Bernd ein besonderes Interesse für Jo an den Tag legt?«

Er sah sie dabei forschend an und gewahrte, daß sie tief errötete. Aber ihre schönen blauen Augen sahen ihn groß und ernst an.

»Nein, Großvater, das habe ich noch nie bemerkt. Wohl aber hat mir Jo heute morgen ganz offen erklärt, er sei ihr Typ, er gefalle ihr und sie habe die Absicht, ihn zu erobern. Sie behandelte diese Angelegenheit durchaus nicht geheimnisvoll, und deshalb begehe ich wohl keine Indiskretion, wenn ich darüber spreche.«

Er betrachtete sie sinnend; ihr Erröten verriet ihm viel.

»Nein, es ist keine Indiskretion, zumal Jo ihrem Vater auch etwas Ähnliches erklärt hat. Also Jo will diesen Mann erobern? Sag' mal, was ist das für eine verkehrte Welt? Gehört das auch zur modernen Weltanschauung, daß die Frauen jetzt die Männer erobern? Möchtest du dir einen Mann erobern, Eva Maria?«

Sie schüttelte den Kopf.

»Nein, Großvater, ganz gewiß nicht, aber ich bin auch kein modernes Mädchen wie Jo, sondern etwas rückständig, wie sie sagt.«

»Ich freue mich, daß ich wenigstens eine Enkelin habe, die in dieser Hinsicht rückständig ist. Aber um noch mal auf Doktor Bernd zu kommen, meinst du, daß er der Mann ist, der sich von einer Frau ›erobern‹ läßt?«

Eva Marias Augen leuchteten auf. Sie wußte nicht, was für eine starke Zuversicht und welch schrankenloses Vertrauen in diesem Aufleuchten lag.

»Nein, Großvater, ich bin fest davon überzeugt, daß er in dieser Beziehung auch rückständig ist und sich eine Frau nach seinem Herzen selber wählt.«

Der alte Herr nickte.

»Also wird sich Jo wohl nach einem anderen Mann umsehen müssen. Wie ich sie kenne, wird sie nicht an gebrochenem Herzen sterben.«

Eva Maria mußte lachen.

»Jo? Ganz gewiß nicht, Großvater, das wäre doch zu unmodern.«

Wieder sah der alte Herr sinnend in Eva Marias reizendes Gesicht, in ihre reinen, stolzen Augen hinein. Dann sagte er, sich befriedigt zurücklehnend:

»Nun lies mir vor, mein Kind.«

Sie tat es, und ihre dunkle, weiche Stimme schmeichelte sich in sein Ohr. Sein Blick streifte immer wieder ihre feinen Züge, die zartgeschwungenen Lippen und das blonde, schimmernde Haar. Und dann sah er im Geiste Doktor Bernds kraftvolle Erscheinung an ihrer Seite. Ja, zu Eva Maria paßte er besser, als zu Jo. Arthur hatte sich sicherlich umsonst gesorgt, daß Doktor Bernd sein Schwiegersohn werden könne. Eva Maria und Doktor Bernd würden ein sehr harmonisches Paar abgeben, und er hatte sich bestimmt nicht getäuscht glaubte er, bemerkt zu haben, daß sie einander nicht mit gleichgültigen Augen ansahen. Aber auch er sagte sich: Nicht daran rühren, es wird sich alles ohne unser Dazutun entwickeln.

In den nächsten Tagen beobachtete der alte Herr die beiden jungen Leute schärfer als zuvor, wenn Doktor Bernd morgens zum Vortrag kam, und wußte es stets so einzurichten, daß sie sich eine Weile ungestört unterhalten konnten. Mit Befriedigung sah er, daß die beiden Augenpaare sehr oft selbstvergessen ineinander tauchten. Immer fester wurde daher seine Überzeugung, daß Jo hier nichts zu hoffen habe, und er begann zu überlegen, ob er Arthur Mertens einen Wink geben solle. Aber es erschien ihm indiskret, Eva Marias Herzensgeheimnis verraten zu wollen, zumal er es selbst nur ahnte. Schließlich war er weder verpflichtet noch berechtigt, mit irgend jemandem darüber zu sprechen, auch Mertens gegenüber nicht. Und für Jo war es vielleicht sogar eine sehr gute Lehre, wenn sie einmal ihren Willen nicht durchsetzte und merkte, daß auch die Männer von heute eine weibliche Frau haben wollten, handelte es sich für sie um die Wahl einer Gattin.

Am nächsten Sonntag durfte der alte Herr wirklich aufstehen, und die ganze Familie war in Villa Rodenberg versammelt, um ihn zu beglückwünschen. Er durfte auch ein halbes Stündchen auf der Terrasse im Sonnenschein sitzen, und die Freude an seiner Genesung strahlte ihm aus den Augen.

Er wollte nichts davon hören, daß er nach Ablauf der ihm zugestandenen Zeit wieder in das Krankenzimmer zurück sollte, aber Eva Maria bestand energisch darauf. Jo und Egon zankten mir ihr, sie tyrannisiere Großvater, er werde schon selbst wissen, was ihm zuviel werde. Sogar Tante Melanie bat um Aufschub für den Vater, ein Viertelstündchen könne man doch noch zugeben, aber Hans und Eva Maria faßten den Großvater bei den Armen und führten ihn ins Haus. Eva Maria sah ihn dabei so ernst und mahnend an, daß er lachend gehorchte.

Als die drei verschwunden waren, sagte Jo ärgerlich:

»Was Eva Maria sich nur herausnimmt. Weil sie Großvater gepflegt hat, glaubt sie, über ihn bestimmen zu können.«

»Du darfst nicht vergessen, Jo, daß sie ein schweres Pflegeamt hatte, und daß sie um Großpapa in großer Sorge ist«, lenkte Frau Melanie, eine gutmütig, aber unbedeutend aussehende Dame im Beginn der Vierzig, ein.

»Auf dieses Pflegeamt tut sie sich auch allerhand zugute, man bekommt es bis zum Überdruß zu hören, was für eine vortreffliche Pflegerin sie ist«, höhnte Jo.

»Sie hat sich dadurch noch mehr als zuvor in Großvaters Gunst eingeschmeichelt. Und Hans ist von jeher lieb Kind bei Großpapa gewesen, sonst wäre er nicht zum Erben der Rodenberg-Werke bestimmt worden. Schließlich wäre ich doch genauso gut dazu berechtigt«, fügte Egon Mertens hinzu. »Es grenzt direkt an Erbschleicherei, wie die beiden sich aufführen.«

»Pfui, Egon, wie kannst du so etwas Häßliches sagen«, ereiferte sich seine Mutter. »Es ist doch selbstverständlich, daß Hans, als Sohn meiner ältesten Schwester, Chef der Rodenberg-Werke wird. Da Onkel Lutz nicht mehr am Leben ist, ist er der nächste dazu, und einer kann es doch nur werden. Es ist schade, daß mein armer Bruder verschollen ist.«

»Sprich doch nicht davon, daß er verschollen ist, Melanie, er ist tot«, warf ihr Mann ein.

»Leider müssen wir uns wohl darüber klar sein, Arthur.«

»Bedauere das nur nicht so sehr, es könnte nicht angenehm sein, einen Totschläger in der Familie zu haben. Er hat eben seine Strafe dafür erhalten, daß er einen Menschen erschlug«, sagte Mertens salbungsvoll.

Frau Melanie wurde blaß.

»Oh, bitte, sprich nicht so, Arthur, es war ein furchtbares Unglück, aber keine Schuld.«

»Darüber bin ich anderer Ansicht.«

»Laß das um Gottes willen Vater nicht hören, er ertrüge es nicht, wenn du in dieser Weise von Lutz sprächest.«

»Keine Sorge, Melanie, ich weiß sehr wohl, daß man auf seine Schwäche Rücksicht nehmen muß. Aber wir unter uns können doch das Ding beim rechten Namen nennen.«

»Ich kann ebenfalls nicht begreifen, wie man einen Totschläger noch mit einem Glorienschein umgeben kann«, sagte Jo schroff und hart. »Eva Maria spricht immer in den höchsten Tönen von ihm, als habe er Gott weiß was für eine Heldentat verrichtet. Das ist blöde Sentimentalität.«

Frau Melanie legte ihr die Hand auf den Mund.

»Schweig', ich kann es nicht ertragen, daß du so über meinen toten Bruder sprichst, ich – ich habe ihn sehr lieb gehabt.«

Arthur Mertens nahm die Hand seiner Frau und streichelte sie.

»Du bist eine schwache Frau, meine Melanie, und deine Schwäche erscheint mir, wie immer, liebenswert«, sagte er mit süßlicher Weichheit, die Melanies Augen aufleuchten ließ.

Jo und ihr Bruder Egon sahen sich verstohlen an. Sie schätzten ihres Vaters Liebenswürdigkeit gegen die Mutter richtig ein.

Jetzt kam Hans zurück. Eva Maria war noch bei dem Großvater geblieben. Die Unterhaltung nahm nun einen ganz anderen Verlauf. Arthur Mertens und seine Kinder freuten sich lautstark, daß Großvater wieder gesund sei. Nur Melanie stimmte nicht mit ein. Sie dankte Gott im stillen für die Genesung ihres Vaters, dafür meinte sie es aber ehrlich. Auch Hans gab kein Wort dazu, und Jo fragte ihn daher aggressiv:

»Nun, Hans, willst du nicht auch deiner Freude über Großpapas Genesung Ausdruck geben?«

Hans hatte sich neben Tante Melanie gesetzt. Er fuhr mit der Hand durch den blonden Schopf, der immer ein wenig wild um die gutgebaute Stirn stand, während sein Vetter Egon stets auf einen wohlgepflegten Scheitel Wert legte. Mit einem ernsten Blick sah er seine Cousine an.

»Ich empfinde diese Freude so stark und intensiv, daß ich keine Worte finde.«

»So, so? Na, jedenfalls verstehst du diese Freude aber vorzüglich zu beherrschen.«

»Und du verstehst ihr prächtig Ausdruck zu geben, jeder nach seiner Art, Jo.«

Sie zuckte die Achseln.

»Im übrigen könntest du endlich einmal etwas für deine Frisur tun. Du siehst ja wüst aus mit deinem wilden Haarschopf.«

Hans lachte unbekümmert.

»Eva Maria zankt auch zuweilen mit mir darüber, aber mein Schopf ist so widerspenstig.«

»Weil du immer mit beiden Händen hineinfährst.«

»Ich kann mir schon denken, Jo, daß dir Egons herrlicher Scheitel besser gefällt. Wie lange braucht er denn jeden Tag, um dies Wunderwerk zu vollenden?« spottete Hans gutmütig.

Frau Melanie fuhr mit ihrer kleinen, rundlichen Hand lächelnd durch das blonde Haar ihres Neffen.

»Laßt nur seinen Schopf in Ruhe, ein korrekter Scheitel paßt nicht zu ihm. Ein Heißsporn, wie er, kann keinen Scheitel tragen.«

Hans zog ihre Hand an seine Lippen.

»Wenn ich einen Scheitel hätte, würdest du mich nicht mehr zausen, und Eva Maria und Großvater täten es auch nicht mehr.«

»Es scheint dir also viel daran zu liegen, gezaust zu werden«, spottete Egon, der etwa gleichen Alters wie Hans war.

Hans sah ihn mit einem seltsamen Ausdruck an.

»Ja, aber nur von lieben Händen.«

Egon lachte höhnisch auf.

»Schau, schau! Nur von *lieben* Händen«, sagte er zynisch.

Hans stieg das Blut in den Kopf.

»Was *du* unter lieben Händen verstehst, meine ich nicht«, sagte er scharf zurückweisend.

»Nein, nein, du bist der keusche Josef«, höhnte Egon hämisch.

»Du aber nicht!« rief Hans verächtlich.

»Aber ihr Bengel, wollt ihr wohl Ruhe halten!« fuhr Arthur Mertens dazwischen.

Egon sah Hans mit verkniffener Miene an. Er wußte, daß Hans ihn vor einigen Tagen in der Stadt mit einer fragwürdigen Dame gesehen hatte. So jung er noch war, machte er doch schon reichlich von dem Recht der modernen Jugend, sich ausleben zu dürfen, Gebrauch. Aber er wünschte doch nicht, daß Hans ihn verraten sollte. Deshalb schwieg er und zündete sich mit überheblicher Miene eine Zigarette an.

Hans unterhielt sich mit Tante Melanie, und Jo folgte dem Beispiel ihres Bruders. Arthur Mertens beobachtete Hans mit scharfen Blicken und mit nachdenklicher Miene. Er brütete wieder über seinen Plänen. Seit er mit seinem Schwiegervater über Doktor Bernd gesprochen hatte, grübelte er darüber nach, wie er Bernd gegen Hans ausspielen könne. Er hatte es in diesen Tagen vermieden, mit Bernd zusammenzutreffen, weil er sich noch nicht klar war über die Haltung, die er ihm gegenüber einnehmen sollte.

Nach einer Weile kam Eva Maria wieder heraus und meldete, daß der Großvater eingeschlafen sei.

Mertens erhob sich sogleich.

»Dann können wir ja wieder heimfahren«, sagte er.

Alle waren damit einverstanden und verabschiedeten sich von den Geschwistern.

Eva Maria und Hans sahen dem Auto eine Weile schweigend nach. Es fuhr langsam hinab ins Tal. Die Villa Melanie lag westlich von den Werken mitten im Walde. Per Auto war man von der Rodenbergschen Villa aus in zehn Minuten dort.

Hans atmete tief auf. »Gottlob, Eva Maria, daß wir wieder allein sind.«

Sie sah lächelnd zu ihm auf. »Es kostet dich immer viel Überwindung, mit Jo und Egon Frieden zu halten.«

Er zuckte die Achseln.

»Eigentlich müßte man die beiden permanent ohrfeigen, aber trotzdem werde ich mit ihnen einigermaßen fertig. Onkel Arthurs ölige Biedermannsmiene ist viel schwerer zu ertragen. Es wäre direkt eine Wohltat, wenn er sein wirkliches Gesicht zeigte.«

»Wir müssen ihn ertragen, wie er ist. Und nun laß uns nicht mehr daran denken. Komm, setz' dich zu mir, wir wollen uns den herrlichen Sonntag und die Freude an Großvaters Genesung nicht trüben lassen. Er hat diesen ersten Ausflug gut überstanden.«

»Gottlob! Ich bin dem Schicksal innig dankbar, daß er wieder gesund ist, wenn Jo, die dumme Gans, das auch anzweifelt. Sie glauben nämlich, außer Tante Melanie, allesamt, daß ich auf den Tod des Großvaters gewartet habe, um mein Erbe antreten zu können. Ekelhafte Bande!«

Eva Maria legte ihre Hand auf die seine.

»Laß dich nicht kümmern, was sie denken, Hans.«

»Du hast recht, man muß es ignorieren. Aber immer überfallen sie mich mit ihren Bosheiten und reizen mich. Aber das schlimmste ist, wenn Onkel Arthur seine unechten Liebenswürdigkeiten losläßt. Wenn ich nur um Gottes willen nie unter seine Vormundschaft gerate.«

»Wir wollen hoffen, daß Großvater uns erhalten bleibt, bis du selbständig werden kannst.«

»Das ist auch mein heißester Wunsch, weiß Gott, Eva Maria, mir wäre es lieber, Onkel Lutz wäre da und nach Großvaters Ableben Herr der Werke. Dann würde Onkel Arthur mich wenigstens nicht mit seinem Haß verfolgen. – Meinetwegen könnte auch Egon an meine Stelle treten. Ich hätte freilich dann das Gefühl, daß unsere Arbeiter es sehr schlecht haben würden, und das möchte ich nicht.«

»Nein, Hans, das möchte ich auch nicht. Aber nun laß uns von anderen Dingen reden. Wie hast du gestern drüben den Tag verbracht. Wir haben darüber bisher noch nicht sprechen können.«

»Oh, es war ein Tag voller neuer Eindrücke. Welch ein herrliches Unternehmen. Gestern früh bin ich mit eingefahren in die Gruben und habe mit den Bergleuten um die Wette gearbeitet. Kein Wunder, daß sie alle so ernst und still sind. Mir vergeht auch immer das Lachen, wenn ich mit unter Tag bin, und immer denke ich dann: wirst du die Sonne wiedersehn? Aber trotzdem pulsiert auch da das Leben, und man fühlt sich als ein Teil der treibenden Kräfte, die das Werk durchdringen.«

Liebevoll sah die Schwester dem Bruder in die leuchtenden Augen, die den ihren so sehr glichen.

»Wie schön das klingt, was du sagst, Hans.«

Er atmete auf und warf den Kopf zurück.

»Oh, da mußt du erst mal Doktor Bernd sprechen hören! Da geht einem das Herz auf, und man begreift erst, wie alle Dinge im Leben ineinandergreifen. – Er hat mir überhaupt das Verständnis für unsere Arbeiter und für alles, was auf den Werken geleistet wird, vermittelt. Es gibt sozusagen selbst den toten Dingen eine Seele. Mit einem Wort, Eva Maria, ein herrlicher Mann!«

Eva Maria klopfte das Herz bis in den Hals hinauf.

»Ich freue mich, daß du dich ihm so eng angeschlossen hast.«

»Und ich, daß er sich meiner so annimmt. Hat dir Großvater schon von seiner neuen Erfindung gesprochen?«

Überrascht sah sie auf.

»Nein, Hans, hat er eine Erfindung gemacht?«

»Ja, und zwar eine ganz großartige. Ich durfte bisher nicht darüber sprechen, dergleichen muß Geheimnis bleiben, bis alles fertig ist. Aber nun ist es soweit, und er hat Großvater schon einen Vortrag darüber gehalten. Denke dir, diese Erfindung bedeutet eine große Wohltat für unsere Grubenarbeiter. Er sinnt ja immer darüber nach, wie er ihnen das schwere Los erleichtern kann. Mit mir hat er zuerst darüber gesprochen, und ich habe ihm dann mithelfen dürfen. Das hat mich, wie du dir denken kannst, sehr stolz gemacht. Und sobald er damit fertig war, habe ich Großvater unverzüglich davon berichtet, ohne daß er es wußte und wollte. Bei seiner Bescheidenheit hätte er sich nicht gleich an Großvater gewendet. Aber dem leuchtete sogleich ein, daß die Sache wertvoll war, und er hat darum von Bernd einen ausführlichen Bericht gefordert. Du weißt ja, daß Großvater alles tut, um den Bergarbeitern Erleichterung zu schaffen, und er hat Doktor Bernd gesagt, die Erfindung solle für die Werke angekauft werden.«

Hell leuchteten Eva Marias Augen.

»Wie freue ich mich für Doktor Bernd und für unsere Leute.«

»Ich mich auch. Er hat zwar ein bißchen mit mir gezankt, daß ich mit Großvater darüber gesprochen habe, ehe dieser ganz gesund war, aber in solchem Falle darf man nicht lange zögern. Zugunsten unserer Leute kann diese Erfindung nicht schnell genug im Betriebe angewendet werden. Das habe ich ihm auch zu meiner Entschuldigung erwidert, und da hat er mir die Hand gedrückt, ganz fest und warm, und gesagt: Sie werden den Rodenberg-Werken einmal ein Idealchef sein, das weiß ich. – Und da habe ich ihm geantwortet: Dazu brauche ich Leute, wie Sie, Herr Doktor, und ich hoffe, daß Sie immer bei uns bleiben werden.«

»Und – was hat er darauf erwidert?« fragte sie leise.

»Ich habe keinen andern Wunsch, als immer auf den Rodenberg-Werken arbeiten zu können, Herr Hans. – So nennt er mich immer.«

Und Hans schwärmte noch eine ganze Weile von Doktor Bernds Vorzügen. Er ahnte nicht, wie sehr sich seine Schwester darüber freute. Selten hatte er Eva Maria einmal mit Doktor Bernd zusammen gesehen und hatte nicht, wie der Großvater, seine Beobachtungen machen können. Hätte er aber eine Ahnung gehabt, würde er sich sehr gefreut haben.

V

Am nächsten Vormittag arbeitete Hans unter Doktor Bernds Anleitung in dessen Büro. Er war eifrig mit einer technischen Zeichnung beschäftigt, während Doktor Bernd mit einigen Apparaten hantierte. Da trat plötzlich Arthur Mertens ein. Wie gewöhnlich hatten die beiden Herren ihn nicht kommen hören. Immer war es, als schleiche er unhörbar durch die Werke. Plötzlich pflegte er aufzutauchen, in den Arbeitssälen, in den Maschinenräumen, in den Kontoren und Büros. Dieses spürende Umherschleichen war einer der Hauptgründe für seine Unbeliebtheit; es machte ihn geradezu verhaßt. Jeder fühlte sich von ihm umlauert. Er spionierte alles aus, und immer schien er da zu sein, wo man ihn am wenigsten erwartete. Jede Kleinigkeit, jedes unbedeutende Versehen wurde dann leicht zu einem schlimmen Vergehen aufgebauscht.

Auch Hans und Doktor Bernd empfanden seinen plötzlichen Eintritt unliebsam, wenn sie auch durchaus nichts zu verbergen hatten. Und das heuchlerisch freundliche Gesicht Mertens' milderte dies Empfinden durchaus nicht.

»Guten Morgen, Hans, guten Morgen, Herr Doktor! Mir sind kürzlich Wunderdinge erzählt worden von einer genialen Erfindung, die Sie gemacht haben.«

»Guten Morgen, Onkel Arthur. Ja, da bist du recht unterrichtet. Doktor Bernd hat eine großartige Erfindung gemacht.«

Mertens wandte sich mit zusammengekniffenen Augen dem Neffen zu.

»Du bist immer ein wenig überschwenglich, mein lieber Hans. Das Vorrecht der Jugend! Aber ich möchte mir doch lieber ein eigenes Urteil über diese Erfindung bilden. Sie haben es bisher nicht für nötig befunden, Herr Doktor, mir davon Mitteilung zu machen.«

Es lag bei aller Freundlichkeit eine leichte Gereiztheit in seinen Worten.

Doktor Bernd hatte sich höflich zum Gegengruß verneigt. Nun erwiderte er ruhig:

»Da Sie nicht Fachmann sind, Herr Direktor, sondern Kaufmann, wollte ich Sie nicht damit belästigen.«

»Aber meinen kranken Schwiegervater haben Sie ohne weiteres damit behelligt«, entgegnete Mertens ziemlich scharf. Sein heimlicher Groll auf den so wenig unterwürfigen jungen Ingenieur ging mit ihm durch. Trotzdem er in Erwägung gezogen hatte, ihn als Faktor in sein Rechenexempel einzusetzen, vermochte er sich ihm gegenüber nicht gleich zu einem anderen Ton zu bequemen. Er hatte deshalb schon einige Tage gezögert, bevor er ihn aufsuchte.

Doktor Bernd war das Blut in die Stirn gestiegen, aber ehe er noch antworten konnte, sagte Hans hastig:

»Du irrst, Onkel Arthur, Doktor Bernd hat Großvater durchaus nicht belästigt. Ich selbst hielt es für meine Pflicht, ihn ohne Doktor Bernds Wissen auf dessen Erfindung aufmerksam zu machen, und Großvater interessierte sich gleich so sehr dafür, daß er Doktor Bernd veranlaßte, ihm einen Vortrag darüber zu halten. Er selbst hätte gewiß nicht gewagt, mit Großvater während seiner Rekonvaleszenz davon zu sprechen.«

Arthur Mertens wandte sich an Hans.

»Mein lieber Junge, meines Wissens habe ich dich nicht aufgefordert, mir Auskunft zu geben. Überlasse das ruhig Herrn Doktor Bernd.«

Hans biß sich auf die Lippen, aber er schwieg, während der junge Ingenieur ruhig und bestimmt sagte: »Ich habe aber den Worten von Herrn Hans nichts hinzuzufügen, Herr Direktor.«

»Ich bin eigens dazu hergekommen, um mich von Ihnen über diese Erfindung informieren zu lassen. Zwar ist mein Schwiegervater, wie er mir sagte, willens, einen Ankauf zu erwägen, er bat mich jedoch, zuvor mein Urteil darüber abzugeben.«

Das ist erlogen, dachte Hans. Er wußte sehr wohl, daß der Großvater Mertens als Kaufmann sehr hoch einschätzte, ihm aber in technischen Fragen ganz bestimmt kein kompetentes Urteil zutraute. Auch Doktor Bernd konnte sich nicht denken, daß Georg Rodenberg seinen Entschluß von dem Urteil Direktor Mertens' abhängig machen würde, aber er behielt diese Meinung für sich.

»Wenn Sie wünschen, werde ich Ihnen alles in einer, auch für Nichtfachleute verständlichen Form erklären.«

Mertens ärgerte sich über diese Entgegnung. Der junge Mann erwies ihm, wie schon immer, zu wenig Unterwürfigkeit, und das erboste ihn von neuem. Es wurde ihm schwer, sich vorzustellen, daß dieser »respektlose« Doktor Bernd eines Tages sein Schwiegersohn werden könne. Aus Klugheit zwang er jedoch seinen Ärger nieder und sagte scheinbar gelassen:

»Gut, ich brenne darauf; wenn ich auch kein Fachmann bin, habe ich mir in meiner langjährigen, leitenden Stellung hier im Betrieb doch das nötige Verständnis für alle technischen Fragen angeeignet. Jedenfalls verstehe ich zum mindesten ebensoviel davon wie mein Neffe Hans.«

Ralf Bernd verneigte sich ruhig.

»Wünschen Sie jetzt gleich meinen Vortrag darüber anzuhören?«

»Gewiß, dazu kam ich her.«

Doktor Bernd holte alle Unterlagen herbei und breitete mit Hilfe von Hans seine Pläne vor Mertens aus. Dabei sagte er in seiner bestimmten Art:

»Bevor ich beginne, möchte ich noch bemerken, daß gerade Herr Hans das vollste Verständnis für meine Erfindung besitzt, ein so gutes sogar, daß er mir fleißig bei der Ausführung geholfen hat. Ich kann wohl sagen, er war mein Mitarbeiter.«

Hans bekam vor Freude einen roten Kopf.

»Aber bitte, Herr Doktor, machen Sie doch kein Aufhebens von meiner bescheidenen Mithilfe. Ich habe doch sozusagen nur Handlangerdienste dabei geleistet und bin nur so weit Ihren Gedanken gefolgt, um mir ein Urteil zu bilden, daß Ihre Erfindung eine geniale und segensreiche ist.«

»Nun, ich wäre jedenfalls noch nicht damit zu Ende gekommen, wenn Sie mich nicht so wirksam unterstützt hätten.«

Mit einem hinterhältigen Blick sah Mertens von einem zum andern.

»Es wäre mir lieb, wenn Sie meine Zeit nicht mit gegenseitigen Komplimenten in Anspruch nähmen«, bemerkte er leichthin.

Doktor Bernd und Hans sahen sich einen Moment in die Augen. Hans erwiderte kein Wort, und Ralf Bernd begann sofort mit seinen Ausführungen. Mertens hörte aufmerksam zu und sah auf die Zeichnungen herab, aber er war im voraus fest entschlossen, allerlei an der Erfindung auszusetzen. Hans hatte sich seiner Arbeit wieder zugewandt, aber zweilen sah er mit einem forschenden Blick zu dem Onkel hinüber. Er kannte ihn gut genug, um überzeugt zu sein, daß er allerlei Einwände machen würde, schon, um seine Überlegenheit zu dokumentieren.

Schweigend hörte Mertens zu, bis Doktor Bernd zu Ende war. Dann zeigte er eine sehr überlegene, süffisante Miene und klopfte mit dem Bleistiftende auf die Zeichnung.

»Ja, ja, mein lieber Herr Doktor, das ist alles ganz gut und schön. Eine bemerkenswerte Idee, segensreich, wie mein Neffe so schön sagte, aber haben Sie sich klar gemacht, welche Unsummen nötig wären, das von Ihnen Ersonnene in allen Gruben anbringen zu lassen?«

Hans und Doktor Bernd zuckten leise unter dieser höhnischen Frage zusammen. Wieder tauschten sie einen schnellen Blick.

»Jawohl, Herr Direktor, ich habe sogar eine sehr genaue Berechnung darüber aufgestellt und sie Herrn Rodenberg ebenfalls unterbreitet.«

Mertens kugelrunder Kopf überzog eine jähe Röte.

»Ich sage ja, Sie hätten meinen kranken Schwiegervater nicht damit belästigen sollen, wenigstens nicht, ohne vorher mit mir darüber gesprochen zu haben. Es ist gut, daß er mir den Auftrag gab, mich darüber zu informieren und mein Urteil abzugeben. Als geschäftlicher Leiter der Rodenberg-Werke hätte ich Ihnen im voraus sagen können, daß die Ausführung wegen der hohen Kosten unmöglich ist.«

Mertens bezweckte mit diesen Einwänden zweierlei, er wollte Doktor Bernd ein wenig ducken und ihm die Überzeugung beibringen, daß, wenn seine Erfindung angekauft und ausgeführt würde, er es lediglich ihm zu verdanken habe. Er wollte sich Ralf Bernd damit verpflichten. Denn daß er in Wirklichkeit nichts gegen den Ankauf und die Ausführung tun konnte, nachdem sein Schwiegervater alles angenommen und begutachtet hatte, wußte er sehr wohl. Doktor Bernd sollte aber erkennen, wie einflußreich er sei, und daß es nur sein Vorteil sein könne, wenn er sich gut mit ihm stellte.

Hans war empört aufgesprungen.

»Wie kannst du so etwas sagen, Onkel Arthur, nachdem Großvater die Erfindung angekauft und die Ausführung geplant hat?«

Ein haßerfüllter Blick schoß für einen Moment hinter den gefärbten Brillengläsern hervor, einer jener unbeherrschten Blicke, die Hans verraten hatten, daß dieser Mann sein erbitterter Feind war. Und diesen Blick fing auch Doktor Bernd auf.

»Du bist zu jung und zu unreif, um mitreden zu können, mein lieber Hans. Auf deine Meinung kommt es hier gar nicht an. Deine Freundschaft für Herrn Doktor hat dich verleitet, Großvater mit der ganzen Angelegenheit zu überrumpeln.«

»Großvaters Urteil allein ist maßgebend, auch für dich«, stieß Hans zornig hervor.

»Bitte, Herr Hans, streiten Sie sich meinetwegen nicht mit Ihrem Herrn Onkel. Ich werde ruhig warten, bis Ihr Herr Großvater völlig genesen ist und alles nochmals in Ruhe prüfen kann.

Ich stelle es Ihnen anheim, Herr Direktor, Herrn Rodenberg gegenüber alle Ihre Bedenken zu äußern.«

Mertens sah ein, daß er zu weit gegangen sei. Wenn er Doktor Bernd zu seinem Werkzeug machen und auf seine Seite ziehen wollte, mußte er jetzt einlenken. Lächelnd sagte er daher:

»Sie brauchen nicht gleich über das Ziel hinauszuschießen, Herr Doktor, wie mein Neffe Hans. Es ist meine Pflicht als kaufmännischer Leiter der Werke, unnütze Ausgaben zu sparen.«

»Unnütze Ausgaben nennst du das, für eine Sache, von der Wohl und Leid, Leben und Gesundheit unserer Arbeiter abhängt? Oh, gottlob ist Großvater in diesem Punkte anderer Meinung als du.«

»Ich sage ja, mein lieber Hans, du bist zu unreif, um hier mitreden zu können. Deine Volksbeglückungsideen gehen immer ins Schwärmerische, und du hast Großvater vermutlich zugesetzt, sich einem Ankauf geneigt zu zeigen.«

»Das hatte ich nicht nötig; ich habe die Erfindung für sich selbst sprechen lassen, und Großvater wird ganz bestimmt ihre Ausführung verfügen.«

»Das werden wir sehen. Ereifere dich nicht, du kannst, wie gesagt, nicht mitreden. Herr Doktor, legen Sie mir einmal Ihre genaue Berechnung vor; ich werde sie gewissenhaft prüfen, wie es meine Pflicht ist. Und Sie können versichert sein, daß ich, wenn ich es mit meiner Pflicht vereinbaren kann, wie ich hoffe, den Ankauf und die Ausführung Ihrer Erfindung selbst bei meinem Schwiegervater befürworten werde. Mir liegt doch auch das Wohl unserer Arbeiter am Herzen, und ich wünsche aufrichtig, daß ich meinen Schwiegervater zu Ihren Gunsten beeinflussen kann. Unsere Entscheidung werde ich Ihnen mitteilen. Guten Morgen!«

Damit nickte Mertens den beiden jungen Leuten mit jovialem Lächeln zu und ging hinaus.

Es blieb eine Weile ganz still. Die beiden sahen sich mit großen Augen an. Dann begann Doktor Bernd ruhig, seine Pläne wieder zusammenzuwickeln. Hans legte erregt die Hand auf seinen Arm.

»Sie können vollkommen ruhig sein, Herr Doktor. Großvater wird sich ganz bestimmt nicht umstimmen lassen, er weiß, was er will, und seine Entschlüsse sind gefaßt. Sie hätten nur hören sollen, wie lobend er sich über alles ausgesprochen hat. Und – nun will ich Ihnen auch etwas verraten, was ich eigentlich verschweigen wollte, bis es an der Zeit sei. Großvater will Sie zum Oberingenieur befördern lassen, sobald er wieder in den Werken ist. Ich verrate Ihnen das nur, um Sie vergessen zu machen, daß mein Onkel Sie demütigen wollte. Dieser Mensch will sich nur wichtig machen, wie immer.«

Die letzten Worte fuhren Hans in überschäumendem Zorn über die Lippen.

Dieser Mensch! So nannte er seinen Onkel zum erstenmal im Beisein eines Fremden. Nur Eva Maria hatte das bisher zuweilen von ihm gehört. Und Ralf Bernd entnahm aus diesen Worten die ganze tiefe Empörung des jungen Mannes und zugleich ein wildes Auflehnen gegen die diktatorische Art seines Onkels. Fest faßte er seine Hand.

»Herr Hans, regen Sie sich bitte meinetwegen nicht über Ihren Onkel auf, er ist etwas beleidigt, daß ich ihn überging. Das wollte er mich fühlen lassen. Aber, wenn ich ihm auch einigen Einfluß auf Ihren Herrn Großvater zutraue, es wird ihm doch nicht gelingen, ihn umzustimmen. Herr Rodenberg ist stets darauf bedacht, seinen Arbeitern Erleichterung zu schaffen. Und was Sie mir in Ihrer Erregung von der Absicht Ihres Herrn Großvaters, mich avancieren zu lassen, verraten haben, will ich gar nicht gehört haben. Es ist vergessen. Es sollen Ihnen meinetwegen keine Unannehmlichkeiten erwachsen, weil Sie mich erfreuen und trösten wollten.«

Hans sah ihn mit brennenden Augen an.

»Onkel Arthur will Sie nur schikanieren — weil Sie mein Freund sind. Er haßt mich, haßt alles, was zu mir hält, auch meine Schwester«, stieß er unbeherrscht hervor.

Doktor Bernds offene Augen sahen ernst in die seinen.

»Hüten Sie sich vor solchen Einbildungen, Herr Hans, weshalb sollte ihr Onkel Sie hassen?«

Hans strich durch seinen blonden Schopf und zwang sich zur Ruhe.

»Weil ich eines Tages der Chef der Rodenberg-Werke werden soll, weil Großvater mich und nicht ihn oder seinen Sohn dazu bestimmt hat. Deshalb haßt er mich, haßt meine Schwester, weil sie zu mir hält und — er wird auch Sie hassen, weil Sie mein Freund geworden sind und mir Gutes tun.«

Bestürzt sah Ralf Bernd in das erregte, zuckende Gesicht seines jungen Freundes. Er dachte an den Blick von Mertens, den er aufgefangen hatte.

»Sie sprechen da eine sehr schwere Beschuldigung aus, Herr Hans.«

»Oh, ich könne sie begründen. Sie ahnen nicht, in welcher für mich deutlichen Weise er zuweilen seinen Haß durchblicken läßt, so freundlich er sich auch immer gibt. Das ist Falschheit! Er wird mich diesen Haß noch viel härter fühlen lassen, wenn mir das Unglück widerfahren sollte, daß mein Großvater von mir genommen wird, ehe ich mein fünfundzwanzigstes Lebensjahr erreicht habe. Bis dahin werde ich unter seiner Vormundschaft stehen müssen, erst dann werde ich unabhängig von ihm sein. Ich ahne, was mir dann bevorstehen würde, und — ich bin wahrhaftig kein Feigling — aber ich fürchte mich vor diesem Mann, weil er im Dunkeln schleicht. Und Sie wird er ebenfalls so lange schikanieren, wie Sie auf meiner Seite stehen. Sagen Sie sich lieber los von mir, Herr Doktor, damit er Sie in Ruhe läßt.«

Das kam in wilder Erregung über die Lippen des jungen Menschen. Doktor Bernd legte beruhigend, mit einem warmen, guten Lächeln, die Hand auf seine Schulter. Er zweifelte kaum an den Worten seines jungen Freundes. Arthur Mertens war ihm gleichfalls sehr unsympathisch, weil er ihn für einen heuchlerischen Streber hielt.

»Das trauen Sie mir doch nicht im Ernst zu, Herr Hans. Wenn ich jemandem meine Freundschaft schenke, tue ich es erst nach reiflicher Überlegung, aber dann entziehe ich sie ihm nicht wieder, am wenigsten Ihnen, denn ich glaube, Sie brauchen sie.«

Hans schluckte seine Erregung nieder.

»Wahrhaftig, Herr Doktor, außer meinem Großvater und meiner Schwester habe ich niemanden, der zu mir hält.«

»Das sagen Sie nicht, ich glaube auf den ganzen Werken gibt es niemand, der nicht zu Ihnen hielte.«

»Aber Sie stehen mir nach diesen beiden am nächsten. Und gerade deshalb möchte ich Sie nicht in die Gefahr bringen, sich bei meinem Onkel unbeliebt zu machen.«

»Keine Sorge, Herr Hans, ich tue meine Pflicht und fürchte daher weder Ihren Herrn Onkel noch sonst jemanden. Also bitte, kündigen Sie mir Ihre Freundschaft nicht, ich möchte sie nie mehr missen.«

Mit flammenden Augen sah Hans zu ihm auf.

»Liegt Ihnen wirklich etwas an mir?«

Ralf Bernd dachte daran, daß Hans der Bruder von Eva Maria sei, daß er ihn mit den tiefblauen Augen seiner Schwester ansah und daß er ein Mensch sei, um den es sich lohnte, Mißhelligkeiten in Kauf zu nehmen. Mit einem warmen, herzlichen Blick sah er ihn an.

»Viel liegt mir an Ihnen, sehr viel, glauben Sie mir das.«

Wieder schluckte Hans tapfer seine Erregung nieder.

»Das macht mich stolz! Und ich werde es Eva Maria und Großvater erzählen, daß Sie mein Freund sind, es wird sie freuen.«

Eine leichte Röte stieg in Ralf Bernds Stirn, als Hans von Eva Maria sprach. Er wandte sich ab und sagte so ruhig, wie er konnte:

»Nun wollen wir wieder an unsere Arbeit gehen, damit wir unsere Pflicht nicht verletzen.«

Hans gehorchte sofort.

Als er am Mittag nach Hause kam, eilte er zu seinem Großvater. Er fand Eva Maria bei ihm. Und nun sprudelte er heraus, daß Arthur gegen die Ausführung der Erfindung Doktor Bernds sei und beschwor den Großvater, sich nicht beirren zu lassen. Lächelnd hörten der alte Herr und Eva Maria mit brennendem Interesse zu. Als Hans geendet hatte, fuhr ihm der Großvater lächelnd durch den blonden Schopf.

»Nur Ruhe, du Heißsporn, Onkel Arthur war bereits bei mir und hat mir seine Bedenken nicht vorenthalten. Du mußt ins Auge fassen, daß es sein Pflicht als kaufmännischer Leiter der Werke ist, zuerst den finanziellen Aspekt zu erwägen. Aber ich habe ihn überzeugt, daß dies Geld gut angelegt sein und mit der Zeit auch Zinsen bringen wird. Denn wenn unsere Leute geschont werden, bleibt manche andere Ausgabe erspart. Ereifere dich nicht mehr, es ist alles in bester Ordnung, und Onkel Arthur wird bereits heute nachmittag Herrn Doktor Bernd sagen, daß ich seine Bedenken zerstreut habe.«

Hans atmete auf. Er drückte dem Großvater die Hand so fest, daß dieser eine kleine Grimasse schnitt.

Hans berichtete dann strahlend, daß Doktor Bernd für immer

sein Freund sein wolle, verschwieg aber alles, was irgendein Licht auf Mertens' Verhalten werfen konnte. Das erzählte er erst später, während der Großvater Mittagsruhe hielt, seiner Schwester. Sie hörte erregt zu, und ihre Augen glänzten, als sie hörte, daß Ralf Bernd so herzlich zu Hans gewesen war.

»Halte dich seiner Freundschaft nur wert, mein lieber Hans«, sagte sie aufatmend.

»Darauf kannst du dich verlassen, Eva Maria. So etwas setzt man nicht aufs Spiel«, erwiderte er.

Am Nachmittag erschien Arthur Mertens wieder im Büro Doktor Bernds und sagte mit öligem Lächeln:

»Also mein lieber Herr Doktor, ich habe mich überzeugt, daß die Kosten für die Ausführung Ihrer Erfindung nicht so hoch sind, wie ich anfangs fürchtete, und ich habe meinem Schwiegervater deshalb mit reinem Gewissen zureden können, Ihre Erfindung ankaufen und ausführen zu lassen. Wir haben es beide gemeinsam beschlossen.«

Ralf Bernd verneigte sich. Er ahnte, daß die Dinge etwas anders lagen und mußte daran denken, was Hans ihm gesagt hatte.

»Ich danke Ihnen, Herr Direktor.«

»Keine Ursache! Wie gesagt, es freut mich, daß meine Pflicht mich nicht zwang, Ihre Erfindung abzulehnen. Aber, bei dieser Gelegenheit möchte ich Ihnen einen Wink geben. Wie ich bemerkt habe, hat sich mein Neffe Ihnen sehr eng angeschlossen. Ich möchte Sie bitten, Ihren Einfluß auf diesen jungen Heißsporn zu einem segensreichen zu gestalten. Er ist ein wenig ungebärdig, es kann daher nicht schaden, wenn sie ihn ein wenig unter die Fuchtel nehmen würden.«

Ralf Bernd wollte dies Ansinnen kurz und scharf zurückweisen, aber da sah er, daß die Augen von Mertens mit einem gewissen lauernden Ausdruck auf ihm ruhten, und das warnte ihn. Er fühlte plötzlich, daß Hans recht hatte, wenn er behauptete, daß sein Onkel ihn hasse. Er sagte sich daher, daß es Hans vielleicht besser nützen könne, wenn er scheinbar zustimmte, um die wahre Gesinnung dieses Mannes seinem Neffen gegenüber zu ergründen.

»In welcher Weise wünschen Sie, daß ich den jungen Herrn beeinflussen soll«, fragte er scheinbar sehr gelassen, »es wäre mir lieb, entsprechende Anweisungen von Ihnen zu erhalten.«

Das sagte er, ohne es zu wissen, in einer unterwürfigeren Art als sonst. Mertens meinte daraus zu entnehmen, er habe sich den jungen Ingenieur bereits verpflichtet durch die Angabe, er habe für die Annahme der Erfindung gestimmt. Also auch Ralf Bernd schien käuflich zu sein, wenn es sich für ihn nur lohnte.

Er lächelte hinterhältig. »Nun mein lieber Herr Doktor, darüber müßten wir uns erst einmal aussprechen. Einerseits ist Hans ein heißblütiger Draufgänger, andererseits aber scheint er mir — nun sagen wir — braver, als es einem jungen Manne zukommt. Ich hätte Ihnen — selbstverständlich nur zum Besten meines Neffen — allerlei Wünsche zu unterbreiten. Es würde mich freuen, wollten Sie am Sonntag mittag bei uns speisen. Wir geben an, wir hätten uns wegen Ihrer Erfindung des näheren zu unterhalten. Das kann ja nebenher ebenfalls geschehen. Allein in der Hauptsache möchte ich mich Ihrer Beihilfe bezüglich der Erziehung meines Neffen versichern. Er darf davon allerdings keine Ahnung haben, sonst bockt er gleich im voraus. Da Ihr Besuch bei uns nicht unbemerkt bleiben könnte, schieben wir also die Besprechung wegen der Erfindung vor, haben Sie verstanden?«

Ralf Bernd zeigte ein unergründliches Gesicht, aber er schien sehr diensteifrig und bereitwillig. Instinktiv witterte er eine Gefahr für Hans und sagte sich, daß er diese vielleicht abwehren könne, gäbe er sich den Anschein, als sei er willens, seine Freundschaft für Hans zu verraten.

Scheinbar bereit, Mertens in jeder Weise zu Willen zu sein, sagte er zustimmend: »Gern werde ich Ihnen helfen, Herr Direktor, Sie brauchen mir nur zu sagen, wie ich Herrn Hans beeinflussen soll, und es wird geschehen. Ich möchte Ihnen doch meine Dankbarkeit beweisen.«

Mertens nickte befriedigt und reichte Ralf Bernd seine fleischige Hand, an der ein großer Solitär funkelte.

»Gut, gut, mein lieber Herr Doktor, wir werden uns schon verständigen. Und es soll Ihr Schaden nicht sein, wenn Sie auf meine Wünsche eingehen. Mein Schwiegervater verzieht den Schlingel ein wenig zu sehr, aber er hat sein Wohl in meine Hände gelegt, auch für den Fall seines Todes. Hans möchte schon jetzt hier ein wenig den Herrn herauskehren, weil er später der

Chef der Werke werden soll. Erst muß er sich aber einmal den Wind um die Nase wehen lassen, er ist noch viel zu unreif, noch viel zu unerfahren, verstehen Sie?«

Ralf verstand durchaus noch nicht, worauf Mertens hinauswollte, aber als dieser ihn jetzt listig lächelnd anstieß, nickte er scheinbar verständnisinnig mit und sagte vorsichtig:

»Er ist eben noch sehr jung.«

»Ganz recht. Und sein Großvater verzärtelt ihn und breitet seine Hände über ihn. Und dann hängt er seiner Schwester viel zuviel am Schürzenband, ein junger Mann muß doch das Leben kennenlernen. Meine Nichte ist ein wenig sentimental und altmodisch. Auch sie möchte Hans sozusagen in Watte wickeln. Aber ein junger Mensch muß sich doch austoben, nicht wahr?«

Jetzt wurde es Ralf Bernd ungefähr klar, worauf Mertens hinauswollte. Er ahnte plötzlich, daß man ihn mit einer sehr sonderbaren Mission betrauen wollte. Sein Mißtrauen war geweckt, und er freute sich, daß er damit begonnen hatte, Mertens eine Komödie vorzuspielen. Er mußte sicher gemacht werden und ihn für ein williges Werkzeug halten, damit er Farbe bekannte, was er mit Hans vorhabe.

»Ich glaube Sie zu verstehen, Herr Direktor, und bin gern bereit, auf Ihre Wünsche einzugehen. Rechnen Sie ganz auf mich. Nur müssen Sie mich am Sonntag noch genauer informieren, damit ich keinen Fehler begehe und ganz in Ihrem Sinne zu handeln vermag.«

Mertens frohlockte. So leicht hatte er es sich nicht gedacht, diesen bisher stets ein wenig halsstarrigen Menschen gefügig zu machen. Hm – es war eben immer und überall das gleiche. Man brauchte einen Menschen nur bei seiner schwachen Stelle anzugreifen – ein jeder wurde dann zugänglich! Und dieser hier mochte gemerkt haben, daß er ihn protegieren wollte, und das hatte ihn vollkommen umgewandelt. Vielleicht wünschte er sich auch dem zukünftigen Schwiegervater gefällig zu zeigen. Jo mußte wohl ziemlich sicher sein, daß er um sie werben wollte, sonst hätte sie nicht so positiv davon gesprochen. Nun, man würde ja sehen! Machte der junge Mann gemeinsame Sache mit ihm, sollte es sein Schaden nicht sein. Nur erst die Fühler weiter ausstrecken – das übrige kam dann von selber.

»Also gut, Herr Doktor, am Sonntag mittag bei uns. Wir speisen um halb zwei, und danach halten Sie sich noch ein paar Stunden für uns frei. Meine Frau wird sich freuen, und meine Tochter erst recht.«

Dabei nickte er Ralf Bernd vertraulich zu, drückte ihm die Hand und entfernte sich. Eine Weile sah Ralf ihm mit einem unbeschreiblichen Blick nach. Dann zog er die Stirn finster zusammen.

Falls dieser Herr Direktor glaubt, mich zu unlautern Zwecken benutzen zu können, irrt er sich. Aber besser, ich weiß, inwieweit meinem jungen Freunde und vielleicht auch seiner Schwester Gefahr von seiten dieses Menschen droht. Dafür lohnt es sich schon, eine Weile den Intriganten zu spielen. Nur darf Hans Dornaus Vertrauen nicht erschüttert werden. Deshalb werde ich meine Vorkehrungen treffen, dachte er.

Etwa eine Stunde später trat Hans wieder bei ihm ein. Er hatte in der Maschinenhalle zu tun gehabt. Strahlend berichtete er Ralf von dem, was ihm der Großvater gesagt hatte. Dieser nickte lächelnd.

»Direktor Mertens war schon bei mir, um mir das mitzuteilen.«

»Oh, ich gönne es ihm, daß er klein beigeben mußte.«

Ralf lachte.

»Das hat er nicht getan, er hat mir das wesentlich anders berichtet, so, als habe er seinen Einfluß zu meinen Gunsten geltend gemacht, nachdem er ausgerechnet habe, daß die Sache nicht so teuer sei, wie er glaubte. Er war außerordentlich liebenswürdig.«

»Dann führt er sicherlich etwas im Schilde, seiner Liebenswürdigkeit traue ich nie. Können Sie verstehen, Herr Doktor, daß mein Großvater sich von diesem Menschen Sand in seine sonst so hell und klar blickenden Augen streuen läßt?«

Ralf zuckte die Achseln.

»Vielleicht, weil er in ihm den tüchtigen, gewissenhaften Geschäftsmann achtet.«

»Ein tüchtiger Geschäftsmann? Nun gut, aber zugleich ein schlauer Fuchs und ein schlechter Mensch, das glauben Sie mir. Mit Ihnen kann ich ja offen darüber sprechen.«

»Sie dürfen das aber sonst keinem Menschen gegenüber tun, Herr Hans«, mahnte Ralf Bernd.

»Nein, nein, aber ich habe zu niemand so unbedingtes Vertrauen wie zu Ihnen.«

Ralf zögerte eine Weile, dann trat er dicht an Hans heran.

»Sie haben mich mit Ihrem Mißtrauen angesteckt, Herr Hans. Ich will Ihnen beweisen, daß ich Ihr Freund bin. Werden Sie mir aber nicht Ihr Vertrauen entziehen, wenn Sie merken, daß ich plötzlich sehr gut Freund mit Ihrem Herrn Onkel sein werde, und wenn sie hören, daß er mich zum Beispiel für nächsten Sonntag mittag zu Tisch eingeladen hat?«

Hans blickte rasch zu ihm auf. In seinen Augen lag eine staunende Frage.

»Er hat Sie eingeladen?«

»Ja! Aber, ehe ich weiterspreche, geben Sie mir Ihr Wort, daß das, was ich Ihnen jetzt berichte, unter uns bleibt.«

Hans fuhr sich durch das Haar, als sei ihm zu heiß.

»Gut, Sie haben mein Wort.«

»Nun hören Sie zu. Ihr Herr Onkel will mir Anweisungen geben, in welcher Weise ich Sie beeinflussen soll. Eine ganz scheußliche Komödie habe ich ihm vorgespielt, weil ich mir sagte, wenn Ihr Mißtrauen berechtigt ist, dann müssen wir ihn mit seinen eigenen Waffen schlagen. Ich werde ihn in dem Glauben lassen, daß er in mir ein williges Werkzeug für seine Pläne findet, und werde mich ihm gegenüber danach verhalten, so verächtlich mir das auch vorkommt. Werden Sie deshalb an mir zweifeln?«

In seine ehrlichen, klaren Augen blickend, reichte Hans ihm impulsiv die Hand.

»An Ihnen niemals, Herr Doktor. Aber es tut mir leid, daß Sie sich um meinetwillen auf einen solchen Handel einlassen müssen. Darf ich das von Ihnen annehmen?«

»Da wir Freunde sind, ist es unsere Pflicht, füreinander einzustehen und selbst etwas zu tun, was uns schwerfällt. Wie gesagt, Sie haben mich mit Ihrem Mißtrauen angesteckt, und ich habe auf einmal das Gefühl, als sei es an mir, Sie und Ihr Fräulein Schwester vor einem Feinde zu schützen. Es gilt jetzt, vor allem zu erfahren, was Direktor Mertens mit Ihnen vorhat. Also, wundern Sie sich, bitte, nicht, tue oder sage ich in Zukunft etwas, was Ihnen vielleicht unverständlich erscheint. Lassen Sie es sich nicht befremden, falls ich Ihrem Onkel gegenüber plötzlich sehr servil bin, oder wenn ich häufiger zu ihm eingeladen werde. Soweit es geht, werde ich Ihnen Bericht erstatten, doch Sie müssen mir auch vertrauen, wenn ich schweige. Es hat dann seinen bestimmten Grund.«

»Ich danke Ihnen, daß Sie das alles für mich tun wollen. Wie ich Ihnen schon sagte – vor meinem Onkel fürchte ich mich so wie vor keinem Menschen, ich weiß nicht, warum, aber dies Gefühl ist nun einmal da. Und meine Schwester teilt diese Furcht. Uns beide beschleicht ein Grauen, wenn er uns ansieht oder bei den Händen faßt. Und so ein Gefühl kann doch nicht grundlos sein.«

Besorgt sah Ralf in sein erregtes Gesicht.

»Man sollte es meinen, Herr Hans, und solche Warnungen soll man nicht unbeachtet lassen. Aber wir werden auf der Hut sein. Und zu diesem Zweck kommt es mir auch nicht auf ein kleines Intrigenspiel an, ich tue es für Sie – und für Ihr hochverehrtes Fräulein Schwester.«

Forschend blickte Hans in sein Gesicht. Die letzten Worte hatten so seltsam warm und weich geklungen. Eine Ahnung stieg plötzlich in ihm auf. Sollte Doktor Bernd ein besonderes Interesse an seiner Schwester nehmen? Und Eva Maria? Erkundigte sie sich nicht immer auffallend teilnehmend nach Doktor Bernd? Ja – es ging ihm plötzlich ein Licht auf. Und er drückte Ralf Bernds Hand so fest, wie er konnte und sah ihn mit strahlenden Augen an.

»Also, ich werde vertrauen und schweigen, Herr Doktor, was Sie auch beginnen werden«, sagte er erregt. »Nur meine Schwester werde ich einweihen, und für ihr Schweigen verbürge ich mich ebenfalls.«

VI

Am Abend dieses Tages saßen die Geschwister in Eva Marias kleinem Salon. Zunächst berichtete Hans von dem Inhalt seines heute nachmittag mit Doktor Bernd geführten Gespräches.

Mit geröteten Wangen hatte Eva Maria zugehört. Nun fragte Hans:

»Was sagst du dazu, Eva Maria?«

Sie atmete tief auf. »Ich würde sagen, Hans, daß du sehr unklug gewesen bist, einem Menschen dein Mißtrauen gegen Onkel Arthur zu enthüllen – wenn dieser eine Mensch nicht eben Doktor Bernd gewesen wäre.«

»Wir werden Onkel Arthurs Vorhaben ja mit Doktor Bernds Hilfe herausbekommen. Ist es nicht gut, daß wir ihn zum Bundesgenossen haben? Er wird alles für uns tun – ja auch für dich, ganz ausdrücklich hat er gesagt: Ich tue es für Sie – und für Ihr hochverehrtes Fräulein Schwester.«

Dunkle Röte stieg in Eva Marias Gesicht, was Hans mit Vergnügen bemerkte.

»Es ist sehr gut von ihm, Hans, aber es tut mir leid, daß er unsertwegen eine derartige Komödie aufführen muß. Das wird ihm schwerfallen, ich weiß es. So etwas liegt seinem offenen, ehrenhaften Charakter nicht. Wir müssen ihm sehr dankbar sein.«

Hans beschloß, Doktor Bernd jedes Wort seiner Schwester zu wiederholen. Und er tat es auch am nächsten Tage und sah dabei vergnügt, daß sich Doktor Bernds Stirn jäh rötete und daß seine Augen entschieden glücklich aufstrahlten.

Die Woche verging. Auch für Eva Maria enteilte die Zeit sehr schnell. Sie ging jetzt jeden Tag mit dem Großvater im Park spazieren und beobachtete erfreut, daß er täglich ein Stück weitergehen konnte. Die Krankenschwester war entlassen worden, der Kammerdiener Hermann hatte wieder seinen täglichen Dienst übernommen. Das schöne Juniwetter war besonders günstig zur Erholung für den alten Herrn.

Er speiste wieder wie vor seiner Krankheit mit seinen beiden Enkelkindern, die darin wetteiferten, ihm die besten Speisen vorzusetzen. Sie freuten sich, den Großvater jetzt noch eine Weile ganz für sich zu haben, ehe er wieder in die Werke hinüberging.

Zwar kamen Jo und Tante Melanie zuweilen herüber, und Onkel Arthur wie auch Doktor Bernd stellten sich noch jeden Morgen zur Konferenz ein, aber sonst waren sie doch mit ihm allein.

Egon war zur Universität abgereist, um sein Studium zu beginnen. Außer seiner Mutter vermißte ihn niemand, denn sein Vater stand seinen beiden Kindern ziemlich kalt gegenüber. Arthur Mertens liebte nur sich selbst. Frau Melanie hing aber sehr an ihrem Sohn, eigentlich mehr als an Jolante, deren ganze Art der einfachen, unkomplizierten Frau einiges Unbehagen einflößte.

Im Grunde war Frau Melanie ein bedauernswürdiges Geschöpf, sie wußte es nur nicht. Ihr weiches, liebevolles Herz, das Gatten und Kinder mit inniger Liebe umschloß, wurde von allen betrogen. Der Gatte heuchelte ihr Gefühle, die ihm fremd waren; Egon tat das gleiche, und Jo nahm die unmoderne Mutter überhaupt nicht für voll. Trotzdem glaubte Frau Melanie, daß sie geliebt würde, und diese Illusion machte sie glücklich. Daß es nur ein Scheinglück war, empfand sie nicht.

Kam sie des Nachmittags einmal allein in die Villa Rodenberg hinüber, taute sie förmlich auf unter ihres Vaters und Eva Marias freundlicher Güte. Es wäre ihr aber nie eingefallen, sich oder einem andern Menschen einzugestehen, daß sie etwas entbehre. Sie hing an ihrem Gatten heute noch mit derselben kritiklosen, hörigen Zärtlichkeit, wie im Anfang ihrer Ehe. Er war ihr Abgott, und sie sah bewundernd zu ihm auf, ohne zu ahnen, daß ihre Kinder das komisch fanden. Willig ordnete sie sich ihm unter, und niemals wäre es ihr eingefallen, darauf zu pochen, daß sie eine reiche Erbin sei, und daß ihr Gatte alles nur ihr verdanke. Weil sie stets nur mit schwärmerischer Verehrung von ihm sprach, wenn sie bei dem Vater war, glaubte auch dieser an ihr Glück und war Arthur Mertens dankbar dafür, daß er seinem unscheinbaren Kinde das Leben so hell und licht gemacht hatte. Vielleicht gründete sich hierauf in der Hauptsache das felsenfeste Vertrauen, das er dem Schwiegersohn entgegenbrachte.

Dieses war so fest gegründet, daß es fraglich gewesen wäre, ob die Geschwister Dornau es zu erschüttern vermocht hätten. Sie versuchten es nicht einmal, denn Beweise besaßen sie nicht, und mit vagen Vermutungen durften sie den Großvater nicht beunruhigen.

Für den nächsten Montag hatte Georg Rodenberg sich vorgenommen, seine gewohnte Tätigkeit wieder aufzunehmen. Er war der Untätigkeit müde und fühlte sich kräftig genug, seine Arbeit zu verrichten. Eva Maria hatte protestieren wollen, der Großvater müsse sich erst noch mehr erholen, aber er hatte sie lächelnd unter das Kinn gefaßt.

»Nun ist deine Macht zu Ende, kleine Tyrannin, dein Patient fühlt sich gesund genug.«

»Aber du darfst dir um keinen Preis zuviel zumuten. Vergiß nicht, daß Doktor Pabst dich deines Herzens wegen dringend ermahnt hat, jede Aufregung zu vermeiden.«

»Unbesorgt, ich werde das nicht vergessen. Ich will aber trotz meiner siebzig Jahre noch nicht ganz aus den Reihen der Schaffenden ausscheiden. Solange ich atme, möchte ich auch noch arbeiten, denn ohne Arbeit ist mir das Leben nicht lebenswert.«

So mußte sich Eva Maria fügen, und da der Großvater sehr gut und erholt aussah, tat sie es ohne allzu große Sorgen.

Am Sonntag mittag erwartete man in Villa Melanie Doktor Bernd als Gast. Frau Melanie freute sich herzlich darüber, denn sie mochte den jungen Ingenieur sehr gut leiden. Und Jolante hatte dem Vater, was selten geschah, einen Kuß gegeben, als er ihr gesagt hatte, wen er zu Tisch geladen habe.

»Famos, Papa, da hast du mal ein gutes Werk getan«, hatte sie lachend gesagt.

»Wieso?« hatte er scheinbar begriffsstutzig geantwortet.

Sie hatte sich auf dem Absatz herumgedreht.

»Tu doch nicht, als wüßtest du nicht, was die Glocke geschlagen hat. Ich habe dir doch kein Hehl daraus gemacht, daß Doktor Bernd bei mir Chancen hat. Ich werde ihn heiraten, Papa! Als treusorgender Vater ist es deine Pflicht, für Gelegenheit zu sorgen, daß wir einander möglichst oft begegnen können. Da Großvater von morgen ab wieder täglich in die Werke geht, hören Doktor Bernds Morgenbesuche bei ihm auf, und ich habe dann keine Möglichkeit mehr, ihm *zufällig* in den Weg zu laufen.«

»Aber Jo, wie kannst du nur so etwas sagen«, hatte sich Frau Melanie empört.

»Was denn, Mama? Du solltest doch wissen, daß wir, die neue Generation, mit allen verlogenen Sentimentalitäten aufgeräumt haben. Warum soll ein Mädchen nicht berechtigt sein, dem Mann ihrer Wahl ihr Wohlgefallen zu zeigen und ihn merken zu lassen, daß er Chancen hat. Ich finde das ganz selbstverständlich.«

»Nun, zu meiner Zeit hätte man sich über solche Ansichten entsetzt.«

»Ja, Mama, zu deiner Zeit sind die Mädchen lieber mit sittsam niedergeschlagenen Augen sitzengeblieben, statt sich resolut einen Mann zu erkämpfen. Ich werde jedenfalls das letztere tun, das kannst du mir glauben.«

»Mein Gott, Jo, das klingt ja wahrhaftig, als wolltest du ihm einen Antrag machen.«

Jolante lachte hell auf.

»Oh, arme Mutter, dein Entsetzen möchte ich sehen, wenn du das an deiner Tochter erleben solltest. Aber es muß ja nicht dazu kommen, daß ich Doktor Bernd in wohlgesetzten Worten einen Heiratsantrag mache. Es gibt ja noch andere Mittel, um einem Mann zu verstehen zu geben, daß er die Hand nach einem ausstrecken darf, und ich habe mir nun mal Doktor Bernd in den Kopf gesetzt. Da Papa vernünftigerweise seinen Widerstand aufgegeben zu haben scheint, wird sich schon alles entwickeln. Famos, Papa, daß du ihn eingeladen hast. Das muß öfter geschehen, damit die Sache richtig in Schwung kommt.«

»Jo, es ist entsetzlich, wie du redest. Ich will nur hoffen, daß das alles nur scherzhaft gemeint ist.«

»Nimm es an, wenn es dich beruhigt, Mama. Aber daß Doktor Bernd dein Schwiegersohn wird, mit dem Gedanken mache dich nur schon langsam vertraut.«

Frau Melanies Gesicht bekam einen fast hilflosen Ausdruck. Sie warf ihrem Gatten einen unsicheren Blick zu, als suche sie Unterstützung bei ihm, der unternehmenden Tochter gegenüber. Aber er sah diesen Blick nicht oder wollte ihn nicht sehen. Mit einem öligen Lächeln sagte er:

»Großvater hat ganz recht, du mußt bald unter die Haube gebracht werden, Jo, und unter die feste Hand eines Mannes kommen. Schließlich ist Doktor Bernd nicht der Schlechteste. Ich werde ihn also zuweilen einladen.«

Da hatte er einen Kuß von Jolante bekommen.

»Du bist ein anerkannt vernünftiger Vater! Meine Hochachtung.« –

Pünktlich zur festgesetzten Stunde traf Doktor Bernd ein. Es war nicht das erste Mal, daß er hier zu Gaste geladen war, aber bisher war das nur geschehen, hatte Mertens sämtliche Ingenieure und die obersten Beamten zu sich entboten. Heute war Ralf der einzige Gast. Er sah, wie immer, sehr gut aus in seiner unauffälligen, diskreten Eleganz. Man merkte ihm an, daß er gewohnt war, sich in guter Gesellschaft zu bewegen. Er brachte für Frau Melanie Blumen mit und überreichte sie ihr mit liebenswürdiger Sicherheit. Weil sie ihn gerne sah, begrüßte sie ihn mit schlichter Herzlichkeit. Jo dagegen schlug sogleich einen sehr legeren Ton an, so daß er einige Mühe hatte, ihre Vertraulichkeit zu parieren, ohne gerade allzudeutlich abwehren zu müssen. Jo war ihm ziemlich unsympathisch. Ihre betonte »moderne Weltanschauung« hatte er anfänglich gelassen über sich ergehen lassen, wenn sie ihm wieder und wieder auf seinem Wege nach Villa Rodenberg begegnete, aber schließlich wurde es ihm langweilig, ihre stets gleichen Tiraden anhören zu müssen. Zunächst hatte er auch an zufällige Begegnungen geglaubt, wenn sie ihm in den Weg gelaufen war, aber bald merkte er doch, daß sie ihm auflauerte, und schließlich gab sie das auch ganz ungeniert zu.

Das gefiel ihm sehr wenig, er hatte andere Begriffe von Weiblichkeit.

Sie hatte ihr häufiges Warten auf ihn folgendermaßen begründet. »Ich unterhalte mich gerne mit Ihnen, und ich langweile mich furchtbar, da Großvaters Krankheit uns zu einem ganz eingezogenen Leben zwingt. Deshalb verlangt es mich nach Ihrer Gesellschaft.«

So wenig arrogant Ralf an sich auch war, mußte er aus Jolantes Verhalten dennoch entnehmen, daß sie ihm absichtlich Avancen mache.

Hatte sie ihm schon vorher wenig gefallen, so verstärkte sich seine Abneigung gegen sie dadurch jetzt noch mehr. Oftmals zog er zwischen ihr und Eva Maria Vergleiche, und diese fielen allemal zugunsten der letzteren aus.

Als Jolante sich auch heute in Gegenwart ihrer Eltern so ungemein vertraulich gab, stutzte er unwillkürlich. Es fiel ihm auch wieder ein, daß ihr Vater ihm bei seiner Einladung betont hatte, seine Frau werde sich freuen und *noch mehr* seine *Tochter*. Die Eltern schienen also gar nichts bei dieser Vertraulichkeit zu finden. Was sollte das bedeuten?

Frau Melanie versuchte zwar, etwas verlegen, Jolantes Art soweit wie möglich zu dämpfen, aber ihr Vater ging mit einem Augenzwinkern und einem gelegentlichen Scherz darüber hinweg. Das alles gab Ralf Bernd zu denken, und er erkannte, daß er geschickt lavieren müsse, um den nötigen Abstand zwischen Jolante und sich nicht zu verwischen.

Unter diesen Umständen verlief das Mittagsmahl ein wenig unbehaglich für Ralf Bernd. Frau Melanies Küche war zwar ausgezeichnet, und der Hausherr hatte einen guten Tropfen aufsetzen lassen, aber Ralf war doch sehr froh, als die Tafel aufgehoben wurde, denn Jolantes schwarze Augen wichen kaum von seinem Gesicht, und immer wieder nickte sie ihm verstohlen zu, als gäbe es ein Geheimnis zwischen ihnen.

Mertens bat seinen Gast nach Tisch, sich mit ihm in sein Arbeitszimmer zurückzuziehen.

»Wir wollen eine Zigarre rauchen, mein lieber Herr Doktor«, sagte er.

Jo erklärte jedoch ungeniert:

»Ich rauche mit, Papa, mich brauchst du nicht auszuschließen.«

Aber der Vater erklärte kurz und bündig:

»Du mußt bis zum Tee auf unsere Gesellschaft verzichten, Jo, wir haben geschäftlich miteinander zu reden, und dabei können wir keine jungen Damen gebrauchen.«

Jolante zog sich schmollend zurück und maulte ein wenig, was ihr aber nichts half.

Als beide Herren allein waren, ging Arthur Mertens ziemlich energisch auf sein Ziel los, freilich erst, nachdem er zuvor noch einmal vorsichtig ertastet hatte, wieweit er Doktor Bernd sein Vertrauen schenken könne. Dieser jedoch spielte seine Rolle so gut, daß sein Partner fest davon überzeugt war, er sei zu jeder Niederträchtigkeit bereit, wenn es sich für ihn nur lohne.

Mertens ging blindlings in die ihm gestellte Falle und ließ sich zu mancher Unklugheit hinreißen, und wenn er sich auch bemühte, sich sehr vorsichtig auszudrücken, so ging doch aus seinen Worten deutlich hervor, daß er nichts Geringeres verlange, als daß Ralf den jungen Hans dem Laster in die Arme führe. Augenscheinlich hoffte er, daß sein Neffe alsdann Schaden an seiner Gesundheit nehmen und seine Kraft und Energie gelähmt würde.

Ralf hätte ihm angesichts solcher Zumutung am liebsten ins Gesicht geschlagen, allein er beherrschte sich und trieb Mertens dadurch dazu, sich mehr und mehr zu demaskieren. So wurde dieser immer unvorsichtiger, endlich aber empfand er selber wohl, etwas zu weit gegangen zu sein und suchte darum seine Worte wieder abzuschwächen.

Er schränkte das bereits Gesagte dahin ein, daß er Sorge trage, Hans könne, am Schürzenbande seiner Schwester hängend, zum Weichling oder Duckmäuser werden. Darum müsse man ihn Eva Marias Einfluß entziehen, denn sie breite genau wie ihr Großvater allzu sorglich die Hände über ihn aus. So aber könne nie ein ganzer Mann aus ihm werden.

Hans sei nun einmal zum künftigen Chef der Rodenberg-Werke ausersehen. Freilich sei das ein wenig unklug von dem Großvater. Aber es gäbe ja schließlich erfahrene Männer, die das Werk besser führen könnten als ein unreifer Knabe.

Bei dieser Anspielung warf Ralf, obwohl er innerlich vor Zorn kochte, einen Blick auf Mertens, der ihm andeuten sollte, daß er, Mertens, besser dazu tauge, als irgendein anderer. Mertens glaubte sich vollkommen verstanden von dem Manne, dem er seine Tochter als Lohn für seine Bereitwilligkeit, einen Schurkenstreich auszuführen, zugedacht hatte.

»Sie können sich also um den künftigen Chef der Werke verdient machen, Herr Doktor«, schloß er endlich mit einem fatalen Schmunzeln, »und mir zugleich einen Dienst erweisen, indem sie Hans in das reale Leben der Großstadt einführen. Wir haben eine solche ja in nicht allzu weiter Ferne. Sie müssen ihm die Augen öffnen und ihn veranlassen, sich die Hörner abzulaufen. Ich als älterer Mann und künftiger Vormund kann das selbstverständlich nicht tun, aber Sie sind noch jung und haben wahrscheinlich in der Stadt die nötigen Verbindungen. Sie können ihn genügend aufklären über manche heikle Frage. Sie sind ja Student gewesen und wissen Bescheid. Wenn es nach mir gegangen wäre, hätte Hans studieren müssen, um sich in der Zeit gründlich auszutoben, aber mein Schwiegervater fürchtet wohl, daß sein Temperament ihm einen Streich spielen könne, wie es bei seinem einzigen Sohne der Fall war. Es ist Ihnen vermutlich bekannt, daß dieser bei einer Rauferei einen Menschen erschlagen hat. Nun, ich will nicht wünschen, daß meinen Neffen das gleiche Unglück trifft, aber — lieber Gott — wird der Junge einmal in eine Rauferei verwickelt und erhält dabei einen kleinen Dämpfer, kann das nur gesund für ihn sein. Es muß, wie gesagt, ein anderer Zug in den Bengel kommen. Ich hätte ja meinen Sohn dazu ausersehen, seinen Vetter in die Schule zu nehmen, aber mit dem steht Hans sich nicht gut. Aber Ihnen scheint er sehr anhänglich zu sein, und Sie haben genügend Einfluß auf ihn, daß er Ihnen blindlings folgen wird. Die Lebewelt unserer Stadt ist Ihnen sicherlich zur Genüge bekannt, damit Sie ihn an rechter Stelle einführen können, verstehen Sie mich?«

O ja, Ralf verstand ihn, verstand ihn so gut, daß er ihn am liebsten in das feiste, fleischige Gesicht geschlagen hätte. Ein wertvolles junges Leben sollte er verpfuschen helfen, sollte dafür sorgen, daß Hans sich in einem liederlichen Leben austobte und seine Gesundheit dabei aufs Spiel setzte. Er sollte entkräftet und entnervt, sollte zum willenlosen Werkzeug von Mertens herabgewürdigt werden — wenn er nicht ganz und gar zugrunde ging.

Das alles war Ralf schauerlich klar geworden, während er Mertens' heuchlerischen Ausführungen folgte. Wie gern hätte er ihm gesagt, daß er wert sei, daß man ihm ins Gesicht speie. Aber es galt, sich zu beherrschen. Lehnte er ab, fand Mertens sicherlich ein willigeres Werkzeug für seine verbrecherischen Absichten. Eilte er zu dem alten Herrn und enthüllte ihm die Gemeinheit dieses Menschen, so war Mertens imstande, den Entrüsteten zu spielen, darüber, daß man seinen herrlichsten Absichten eine solche Deutung geben könne. Denn immerhin war er schlau genug gewesen, alles nur zu umschreiben und anzudeuten. Deutlich war das alles nur für Ralf Bernd, weil er diesen Mann vollkommen durchschaute. Es blieb ihm daher nichts anderes übrig, als gute Miene zum bösen Spiel zu machen.

Das von Mertens über Eva Maria Gesagte brachte Ralf beinahe um seine Selbstbeherrschung, aber gerade der Gedanke an sie gab ihm Kraft, die widerwillig übernommene Rolle weiter durchzuführen.

»Also lieber Doktor, ich kann in dieser Angelegenheit bestimmt auf Sie rechnen?« klang Mertens ölige Stimme in Ralfs jagende Gedanken.

»Jawohl, Herr Direktor«, — Ralf hatte sich aufgerichtet und sein Gesicht trug einen entschlossenen Ausdruck — »ich werde Herrn Hans schon in die Lehre nehmen, darauf können Sie sich verlassen. Er soll sein Leben genießen. Weshalb auch nicht — er braucht sich kaum mit schweren Pflichten abzuplagen, die Rodenberg-Werke sind ja bei Ihnen in den besten Händen, darüber sind wir uns alle klar. Es weiß ein jeder, daß in Wahrheit *Sie* die Seele des Unternehmens sind, und am besten bleibt darum alles in Ihren Händen.«

Diesen Ausfall glaubte Ralf Bernd wagen zu können. Er wollte Mertens noch sicherer machen und ihm noch mehr von seinen Absichten entlocken. Und abermals ging der schlaue Mertens in die Falle. Wieder drückte er Bernds Hand und sah ihn blinzelnd an.

»Ich sehe, mein lieber Herr Doktor, wir verstehen uns. Ich hoffe, wir werden immer Hand in Hand gehen. Es soll Ihr Schaden nicht sein. Und wenn Sie mir weiter treu ergeben sind, werden Sie bald eine führende Stellung in den Werken einnehmen. Sie sollen nach mir im technischen Betriebe der Erste werden. Wir werden, denke ich, stets einen Halt aneinander haben. Es gibt ja schließlich auch noch engere Bande, die uns aneinander ketten können. Sie können versichert sein, daß ich Ihnen kein Hindernis in den Weg legen werde«, sagte er bedeutungsvoll mit einem seltsamen Lächeln.

Ralf Bernd horchte auf. Was meinte Mertens mit »noch engeren« Banden? Jolantes deutliche Avancen fielen ihm ein, und es wurde ihm ein wenig schwül bei dem Gedanken, daß Mertens darauf hinzielte.

Ein Ekel überfiel Ralf, und er sagte sich, daß jedes Mittel gut und recht sei, um diesen Wicht zu entlarven und seine schurkischen Pläne zu vereiteln.

Nur schwer zwang er sich zur Ruhe, aber keine Miene verriet, was er empfand. Er verbeugte sich scheinbar sehr ergeben.

»Ich danke Ihnen, Herr Direktor, daß Sie mich Ihres Vertrauens wert halten. Ich kenne Ihre Wünsche nunmehr ganz genau und — mein Wort darauf, ich werde dementsprechend zu handeln wissen.«

Das konnte Ralf mit seinem Wort bekräftigen, denn er versprach ja nur »dementsprechend« zu handeln. Was er darunter verstand, war seine Sache.

Befriedigt beendete Mertens endlich die Unterredung und sagte lächelnd:

»Jetzt wollen wir aber zu den Damen zurückkehren. Meine Tochter wird schon schmollen, daß ich Sie so lange in Anspruch genommen habe.«

Ralf erwiderte auf diese abermalige deutliche Anspielung kein Wort, aber das Blut stieg ihm zu Kopfe. Mertens wollte es sich anscheinend viel kosten lassen, ihn zu seinem Werkzeug zu machen, da er so unverblümt mit der Hand seiner Tochter winkte. Den künftigen Schwiegersohn glaubte er ganz sicher in den Händen zu haben. Aber er sollte auch darin irren. Sein Herz ging andere Wege.

Als die beiden Herren zu den auf der Terrasse sitzenden Damen zurückkehrten, sah Jolante schmollend über ein Buch hinweg, in dem sie gelesen hatte.

»Über eine Stunde hast du Doktor Bernd in deinem Arbeitszimmer festgenagelt, Papa, während wir, Mama und ich, uns sträflich gelangweilt haben, das ist nicht nett von dir.«

Mertens rieb sich lächelnd die Hände.

»Geschäft ist Geschäft, Jo, das solltest du als Tochter eines Kaufmanns wissen.«

»Als Tochter eines Kaufmanns weiß ich aber auch, daß Sonntags keine Geschäfte gemacht werden sollen. Und jetzt will auch ich zu meinem Recht kommen. Herr Doktor, ich entführe Sie jetzt zu einem Spaziergang durch den Wald. Ein Stündchen haben wir noch Zeit bis zur Teestunde, nicht wahr, Mama?«

Frau Melanie sah unbehaglich nach der Uhr. Sie hätte Jo am liebsten dieses selbst herbeigeführte Alleinsein mit Doktor Mertens untersagt, weil sie es unpassend fand. Aber sie wußte nur zu gut, daß Jo sich nicht daran kehren würde. Und außerdem hatte sie Ralf Bernd sehr gern, so daß sie ihn bereitwilligst an ihr schwiegermütterliches Herz genommen hätte. Mochte Jo also ihr Glück versuchen. Ein wenig unsicher, fast wie um Entschuldigung bittend, sagte sie:

»Nun ja, ein Stündchen ist noch Zeit bis zum Tee.«

Ralf wäre gerne dem Alleinsein mit Jo entgangen; hastig sagte er daher:

»Ich darf die Herrschaften nicht länger stören. Es ist an der Zeit, mich zu verabschieden.«

»Oh, Sie werden doch den Tee noch mit uns trinken, Herr Doktor, von einer Störung kann überhaupt nicht die Rede sein. Aber – wenn Sie lieber hier draußen auf der Terrasse sitzen und mit uns plaudern wollen?«

»Nein, nein, Mama, stillgesessen habe ich nun genug, und Doktor Bernd auch, wir wollen uns jetzt ein bißchen auslaufen, nicht wahr, Herr Doktor?«

Ralf hätte viel lieber das Anerbieten der Hausfrau angenommen, da er sich nach der liebenswürdigen Einladung zum Tee nun einmal nicht entfernen konnte, aber eine Absage an Jo hätte diese brüskieren müssen, und das wollte er nicht tun. So verneigte er sich und sagte artig:

»Ich habe sehr gern etwas Bewegung, gnädige Frau, und bin dem gnädigen Fräulein sehr dankbar, daß sie mich begleiten will.«

Jolante nahm ohne weiteres seinen Arm und zog ihn lachend mit sich fort. Arthur Mertens sah den beiden mit befriedigter Miene nach, legte dann, wie in zärtlicher Aufwallung den Arm um die Hüften seiner Frau und sagte neckend:

»Nun, Melanie, würde dir Doktor Bernd nicht als Schwiegersohn gefallen?«

Mit verschämt glücklichem Lächeln sah sie zu ihm auf.

»Ach Arthur, meinst du wirklich, daß er Absichten auf Jo hat?«

»Natürlich! Jo ist doch die Enkelin von Georg Rodenberg.«

Unsicher sah sie ihn an.

»Doktor Bernd ist so wenig ein berechnender Mensch wie du, mein Arthur.«

Er schluckte und wurde sich bewußt, etwas Dummes gesagt zu haben.

»Ich meine ja nur, die Hauptsache ist, daß Jo Absichten hat, und darüber hat sie uns doch nicht in Zweifel gelassen.«

Frau Melanie seufzte.

»Jo ist so schrecklich modern, ich kann mich manchmal gar nicht in ihr Wesen finden.«

»Laß nur, Melanie, sie weiß, was sie will. Und heute hat die Jugend andere Ansichten als damals, als wir jung waren.«

»Ich staune, Arthur, daß du diese Verbindung ernsthaft in Erwägung ziehst, du warst anfangs doch so sehr dagegen, als Jo davon sprach!«

Er tätschelte ihre Hand.

»Bin ich vielleicht ein Rabenvater? Ich will doch meine Kinder glücklich sehen.«

Sie fiel ihm um den Hals.

»Du lieber, guter Mann, wie froh bin ich, daß es ohne Kampf abgehen wird. Mir ist Doktor Bernd immer lieb und wert gewesen; er hat ein so vornehmes, angenehmes Wesen. Und ich wünsche, daß Jo trotz ihrer modernen Weltanschauung so altmodisch glücklich wird wie ihre Mutter.«

Arthur Mertens war arrogant genug, zu glauben, daß er wirklich seine Frau glücklich gemacht habe. Und mit leisem Zynismus sagte er:

»Unbesorgt, sie wird mindestens ebenso glücklich werden wie du, wenn auch vielleicht auf andere Art.«

VII

Jo ging Seite an Seite mit Ralf durch den Wald, der ganz still und menschenleer vor ihnen lag. Ralfs Blicke flogen sehnsüchtig nach dem schönen, vornehmen Hause auf der Höhe. Er wünschte sich weit fort von Jo. Wie viel lieber wäre er dort oben in Gesellschaft Eva Marias gewesen. Dieser schöne Frühsommersonntag war so recht dazu geeignet, ihn mit einem lieben und geliebten Menschen zu verbringen. Und er mußte das törichte Geplauder dieses ihm ziemlich unsympathischen Geschöpfes anhören.

»Sie sind so schweigsam, Herr Doktor, darf ich fragen, wohin Ihre Gedanken spazierengehen«, sagte Jo plötzlich ein wenig scharf.

Er fuhr auf aus seiner Versunkenheit und lachte ein wenig.

»Ich dachte daran, daß in einigen Stunden dieser schöne Sonntag vorüber sein wird. Man freut sich die ganze Woche darauf, und dann ist er so schnell vergangen.«

Sie funkelte ihn mit ihren schwarzen Augen von unten herauf an.

»Ah, Sie haben sich also wenigstens auf diesen Sonntag gefreut? Das ist doch endlich etwas Nettes, was Sie mir sagen.«

»Habe ich sonst nichts Nettes gesagt, gnädiges Fräulein?«

»Nein!«

»Dann muß ich mich schelten, einer jungen Dame sollte man immer nur nette Dinge sagen.«

»Nun also, dann holen Sie nur schnell das Versäumte nach. Sie sind immer so schrecklich korrekt, das mag ich gar nicht leiden.«

»Ich bin untröstlich, mir Ihr Mißfallen zugezogen zu haben.«

»Dann machen Sie das schnell wieder gut, indem Sie mir etwas Angenehmes sagen.«

»Zum Beispiel, daß dieser herrliche Frühsommertag mit einer jungen Dame zu vergleichen ist.«

»Mit welcher jungen Dame?« kokettierte sie.

Er verneigte sich.

»Es ist ja nur eine anwesend.«

»Also gilt das Kompliment mir?«

»Selbstverständlich.«

»Was haben wir also gemeinsam, der Frühsommertag und ich?«

»Sie sind beide so jung, so licht und sonnig.«

»Ah, bravo. Warum lassen Sie sich so nötigen, ein Kompliment zu machen, wenn sie so reizende Dinge sagen können?«

»Erstens war es mir unbekannt, ob Sie Komplimente gern hören. Manche Damen mögen das nicht. Und dann wußte ich nicht, ob ich Geschick habe, Komplimente zu machen.«

»Haben Sie das noch nicht erprobt?«

»Wie sollte ich? Hier gibt es nicht viel Gelegenheit, mit Damen zu verkehren.«

»Und ehe Sie nach Rodenberg kamen?«

»Da habe ich fleißig studiert und bin wenig in Damengesellschaft gewesen.«

»Wie lange sind Sie eigentlich schon in Rodenberg?«

»Etwas über zwei Jahre.«

»Aber Sie verbringen doch sonst Ihre Sonntage in der Stadt und auch Ihre Abende?«

»Die Sonntage wohl zuweilen, die Abende selten.«

»Und gibt es in der Stadt nicht genug hübsche Damen, denen Sie gern Komplimente machen?«

»Meistens sind wir Ingenieure zusammen – und da wird geulkt – Damen sind dann selten dabei.«

»Aber zuweilen doch?«

»Ja, gewiß.«

»Was sind das für Damen?«

»Damen, von denen ich nicht mit Ihnen sprechen möchte.«

»Ah, also Halbweltdamen?« fragte sie mit kurzem Auflachen.

»Ich bitte um Verzeihung – über so etwas spricht man nicht mit einer jungen Dame der Gesellschaft.«

»Oh, ich bin nicht prüde, und ich verdenke es einem jungen Mann nicht, wenn er sich vor der Ehe mit diesen Dämchen amüsiert. Ungerecht finde ich es nur, daß man uns Frauen nicht die gleiche Bewegungsfreiheit einräumt.«

Fassungslos sah er sie an.

»Mein gnädiges Fräulein, dies Thema müssen wir wohl fallenlassen.«

»Warum – es geniert mich nicht.«

»Aber mich!« erwiderte er sehr ernst.

Sie ließ seinen Arm los und schnippte mit den Fingern.

»Da hat man's! Die Herren der Schöpfung finden es viel angenehmer und bequemer, wenn die Frauen auch weiterhin mit Scheuklappen durch das Leben gehen. Aber die Zeiten sind vorbei, Herr Doktor, unsere Generation hat gelernt, scharf und klar ins Leben zu blicken. Ich habe eine moderne Weltanschauung, und mit mir können Sie ungeniert auch über heikle Dinge sprechen.«

Es wurde ihm heiß bei diesen Worten. Jos so oft betonte moderne Weltanschauung, über die er sich bisher nur amüsiert hatte, mißfiel ihm jetzt gründlich. Ihm fehlte die Lust, weiter bei diesem Thema zu bleiben. Schnell beugte er sich herab, um eine Waldblume zu pflücken.

»Sehen Sie, wie schön diese Blume in ihrer Unberührtheit ist«, sagte er ablenkend, ihr die Blume reichend.

Sie nahm sie und befestigte sie an ihrem Kleide. Dabei seufzte sie ein wenig. Dieser Doktor Bernd schien doch verteufelt altmodische Ansichten vom Leben zu haben. Im Grunde paßte er viel besser zu Eva Maria. Aber er war doch ein bezaubernder Mensch, so interessant und vornehm. Wenn er nur erst kapierte, daß sie ihn ernsthaft begehrte und ihn mit ihrer Hand beglücken wollte, dann würde er schon auftauen. Aber das brauchte bei ihm anscheinend viel Zeit. Man mußte sich ihm schon ein wenig anpassen.

So wechselte sie plötzlich das Thema, sprach anscheinend ganz harmlos von allerlei Dingen und legte ihre »moderne Weltanschauung« vorläufig einmal beiseite, um ihn nicht »kopfscheu« zu machen. Ralf Bernd atmete auf und ging mit Feuereifer auf eine unverfängliche Unterhaltung ein. Jo zeigte sich ihm auf einmal von einer anderen Seite und berührte allerlei Tagesfragen, und er fand, daß sie ein sehr kluges und belesenes Geschöpf war, mit der man ganz vernünftig über praktische Dinge plaudern konnte, sobald sie ihre »moderne Weltanschauung« aus dem Spiele ließ. Jo war wirklich klug und merkte, daß sie ihn auf diese Weise mehr fesselte als zuvor.

Nun gut, dachte sie, fangen wir es andersherum an, ihn zu fesseln. Schließlich muß man jeden Mann erst zu nehmen lernen.

So langten sie in bestem Einvernehmen wieder in der Villa an. Hier war inzwischen Eva Maria mit ihrem Bruder und Großvater eingetroffen. Georg Rodenberg hatte Lust gehabt, seiner Tochter und seinem Schwiegersohn einen Besuch abzustatten. Hans und Eva Maria, die ja wußten, daß Ralf Bernd bei den Mertens eingeladen war, hatten es verhindern wollen und den Großvater vor der Anstrengung gewarnt. Er hatte aber lachend geantwortet:

»Morgen trete ich meine geregelte Tätigkeit in den Werken wieder an, da wäre es schlimm, wenn ein Besuch bei meinen Kindern schon über meine Kräfte gehen würde. Wir trinken den Tee bei Tante Melanie, sie wird sich freuen.«

So fuhr man gemeinsam im Auto hinüber. Hans chauffierte selbst, da der Chauffeur einen freien Tag hatte. Arthur Mertens empfing die Verwandten ein wenig befangen, er hätte gern den Besuch Ralf Bernds verschwiegen. Daß Hans und durch diesen Eva Maria schon darum wußten, ahnte er nicht. Er legte aber eine große Freude an den Tag, half dem Schwiegervater selber sehr sorglich aus dem Auto und führte ihn auf die Terrasse, wo Frau Melanie den Vater mit inniger Freude begrüßte. Auch Eva Maria und Hans hieß sie herzlich willkommen, gab ihrer Freude Ausdruck, sie endlich wieder einmal bei sich zu sehen.

»Wo ist denn Jo?« fragte der alte Herr, nachdem er Tochter und Schwiegersohn begrüßt hatte.

»Sie macht einen kleinen Spaziergang mit Doktor Bernd, den ich zu Mittag eingeladen hatte, um noch einiges mit ihm über seine Erfindung zu besprechen. Außerdem wollte ich ihm durch diese Aufmerksamkeit beweisen, daß meine anfängliche Stellungnahme seiner Erfindung gegenüber durchaus nicht persönlich gemeint war«, sagte Arthur Mertens, schnell gefaßt.

Der alte Herr klopfte ihm lächelnd auf die Schulter.

»Bist doch ein guter Mensch, Arthur, trotzdem du ein so ausgezeichneter Geschäftsmann bist. Also Doktor Bernd ist hier! Freut mich. Und – dich wird es auch freuen – Hans?«

Aber bei dieser Frage sah er nach Eva Maria hinüber und bemerkte, daß sie errötete.

Hans war zu ehrlich und wahrhaftig, als daß er eine freudige

Überraschung vorgetäuscht hätte, und konnte doch nicht eingestehen, daß er um Ralf Bernds Anwesenheit wußte. So nickte er nur zu den Worten des Großvaters und begrüßte die Tante.

Frau Melanie ließ schnell noch drei Gedecke auf den Teetisch legen, der schon auf der Terrasse aufgestellt war, und Mertens führte den Schwiegervater sorglich zu einem windgeschützten Platze.

Eva Marias Augen schweiften ein wenig unruhig über die zwischen Wald und Villa liegende Wiese hinweg, die mit tausend Blumen überstreut war. Trotzdem sie keine Eifersucht empfand, war ihr doch beklommen zumute, als sie erfuhr, daß Jolante jetzt allein mit Ralf Bernd im Walde umherstreifte und ungestört Gelegenheit hatte, ihm Avancen zu machen. Sie sollte aber nicht lange in Unruhe bleiben, denn gleich darauf kamen die beiden aus dem Walde heraus und schritten über den Wiesenweg dem Hause zu. Als Jolante Eva Maria neben dem Großvater und Hans erblickte, schob sie schnell wieder ihre Hand unter Ralf Bernds Arm.

»Ich bin sehr müde geworden, Herr Doktor, bitte führen Sie mich.«

Und eng an seine Seite geschmiegt schritt sie auf die Terrasse zu. Ralf war leise zusammengezuckt, als er die angekommenen Gäste erblickte. Es war ihm nun doppelt unangenehm, daß Jolante seinen Arm nahm und so dicht neben ihm her ging. Am liebsten hätte er sie abgeschüttelt, und es kostete ihm viel Überwindung, das nicht zu tun. Er atmete erlöst auf, als er endlich ihren Arm freigeben konnte. Sein Herz wurde aber erst wieder leicht und frei, als Eva Maria ihm mit ihrem lieben, gütigen Lächeln die Hand reichte. Auch Georg Rodenberg begrüßte ihn mit freundlichen Worten. Zuletzt trat er an Hans heran, der etwas abseits stand.

»Ich konnte Großvater nicht von diesem Besuch zurückhalten, Herr Doktor, hoffentlich kommen wir nicht ungelegen und störend?« sagte Hans leise.

»Unbesorgt, alles schon erledigt. Morgen mehr davon«, flüsterte Ralf zurück und begrüßte Hans dann mit lauten Worten.

Gemeinsam nahm man den Tee ein; Jolante schlug Ralf gegenüber einen bewußt vertraulichen Ton an. Ihre Augen blitzten dabei boshaft zu Eva Maria hinüber. Ralf Bernds Haltung war jedoch sehr zurückhaltend und korrekt und gab Jolante wenig Gelegenheit zu triumphieren. Eva Maria bemerkte sehr wohl, daß er mit der größten Zurückhaltung auf Jolantes Vertraulichkeiten reagierte.

Als Georg Rodenberg nach etwa einer Stunde mit seinen beiden Enkelkindern wieder aufbrach, erhob sich auch Ralf, um sich zu verabschieden.

»Dann können Sie mit uns fahren, Herr Doktor, wir setzen Sie an den Werken ab«, sagte Georg Rodenberg freundlich.

Ralf Bernd wohnte in dem sogenannten Ingenieurhause, das dicht neben dem Seiteneingang zu den Werken lag, zwischen einigen kleinen Wohnhäusern, die von den verheirateten Oberingenieuren und Beamten bewohnt wurden.

Dankend nahm er die Einladung an. Als er sich von Mertens verabschiedete, sagte dieser leise:

»Also strengste Verschwiegenheit in der besprochenen Angelegenheit, lieber Herr Doktor.«

»Selbstverständlich, Herr Direktor.«

»Und Sie werden alles unternehmen wie verabredet?«

»Ich werde nichts vergessen.«

Jolante schritt neben Eva Maria bis zum Auto und flüsterte ihr zu:

»Es war ein himmlischer Sonntag, Eva Maria, Doktor Bernd ist ein entzückender Mensch. Du glaubst nicht, was für Komplimente er mir während unseres Spazierganges gemacht hat. Er geht heftig ins Feuer.«

Eva Maria merkte die Absicht, wurde aber nicht verstimmt.

»Dann tut es dir wohl leid, daß ihn Großvater entführt?« fragte sie und konnte sogar lächeln dabei.

»Ach nein, weißt du, zu einem ungestörten Alleinsein kommt es doch nicht mehr, Mama ist so gräßlich ängstlich, daß etwas gegen den sogenannten guten Ton geht. Sie ist eben vollständig rückständig und merkt nie, wenn sie überflüssig ist. Aber wir werden schon beide dafür sorgen, daß wir uns zuweilen allein treffen.«

Sie wollte Eva Maria damit einen Stich versetzen, aber diese brachte es fertig, ganz ruhig und gelassen auszusehen.

Ralf sah, am Wagenschlag stehend, den beiden jungen Damen entgegen. Sein Herz klopfte laut und stark bei Eva Marias Anblick. Sie trug den Hut an einem Band am Arm hängend, und die Sonnenstrahlen konnten ungehindert auf ihrem blonden Haar spielen, das sich in weichen Locken um den feinen Kopf schmiegte. Wie jugendschön und echt weiblich wirkte ihre schlanke Gestalt neben Jolantes magerem Knabentyp. Sie stach sehr vorteilhaft von ihrer Cousine ab.

Georg Rodenberg verabschiedete sich unterdessen von seiner Tochter, die herzlich bedauerte, daß Egon nicht zu Hause sei und den ersten Besuch des Großvaters nicht hatte miterleben können.

Jolante ränkelte noch ein wenig mit Hans, dessen kraftvolle Jünglingsgestalt einen erfrischenden Anblick bot.

»Mein Gott, Hans, ich glaube, du setzt Fett an«, sagte sie spöttisch.

Hans sah wenig liebevoll und wenig galant an ihrer Gestalt herab.

»Sorge dich nicht um meine schlanke Taille, gib dir lieber Mühe, ein wenig Fett anzusetzen, damit man weiß, daß du ein Mädel bist und kein Junge«, erwiderte er in vetternhafter Ruppigkeit.

Jolante hob abwehrend die Hände und fuhr dann selbstgefällig an ihren überschlanken Hüften herab.

»Um Gottes willen, ich soll wohl so dick werden wie Eva Maria! Ihr müßt wirklich etwas mehr Sport treiben, ihr beiden.«

Eva Maria lachte harmlos zu dieser Taktlosigkeit.

»Bis jetzt drückt mich das Fett noch nicht, Jo, wenn ich es auch wohl nie zu deiner betonten Schlankheit bringen werde.«

Dabei traf ihr Blick zufällig in den Ralf Bernds, in dessen Augen sie eine so heiße Bewunderung aufflammen sah, daß sie nicht im Zweifel sein konnte, wem er den Vorzug gab.

Jolante sah diesen Blick zum Glück nicht. Sie war befriedigt, daß sie einige Bosheiten an die Geschwister losgelassen hatte. Sie verabschiedete sich von Ralf mit einem aufdringlichen Blick. Er half dann dem alten Herrn und Eva Maria in den Fond des Wagens und nahm selber neben Hans Platz, der wieder am Steuer saß. Jo wollte noch etwas zu Ralf Bernd sagen, aber Hans fuhr so plötzlich an, daß ihre Worte spurlos verflogen.

Ralf Bernd fand, daß diese kurze Autofahrt der Ausgleich des Tages war, denn er durfte Eva Marias Stimme hören und ihr reizendes Profil bewundern, wenn er ein wenig über die Schulter sah. Er bedauerte nur, daß die Fahrt so kurz war. Es sollte ihm aber noch eine große Freude zuteil werden. Als der Wagen am Seiteneingang der Werke hielt und ihn absetzte, sagte Georg Rodenberg, sich von ihm verabschiedend: »Ich hoffe, Sie schenken auch uns nächstens einmal einen Ihrer freien Sonntage, Herr Doktor. Abendliche Gesellschaften will ich mir noch nicht zumuten, sonst würde ich wieder einmal meine Herren Ingenieure einladen, aber das muß ich noch verschieben, bis ich mich kräftiger fühle. Ihre angenehme Gesellschaft jedoch bitte ich mir für einen Sonntagnachmittag aus. Paßt es Ihnen am übernächsten Sonntag? Eva Maria, ich darf dir doch ohne weiteres einen Tischgast einladen?«

Mit einem Lächeln bemerkte der alte Herr, daß Ralfs und Eva Marias Augen hell bei seinen Worten leuchteten.

Jo kann ihre Bemühungen ruhig einstellen, sie werden erfolglos sein, dachte der alte Herr, und Hans dachte etwas Ähnliches.

Ralf aber dankte mit leise bebender Stimme, aus der man seine Freude herausklingen hörte. Und Eva Maria bemühte sich, ruhig und hausfraulich zu bemerken, daß ihr ein Gast durchaus keine Umstände mache.

Hans drückte Ralf die Hand so fest, daß dieser den Druck noch lange spürte. Der alte Herr rief Ralf Bernd noch zu:

»Morgen vormittag kommen Sie also zum Vortrag in mein Kontor auf den Werken, ich brauche Sie nun nicht mehr zu mir ins Haus zu bemühen. Auf Wiedersehen, Herr Doktor!«

Mit einer tiefen Verbeugung trat Ralf zurück. Seine Augen trafen noch einmal in die Eva Marias. Hans rief ihm noch einen Gruß zu, dann fuhr der Wagen davon.

In tiefes Sinnen verloren, suchte Ralf seine Wohnung auf. Es gelüstete ihn nicht mehr nach einem der üblichen Sonntagsvergnügen in der Stadt. Er ließ die Erlebnisse des Nachmittags in sich ausklingen. Und da fiel ihm erneut ein, welches schmachvolle Ansinnen Mertens an ihn gestellt hatte. Es war die größte Beleidigung, die ihm je widerfahren war, und doch hatte er nicht in der richtigen Weise darauf antworten können, weil er Hans schützen wollte.

Zornig ballte er die Faust.

»Der Schuft!« murmelte er vor sich hin, und seine Augen glühten. Ärgerlich warf er das Buch fort und trat an das Fenster.

Seine Augen suchten die Villa Rodenberg oben auf dem Berge. Er konnte nur die oberen Etagen über den Baumwipfeln sehen. Sein Herz war voll Sehnsucht.

Eva Maria! Süße, holde Eva Maria! Werde ich dich mir erringen können? Wird mir ein so großes Glück beschieden sein?

VIII

Als Ralf Bernd am nächsten Vormittag aus dem Kontor Georg Rodenbergs wieder in sein Büro zurückkam, fand er dort Hans Dornau vor. Dieser sah mit einem seltsam blassen, verstörten Gesicht zu Ralf empor, während er damit beschäftigt war, eine kleine Fleischwunde an seiner Hand zu verbinden.

»Was ist geschehen, Herr Hans, wie sehen Sie aus – was machen Sie da?« fragte Ralf erschrocken.

»Nur eine kleine Verletzung, Herr Doktor, aber es konnte schlimmer kommen.«

Ralf betrachtete die Wunde am Ballen der linken Hand.

»Wie haben Sie sich das zugezogen?«

Hans lachte ein wenig geistesabwesend.

»Es zittert noch ein wenig in meinen Nerven, Herr Doktor, wahrhaftig, wie eine alte Jungfer bin ich erschrocken und habe mein Gleichgewicht noch nicht wieder gefunden. Hören Sie zu, ich war an dem neuen Grubenschacht, wo neue Pfähle mit dem Rammklotz eingerammt werden. Die Arbeiter waren in der Kantine beim Frühstück. Ich war ein bißchen neugierig und ein bißchen leichtsinnig und wollte mir den halb eingerammten Pfahl genau betrachten. Er steckte in dem eisernen Ring, damit ihn der Rammklotz nicht zersplittern konnte. Ich beugte den Kopf darüber, ganz vergessend, daß da über mir der mehrere Zentner schwere Rammklotz hing, den eine leichte Bewegung auslösen konnte. Plötzlich ist mir, als höre ich das leise Einschnappen der Feder, die den Rammklotz löst. Ich werfe mich instinktiv zurück, bleibe aber mit der Hand zwischen Pfahl und Eisenring hängen, jedoch zum Glück nur ein wenig, so daß ich mich noch losreißen konnte. Aber in dem Moment sauste auch der schwere Rammklotz herab. Eine Sekunde früher – und mein Kopf lag unter dem Rammklotz.«

Ralf Bernd wurde noch blasser als Hans.

»Um Gottes willen, Herr Hans, wie konnte sich der Rammklotz lösen? Sie sagten doch, die Arbeiter seien nicht anwesend gewesen?«

Hans strich sich über die Stirn, und seine Hand zitterte ein wenig.

»Ja – jetzt kommt erst das Komische an der Geschichte«, sagte er heiser, »als ich mich umwende und sehen will, wer den Rammklotz ausgelöst hat, da ich mich doch ganz allein wähnte – da sehe ich einige Schritte entfernt – meinen Onkel Arthur stehen – er notierte sich anscheinend seelenruhig etwas in seinem Notizbuch. Ich trat, etwas aus dem Konzept gebracht, da ich kaum dem sicheren Tod entgangen war, vor ihn hin. ›Wer war eben an dem Rammklotz, Onkel Arthur‹, fragte ich etwas verstört.

Er sah mich erstaunt an, aber es fiel mir auf, daß er sehr blaß war und daß seine den Bleistift haltende Hand merkbar zitterte.

›Am Rammklotz? Kein Mensch war daran, die Arbeiter sind in der Kantine.‹

›Hast du mich nicht an dem Rammklotz gesehen?‹ fragte ich weiter.

›Dich? Nein, ich habe mich nicht umgesehen, ich hatte mir notwendige Notizen zu machen.‹

Ich berichtete ihm nun, was geschehen war, daß ich kaum dem Tode entgangen sei und wie es geschehen war. Da wurde er rot und blaß und schrie mich heiser an: ›Wie konntest du so unvorsichtig sein?‹ Ich zeigte ihm die kleine Verletzung. – ›Es ist glimpflich abgelaufen‹, fuhr ich fort, ›aber mein Leben hing an einem Faden und ich möchte doch wissen, wer die Feder am Rammklotz gelöst hat.‹

›Das kann selbstverständlich nur von selbst geschehen sein. Es war ja kein Mensch an dem Rammklotz. Wahrscheinlich haben die Leute die Feder nicht ordentlich gesichert, und sie hat sich von selber gelöst. Verdammte Bande, immer gibt es Nachlässigkeiten. Da muß ich mal wieder mit einem Donnerwetter dazwischen fahren‹, schrie er aufgeregt. Schimpfend und tobend ging er dann nach der Kantine hinüber.

Doktor Bernd umfaßte tief erschüttert die Schultern des jungen Mannes. Sie sahen sich beide mit großen Augen in die blassen

Gesichter. Einer las in den Augen des andern den furchtbaren Verdacht. Wie im Krampf drückten sie einander die Hand.

»Gottlob, Herr Hans, daß ich Sie gesund und bis auf diese kleine Wunde unversehrt vor mir sehen kann.«

»Wie hätte das bloß meine arme Schwester überstehen sollen«, sagte Hans heiser.

Und dieser Gedanke brachte ihn um die letzte Kraft. Er sank plötzlich haltlos in einen Sessel und stützte den Kopf in die Hand.

Ralf Bernd füllte ein Glas mit Wasser und hielt es ihm an die Lippen.

»Trinken Sie, Herr Hans!«

Dieser schluckte gehorsam und raffte sich auf.

»Scheußlich, Herr Doktor, daß man wie eine nervöse alte Jungfer schlapp macht, aber es war nur der Gedanke an Eva Maria und an meinen Großvater. Nun ist mir schon wieder besser.«

Mit einer fast zärtlichen Bewegung strich Doktor Bernd über den blonden Haarschopf des Jungen.

»Gottlob – Sie leben – und Ihr Fräulein Schwester darf nichts davon erfahren, wie nahe Sie dem Tode waren. Auch Ihr Herr Großvater nicht – wäre Ihnen dies Unglück widerfahren – das hätte auch Ihr Herr Großvater bei seinem Herzleiden nicht überlebt.«

Wieder sahen sie sich beide mit verhaltenem Blick an. Sie sprachen beide nicht aus, was sie dachten. Endlich sagte Hans:

»Um keinen Preis dürfen Großvater und meine Schwester etwas davon erfahren. Eva Maria wird ja die kleine Verletzung sehen und verbinden wollen, ich muß dann irgend etwas erfinden, wie ich sie mir zugezogen habe. Versprechen Sie mir, zu schweigen.«

»Ich verspreche es Ihnen, Herr Hans, aber – Sie müssen mir auch etwas versprechen.«

»Was soll ich versprechen?«

»Daß Sie in Zukunft sehr, sehr vorsichtig sein wollen und sich nicht wieder leichtsinnig in solche Gefahr begeben.«

Hans sah ihn ernst an.

»Sie können versichert sein, daß ich vorsichtig sein werde. Es gibt ja genug derartiger gefährlicher Stellen auf den Werken –

wo man – ganz zufällig – zu Schaden kommen kann. Dieser etwas merkwürdige Unfall soll mir eine Warnung sein.«

In diesem Moment wurde plötzlich die Tür geöffnet und Direktor Mertens stand auf der Schwelle. Sein fleischiges Gesicht war noch etwas fahl, und die Augen blickten unstet hinter den Brillengläsern hervor.

»Nun Hans, hast du die kleine Schramme verbunden? Ich habe ein geharnischtes Donnerwetter losgelassen auf die Häupter der Arbeiter. Laufen von der Arbeit fort, ohne den Rammklotz genügend zu sichern. Pflichtvergessene Bande! Das hätte dir vielleicht einen Finger kosten können, Hans.«

Hans warf seinem Onkel einen seltsamen Blick zu. Seinen Mund umspielte ein bitteres Lächeln.

»Vielleicht auch den Kopf!« rief er heiser.

Direktor Mertens lachte heiser auf.

»Unsinn! Mach nicht solche Witze, Hans. Gottlob ist es mit einer Schramme abgegangen. Wie konntest du so unvorsichtig sein? Du bist doch ein Kind der Rodenberg-Werke und solltest wissen, daß da überall Gefahren drohen.«

Hans sah ihn mit einem Blick an, in dem ein schwerer Ernst lag.

»Du kannst sicher sein, daß ich in Zukunft vorsichtiger sein werde.«

Ralf Bernd hatte Mertens während der ganzen Zeit nicht aus den Augen gelassen. Er mußte alle Kraft aufbieten, um ruhig zu bleiben.

Mertens wandte sich wieder zum Gehen. Er zwang sich zu einem Lächeln.

»Sie haben doch nicht vergessen, Herr Doktor, was wir gestern besprochen haben?« fragte er.

»Nein, Herr Direktor«, stieß Ralf hervor und beugte sich über seine Arbeit, er vermochte Mertens jetzt nicht anzusehen.

Dieser blieb nochmals vor Hans stehen.

»Großvater, Tante Melanie und deine Schwester dürfen selbstverständlich nichts von diesem kleinen Unfall erfahren, Hans. Großvater ist noch nicht ganz über den Berg, und Frauen haben solchen Dingen gegenüber schwache Nerven.«

»Sie werden nichts erfahren«, sagte Hans rauh und kurz.

Mertens ging. Draußen auf der Treppe taumelte er ein wenig

und mußte nach dem Geländer fassen. Er zog sein Taschentuch hervor und wischte den Schweiß von seiner Stirn.

Dann ging er nochmals zu der neuen Grube hinüber, wo die Arbeiter wieder am Rammklotz bei der Arbeit waren. Hier wetterte er noch einmal los und verhörte die Arbeiter nochmals sehr eingehend — er wollte genau wissen, wie sie sich das Niedergehen des Rammklotzes erklärten. Sie konnten ihm keine Erklärung geben. Mertens stellte fest, daß keiner der Arbeiter einen Verdacht hatte, daß — er es gewesen sein könne, der die Feder berührt hatte. Gesehen hatte ihn niemand, das stand fest. Er hatte sich ja auch schon vorher vorsichtig umgeblickt, niemand war in der Nähe gewesen. Niemand durfte wissen oder ahnen, daß er mit einer schnellen Handbewegung die Feder gelöst hatte. Wäre ihm geglückt, was sein verbrecherisches Hirn durchzuckt hatte, wäre sein Ziel mit einem Schlage erreicht gewesen, denn Georg Rodenberg hätte bei seinem schwachen Herzen schwerlich den Tod seines Enkels überlebt. Jetzt gierte er nur noch stärker nach Erfüllung seiner Wünsche. Wie lange würde es aber dauern, bis sich wieder eine solche, seinen Plänen günstige Gelegenheit finden würde? Man mußte warten — und warten war schwer.

Er ahnte nicht, daß Hans Verdacht geschöpft hatte und daß Doktor Bernd diesen Verdacht teilte.

Als Hans und Ralf Bernd wieder allein waren, sagte der letztere leise:

»Herr Hans, ich habe Ihnen allerlei von gestern zu berichten. Wenn ich noch im Zweifel war, ob ich Ihnen über alles reinen Wein einschenken sollte, so ist dieser Zweifel jetzt behoben. Wollen Sie mich anhören oder sind Sie noch nicht wieder aufnahmefähig?«

Hans trank noch einen Schluck Wasser.

»Doch, bitte sagen Sie mir alles.«

Ralf Bernd ging erst noch einmal zur Tür und sah hinaus, um sich zu überzeugen, daß Mertens nicht etwa draußen stehe und lausche. Dann trat er dicht an Hans heran, sah ihm ernst in die Augen und sagte aufatmend:

»Ihr Herr Onkel hat mir gestern, erst etwas verblümt, dann aber ziemlich deutlich den Auftrag erteilt, Sie in lockere Gesellschaft zu bringen, Sie mit zweifelhaften Frauen bekannt zu machen, Sie zu einem Lebemann heranzubilden, der seine Kraft und seine Gesundheit in verlodderter Gesellschaft aufs Spiel setzt — kurzum — ganz klar herausgesagt, ich soll Sie auf irgendeine Weise verderben.«

Hans rührte sich nicht, es war, als sei er gelähmt. Nur seine blauen Augen sahen entsetzt zu Ralf Bernd empor. Endlich sagte er heiser:

»Von meines Onkels Seite kann ich mich über nichts mehr wundern, Herr Doktor. Wie aber haben Sie sich aus der Affäre gezogen?«

»Indem ich zu allem ja gesagt habe, um Sie vor ähnlichen Angriffen zu schützen. Und Sie müssen mir helfen, in Direktor Mertens den Glauben zu wecken, daß ich seinen Auftrag ausführe. Ich habe eine elende Komödie spielen müssen, und ich habe mich vor mir selbst geschämt. Aber — jetzt fühle ich keine Hemmungen mehr — einen Schurken kann man nur mit seinen eignen Waffen bekämpfen.«

Die letzten Worte fuhren Ralf Bernd wider Willen heraus, aber er nahm sie nicht zurück. Hans faßte die Hand des jungen Ingenieurs.

»Wie soll ich Ihnen danken?«

»Dadurch, daß Sie mir rückhaltlos vertrauen und daß Sie sich gefallen lassen, daß ich immer und überall zu Ihrem Schutze bereit bin. Ich würde Ihnen vielleicht raten, Ihrem Herrn Großvater dies alles zu verraten, aber Direktor Mertens hat das alles in einen so sanften Ton gekleidet, daß er mich anklagen würde, ihn falsch verstanden zu haben. Und — was Ihnen heute geschehen ist — kann ja auch nur ein *Zufall* gewesen sein, nicht wahr?«

Hans drückte seine Hand wie im Krampf.

»Beweisen kann man nichts.«

Wieder sahen sie sich bedeutungsvoll an. Dann sagte Ralf Bernd:

»Ihr Herr Großvater darf seines Herzleidens wegen nicht aufgeregt werden, und auch Ihr Fräulein Schwester nicht zuviel wissen. Ich würde am liebsten sehen, wenn alles verschwiegen bliebe, um sie nicht zu beunruhigen, aber sie muß für alle Fälle eingeweiht werden, weshalb Sie jetzt plötzlich zuweilen des Nachts außer dem Hause sein und wo Sie sich befinden werden.«

Hans sah ihn fragend an.

»Wie soll ich das verstehen?«

»Nun, Sie werden zuweilen eine Nacht in meinem Zimmer schlafen. Ich habe einen sehr bequemen Diwan. Sie müssen sich dann heimlich aus dem Hause schleichen, damit Ihr Onkel, von mir unterrichtet, sehen kann, daß Sie wirklich einen unsoliden Lebenswandel führen. Während er dann aber glaubt, daß ich mit Ihnen in die Stadt fahre, um Sie in den Großstadtsumpf einzuführen, werden wir behaglich in meinem Zimmer sitzen und uns auf eine harmlosere Art die Zeit vertreiben.«

Wieder faßte Hans seine Hand mit festem Druck.

»Jetzt verstehe ich, wir sollen beide die Komödie aufführen, als würde der Auftrag, den er Ihnen gegeben, restlos ausgeführt?«

»Ja, das müssen wir tun, um ihm so viel Vertrauen zu mir einzuflößen, daß er überzeugt ist, mir auch noch andere Schandtaten zumuten zu dürfen. Es wird vielleicht lange dauern, bis ich Ihren Onkel entlarvt oder zum mindesten in bezug auf Sie unschädlich gemacht habe. Aber ich werde mein Ziel jetzt mit rücksichtsloser Energie verfolgen. Und Sie müssen mir dabei helfen.«

Hans atmete tief auf.

»Glauben Sie, mir ist ein Stein vom Herzen gefallen, weil ich jetzt gewiß weiß, daß der Mann meiner armen Tante Melanie mein Mißtrauen wirklich verdient, und daß ich ihm damit nicht unrecht getan habe?«

»Ja, das glaube ich Ihnen, Herr Hans. Menschen unseres Schlages glauben lieber zuviel Gutes, niemals zuviel Schlechtes von anderen Leuten. Also, Sie helfen mir?«

»Selbstverständlich, Herr Doktor, bestimmen Sie nur, was ich zu tun habe, ich werde mich Ihnen bedingungslos anvertrauen und unterordnen.«

Ralf Bernd klärte Hans nunmehr genau darüber auf, was er vorhabe und in welcher Weise Hans ihm helfen könne. Sie sprachen leise, ohne ihre Arbeit zu unterbrechen. Nur schaute Ralf immer wieder einmal hinaus, ob sich kein Lauscher in der Nähe befinde.

Zwei Tage später sagte Ralf Bernd leise zu Direktor Mertens, als er mit diesem zufällig zusammentraf:

»Die heutige Nacht wird Herr Hans mit mir in der Stadt verbringen. Ich werde ihn in die Mysterien der Großstadt einführen.

Er wird sich kurz nach zehn Uhr, wenn in Villa Rodenberg alles zur Ruhe gegangen ist, heimlich aus dem Hause schleichen. Einen Doppelschlüssel hat er sich auf meinen Rat schon machen lassen. Am Fuße des Berges, in der Nähe des Seitenausganges der Werke, werde ich mit ihm zusammentreffen.«

Arthur Mertens zwinkerte ihm zu.

»Gut, gut! Sie haben ihn ja schnell gewonnen.«

»Es bedurfte keiner großen Mühe, Herr Direktor. Er hat sich schon danach gesehnt, sich ausleben zu dürfen und hat nur nicht gewußt, wie er das anfangen sollte. Passende Gelegenheit und das nötige Taschengeld haben ihm gefehlt, denn solche Nachttouren sind teuer.«

»Sie werden ihm das nötige Geld vorschießen?«

»So habe ich es mit ihm besprochen.«

»Bitte, belasten Sie mein Konto damit, Herr Doktor, er soll nicht mit dem Gelde sparen — der Junge soll sein Leben gründlich genießen. Ein reicher Erbe, wie er, braucht nicht zu sparen.«

»Das dachte ich auch, Herr Direktor.«

»Sie erstatten mir morgen Bericht. Ich erwarte Sie in meinem Kontor morgen um zehn Uhr.«

»Ich werde mich pünktlich einfinden und Ihnen über alles Bericht erstatten.«

Mertens nickte ihm zu, und sie trennten sich.

Am Abend dieses Tages, kurz nach zehn Uhr, schlich Hans sich leise aus dem Haus. Er brauchte große Vorsicht gar nicht einmal vorzutäuschen, denn um keinen Preis wollte er, daß der Großvater seine Entfernung bemerkte. Nur Eva Maria war eingeweiht.

Hans schlich sich im Park von Baum zu Baum, den Berg hinunter. Als er außer Sichtweite des Hauses war, trat er bestimmter auf und ging scheinbar unbekümmert weiter. Aber er lauschte dabei angestrengt in den Park hinein, und da vernahm er zuweilen das Rascheln eines Zweiges oder das leise Knirschen des Kieses unter einem vorsichtigen Tritt. Das bewies ihm, daß Arthur Mertens ihn belauschte. Er ignorierte es aber scheinbar.

Hans hatte Eva Maria so viel von seinen Vereinbarungen mit Ralf verraten, daß sie sich nicht zu sorgen brauchte, sollte sie vielleicht zufällig gewahr werden, daß er sich in der Nacht entfernte. Sie stand nun in ihrem dunklen Zimmer und sah verstohlen dem Bruder nach. Dabei bemerkte sie sehr wohl, daß ein dunkler Schatten hinter Hans herschlich, und das Herz klopfte ihr angstvoll. Konnte Mertens Hans da draußen im Dunkel nicht etwas Böses antun?

Aber sie sagte sich zum Trost, daß Ralf Bernd den Bruder bewachen und ihm nichts geschehen lassen würde. Wie froh war sie, daß Ralf ihres Bruders Freund war und ihm helfen würde. Ihre Hände falteten sich zum Gebet. Sie flehte Gott an um Schutz für den geliebten Bruder.

Am Fuße des Berges erwartete Ralf Hans Dornau.

»Hallo, Herr Hans, sind Sie es?« rief er ihn an, absichtlich laut genug, daß auch der im Dunkel schleichende Mertens es hören konnte. Wenn er diesen auch nicht sah, war er doch überzeugt, daß er Hans nachspionierte, schon um sich zu überzeugen, daß Ralf ihm recht berichtet hatte.

»Ja, Herr Doktor, ich bin es!«

»Haben Sie sich unbemerkt von zu Hause fortschleichen können?«

»Dank des Nachschlüssels, den ich mir habe machen lassen, ging es ganz glatt. War eine famose Idee von Ihnen, daß ich mir den Schlüssel beschaffen sollte.«

»Gut! Nun wollen wir hinüber zum Wagen. Ich habe ihn drüben am Seiteneingang der Werke hinter Tannengebüsch verborgen. Es ist ein Mietsauto aus der Stadt, und ich habe dem Chauffeur Anweisungen gegeben, zweimal in der Woche hier zu halten. Es ist ja wahrlich an der Zeit, daß Sie flügge werden. Sie sollen eine vergnügte Nacht durchleben – und viele andere werden folgen. Vertrauen Sie sich mir unbekümmert an. In die nettesten und wildesten Sachen werde ich Sie einführen.«

»Ich danke Ihnen von Herzen, Herr Doktor, daß Sie mir die Genüsse der Großstadt erschließen wollen. Ich sehne mich längst danach, mich gründlich auszuleben. Und allein hätte ich nicht den Mut dazu gefunden.«

»Nun ja, aller Anfang ist schwer! Aber Sie werden so viel Vergnügen an diesen heimlichen Ausflügen finden, daß Sie schnell Geschmack daran bekommen werden. Vorläufig gehen wir zweimal in der Woche aus, bis Sie daran gewöhnt sind, später können wir öfter fahren.«

»Famos, Herr Doktor, aber das kostet wohl viel Geld.«

»Danach braucht der künftige Erbe von Rodenberg nicht zu fragen. Ich schieße Ihnen vor, soviel Sie wollen.«

»Nett von Ihnen, Herr Doktor! Bisher kam ich ja mit meinem Taschengeld reichlich aus, aber in Zukunft werde ich wohl manche Anleihe bei Ihnen machen müssen.«

»Tun Sie das nur. Und nun los, Herr Hans, in das tolle vergnügte Nachtleben hinein!«

Sie hatten das alles laut genug gesprochen, daß ein Lauscher es hören konnte. Und Arthur Mertens, der sich hinter Hans hergeschlichen hatte, um sich zu überzeugen, daß Ralf Bernd wirklich seinen Auftrag ausführte, konnte jedes Wort verstehen.

Die beiden jungen Leute gingen nun hinüber zum Seitenausgang der Werke. Dort hielt mitten in einer dichten Tannengebüschgruppe ein Mietsauto. Den Chauffeur hatte Ralf Bernd genau instruiert. Er wußte, daß er in Zukunft jede Woche an bestimmten Tagen zweimal an dieser Stelle zu warten hatte. Er sollte sich nicht darum kümmern, ob jemand einstiege oder nicht, sollte einfach auf Befehl losfahren bis zur Stadt zu einer bestimmten Stelle. Stieg dort niemand aus, war seine Aufgabe erledigt. Stieg jemand aus, würde er weitere Anweisungen erhalten. Dem Chauffeur war es selbstverständlich gleichgültig, ob jemand in dem Wagen sitzen würde oder nicht, wenn man ihn nur bezahlte. Diese Fahrten bedeuteten jedenfalls ein sehr gutes Geschäft für ihn. Hans und Ralf Bernd traten dicht an das Auto heran, gaben den Anschein, einzusteigen und schlugen den Wagenschlag wieder zu.

»Vorwärts!« rief Ralf dabei laut, und der Wagen setzte sich sofort in Bewegung. Das Gebüsch war so dicht, daß niemand in der Dunkelheit sehen konnte, ob die beiden Herren wirklich eingestiegen waren.

Das war selbstverständlich nicht der Fall. Ralf Bernd und Hans Dornau standen reglos in dem dichten Tannengebüsch und gaben keinen Laut mehr von sich. Die Fenster des Wagens waren, wie es Ralf gewünscht hatte, mit dichten Gardinen verhängt und der Wagen war innen nicht erleuchtet. Er fuhr im schnellen Tempo auf der Fahrstraße dahin. Gleich darauf sahen die beiden reglos Dastehenden, daß sich jenseits der Straße das Gebüsch teilte, und daß Arthur Mertens heraustrat. Mitten auf der Straße blieb er stehen und schaute dem Wagen nach, in dem er seinen Neffen und Doktor Bernd vermutete. In diesem Moment kam der Mond durch die Wolken und beleuchtete sein Gesicht, und Hans erschrak vor dessen haßerfülltem Ausdruck und vor dem teuflischen Lächeln, das Mertens' Lippen umspielte. Eine Weile sah er dem davonrollenden Auto mit boshafter Befriedigung nach, dann ging er in den Wald zurück, diesmal in der Richtung nach Villa Melanie.

Noch eine Weile verharrten die beiden jungen Männer reglos im Gebüsch, dann zog Ralf seinen Gefährten am Arm dem Seitenausgang der Werke zu. Zu diesem Ausgang besaß er, wie alle Ingenieure, einen Schlüssel, denn das Ingenieurhaus lag innerhalb der Mauer in nächster Nähe.

Er schloß das Tor auf, und sie traten ein. Ohne ein Wort zu sprechen gingen sie zu dem Ingenieurhause hinüber. Ralf öffnete auch die Haustür und zog Hans mit sich hinein. Niemand sah sie kommen. Sie sprachen nicht, bis sie Ralfs Zimmer erreicht hatten. Ralf hatte die Rolljalousien dicht herabgelassen und das Licht nicht gelöscht, weil er wissen wollte, ob die Jalousien keinen Lichtstrahl herausdringen ließen. Davon hatte er sich schon überzeugt, ehe er ging, um sich mit Hans zu treffen, denn er mußte auch damit rechnen, daß Mertens mißtrauisch seine Fenster kontrollieren würde.

Leise zog der junge Ingenieur die Tür hinter sich zu, und nun standen sie sich aufatmend gegenüber.

»Haben Sie ihn erkannt«, flüsterte Hans.

Ralf nickte.

»Ich ahnte, daß er spionieren würde, deshalb hatte ich Ihnen jedes Wort vorgeschrieben, das wir wechseln wollten. Er muß die Überzeugung gewinnen, daß ich seinen Auftrag ausführe, mit allen Finessen, die er mir nur zwischen den Zeilen angedeutet hat. Auf diese Weise werden wir ihm immer beibringen, was wir ihn wissen lassen wollen. Einige Male wird er sicherlich noch den Aufpasser spielen, und wir werden uns immer so verhalten, als sei es echt. Aber – nun machen Sie es sich bequem, Herr Hans, und Sie brauchen nicht so leise zu flüstern. Hier sind wir vor Lauschern sicher. Mein Zimmer liegt am Ende des Hauses, so habe ich nach rechts keinen Nachbar. Nach links liegt erst mein Schlafzimmer zwischen meinem Wohnzimmer und dem Zimmer meines Nachbars, Doktor Bode. Der ist entweder selbst in der

Stadt oder er schläft einen Bärenschlaf, wenn er schon mal zu Hause ist. Und nach dem Korridor liegen, wie Sie gesehen haben, Doppeltüren vor meinem Zimmer. Wir können also ganz ungestört plaudern. Ein Stündchen können wir uns noch unterhalten, ehe wir zur Ruhe gehen.«

Hans legte Hut und Mantel ab und setzte sich in einen Sessel.

»Scheußlich, lieber Herr Doktor, daß Sie meinetwegen zu solchen Winkelzügen gezwungen werden.«

Ralf lächelte.

»Bilden wir uns ein, wir sind auf der Jagd nach einem gefährlichen Raubtier, das wir beschleichen müssen, dann werden wir alle Hemmungen verlieren. Um einen Schurkenstreich zu vereiteln, ist keine List verwerflich. Da sind Zigaretten! Rauchen Sie? Ich freue mich, daß ich auf diese Weise zu einem ungestörten Plauderstündchen mit Ihnen komme. Bei der Arbeit fehlt es immer an der nötigen Sammlung.«

Er setzte sich Hans gegenüber. Sie steckten sich beide eine Zigarette an und dann fragte Ralf:

»Weiß Ihr Fräulein Schwester, daß Sie heute nacht außer Hause sind?«

»Ja, soviel wie möglich habe ich sie eingeweiht, es muß jemand wissen, wo ich mich befinde. Meine Schwester ist Ihnen mindestens so dankbar wie ich, denn – sie hängt sehr an mir, und ein Leid, das mich träfe, würde sie doppelt unglücklich machen.«

»Das weiß ich.«

»Es würde meinem Onkel auch nicht leicht werden, mich in ein Lotterleben nach seinem Sinne zu verstricken, selbst dann nicht, hätte er ein willigeres Werkzeug für seine Schurkerei gefunden. Das würde ich weder meiner Schwester noch meinem Großvater antun. Aber man weiß nicht, was er sonst noch für Pläne aushecken würde, um sein Ziel zu erreichen. Wären Sie nicht auf seinen Vorschlag eingegangen, hätte er wohl jemanden gefunden, der auf seine Schurkereien eingegangen wäre.«

»Nun, ich werde ihm eine so grandiose Beschreibung von Ihrem Lotterleben machen, daß er befriedigt sein wird. Nach allem, was ich mir zusammengereimt habe, ist ihm darum zu tun, Sie körperlich und geistig zu ruinieren, wenn – nun ja – wenn er sie nicht auf andere Weise vernichten kann. Sie dürfen ihm kein Hindernis sein, der Erste auf den Rodenberg-Werken zu werden, wenn Ihr Herr Großvater eines Tages nicht mehr sein wird. Er will alle Macht an sich reißen, so viel ist mir klar, und in der Art seiner Mittel dazu ist er nicht eben wählerisch. Nach so einem scheinbaren Ausflug müssen Sie ihm eine große Müdigkeit und Abspannung vorspielen, wenn er in Ihre Nähe kommt. Er muß Ihnen anmerken, daß Sie selbst auf Ihre Vernichtung hinarbeiten, um so weniger wird er Sie anderweitig bedrohen.«

Hans Dornaus Augen blitzten kampfeslustig.

»Oh, er soll seine Freude an mir haben. Auch ich kenne ihm gegenüber keine Hemmungen mehr. Wüßte ich nur, wie ich Großvater auf unverfängliche Art beibringen könnte, wie Herr Direktor Mertens wirklich ist.«

»Haben Sie nur Geduld, Herr Hans, es wird mir schon gelingen, ihm die Schminke vom Gesicht zu waschen. Je fester er mir vertraut, desto leichter wird es mir werden, ihn zu entlarven. Er glaubt, mich schon ganz in der Hand zu haben, ich werde immer wieder betonen, daß ich so schuldig bin, wie er – wohlverstanden auf diplomatische Weise. Außerdem winkt er mir mit so fürstlichen Belohnungen, daß er bestimmt annehmen dürfte, daß ich alles tun werde, um den Judaslohn zu verdienen.«

»Welchen Preis verspricht er Ihnen denn für eine Schurkerei?« fragte Hans bitter.

Ralf lachte.

»Erst einmal verspricht er mir, daß ich demnächst durch seine Bemühung zum Oberingenieur avancieren werde.«

»Ah«, sagte Hans verächtlich, »sein Geiz sucht nach Belohnungen, die ihm nichts kosten. Und was noch?«

»Er stellt mir in Aussicht, daß ich, wenn er erst an erster Stelle steht, die zweite Stelle auf den Werken einnehmen soll. Dies ist ein Köder für mich, das meinige zu tun, ihm zu dieser ersten Stelle zu verhelfen. Und zuletzt – nun – zuletzt sprach er auch von *engeren* Banden, die uns verbinden sollen.«

Hans stutzte.

»Engere Bande? Was meint er damit.«

»Darüber möchte ich nicht sprechen.«

Forschend sah Hans in sein Gesicht – dann sprang er auf.

»Ah, ich ahne, was er meint! Jo machte Eva Maria gegenüber kein Hehl daraus – aber nein – das will auch ich nicht aussprechen. Wenn wir uns auch gegenseitig nicht ausstehen können, Jo und ich, so ist sie doch Tante Melanies Tochter und eine Dame. Ich möchte sie daher nicht bloßstellen. Aber wir wissen wohl, was diese engeren Bande zu bedeuten haben. Und – das alles wollen Sie aufgeben?«

Ernst sah Ralf zu ihm auf.

»Ich hoffe, daß Sie mich genug kennen, um zu wissen, daß mich das alles nicht zu einer Schurkerei verleiten könnte, auch wenn der Preis mir verlockend wäre.«

»Aber, er ist es nicht?«

»Nein, ganz gewiß nicht! Und ich möchte es keinem anderen Menschen verdanken müssen, gelingt es mir, im Leben vorwärts zu kommen. Ich denke selbst Manns genug zu sein, mir mein Schicksal zu zimmern.«

Mit festem Druck faßte Hans seine Hand. Und er dachte bei sich, daß er Eva Maria jedes Wort dieser Unterhaltung mitteilen müsse. Sie würde sich freuen. Denn er hatte inzwischen Eva Maria und Ralf Bernd scharf beobachtet, wenn sie einmal zusammentrafen, und hatte erkannt, daß sie einander nicht gleichgültig gegenüberstanden.

Es kam zwischen den beiden jungen Leuten nunmehr zu einer anderen Unterhaltung. Ralf machte Hans in freundschaftlicher Weise darauf aufmerksam, welche Gefahren der Großstadtsumpf für einen jungen, unerfahrenen Menschen bot.

»Ihr Herr Großvater wird vielleicht nicht die rechten Worte dafür finden, Herr Hans, und Ihr Fräulein Schwester ist selbst unerfahren und unwissend. Einen Vater haben Sie nicht mehr, und meines Wissens auch keinen anderen Freund als mich. Ich will Sie warnen, damit Sie nicht einmal aus Unkenntnis in eine Gefahr geraten, wie sie Ihnen jetzt gedroht hätte, wenn Ihr Onkel nicht gerade mich zu seinem Werkzeug gewählt hätte.«

Und er sprach ernst und herzlich mit dem jungen Menschen und mahnte ihn, seine Gesundheit nicht aufs Spiel zu setzen und sich nicht selbst zu verlieren.

»Ich traue es Ihnen nicht zu, Herr Hans, daß Sie je Ihrem Großvater oder Ihrer Schwester Kummer bereiten könnten, aber gerade das, was uns hier zusammenführte, veranlaßte mich, Ihnen die Augen zu öffnen, damit Sie gewappnet sind, könnte ich Ihnen einmal nicht zur Seite stehen.«

Hans hörte ihm mit ernster Miene zu, und sein unbeschränktes

Vertrauen zu Ralf Bernd ließ ihn selbst manche Frage stellen über vieles, was ihm bisher als Mysterium erschienen war. So kamen sich beide in dieser vertraulichen Stunde noch viel näher, und dankbaren Herzens drückte Hans dem Freunde die Hand, als sie später zur Ruhe gingen. Ralf bereitete Hans ein Nachtlager auf seinem Diwan. Das nötige Nachtzeug hatte Hans am Tage vorher mit in Ralfs Büro gebracht, und dieser hatte es mit in seine Wohnung genommen.

Früh am Morgen weckte Ralf Hans Dornau. Er stand erst eine Weile vor dem fest schlafenden Jüngling und betrachtete ihn mit einem guten, fast väterlichen Lächeln.

Er ließ Hans, nachdem sich dieser schnell angekleidet hatte, heimlich hinaus, und dieser eilte hinauf auf den Berg, zur Villa Rodenberg. Ungesehen erreichte er sein Zimmer. Und zur gewohnten Zeit saß er frisch und munter mit dem Großvater und Eva Maria an dem Frühstückstisch.

Vorher noch hatte er Gelegenheit gehabt, Eva Maria von seinem Ausflug und von allem, mit Ralf Bernd Gesprochenem zu unterrichten. Mit Vergnügen merkte er, daß sie errötete, als er ihr erzählte, in welcher ablehnenden Art dieser über die »engeren Bande« gesprochen hatte, mit denen Mertens ihn hatte verlocken wollen. Geschickt vermied er in seinem Bericht alles, was Eva Maria zu sehr hätte beunruhigen können, und auch alles, was Männer nur unter sich besprechen.

Eva Maria hatte ihm mit glänzenden Augen zugehört, und als Hans schließlich enthusiastisch sagte: »Eva Maria, einen so wertvollen Menschen wie Doktor Bernd gibt es nicht noch einmal, wir müssen ihm sehr dankbar sein«, da hatte sie das Haupt geneigt und leise geantwortet: »Nie können wir ihm genug danken, Hans.«

IX

Wochen waren vergangen. Ralf Bernd war längst zum Oberingenieur befördert worden. Mertens hatte sich aufgespielt, als sei das nur auf seine Veranlassung hin geschehen, und Ralf hatte sich in keiner Weise anmerken lassen, als wisse er, daß seine Ernennung einzig und allein durch Georg Rodenberg erfolgt war.

Er dankte Mertens sehr für seine erfolgreichen Bemühungen und versprach seinen Dank durch sein Verhalten zu beweisen.

Ralf hatte Mertens verschiedene Berichte erstattet über das »Ausleben« seines Neffen Hans und es dabei nicht an phantastischen Ausschmückungen fehlen lassen. Hans tat ebenfalls das Seine, und so konnte Mertens befriedigt konstatieren, daß Hans anscheinend sehr schlaff und arbeitsmüde war.

Eines Tages sagte Ralf zu Mertens:

»Ich brauche Ihren Neffen wahrhaftig nicht mehr zu animieren, er hat Blut geleckt und würde am liebsten jeden Abend in die Stadt fahren. Ich hätte nicht gedacht, daß ein so junger Mensch dermaßen ausschweifend sein könne.«

Dabei sah er es seltsam in Mertens Augen aufblitzen. Dieser zwang sich zu einem nachsichtigen Lächeln.

»Lassen Sie ihn nur ruhig austoben, lieber Herr Doktor, legen Sie ihm nicht etwa Hemmschuhe an. Die Jugend will ihr Recht.«

»Wenn es nur nicht zu viel wird. Seine Gesundheit muß entschieden darunter leiden, er ist schon jetzt schlaff und kraftlos.«

Hastig wehrte Mertens ab.

»Aber lieber Herr Doktor, machen Sie sich doch keine Kopfschmerzen. Er ist so leicht nicht unterzukriegen«, sagte er grimmig.

»Wenn aber Herr Rodenberg davon erfährt, daß ich ihn dazu verleitet habe? Schließlich fällt es vielleicht auch ihm auf, daß Herr Hans so müde und träge ist. Ich möchte doch nicht meine Stellung verlieren, so gern ich Ihnen auch dienen möchte.«

»Seien Sie doch nicht so zimperlich mit diesem Bengel, Herr Doktor. Und machen Sie sich keine Sorge, die Verantwortung übernehme ich. Ich glaube nicht, daß sein Großvater etwas merkt, denn in dessen Gegenwart, das habe ich schon bemerkt, reißt er sich zusammen. Also keine Angst. Lassen Sie ihn nur seine Jugend genießen, es hat noch keine Eile, ihm einen Hemmschuh anzulegen. Sagen Sie mal, was sind denn das für Dämchen, mit denen er jetzt so regen Umgang pflegt?«

»Nun, eine sehr leichte Sorte — er hat gerade für die das größte Faible, die aus einer Hand in die andere gehen. Es ist einfach toll, wie er sich ins Zeug legt.«

Mertens kicherte vor sich hin.

»Recht so, recht so, er ist ja schließlich alt genug, seine Wahl zu treffen.«

»Ich soll ihn also gewähren lassen, Herr Direktor?«

»Vollständig«, erwiderte Mertens, während es unheimlich hinter seinen Brillengläsern funkelte. »Der Bengel macht mir Spaß, hätte nicht gedacht, daß er so losgehen würde.«

»Sie glauben nicht, daß es zu gefährlich ist, wenn man ihn gewähren läßt?« forschte Ralf weiter, um immer tiefer in Mertens Pläne einzudringen.

Dieser lachte auf.

»Gefährlich, wenn ein junger Mensch sich ein bißchen die Hörner abläuft? Haben Sie das nicht auch getan, als Sie jung waren?«

»Nicht in dem Maße, Herr Direktor, dabei wäre ich wahrscheinlich draufgegangen.«

»Reden Sie keinen Unsinn, so ein Bärenkerl geht nicht gleich drauf, weil er seine Jugend ein bißchen forsch genießt. Lassen Sie ihm ruhig seinen Willen.«

So kam Ralf Bernd immer mehr hinter Mertens' dunkle Pläne, und er dankte dem Schicksal, daß er gerade ihn zu seinem Werkzeug ausersehen hatte. Menschen von der strengen Ehrenhaftigkeit Ralf Bernds kannte Mertens nicht. Er hielt es nicht für möglich, daß so glänzende Versprechungen, wie er sie Ralf gemacht hatte, wirkungslos sein könnten.

Er ließ Jo freien Willen in der Verfolgung ihres Zieles und erkundigte sich zuweilen neckend, wie weit sie schon gekommen sei.

Jo hatte es oft genug verstanden, ein Alleinsein mit Ralf herbeizuführen. Dieser hatte es wahrlich nicht leicht, sich immer wieder ihren schlau aufgestellten Netzen zu entziehen. Sie brachte es aber doch nicht so weit, daß er seine strenge Korrektheit aufgab.

Jo war aber weit davon entfernt, zu ahnen, daß er sie ablehnte. Sie glaubte, sie habe ihm noch nicht deutlich genug zu verstehen gegeben, daß er nur zuzugreifen brauche. Und in seiner altmodischen Ritterlichkeit würde er auch leider noch lange zögern.

Zu seinem Leidwesen sah Ralf Jolante viel öfter, als Eva Maria. War er aber einmal mit ihr zusammen, dann waren es köstliche Feierstunden für ihn.

Die Einladung Georg Rodenbergs hatte er mit Freuden angenommen, und es war ein sehr glücklicher Tag, den er in Gemeinschaft von Großvater und Enkelkindern in der Villa verlebte. Nach Tisch, als der alte Herr sich etwas zum Schlafe zurückzog, saß er mit Eva Maria und Hans auf der Terrasse. Zum ersten Male hatte sich Eva Maria mit ihm aussprechen können über das, was ihr Hans berichtet hatte. Mit einem warmen Aufleuchten ihrer Augen hatte sie ihm danach die Hand gereicht.

»Wir sind so sehr Ihre Schuldner geworden, Herr Doktor, daß ich nicht weiß, wie wir diese Schuld abtragen können. Es hat mich schon lange gedrängt, Ihnen meinen Dank wenigstens vorläufig wörtlich ausdrücken zu können. Was Sie für meinen Bruder getan haben, haben Sie auch für mich getan. Ihr Schutz und Ihre Hilfe sind uns überaus wertvoll. Abgesehen von Großvater stehen wir schutzlos im Leben da. Ihn dürfen wir aber mit solchen Dingen nicht behelligen, weil er sich aufregen und sich schaden könnte. Mein Bruder ist noch zu jung, um wirksam gegen Onkel Arthur vorgehen zu können und – was vermag ich gegen ihn? So ist es für uns eine große Erleichterung, daß wir Sie auf unserer Seite haben. Ich hoffe sehr, daß ich Ihnen meinen Dank eines Tages auch durch die Tat beweisen kann.«

So hatte sie mit bebender Stimme gesagt, und ihre Worte und der dankbare Blick ihrer Augen hatten ihm das Herz warm gemacht. Impulsiv hatte er ihre Hand an seine Lippen geführt.

»Sie belohnen mich reich durch Ihre Worte, mein gnädiges Fräulein, wenn es eines Dankes bedarf, und die Anhänglichkeit Ihres Herrn Bruders ist mir auch ein schöner Lohn. Ich wünsche mir nichts sehnlicher, als ihm treu zur Seite stehen zu dürfen, und hoffentlich gelingt es mir, eines Tages jede Gefahr für ihn beseitigt zu haben, die Anschläge gegen Ihren Herrn Bruder aufzudecken und solche Beweise dafür zu schaffen, daß sein Feind unschädlich für ihn gemacht werden kann.«

Sie sahen einander bei diesen Worten so selbstvergessen an, daß Hans, der bei ihnen saß, die Gewißheit bekam, daß Ralf Bernd und seine Schwester sich liebten.

Nach diesem Sonntag hatte Ralf Bernd Eva Maria noch zweimal gesehen. Einmal besuchte sie ihren Großvater auf den Werken, und da hatte er das Glück gehabt, sich gerade in dessen Kontor zu befinden. Das zweite Mal traf er sie mit ihrem Bruder Hans an einem Sonntagvormittag im Walde. Hans hatte ihn aufgefordert, sich einem Spaziergang anzuschließen, und das hatte er nur zu gern getan. Sie waren über eine Stunde gemeinsam im Walde umhergeschlendert, und die Geschwister erzählten Ralf Bernd voll Besorgnis, daß der Großvater doch nicht wieder so recht vital werden wollte, wie man es gehofft hätte. Sein Herzleiden verursachte ihm viele Beschwerden, doch wollte er nicht, wie der Arzt verlangte, seine Tage in absoluter Ruhe verbringen.

»Ohne Arbeit kein Leben!«

Das war der Wahlspruch des alten Herrn. Anfälle seines Herzleidens wiederholten sich immer häufiger. Eva Maria wandte sich angstvoll an den Arzt, und dieser verordnete dann auch sehr streng, daß der alte Herr für einige Wochen zur Kur nach Nauheim gehen müsse. Er willigte schließlich ein unter der Bedingung, daß Eva Maria ihn begleiten sollte, und der Tag der Abreise war bereits festgesetzt. Es war inzwischen Ende August geworden, aber die Tage waren noch sehr schön und warm.

Eines Abends, kurz vor der geplanten Abreise, war die Familie Mertens in der Villa Rodenberg erschienen, um sich von dem Großvater zu verabschieden. Auch Egon Mertens war mitgekommen, denn er verlebte gerade einen Teil seiner Semesterferien zu Hause.

Er wollte hauptsächlich Hans gegenüber seine Überlegenheit betonen, prahlte mit seinen Mensuren und mit seinen »Lebemannserfahrungen«. Hans reagierte nicht darauf, gab sich nicht anders als sonst und bemühte sich, gegen die Damen sehr artig zu sein. Dem Großvater ging er kaum von der Seite und mühte sich liebevoll, jeden Wunsch von seinen Augen abzulesen.

Arthur Mertens beobachtete ihn hämisch.

Wie der Bengel sich verstellen kann, er tut doch wahrhaftig, als könne er kein Wässerchen trüben, dachte er, teils befriedigt, teils empört. Und er nahm sich vor, Hans ein wenig wegen seiner nächtlichen Ausflüge in die Enge zu treiben, sobald der Großvater in Nauheim sein würde. Sein Haß auf Hans nahm zu von Tag zu Tag, und er wollte diesem Haß wenigstens dadurch ein wenig Luft machen, daß er Hans wegen seiner nächtlichen Ausflüge ängstigte, so daß er fürchten mußte, er würde dem Großvater davon berichten. Daß er sich an dieses Lotterleben schon genug gewöhnt hatte, um es auch dann nicht aufzugeben, davon war Arthur Mertens überzeugt.

Daß Hans aber ihm auch weiterhin so wenig Respekt entgegenbrachte, ärgerte den machtgierigen Mann. »Der Bengel« sollte einige Dämpfer von ihm bekommen, das stand für ihn fest. Und dazu wollte er sein Wissen über Hans Dornaus nächtliche Ausflüge benutzen.

Als er vom Arzt die Befürchtung vernommen hatte, daß der alte Herr leicht einem seiner Anfälle erliegen könne, zehrten seine Wünsche wie fressende Flammen. Wartete er doch schon seit Jahren, daß Georg Rodenberg den Platz für ihn frei machte, nach dem er gierte. Mit Hans wollte er dann schon auf irgendeine Art fertig werden.

Jetzt aber zeigte er sich sehr besorgt um den Schwiegervater, bat ihn wieder und wieder, recht vorsichtig zu sein, und ermahnte Eva Maria dringend, ihm jede Aufregung fern zu halten.

Eva Maria konnte seinen falschen Ton, seit sie wußte, was für ein Ansinnen Arthur Mertens an Ralf Bernd gestellt hatte, noch schwerer als früher ertragen. Wenn sie auch nichts von der Szene am Rammklotz erfahren hatte, so genügte ihr doch schon, was sie wußte, um ihn zu verachten und zu fürchten. Am liebsten hätte sie ihm immer, wenn sie ihn sah, eine wilde Anklage ins Gesicht geschleudert, aber sie mußte sich beherrschen. Als er sie aber nun so dringend ermahnte, auf den Großvater zu achten, sagte sie ziemlich schroff:

»Du brauchst mich nicht dazu zu ermahnen, das tue ich schon aus eigenem Antriebe.«

Jo mißgönnte Eva Maria die Reise nach Nauheim.

»Du hast es gut, Eva Maria, du kommst auf diese Weise zu einer amüsanten Badereise«, sagte sie ärgerlich.

Der Großvater lachte.

»Nun Jo, du würdest in Nauheim kaum auf deine Kosten kommen, da gibt es wenig Vergnügen für junges und gesundes Volk. Aber, damit du nicht zu kurz kommst, werde ich dir zu Weihnachten eine Reise zu einem Winterkurort zum Geschenk machen. Das ist sicher mehr nach deinem Geschmack.«

Jubelnd fiel ihm Jo um den Hals.

»Famos, Großvater! Darf ich nach St. Moritz?«

»Wenn deine Mutter dich dahin begleiten will.«

»Aber selbstverständlich! Nicht wahr, Mama, du freust dich auch darauf?«

Frau Melanie sah erst, wie stets, ehe sie Entschlüsse faßte, zu ihrem Gatten hinüber. Dieser winkte ihr gnädig gewährend zu, und so sagte sie lächelnd:

»Ich muß mich wohl freuen, Jo, wenn ich dir dies Vergnügen nicht stören will. Allein kannst du ja doch nicht reisen.«

Jo zuckte die Achseln.

»Gott, Mama, heutzutage ist es doch nichts Besonderes, wenn eine junge Dame allein reist.«

»Dazu würde ich nie meine Einwilligung geben«, erwiderte Frau Melanie entrüstet.

Jo zuckte nur die Achseln über ihre rückständige Mutter, behielt aber ihre gute Laune wegen der versprochenen Wintersportreise. Man plauderte noch ein Stündchen. Egon pirschte sich heimlich an den Großvater heran und schmeichelte ihm einen Hundertmarkschein ab, weil er ewig in finanziellen Schwierigkeiten war. Aber dann brachen die Mertens auf. Der Großvater war müde geworden, die laute Gesellschaft von Jo und Egon verbrauchte immer sehr rasch seine Kräfte. Erleichtert atmete er auf, als wieder Ruhe und Stille um ihn her war.

»Gottlob, jetzt ist wieder Ruhe«, sagte er lächelnd und lehnte sich behaglich in seinen Lehnstuhl zurück.

Eva Maria merkte sogleich, daß der Besuch seiner Familie über seine Kräfte gegangen war und legte ihm ein Kissen in den Rücken.

»Mache ein Nickerchen, Großvater, Hans und ich verhalten uns ganz ruhig, und es ist noch so schön warm hier draußen.«

Er nickte seinen Enkelkindern lächelnd zu und faßte ihre Hände.

»Ich bin nicht abgeneigt, Eva Maria, ihr könnt aber getrost miteinander plaudern, du und Hans. Ihr beiden seid nie so laut wie Jo und Egon.«

Hans neigte sich über ihn und küßte seine Stirn.

»Schlaf sanft und ruhig, Großvater.«

»Ja, mein Junge, ich danke dir. Dank, Eva Maria!«

Er lächelte auch dieser zu, die ihn liebevoll küßte und sich dann leise zurückzog. Eine Weile plauderten die Geschwister halblaut, weil das der Großvater wollte, aber als sie dann merkten, daß er eingeschlafen war, legten sie lächelnd den Finger auf den Mund und verstummten.

Über eine Stunde saßen sie sich so still gegenüber, beide in ein Buch vertieft, während der Großvater schlief. Aber plötzlich stieß dann der alte Herr einen halberstickten, gurgelnden Laut aus, er fuhr aus dem Sessel empor und starrte auf die Treppe, die zur Terrasse heraufführte. Mit überirdisch strahlenden Augen sah er anscheinend auf eine Erscheinung.

»Lutz – Lutz – mein Lutz!« rief er und streckte die Hände aus, als wolle er jemand umfassen.

Die Geschwister waren erschrocken aufgesprungen und eilten zu ihm hinüber.

»Großvater! Lieber Großvater, was ist dir?«

Wie aus einem Traum erwachend, sah dieser auf seine Enkelkinder. Eine jähe Freude trieb dunkle Röte in sein Gesicht.

»Da war Lutz – er war bei mir und lächelte mir zu. Lutz lebt – Lutz lebt!« rief er wie außer sich vor Glück.

Und dann sank er, von Eva Maria und Hans aufgefangen, in seinen Sessel zurück – und war tot.

Ein Herzschlag hatte seinem Leben ein jähes Ende gemacht. Er hatte wohl, wie so oft, von seinem Sohn Lutz geträumt, hatte ihn dann erwachend, noch vom Traum befangen, vor sich gesehen und war vor Freude darüber gestorben.

Eva Maria und Hans vermochten nicht gleich zu fassen, daß der geliebte Großvater für immer von ihnen gegangen sei. Zu groß war der Verlust, der sie betroffen hatte, verloren sie doch in ihm ihren allzeit gütigen Beschützer, der ihnen Vater und Mutter ersetzt hatte.

Erschrocken knieten sie vor dem Toten nieder und faßten seine Hände.

»Großvater – lieber Großvater!« rief Eva Maria bange und ahnungsvoll.

Und als sie in die starren Augen sah, warf sie sich dem Bruder in die Arme.

»Hans – ach Hans – Großvater ist von uns gegangen«, flüsterte sie mit blassen Lippen, als wolle sie die Ruhe des Toten nicht stören.

Hans starrte sie fassungslos an.

»Nein – nein, Eva Maria, das kann doch nicht sein – es darf nicht sein«, würgte er hervor.

Eva Maria zog den Bruder mit sich empor und drückte dem

Großvater weinend die Augen zu. Tief erschüttert sahen die Geschwister in das erstarrte, blasse Gesicht, aus dem nun alles Leben gewichen war. Stumm sanken sie sich dann in die Arme und hielten sich fest, als suche einer bei dem anderen Schutz und Trost. Dann knieten sie wieder nieder, um zu beten, und in dieser Stellung fand sie der alte Diener Hermann, der seinen Herrn zur Ruhe bringen wollte.

Eva Maria richtete sich weinend auf.

»Hermann – ach Hermann – unser lieber Großvater hat uns für immer verlassen – ganz plötzlich ist er gestorben.«

Hermann kam bestürzt herbei.

»Das kann doch nicht sein, gnädiges Fräulein, der gnädige Herr war doch gerade heute so frisch und munter wie seit langer Zeit nicht mehr und sprach noch so hoffnungsvoll von seiner Reise nach Nauheim.«

Hans fuhr sich durch seinen blonden Schopf.

»Er hatte so schön ruhig geschlafen, nachdem unsere Verwandten fortgefahren waren. Plötzlich sprang er auf, rief Lutz – Lutz – mein Lutz! und streckte sehnsüchtig die Hände aus, als sähe er Onkel Lutz vor sich stehen. Dann sah er uns so voll Freude an und rief: Das war Lutz, er war bei mir und lächelte mir zu. Lutz lebt! Lutz lebt! – Und wie überwältigt von Glück brach er zusammen – und lag leblos in seinem Stuhl. Hermann, guter Hermann – unser lieber Großvater.«

Der alte Diener faltete die Hände, als verrichte er ein Gebet.

»Da ist ein großer, guter Mensch gestorben, Herr Hans – ich weiß es besser als viele andere Menschen, und ich weiß, was Sie verloren haben. Aber, jetzt müssen wir den Arzt herbeirufen – wenn er auch leider nicht mehr helfen kann. Auch die gnädige Frau Melanie muß gerufen werden.«

Es gab nun große Unruhe überall. Der tote Hausherr wurde von seinen Dienern ins Haus getragen. Der Arzt wurde von Hans telefonisch herbeigerufen, und danach rief Eva Maria selbst in Villa Melanie an, wo eben erst die Herrschaft wieder heimgekehrt war. Tante Melanie wurde an das Telefon gerufen und meldete sich.

»Bist du es, Tante Melanie?«

»Ja, Eva Maria, was gibt es?«

»Ach liebe Tante Melanie – Großvater –«

Eva Maria konnte nicht weitersprechen, sie schluchzte fassungslos auf.

»Was ist mit Großvater? Mein Gott, Eva Maria, so rede doch. Warum weinst du? Ist etwas geschehen?«

»Komm schnell – bitte, komm schnell, Tante Melanie – Großvater – er ist tot!«

Ein leiser Aufschrei antwortete ihr – anscheinend war Frau Melanie fassungslos zusammengebrochen, denn gleich darauf meldete sich Arthur Mertens Stimme.

»Was ist denn geschehen, Eva Maria? Tante Melanie ist vor Schreck halb ohnmächtig, und wir bringen nichts aus ihr heraus.«

»Großvater ist gestorben«, sagte Eva Maria tonlos.

Eine Weile blieb es still, auch Arthur Mertens hatte diese Nachricht die Sprache verschlagen, wenn auch aus einem anderen Grunde.

»Wir kommen sofort hinüber«, sagte er dann hastig.

Eva Maria hängte ein. Es widerstrebte ihr, mit diesem Manne weiter über des Großvaters Tod zu sprechen. Hand in Hand saßen die Geschwister neben der auf einem Ruhebett gelagerten Leiche, wie Kinder, die sich im Dunkeln fürchten. Sie wußten beide, daß jetzt schlimme Tage kommen würden, wagten aber nicht, darüber zu sprechen. Auch war der Schmerz um ihren Verlust noch so stark und heftig, daß sie kaum klar denken konnten.

Es dauerte nicht lange, da fuhr das Auto wieder vor, mit dem die Familie Mertens vor kaum zwei Stunden fortgefahren war. Tante Melanie wankte, auf den Arm ihres Gatten gestützt, gleich darauf ins Zimmer, und Egon und Jolante folgten mit bestürzten Gesichtern. In dem Großvater war auch ihnen ein Mensch gestorben, der immer eine gütige, offene Hand für sie gehabt hatte, was sie von ihrem Vater nicht behaupten konnten.

Frau Melanie sank am Totenlager ihres Vaters nieder.

»Wie ist das so schnell geschehen?« fragte sie schluchzend.

Mit bebender Stimme gab Eva Maria ausführlichen Bescheid. Hans sah mit bangem forschenden Blick in Arthur Mertens' Gesicht. Ihm wollte scheinen, als blitze es triumphierend hinter den gefärbten Brillengläsern auf. Und ganz deutlich sah er ein spöttisches Zucken um seinen Mund, als Frau Melanie nach Eva Marias Bericht sagte:

»Das ist doch seltsam! Ob Lutz nicht doch vielleicht noch lebt?«

»Wie kannst du so etwas Törichtes glauben, Melanie? Wir wissen doch alle, daß dein Bruder mit dem Schiff untergegangen ist. Verliere dich nicht gar in ähnlichen Phantastereien wie dein Vater. Großvater hat sich in den Glauben verbissen, daß sein Sohn noch leben könne und in seiner letzten Stunde galt all sein Denken diesem verlorenen Sohne. Das ist alles.«

Eva Maria und Hans dünkte es fast unerträglich, jetzt die falsche, ölige Stimme Arthur Mertens' anhören zu müssen. Es erschien ihnen wie eine Entweihung ihres geliebten Toten, daß er nun hier verweilen durfte. Zum Glück verließ er bald das Zimmer, um allerlei Anordnungen zu treffen und sich schon jetzt als Hausherr aufzuspielen. Die Zurückbleibenden konnten sich ungestört ihrem Schmerz hingeben. Es versöhnte die Geschwister fast mit Jolante und Egon, daß auch sie in dieser Stunde ehrlich betrübt erschienen.

Als nach einiger Zeit Arthur Mertens sich wieder zu den anderen gesellte, die inzwischen das Zimmer, in dem der Tote lag, verlassen und im Nebenzimmer Platz genommen hatten, trat er zu Hans heran, der traurig und in sich zusammengesunken dasaß.

»Nun, mein Bürschchen, jetzt kommt wohl die Reue über dein heimliches Lotterleben, über das mir allerlei zu Ohren gekommen ist?«

Hans wollte empört auffahren, aber Eva Maria drückte unbemerkt seinen Arm. Da dachte er an sein Ralf Bernd gegebenes Versprechen — und schwieg. Aber ein heißer Grimm gegen diesen Mann stieg in ihm auf und ein Grauen, daß sein Geschick jetzt in dessen Hand gegeben war, für Jahre noch.

Mertens hatte sich aber schon wieder von Hans abgewandt und befehligte die Dienerschaft. Dann kam der Arzt, der selbstverständlich nur noch den Tod Georg Rodenbergs feststellen konnte.

Wie von einem bösen, drückenden Traum befangen sahen die Geschwister vor sich hin und faßten einander immer wieder bei den Händen.

X

Georg Rodenberg war zur letzten Ruhe bestattet worden in dem Mausoleum, in dem bereits seine verstorbene Gattin den ewigen Schlaf schlief. Dies Mausoleum lag in einem abgelegenen Teil des Parkes unter breitästigen alten Buchen.

Die gesamte Arbeiterschaft, alle Beamten und viele, aus allen Teilen des Landes herbeigeströmte Trauergäste hatten ihm, außer seinen Hinterbliebenen, das letzte Geleit gegeben.

In ehrlicher Trauer folgten alle seinem Sarge. Aber am tiefsten schmerzte der Tod des alten Herrn doch seine beiden Enkelkinder Eva Maria und Hans. Selbst Frau Melanie Mertens wurde nicht so tief davon betroffen.

Hans hatte sich Ralf Bernd gegenüber darüber ausgesprochen, wie groß der Verlust des alten Herrn für ihn und seine Schwester sei. Dieser konnte nur zu gut nachfühlen, wie tief bekümmert die Geschwister waren, hatte er doch Gelegenheit gehabt, das innige Verhältnis zwischen Großvater und Enkelkindern zu beobachten. Er tröstete Hans, so gut er es vermochte, und Hans sagte, seine Tränen tapfer hinunterschluckend:

»Bewahren Sie Ihre Freundschaft meiner Schwester und mir, denn wir brauchen einen Freund wahrlich sehr nötig. Wir haben schon in diesen Tagen schmerzlich empfinden müssen, wie allein wir dastehen. Meine Tante Melanie versucht zwar, uns zu trösten, aber was vermag sie sonst für uns zu tun. Sie kennt ja nur einen Willen, den ihres Gatten. Und dieser hat uns schon recht nette Proben seines Machtkollers gegeben. Und wo er nur kann, greift er mich mit seinen Bosheiten an. Denken Sie sich, als ich gestern ein letztes Mal an Großvaters Totenlager kniete, um Abschied von ihm zu nehmen, ehe man ihn einsargte, trat er zu mir und sagte hämisch: Heuchle doch keine Trauer, du Lotterbube, du hast ja deinen Großvater seit Monaten auf die schlimmste Art hintergangen und betrogen, hast heimlich ein lasterhaftes Leben geführt. Du mußt nicht glauben, daß deine skandalösen Ausschweifungen mir verborgen geblieben sind. Du triumphierst wohl schon, daß du der Herr der Rodenberg-Werke wirst, aber vorläufig stehst du noch fast fünf Jahre unter meiner Vormundschaft, und ich werde dich schon Mores lehren, mein Bürschchen. – Was sagen Sie dazu?«

Ralf Bernd zog die Stirn zusammen.

»Es ist allerdings ein starkes Stück, daß er Ihnen jetzt Vorwürfe macht über Ihr vermeintliches Lotterleben, von dem ich ihm allerdings ziemlich abschreckende Beschreibungen geliefert habe, wie es in meinen Plan paßt. Jedenfalls will er jetzt Ihre vermeintlichen Ausschweifungen dazu benutzen, Sie unter seine Macht zu beugen. Was haben Sie geantwortet?«

»So gern ich ihn in sein infames Gesicht geschlagen hätte, habe ich mich beherrscht, habe ihn nur groß angesehen und ihm gesagt: Störe die Ruhe dieses Toten nicht! Da hat er sich abgewendet. Meinen Blick verträgt er seit der Sache mit dem Rammklotz noch schwerer als sonst.«

»Lieber Herr Hans, selbst auf die Gefahr hin, daß er Ihnen noch schlimmere Dinge über Ihren lasterhaften Lebenswandel sagt, muß ich Sie immer wieder bitten, nicht mit einem Worte zu verraten, daß Sie die vermeintlichen tollen Nächte ruhig und friedlich auf meinem Diwan verschlafen haben.«

»Daran ist nicht zu denken, Herr Doktor. Wir würden ja nichts erreichen, als daß er erklären würde, Sie hätten ihn mißverstanden. Er würde Sie von den Rodenberg-Werken entfernen, und wir hätten unseren letzten Freund verloren. Diesem schlauen Fuchs ist doch nicht beizukommen.«

»Nur Geduld, eines Tages werden wir ihn so gründlich entlarven, daß Sie gegen ihn vorgehen können.«

»Geduld werde ich allerdings sehr nötig gebrauchen. Die ersten Zwangsmaßregeln hat er mir schon angedroht. Er sagte mir heute morgen, ich möge mich bereithalten, gleich nach der Testamentseröffnung, die morgen erfolgt, in sein Haus überzusiedeln — und Eva Maria auch. Das würde ich nicht ertragen, Herr Doktor, jeder Bissen würde mir im Munde quellen, jeder Atemzug würde mir vergiftet erscheinen. Nein — da ginge ich lieber auf und davon, so lieb mir die Rodenberg-Werke sind, und so ungern ich meine Schwester verlassen würde.«

Besorgt und erschrocken hatte ihn Ralf Bernd angesehen.

»Was aber wollen Sie dagegen tun?«

Hans Dornaus Brust hob sich wie befreit.

»Gottlob, damit hat er einen Schreckschuß ins Blaue getan. Wir beide, meine Schwester und ich, wissen, daß Großvater anders in seinem Testament verfügt hat. Laut diesem Testament wird die

Villa Rodenberg mit allem Inventar meiner Schwester und mir gehören, zum Ausgleich dafür, daß Großvater für meine Tante die Villa Melanie bauen und ausstatten ließ. Und weil Großvater wußte, daß wir nicht sehr gut mit Jolante und Egon harmonieren, wollte er es uns ersparen, mit Familie Mertens zusammenleben zu müssen. So hat er denn bestimmt, daß wir unseren Wohnsitz in Villa Rodenberg behalten sollen, solange wir selbst es nicht anders haben wollen. Eva Maria ist außerdem gottlob bereits mündig und nicht mehr von Mertens abhängig, wie leider ich. Falls meine Schwester sich verheiratet, soll ich mich gütlich mit ihr einigen wegen der Verteilung der Räume. Vorläufig ist ja daran noch nicht zu denken. Großvater wußte genau, daß zwischen Eva Maria und mir nie Streitigkeiten entstehen würden. So sind wir also jedenfalls dieser Zwangsmaßnahme Arthur Mertens gegenüber gesichert. Meine Schwester wäre selbstverständlich nicht einverstanden gewesen, mit in Villa Melanie überzusiedeln, aber er weiß genau, daß sie mich nicht allein gelassen hätte, und so hätte er mit mir auch sie unter seine Macht bekommen.«

Ralf Bernds Augen flammten auf.

»Ein Glück, daß dies zu verhindern ist. Wie gut, daß Ihr Herr Großvater diese Bestimmung traf. Herrn Direktor Mertens wird das freilich eine Enttäuschung sein.«

»Oh, er wird noch weitere Überraschungen erleben bezüglich des Testamentes. Ich habe vor Ihnen keine Geheimnisse, Herr Doktor, ich darf nun ja auch darüber sprechen, da Großvater nicht mehr am Leben ist. Arthur Mertens glaubt, daß er, wenn er nur mich unter seine Fuchtel bekommt, vollständig Herr über die Rodenberg-Werke sein kann. Aber darin täuscht er sich, es sind ihm da allerlei Beschränkungen auferlegt, bis zu einem gewissen Zeitpunkt, der mit meinem fünfundzwanzigsten Geburtstag ungefähr zusammentreffen wird. Sie wissen, Großvater hatte einen einzigen Sohn, der bei einem Schiffbruch ums Leben kam. Mein armer Onkel Lutz hatte das Unglück, bei einer Rauferei, in die er mit einigen Studienfreunden verwickelt wurde, einen Menschen mit einem Schlagring so unglücklich zu treffen, daß er tot niedersank. Mit Hilfe meines Großvaters floh Onkel Lutz erst nach Spanien und schiffte sich dort ein, um nach Südamerika zu entkommen. Aber der Dampfer ging unter, und alle kamen ums Leben. Großvater hat aber nie die Hoffnung aufgegeben, daß sein

Sohn doch irgendwie sein Leben habe retten können, und daß er nur verschollen bleiben wollte, um ihm die Unruhe zu ersparen und die Angst, daß sein Sohn dennoch eines Tages seine Tat im Gefängnis büßen müsse.«

Hans erzählte nun von den letzten Worten seines Großvaters und fuhr dann fort:

»Daraus können Sie ersehen, Herr Doktor, daß mein Großvater bis zu seiner letzten Stunde die Hoffnung nicht aufgegeben hatte. Noch in seiner Todesstunde sah er seinen Sohn lebend vor sich und – ich glaube, dadurch ist ihm seine Sterbestunde leicht und glücklich gemacht worden. Jedenfalls aber hat er in seinem Testament nicht mich in erster Linie zum Erben der Rodenberg-Werke eingesetzt, sondern meinen Onkel Lutz, und daran knüpfen sich allerlei Klauseln, die es Arthur Mertens, auch wenn er mich übergehen würde, unmöglich machen, alle Macht an sich zu reißen. Erst wenn mein Onkel Lutz zwanzig Jahre nach seinem Verschwinden nicht wieder auftaucht, geht das Erbe auf mich über. Uns, meiner Schwester und mir, hat er davon Mitteilung gemacht, weil er in seiner gütigen Art verhindern wollte, daß ich mir zu große Hoffnungen auf das Erbe der Rodenberg-Werke machen sollte. Aber bei Gott, Herr Doktor, für mich wäre es eine Erleichterung, wollte Onkel Lutz wirklich wieder auftauchen, denn dann würde Mertens seine Feindseligkeiten gegen mich einstellen. Er haßt in mir ja nur den begünstigten Erben. Er selbst möchte Chef der Werke sein, das weiß ich gewiß. Werde ich wirklich eines Tages der Chef des Gesamtunternehmens, dann wird das auch keine reine Freude für mich sein, denn Mertens wird auch dann noch in seinem Amt als kaufmännischer Direktor bleiben. Nur Onkel Lutz dürfte auch ihn entlassen können, falls er wiederkäme, weil ihm als Großvaters einzigem Sohne uneingeschränktes Recht über alles zustände. Onkel Lutz würde nur verpflichtet sein, mich neben sich auf den Werken zu dulden, niemanden sonst. So hat Großvater bestimmt. Es ist eine sehr komplizierte Sache, dieses Testament, aber dabei doch so klar und bestimmt, daß alles geregelt ist. Onkel Lutz müßte natürlich auch Tante Melanie und meiner Schwester und mir einen bestimmten Anteil am Reinertrag der Werke auszahlen. So, wie ich das auch tun müßte, würde ich eines Tages der Erbe sein. Jedenfalls können Sie sich denken, Herr Doktor, wie sehnlichst ich wünsche, daß Onkel Lutz noch lebt und zurückkehrt. Dann wäre ich doch frei. Aber das wird leider nicht geschehen. Immerhin wird Mertens sehr verdrießlich sein, daß er in seiner Macht auch als mein Vormund nicht ganz unbeschränkt ist.«

Aufmerksam hatte Doktor Bernd zugehört. Nun sagte er ernst:

»Es ist kaum anzunehmen, daß Ihr Onkel Lutz noch am Leben ist, und somit werden Sie immer mit Direktor Mertens zu rechnen haben. Sicherlich sieht er nur in Ihnen das Hindernis, sich hier ganz als Herr zu fühlen, denn – wenn Sie nicht mehr am Leben wären, hätte er als Vertreter seiner Frau das uneingeschränkte Recht, sich als Chef der Werke zu betrachten.«

Hans strich sich das Haar aus der Stirn.

»So ist es, auch das wird im Testament ausdrücklich zur Sprache gebracht, daß er, falls mir etwas zustößt, in Vertretung seiner Frau und Kinder und meiner Schwester, die Oberleitung der Werke übernehmen soll. Großvater hat eben ein zu großes Vertrauen in ihn gesetzt.«

»Weil er selbst ein zu ehrenhafter Mensch war, um einen Mann, wie Direktor Mertens, durchschauen zu können. Dieser hat allezeit Ihrem Herrn Großvater gegenüber Komödie gespielt. Jedenfalls sind Ihnen leider die Hände gebunden, sich jemals ganz von diesem Zwange zu befreien – wenn Sie nicht den Spieß umdrehen und Mertens unschädlich machen können. Nur wenn er sich irgendwie unwürdig zeigt, Ihr Vormund zu sein, und wenn wir die Beweise dafür erbringen können, würde Änderung geschafft werden können.«

Überrascht sah Hans auf.

»Meinen Sie, daß man ihm dann das Recht der Vormundschaft entziehen könnte?«

»Gewiß, es würde meiner Ansicht nach schon genügen, wenn wir ihn anklagen könnten, daß er Sie zu einem lasterhaften Lebenswandel verführen wollte. Aber, Sie wissen, daß er sich so schlau und zweideutig ausgedrückt hat, daß ich ihn wohl dahin verstehen mußte, daß man ihm aber nicht seine böse Absicht beweisen kann. Er würde sich schon irgendwie herausreden. Wir müssen bessere und ganz klare Beweise haben, ehe wir gegen ihn vorgehen können – und – Ihnen diese Beweise zu verschaffen, soll mein unermüdliches Bestreben sein. Gelingt es mir, den Beweis zu erbringen, daß er sich als Ihr Vormund unwürdig gemacht hat, dann werden Sie frei sein – und dafür lohnt es schon, weiter ein wenig Komödie zu spielen.«

Hans faßte seine Hand.

»Oh, daß Sie das erreichen könnten, Herr Doktor. Sie können mir glauben, es martert mich unsagbar, daß ich diesem Menschen auf Gnade und Ungnade ausgeliefert bin, denn – abgesehen von allem andern – ich muß es einmal aussprechen und kann das nur Ihnen gegenüber – ich habe das sichere Gefühl, daß er mir nach dem Leben trachtet und den bestimmten Verdacht, daß es *seine* Hand war, die damals die Feder am Rammklotz auslöste«, stieß er erregt hervor.

Ernst und besorgt sah Ralf Bernd in sein zuckendes Gesicht.

»Ich will nicht aussprechen, Herr Hans, daß ich den gleichen Verdacht hege. Da wir wissen, mit was für einem gefährlichen Gegner wir es zu tun haben, müssen wir doppelt vorsichtig sein. Seien Sie überzeugt, daß ich Ihre Sache ganz zu der meinen gemacht habe, und ich hoffe bestimmt, wenigstens zu erreichen, daß wir Direktor Mertens zwingen können, seine Vormundschaft freiwillig niederzulegen. Denn an einem öffentlichen Skandal kann Ihnen auch nichts gelegen sein.«

»Gewiß nicht, ich wäre froh, wenn er zu vermeiden wäre. Wie gut ist es, daß ich Sie auf meiner Seite habe, Herr Doktor, meine Schwester ist auch sehr glücklich darüber.«

Ralfs Stirn rötete sich, aber er erwiderte nichts, drückte nur die Hand des jungen Mannes fest und warm und sah ihm mit einem guten Lächeln in die Augen.

Am zweiten Tage nach der Bestattung Georg Rodenbergs sollte die offizielle Testamentseröffnung stattfinden. Zu diesem feierlichen Akt war in dem großen Konferenzsaal des Direktionshauses alles vorbereitet worden. Außer den Angehörigen des Verstorbenen waren auf dessen Wunsch die obersten Beamten der Rodenberg-Werke und die gesamte Dienerschaft aus Villa Rodenberg geladen worden, denn Georg Rodenberg hatte verschiedene Bestimmungen für die Beamten hinterlassen und für seine Dienerschaft Legate ausgesetzt.

Arthur Mertens war der festen Überzeugung, daß er den Inhalt des Testamentes ganz genau kenne, denn der Verstorbene hatte verschiedene Punkte mit ihm durchgesprochen und ihn so weit in Kenntnis gesetzt, als es nicht seinen Sohn Lutz betraf. Zu seinem großen Erstaunen erfuhr er nun, daß der Schwiegervater seinen Sohn Lutz zum Erben eingesetzt habe, und daß Hans Dornau erst dann als Erbe an die Reihe kam, wenn Lutz Rodenberg bis zwanzig Jahre nach seinem Verschwinden nicht wieder auftauchen würde. Ein verächtliches Lächeln über diese törichte Schwäche des alten Herrn umspielte seinen Mund, aber dieses Lächeln verschwand, als er weiter hörte und erfuhr, daß ihm dadurch mancher Hemmschuh angelegt wurde. Noch mehr ärgerte er sich, als er hörte, daß Villa Rodenberg den Geschwistern Eva Maria und Hans Dornau zufallen und daß diese darin zusammen wohnen bleiben sollten, bis sie selber Änderungen zu treffen wünschten. Damit war Mertens eine Handhabe genommen, bestimmend und demütigend in das häusliche Leben der Geschwister einzugreifen, wie er es beabsichtigt hatte. Da Eva Maria bereits mündig war, fehlte ihm nun die nötige Veranlassung dazu. Das schürte natürlich seinen Haß auf die Geschwister und vornehmlich auf Hans noch mehr.

Die Tatsache, daß Lutz Rodenberg formell als Erbe eingesetzt war, bekümmerte ihn wenig, Lutz war tot und somit ungefährlich. Nur daß er dadurch in mancher Beziehung nicht freie Hand hatte, ärgerte ihn. Jetzt war der alte Herr aus dem Wege; nun mußte auch Hans aus dem Wege geräumt werden. Mit dem Phantom eines toten Erben wollte er sich nicht lange herumschlagen.

Noch ein Passus im Testament ärgerte ihn. Georg Rodenberg hatte bestimmt, daß in eine große Anzahl der bedeutendsten Zeitungen des In- und Auslandes ein Inserat gerückt werden solle, das seinem Sohn Lutz von seinem Ableben Kunde bringen und ihm die Mitteilung machen sollte, daß ihm sein Erbe bis zwanzig Jahre nach seinem Verschwinden sichergestellt sei.

Auch dazu lächelte Mertens verächtlich und sagte sich im stillen: Diesen Unfug werde ich natürlich nicht mitmachen. Ein großes Inserat in so vielen Zeitungen kostet eine Menge Geld, und ich habe nicht Lust, es einfach auf die Straße zu werfen wegen der törichten Idee eines schwachsinnigen Greises.

Und so unterblieb die Aufgabe dieses Inserates wirklich, trotzdem Hans und Eva Maria Mertens wiederholt daran erinnerten.

Zunächst vertröstete Mertens die Geschwister auf später, es

habe nicht so große Eile. Dabei hoffte er, daß es ganz in Vergessenheit geraten könne. Aber Hans und Eva Maria mußten immer daran denken, daß ein Wunsch des Großvaters unerfüllt geblieben sei, und ständig machten sie Mertens darauf aufmerksam, daß er diesen Wunsch erfüllen müsse.

So geschah es eines Tages wieder. Hans ersuchte den Onkel ganz energisch, das Inserat aufgeben zu lassen. Da fuhr ihn Mertens zornig an.

»Laß doch diese Komödie! Du weißt so gut wie wir alle, daß Lutz Rodenberg tot ist. Du willst dich nur aufspielen, als sei dir daran gelegen, einem andern das Erbe zu überlassen. Höre endlich auf mit diesem Unsinn, das Inserat wird nicht erlassen.«

»Es war aber Großvaters Wille, und uns kommt es zu, ihn zu erfüllen.«

»Großvater war in dieser Beziehung unzurechnungsfähig.«

Hans fuhr auf.

»Wie kannst du so etwas sagen? Großvater war ein viel zu klardenkender und sich seines Tuns und Denkens vollbewußter Mensch, als daß er in irgendeinem Punkte als unzurechnungsfähig hingestellt werden könnte.«

Mertens sah ihn haßerfüllt an.

»Ich denke, er hat kein klares Denken bewiesen, als er einen unfähigen, unreifen Knaben wie dich zum Erben der Rodenberg-Werke gemacht hat«, stieß er giftig hervor.

Tapfer hielt Hans seinem Blick stand.

»Vorläufig hat er Onkel Lutz zum Erben bestimmt, und wenn ich nach ihm an die Reihe kommen soll, so geschieht das, weil meine Mutter seine älteste Tochter war. Es ist unerhört von dir, daß du es wagst, Großvater als unzurechnungsfähig hinzustellen, nur, weil er nicht an den Tod seines einzigen Sohnes zu glauben vermochte. Es kommt uns nicht zu, an seinen Bestimmungen zu drehen und zu deuteln, wir müssen sie erfüllen.«

Mertens sah mit einem so vernichtenden Blick zu Hans, daß dieser bei aller Tapferkeit erbleichte.

»Hinaus, du Lotterbube, spiele dich nicht als Musterknabe auf, sonst werde ich dir das austreiben! Mische dich nicht in Dinge, die dich absolut nichts angehen! Vorläufig bin ich der Herr hier und habe zu bestimmen, was geschieht, verstanden!« rief er drohend. Hans sah ihn einen Moment groß und ernst an, dann wandte er sich zum Gehen. Er begab sich in Doktor Bernds Büro und berichtete diesem die ganze Szene.

»Es ist eine Gemeinheit von ihm, daß er Großvaters Wunsch unerfüllt läßt. Kann man ihn denn nicht dazu zwingen, Herr Doktor!« rief er außer sich.

Ralf dachte nach, dann zuckte er die Achseln.

»Vielleicht könnte man ihn dazu zwingen, man müßte dann aber mit dem Notar sprechen, und ich weiß nicht, ob ich Ihnen dazu raten soll.«

»Aber bedenken Sie doch, Herr Doktor, immerhin könnte doch eine Möglichkeit bestehen, daß mein Onkel Lutz doch nur verschollen und nicht tot ist. Irgendwo in der Welt könnte er vielleicht noch leben und würde es nie erfahren, daß sein Vater tot ist und ihn zum Erben eingesetzt hat.«

»Es ist doch wohl kaum anzunehmen, daß er noch lebt. Und — wenn Sie Direktor Mertens zu etwas zwingen wollen, was er nicht freiwillig tut, dann kommen doch nur Unannehmlichkeiten für Sie heraus.«

Hans ballte die Fäuste.

»Daß ich so machtlos bin! Meine Schwester bedrückt es auch sehr, daß dieser Wunsch unseres Großvaters unerfüllt bleiben soll. Mag es zwecklos sein oder nicht, es war immerhin sein Wunsch und Wille, und daß dieser erbärmliche Mensch das ignoriert, ist unerhört.«

Daß Hans nun auch seine Schwester erwähnte, bewegte Ralf Bernd noch mehr. Er hätte ja am liebsten die Sterne vom Himmel geholt, um ihr einen Wunsch erfüllen zu dürfen.

»Ich könnte mich jedenfalls einmal erkundigen, ob Direktor Mertens gezwungen werden kann, diesem Wunsch des Verewigten Folge zu leisten.«

Ehe Hans antworten konnte, wurde die Tür geöffnet und auf der Schwelle erschien Eva Maria Dornau. Sie war noch nie in Doktor Bernds Arbeitsraum gewesen. Anscheinend war sie sehr erregt.

»Ist mein Bruder hier, Herr Doktor? Ach, Hans, da bist du ja! Verzeihen Sie, Herr Doktor, daß ich in Ihr Büro eindringe, aber ich muß Hans sofort sprechen und vermutete ihn hier.«

Ralf hatte eine rote Stirn bekommen vor freudiger Erregung

über diesen Besuch. Seine Augen strahlten, und er stellte schnell einen Stuhl für Eva Maria bereit.

»Bitte, mein gnädiges Fräulein, nehmen Sie Platz. Ich werde mich sofort entfernen, damit Sie ungestört mit Ihrem Herrn Bruder sprechen können.«

Errötend sah sie ihn an und hob bittend die Hand.

»Nein, nein, bitte bleiben Sie«, sagte sie Platz nehmend, »es ist mir lieb, wenn Sie auch hören, was ich meinem Bruder zu sagen habe. Ich weiß, daß Sie durch Hans in unsere Familienverhältnisse eingeweiht sind, und Sie haben für alles, was uns betrifft, ein so warmes Interesse an den Tag gelegt, daß Sie sich sicherlich mit uns freuen werden über das, was ich Hans berichten möchte.«

Dieser hatte die Hand seiner Schwester erfaßt.

»Du bist so erregt, Eva Maria — hoffentlich bringst du keine schlechte Nachricht.«

»O nein, Hans, ich sage ja, es ist etwas Erfreuliches — nur kommt es leider zu spät, da Großvater es nicht mehr hören kann. Denke dir, was ich heute in der Zeitung gelesen habe — Onkel Lutz ist unschuldig hinaus in die Welt und in den Tod getrieben worden. Nicht er hat damals den jungen Mann mit dem Schlagring erschlagen; du weißt, Großvater hat uns berichtet, daß Onkel Lutz gesagt hatte, er wisse nicht genau, ob er den tödlichen Schlag geführt habe, wisse nur, daß er allein von der ganzen Gesellschaft einen Schlagring besessen habe, und so müsse er es daher wohl gewesen sein.«

»Ja, ja, Eva Maria, aber, wie kommst du nun darauf, daß Onkel Lutz unschuldig war?«

Sie öffnete mit bebenden Händen ihre Handtasche und entnahm ihr ein Zeitungsblatt. Das entfaltete sie und reichte es dem Bruder hin. Sie deutete auf einen Artikel, den sie rot angestrichen hatte.

»Hier, lies das, Hans, lies es laut vor, damit Herr Doktor Bernd es auch gleich mit hört.«

Hans las die bezeichnete Stelle vor:

Späte Rechtfertigung.

Bergrat Doktor Natusius, der am 18. August nach langem Krankenlager gestorben ist, hat auf seinem Sterbelager ein Geständnis abgelegt, das einen Unschuldigen von einem Verdacht reinwäscht. Doktor Natusius hat vor langen Jahren bei einer Schlägerei, in die er als Student mit mehreren Kollegen verwickelt war, einen jungen Menschen, der ihn mit mehreren anderen anrempelte, mit dem Schlagring so gegen die Schläfen geschlagen, daß dieser sofort tot zusammenbrach. Der Verdacht lenkte sich damals auf den jungen Doktor-Ingenieur Lutz Rodenberg, der eben erst sein Studium beendet hatte und mit zu den Begleitern des Doktor Natusius gehörte, weil er, nach Ansicht seiner Begleiter, der einzige war, der einen Schlagring besaß. Dieser Verdacht war also unbegründet, aber Doktor Lutz Rodenberg muß das selbst nicht gewußt haben, da er gleich darauf ins Ausland floh und sich so seiner Verhaftung entzog. Doktor Natusius hat nun auf seinem Sterbebett ausgesagt, er sei es gewesen, der den tödlichen Schlag geführt habe, denn auch er sei im Besitze eines Schlagringes gewesen. Aus Angst, des Totschlags bezichtigt zu werden, warf er damals seinen Schlagring in einen Fluß. Den Mut, alles aufzudecken, fand er jedoch erst auf seinem Sterbebette und tilgte durch das Geständnis den Flecken auf dem Namen Rodenberg. Wie man weiß, ist vor kurzer Zeit der Vater von Doktor Lutz Rodenberg, Chef der weltbekannten Rodenberg-Werke, gestorben. Er hat seinen einzigen Sohn tief betrauert und kann nun leider dessen Ehrenrettung nicht mehr erfahren. Wir halten es für eine Ehrenpflicht, durch diese Mitteilung dazu beizutragen, daß der Name des Doktor Lutz Rodenberg von jedem Schatten befreit wird.

Hier ließ Hans die Zeitung sinken und seufzte tief auf.

»Oh, Eva Maria, daß Großvater das nicht mehr erleben konnte!« rief er erschüttert.

Sie nickte schmerzlich bewegt.

»Das war auch mein erster Gedanke, Hans. Aber nicht deshalb allein trieb es mich jetzt zu dir. Bedenke doch – wenn Onkel Lutz wirklich noch irgendwo in der Welt lebte, niedergedrückt von dem Gedanken, ein Totschläger zu sein – müßte man dann nicht alles tun, um ihm die Nachricht von seiner Unschuld zukommen zu lassen?«

Hans sah erregt fragend auf Ralf.

»Was sagen Sie dazu, Herr Doktor?«

Dieser hatte selbstvergessen seine Augen auf Eva Marias reizendem Gesicht ruhen lassen und schrak auf. Der Wunsch, ihr zu helfen und zu dienen, ließ ihn nachdenken.

»Mein gnädiges Fräulein, Herr Hans hat soeben erst einen vergeblichen Appell an Herrn Direktor Mertens gestellt, dem Wunsch Ihres verewigten Herrn Großvaters, bezüglich der Inserate, nachzukommen. Herr Direktor Mertens hat in sehr scharfer Weise abgelehnt und würde auch jetzt eine Aufforderung Ihrerseits, diese Angelegenheit in die Hand zu nehmen, zurückweisen. Wir haben soeben darüber debattiert, ob man ihn nicht zwingen kann, den letzten Wunsch Ihres Herrn Großvaters zu erfüllen, aber – das ist fraglich. Er glaubt so fest daran, daß Lutz Rodenberg nicht mehr lebt, daß er die Ausgabe für diese Inserate für sinnlos vergeudetes Geld hält. Aber – jetzt ist mir ein Gedanke gekommen. Schließlich bedürfen Sie ja nicht einmal seiner Mitwirkung, wenn Sie dem Wunsch Ihres Herrn Großvaters nachkommen und zugleich in diesem Inserat mit bekanntgeben wollen, daß die Unschuld von Lutz Rodenberg erwiesen worden ist. Sie könnten doch selbst die Aufgabe der Inserate in die Hand nehmen. Versuchen Sie an Hand dieser Nachricht noch einmal, Ihren Herrn Onkel zu bewegen, das Inserat in die Zeitungen zu setzen. Lehnt er es ab, so kann Sie doch kein Mensch hindern, selbst das Erforderliche zu veranlassen.«

Die Geschwister sahen sich mit aufleuchtenden Augen an.

»Ja! O ja, Hans, das wollen wir tun!«

Hans nickte erregt. Die Freude, des Großvaters Wunsch erfüllen zu können, ohne Rücksichtnahme auf Arthur Mertens, sprang ihm aus den Augen.

»Er wird es selbstverständlich erfahren, wenn die Inserate erscheinen.«

»Mag er doch! Dann kann er es aber nicht mehr hindern.«

»Nein, sehr richtig! Herr Doktor, Sie haben einen famosen Einfall gehabt, das tun wir! Aber – da fällt mir ein – wo nehmen wir das Geld dazu her, Eva Maria? Ich bin ziemlich auf dem Trocknen, und wenn ich Mertens um eine größere Summe bitte, gibt es eine peinliche Untersuchung, und dann bekomme ich es nicht. Wie ist es mit dir? Hast du Geld? Und wieviel wird das überhaupt kosten?«

Ratlos sah Eva Maria zu Ralf hinüber.

»Es wird wohl sehr teuer sein?«

»Mehrere hundert Mark werden herauskommen, wenn Sie alle großen Zeitungen beauftragen wollen.«

Sie seufzte.

»So viel besitze ich momentan auch nicht. Was tun wir da, Herr Doktor?«

Er war glückselig, daß sie in ihrer Not sich so vertrauensvoll an ihn wandte. Und er lachte, um ihre Sorge zu zerstreuen.

»Das ist sehr einfach – Sie leihen sich das Geld, bis die Inserate erschienen sind, Ihnen kann ja dann Herr Direktor Mertens, so viel ich weiß, das Geld nicht vorenthalten, da Sie mündig sind und über ein eigenes Bankguthaben verfügen. Herr Hans würde es kaum von Direktor Mertens ausgezahlt bekommen, aber Ihnen kann er es nicht verweigern.«

»Aber wer leiht uns so viel Geld?« fragte die in Geldangelegenheiten ziemlich unerfahrene Eva Maria.

»Ja, wer leiht uns das Geld?« fragte auch Hans.

»Wenn Sie gestatten, ich. Bitte, legen Sie ruhig alles in meine Hände. Ich werde das Inserat verfassen und es Ihnen durch Herrn Hans zur Korrektur vorlegen lassen. Dann veranlasse ich irgendwie, daß es in allen großen Zeitungen des In- und Auslandes erscheint, so wie es Ihr Herr Großvater gewünscht hat. Ich lege vorläufig aus, was es kostet, und Sie sollen sich gar nicht weiter darüber beunruhigen.«

Ein wenig verzagt, aber sehr dankbar sah sie ihn an.

»Wir kommen ja immer tiefer in Ihre Schuld, Herr Doktor. Aber – wir nehmen Ihr Anerbieten an, nicht wahr, Hans?«

Dieser nickte energisch.

»Sicher, Eva Maria! Ich hoffe ja, daß du später so viel Geld aus Mertens herausquetschst, daß du unsere Schuld an Doktor Bernd begleichen kannst – ich meine die finanzielle Schuld?«

»Das kann er mir nicht verweigern, Hans, wenn das Geld einmal ausgegeben ist, hat er nichts mehr dreinzureden. Würde ich es vorher zu diesem Zwecke ausgezahlt verlangen, würde er es hintertreiben. Aber nachher nicht mehr. Ich kann ja zum mindesten völlig frei über meinen Anteil am Erbe unseres Vaters verfügen, du weißt, daß Großvater das für uns verwaltet hat. Es ist nur das Unangenehme, daß alles durch Onkel Arthurs Hände gehen muß. Also – wenn Sie uns helfen wollen, Herr Doktor – dürfen wir Sie wirklich damit belästigen?«

»Von Belästigung kann nicht die Rede sein, mein gnädiges Fräulein, Sie machen mich sehr stolz, daß Sie meine Hilfe annehmen. Bitte verfügen Sie ganz über mich.«

Mit warmem Druck reichte sie ihm die Hand.

»Sie sind ein ehrlicher, hilfsbereiter Freund, wir können nur danken.«

»Ich habe aber eine Bedingung, mein gnädiges Fräulein.«

»Nun?«

»Direktor Mertens darf keinesfalls erfahren, daß ich Ihnen in dieser Angelegenheit geholfen habe, weil er aus gewissen Gründen nicht wissen darf, daß ich auf Ihres Herrn Bruders Seite stehe.«

»Ich verstehe, Herr Doktor. Es ist selbstverständlich, daß wir darüber strengstes Stillschweigen bewahren. Weiß ich doch selbst, wieviel für meinen Bruder davon abhängt, daß Onkel Arthur Sie auf seiner Seite glaubt. Es wäre doch wunderschön, wenn Onkel Lutz wirklich noch leben und zurückkehren würde, nicht wahr, Hans?«

Dieser seufzte.

»So schön, daß es leider nicht wahr werden wird. In der Wirklichkeit gibt es schöne Märchen nicht.«

Mit einem warmen, guten Lächeln sah Ralf auf die Geschwister.

»Wenn man hört, mit welcher Sehnsucht Sie die Rückkehr eines Verschollenen herbeiwünschen, der Ihnen ein reiches, stolzes Erbe fortnehmen würde, kann man Herrn Hans nur bewundern wegen seiner Selbstlosigkeit.«

Hans warf den Kopf zurück und fuhr mit den Händen durch seinen blonden Schopf.

»Ach, lieber Herr Doktor, wieviel lieber wäre ich ein freier Mensch, der ein bescheideneres Erbe in Ruhe antreten könnte, als wegen des reichen Erbes immer bedroht zu sein. Weiß Gott, ich würde mich am meisten freuen, wenn Onkel Lutz zurückkäme, würde dann nur innig bedauern, daß Großvater das nicht mehr erleben konnte.«

Zärtlich strich Eva Maria ihm das Haar aus der Stirn.

»Schon deinetwegen wünschte ich es, Hans, aber leider ist sehr wenig Hoffnung. Wenn Großvater nicht vor seinem Tode fast wie eine Prophezeiung ausgerufen hätte: Lutz lebt!, dann würde ich gar nicht an eine solche Möglichkeit denken. Aber vielleicht ist ein Wunder geschehen! Jedenfalls müssen wir alles tun, um Großvaters Wunsch zu erfüllen und um Onkel Lutz, weilt er wirklich noch unter den Lebenden, Nachricht zu senden, daß er unschuldig ist. Auf eine solche Nachricht hin würde er sicherlich zurückkehren.«

Hans umarmte die Schwester.

»Ja, Eva Maria, das sind wir Großvater schuldig.«

Eva Maria verabschiedete sich nun. Sie gab Hans einen Kuß, um den ihn Ralf Bernd glühend beneidete und reichte diesem die Hand.

»Nochmals innigen Dank, Herr Doktor! Auf alle Fälle gebe ich Ihnen Bescheid durch Hans.«

Verehrungsvoll zog er ihre Hand an seine Lippen.

»Bitte, danken Sie mir nicht. Ich muß Ihnen danken, daß Sie mir so großes Vertrauen schenken, es — macht mich glücklich«, sagte er leise.

Das Blut stieg ihr verräterisch ins Gesicht, und Hans erkannte wieder einmal mit Vergnügen, daß zwischen den beiden alles andere eher herrschte als Gleichgültigkeit.

XI

Eva Maria begab sich unverzüglich zur Villa Melanie. Sie wollte früher dort sein als Mertens, weil sie hoffte, Tante Melanie überreden zu können, ihr zu helfen. Sie wußte zwar, daß diese keinen eigenen Willen hatte, aber in diesem Falle müßte sie doch die Tochter ihres Vaters sein und nicht nur die Gattin Arthur Mertens.

Als sie in Villa Melanie eintraf, begegnete ihr Jolante.

»Tag, Eva Maria! Sieht man dich endlich auch einmal wieder? Du läßt dich ja gar nicht mehr sehen.«

»Diesen Vorwurf könnte ich dir zurückgeben, Jo, seit Großvaters Beerdigung warst du nicht mehr bei uns, während ich schon einige Male zu euch kam.«

»Wirklich? Dann irre ich mich also. Jedenfalls freue ich mich, dich wiederzusehen. Weißt du, ich merke, wie schnell die Zeit vergeht, ich habe immer so viele Verabredungen. Fast jeden Tag treffe ich mich mit Doktor Bernd. Und in seiner Gesellschaft vergeht die Zeit rasend schnell.«

Eva Maria wußte, daß Jolante wieder einmal nicht ganz bei der Wahrheit blieb – und lächelte.

»Nun, Jo, Doktor Bernd hat doch mindestens acht Stunden am Tage auf den Werken zu tun, das ist noch nicht anders geworden, seit er Oberingenieur geworden ist. Da hat er also keine Zeit, dir unausgesetzt Gesellschaft zu leisten, und so würde wohl zuweilen ein Stündchen für mich übrigbleiben.«

Jolante zeigte nicht die mindeste Verlegenheit.

»Oh, wenn du denkst, daß ich die Geschäftsstunden respektiere, dann bist du im Irrtum. Ich suche Doktor Bernd sehr oft in seinem Büro auf. Ärgerlich ist dabei nur, daß Hans meistens dabei ist. Könntest du ihm nicht mal einen Wink geben, daß er verschwinden soll, wenn ich komme. Er ist so schrecklich schwerfällig und merkt nicht, daß er überflüssig ist.«

»Du vergißt, Jo, daß Hans mit Doktor Bernd zusammenarbeitet.«

Jolante lachte spöttisch auf.

»Arbeitet? Da muß ich lachen! Er räkelt sich zuweilen recht faul herum, und das habe ich Papa auch schon gesagt, aber der lacht darüber. Er hat Mama neulich so allerlei über Hans erzählt. Ich danke – er entwickelt sich zum Lebemann. Ich sollte zwar nichts davon hören, aber schließlich lauscht man ein wenig, wenn es mal interessante Neuigkeiten gibt.«

»Das solltest du nicht tun, Jo.«

»Huch! Sei so gut und verschone mich mit deinen tugendhaften Anwandlungen. Aber nun komm zu Mama, sie hat schon lange Sehnsucht nach dir und wenn du wieder fort bist, wirst du mir wieder in allen Tonarten als leuchtendes Beispiel vorgehalten – unausstehlich ist das. Versuche doch mal, ein wenig aus der Rolle zu fallen, damit Mama merkt, daß du auch nur ein Mensch bist und kein vom Himmel gefallener Engel.«

»Liebe Jo, ich bin durchaus kein Engel, wenn ich auch etwas anders geartet bin als du.«

Eva Maria hatte inzwischen abgelegt und begleitete die Kusine in den kleinen Salon Tante Melanies. Hier war alles weich und behaglich, aber die unscheinbare Frau paßte schlecht in die elegante Umgebung. Ehrlich erfreut erhob sie sich und kam Eva Maria entgegen.

»Wie freue ich mich, Eva Maria. Komm, setz dich zu uns. Wie geht es dir und Hans? Ist es dir jetzt nicht recht einsam in Villa Rodenberg?«

»Allerdings, Tante Melanie, ich zähle immer die Stunden, bis Hans heimkommt.«

»Es wäre besser für dich gewesen, wenn ihr zu uns übergesiedelt wäret, so wie es Onkel Arthur wünschte. Aber wenigstens solltest du uns öfter besuchen. Jo langweilt sich ebenfalls sehr häufig.«

»Nun ja, so eine Trauerzeit ist auch geradezu entsetzlich. Das ewige Schwarz, das mich ohnedies nicht kleidet, macht einen ganz melancholisch, und den ganzen Tag bekommt man keinen Menschen zu sehen«, murmelte Jo.

Eva Maria lächelte amüsiert.

»Du sagtest doch eben, daß du so viel Zerstreuung hättest, Jo.«

»Oh, lange nicht genug«, erwiderte diese ohne jede Verlegenheit.

Frau Melanie nahm Eva Marias Hand.

»Du siehst blaß aus, Eva Maria, und an den Augen merkt man, daß du viel geweint hast.«

Eva Maria krampfte die Hände zusammen.

»Ich kann den Verlust von Großvater noch nicht verschmerzen. Mir fehlt er doch am meisten, das siehst du ein, nicht wahr?«

Zärtlich küßte Frau Melanie die Nichte, froh, daß sich jemand von ihr küssen ließ.

»Ja, mein Kind, das sehe ich ein. Mir ist ja auch das Herz oftmals sehr schwer seinetwegen – aber sieh, ich habe meinen Mann und die Kinder. Aber du hast nur Hans und – leider, leider wird dir Hans auch jetzt viel Kummer machen.«

»Hans? Wie sollte er, Tante Melanie?«

»Nun ja, du hast deinen Bruder viel zu lieb, um einzugestehen, daß er jetzt ein sehr wenig einwandfreies Leben führt. Dir kann es doch nicht entgangen sein, daß er so oft des Nachts außer Hause ist. Es bekümmert mich sehr, daß er in schlechte Gesellschaft geraten ist. Ich hätte das nie von ihm erwartet.«

Eva Maria preßte die Lippen zusammen. Wie gerne hätte sie etwas zur Verteidigung ihres Bruders gesagt, aber das durfte sie nicht, Tante Melanie sagte sicherlich ihrem Gatten jedes Wort wieder. So fragte sie nur:

»Wer hat dir von Hans erzählt – und was?«

»Onkel Arthur sprach davon, man trägt es ihm zu, daß Hans sich in der schlechtesten Gesellschaft herumtreibt, daß er dann schlaff und faul bei der Arbeit ist. Er soll ja tolle Geschichten machen, und dabei wird er seine Gesundheit ruinieren. Du solltest ihm einmal ins Gewissen reden, ich bekomme ihn ja kaum noch zu Gesicht, er läßt sich nie mehr bei uns sehen.«

»Ach Gott, Mama, mach' doch nicht eine Staatsaktion daraus, wenn Hans mal ein bißchen durchgeht«, warf Jolante ins Gespräch. »Wozu ist er denn ein junger Mann und reicher Erbe? Er wäre doch direkt dumm, wenn er sein Leben nicht genießen würde. Papa macht sicherlich zu viel Aufhebens davon. Väter vergessen immer, wie sie es als junge Leute getrieben haben. Mir gefällt Hans so viel besser, als wenn er ein Duckmäuser wäre und Eva Maria ewig am Schürzenband hinge. Nächstens freunde ich mich mit ihm an, und ich wollte, ich könnte ihn auf seinen nächtlichen Ausflügen begleiten.«

»Aber Jo«, entsetzte sich die Mutter, »du redest da von Dingen, die du nicht verstehst.«

Jolante lachte laut auf.

»Meine kleine Mama, vielleicht besser als du«, sagte sie mitleidig überlegen.

»Höre nicht auf Jo, Eva Maria, sie tut sich etwas darauf zugute, immer so entsetzliche Sachen zu sagen, und man muß sich immer wieder vorhalten, daß sie das nicht ernst meint. Sonst müßte man ja graue Haare bekommen. Nimm dir nur Hans einmal ordentlich vor – oder schicke ihn zu mir.«

Eva Maria wußte, daß Hans freiwillig nicht mehr zur Villa Melanie gehen würde, und sie konnte es ihm nicht verdenken. Wohl ahnte sie nichts von des Bruders Verdacht, daß Arthur Mertens ein Attentat auf ihn versucht hatte, aber sie wußte doch genug, um zu verstehen, daß er es vermied, dem Onkel zu begegnen, wo es nur anging. Schlimm genug war es, was Arthur Mertens dem Bruder antun wollte, und ebenso schlimm, daß er ihn nun bei seiner Gattin verklagte, seit er sein Ziel erreicht zu haben glaubte. Es war immerhin besser, Tante Melanie glaubte Schlimmes grundlos von dem Bruder als mit Grund. Aber um die Tante zu beruhigen, sagte sie:

»Ich werde einmal mit Hans reden, Tante Melanie.«

»Mein Gott, macht bloß keinen Duckmäuser aus ihm, laß ihn doch sein junges Leben genießen«, sagte Jo, sich eine Zigarette ansteckend.

»Ich bin fest davon überzeugt, daß Hans nichts Böses tut, wenn er vielleicht auch ein wenig leichtsinnig ist. Aber, ich darf nicht vergessen, Tante Melanie, daß ich aus einem ganz bestimmten Grunde heute hierhergekommen bin. Heute morgen habe ich in einer Berliner Zeitung einen Artikel gefunden, der dir, wie Hans und mir, sehr viel Freude machen wird«, lenkte Eva Maria auf ein anderes Thema über.

Sie nahm das Zeitungsblatt aus ihrer Handtasche und reichte es der Tante.

»Was bringst du mir?« fragte diese und sah fragend in Eva Marias Gesicht.

»Die Rechtfertigung deines Bruders Lutz, Tante Melanie. Er war unschuldig, ein anderer hat jenen jungen Mann mit dem Schlagring erschlagen und beichtete das auf seinem Sterbebett. Und wegen der Schuld eines anderen mußte Großvater seinen einzigen Sohn verlieren.«

Frau Melanies Gesicht war blaß geworden. Erregt nahm sie der Nichte das Zeitungsblatt ab, und bei der Lektüre des Artikels stürzten ihr Tränen aus den Augen.

»Mein armer Bruder! Mein armer Vater!« rief sie außer sich.

»Aber Mama, rege dich doch nicht so auf.«

»Das ist doch entsetzlich, Jo!«

»Wenn dein Bruder gerechtfertigt wird, so ist das doch nicht entsetzlich.«

»Aber bedenke doch, meines Bruders Leben wurde vernichtet, dadurch, daß er schuldlos fliehen mußte. Und wie schwer hat mein armer Vater darunter gelitten. Ach, Eva Maria, wenn Großvater das wenigstens noch hätte erleben dürfen, daß Lutz' Name rein von Schuld geworden ist.«

»Das wünschte ich auch, Tante Melanie. Und – ich muß jetzt immer wieder daran denken, daß Großvaters letzte Worte waren: Lutz lebt! Seit ich dies gelesen habe, kann ich mich des Gedankens nicht erwehren, daß Onkel Lutz noch lebt.«

Frau Melanie seufzte tief auf.

»Denke dir, Eva Maria, seit Großvaters Tod quält mich die gleiche Unruhe.«

Jo lachte hart auf.

»Verliert euch doch nicht beide in solche Phantastereien! Das sollte Papa bloß hören, Mama, dann würde er sehr ärgerlich – und mit Recht.«

Ängstlich sah Frau Melanie zur Tür, als erwarte sie den Eintritt und eine Strafpredigt ihres Gatten.

»Du hörst ja, Jo, Eva Maria geht es ebenso.«

»Nun ja, ihr seid auch beide reichlich sentimental. Das liegt wohl bei euch in der Familie. Großvater war ja auch ein Phantast in dieser Beziehung. Ich bitte dich, Mama, laß dich von Eva Maria nicht anstecken.«

»Jedenfalls hoffe ich aber, Tante Melanie, daß du mir hilfst, Onkel Arthur klarzumachen, daß Großvaters Wunsch, bezüglich der Zeitungsinserate, erfüllt werden muß. Und selbstverständlich muß dazugesetzt werden, daß Onkel Lutz' Unschuld klar erwiesen ist, und daß er kein Menschenleben auf dem Gewissen hat. Denke nur, wenn Großvaters Annahme zuträfe, daß Onkel Lutz nur darum verschollen ist, weil er an dem Tode eines Menschen schuld zu sein glaubt! Wenn ihn – falls er dennoch durch ein Wunder gerettet wäre – nur dieses Bewußtsein veranlaßte, für seine Angehörigen tot gelten zu wollen – dürften wir ihn dann auch nur einen Tag länger, als es unbedingt nötig ist, unter so schwerem seelischen Druck weiter leben lassen? Nicht wahr, du wirst mir helfen, Onkel Arthur zu veranlassen, das Inserat aufzugeben?«

»Da wirst du kein Glück haben, Eva Maria. Papa sagt, ein Inserat in so vielen Zeitungen kostet in die Tausende, und es sei doch Unsinn, so viel Geld dafür auszugeben. Ich wüßte auch was Besseres damit anzufangen. Ein komisches Mädchen bist du. Gibst doch vor, deinen Bruder zu lieben, und willst alles tun, was möglich ist, um ihm sein Erbe zu entreißen. Denkst du denn nicht daran, daß Hans die Rodenberg-Werke nicht bekommen würde, wenn plötzlich dieser sagenhafte Onkel Lutz wieder auftauchen würde?«

»Hans wäre der erste, der Onkel Lutz mit Freuden begrüßte, das kannst du mir glauben, Jo.«

Diese zuckte die Achseln.

»Ich werde jedenfalls keinen Finger rühren, zumal die Sache ganz aussichtslos ist.«

»Aber du wirst mir helfen, Tante Melanie.«

»Lasse das lieber bleiben, Mama, du verdirbst Papa nur die Laune damit, und es kommt doch nichts dabei heraus.«

Unsicher sah Frau Melanie von ihrer Tochter zu Eva Maria.

»Ach, Eva Maria, Onkel Arthur wird sicherlich schelten, er ist eben ein praktischer Geschäftsmann und bezeichnet es als Geldverschwendung, wenn man es für so ein Inserat ausgibt.«

»Du willst also meine Bitte nicht unterstützen, trotzdem du zugestehst, daß du jetzt auch eine leise Unruhe fühlst, ob dein Bruder nicht doch noch leben könnte?« bedrängte Eva Maria die schwache Frau.

Ehe diese antworten konnte, trat Arthur Mertens ein. Seine Frau lief ihm aufgeregt entgegen, warf sich in seine Arme und berichtete ihm in überstürzten Worten von ihres Bruders Rechtfertigung. Er hörte etwas ungeduldig zu, löste ihre Arme von seinem Hals und begrüßte Eva Maria mit seiner heuchlerischen Liebenswürdigkeit. Dann las er den Artikel, und als er zu Ende war, faltete er die Zeitung zusammen und sagte ruhig:

»Nun ja, es ist ja sehr nett, wenn es sich herausgestellt hat, daß dein Bruder kein Totschläger war. Man kann sich ja freuen, daß dieser Schandfleck von dem Namen Rodenberg getilgt wird. Aber das ändert doch nichts an der Tatsache, daß dein Bruder tot ist.«

Eva Maria bezwang ihren Ärger über den Ton, in dem Mertens sprach, aber legte ihm trotzdem ihre Bitte vor. Mertens wehrte aber sofort energisch ab.

»Fällt mir gar nicht ein, für solchen Unsinn eine Menge Geld auszugeben. Was denkst du denn, was das kosten würde? So ein großes Inserat in den hauptsächlichsten Zeitungen der ganzen Welt, das kostet mindestens zehntausend Mark. Ich wäre ein schlechter Geschäftsführer der Rodenberg-Werke und ein schlechter Verwalter eurer Vermögen, wenn ich in so etwas willigen wollte.«

»Aber es war doch Großvaters Wunsch – und von ihm haben wir doch alles geerbt, was vorhanden ist«, sagte Eva Maria energisch.

»Laßt mich endlich damit zufrieden, das habe ich heute bereits deinem sauberen Herrn Bruder gesagt, der mir auch damit kam.«

Furchtlos sah Eva Maria in seine falschen, hinterlistigen Augen.

Warum sprichst du so verächtlich von meinem Bruder? Er ist der künftige Chef der Rodenberg-Werke, wenn Onkel Lutz nicht wieder auftaucht.«

Arthur Mertens Gesicht zeigte eine dunkle, drohende Röte.

»Ein Lotterbube ist er, der nie würdig sein wird, diese Stellung einzunehmen. In schlechter Gesellschaft treibt er sich herum, trotz der so ostentativ zur Schau getragenen Trauer um seinen Großvater«, stieß er haßerfüllt hervor.

Ihre Augen wichen nicht von ihm, obwohl ihr Herz bange und furchtsam klopfte.

»Wenn dein Sohn Egon früher solche Streiche machte, wie sie Hans jetzt vorgeworfen werden, dann pflegtest du zu sagen: Jugend muß sich austoben. Und Hans nanntest du dann einen Duckmäuser, weil er solche Streiche nicht beging. Du zogst ihn auf damit, daß er mir am Schürzenband hinge. Warum soll bei Hans so verwerflich und verächtlich sein, was du bei Egon immer entschuldigt hast?«

Er stutzte einen Moment. Eva Marias tapferer Ausfall zugunsten ihres Bruders verblüffte ihn. Aber er faßte sich schnell und erwiderte:

»Was Egon tat, waren harmlose Jugendeseleien, wie er sie jetzt als Student auch noch verübt. Was aber dein Herr Bruder treibt, das spottet jeder Beschreibung. Ich will deine zarten Ohren damit verschonen. Aber das Bürschchen wäre wert, daß man es übers Knie legte und ordentlich verprügelte. Nächstens werde ich das auch sicherlich tun.«

Eva Maria richtete sich stolz empor.

»Das wage nicht – so weit geht deine Macht als Vormund nicht, so hat sie Großvater bestimmt nicht aufgefaßt.«

Für sich selbst hätte sie kaum gewagt, dem heimlich gefürchteten Mann so bestimmt entgegenzutreten und ihm in dieser Weise Widerstand zu leisten, aber für Hans vermochte sie es.

Mertens war ein wenig zusammengezuckt, irgendwie beirrten ihn Eva Marias blitzende Augen. Aber er faßte sich schnell.

»Was weißt du, wie weit meine Machtbefugnisse gehen. Ein Vormund kann sein Mündel verprügeln, wenn es sich danach beträgt.«

Eva Marias Augen erschienen fast schwarz vor Erregung.

»Ich rate dir, das zu unterlassen, Onkel Arthur, es würde wahrscheinlich ein Unglück geben. Hans ist ein Heißsporn, diese Schmach ertrüge er nicht«, sagte sie mit bebender Stimme.

»Das werden wir sehen!« stieß Mertens zornig hervor. Und er überlegte bei sich, ob er nicht gerade durch eine Tracht Prügel Hans zu irgendeiner Torheit hinreißen könne, die ihn unschädlich machen würde. Aber er mußte sich auch sagen, daß Hans ihm an Körperkräften weit überlegen war, selbst jetzt noch, da, wie er meinte, seine Gesundheit durch allerlei Ausschweifungen untergraben war. Schließlich vergriff er sich dann an ihm, und das konnte immerhin schlimm ablaufen, auch für ihn. Außerdem war ihm doch unter Eva Marias zornigen Augen etwas unbehaglich zumute geworden.

Nun legte sich auch seine Gattin noch ins Mittel.

»Du bist vielleicht etwas zu streng mit Hans, weil es eben deine Pflicht als Vormund ist, lieber Arthur. Er wird ja schon wieder zur Vernunft kommen.«

Mit einem heuchlerischen Lächeln legte er den Arm um ihre Schulter. Er fand es doch klüger, einzulenken.

»Jetzt fehlt bloß noch, daß sich auch Jo für den Bengel ins Zeug legt«, scherzte er.

»Tue ich auch, Papa, laß ihn doch ruhig seine Streiche machen, dann wird er erst ein richtiger Mann und keine Trantüte.«

»Das ist ja ein merkwürdiger Ausdruck im Wortschatz einer jungen Dame.«

»Stammt aus der Pension, Papa!«

Eva Maria hatte sich etwas beruhigt. Sie wandte sich wieder an den Onkel und fragte beherrscht:

»Wirst du also das Inserat erlassen, Onkel Arthur?«

Er zuckte die Achseln.

»Ich denke nicht daran! Zehntausend Mark ungefähr für solchen Unsinn hinauswerfen, da gehörte es sich doch, daß man mir die geschäftliche Führung der Rodenberg-Werke und die Verwaltung eures Erbes entzöge. Nein, meine liebe Eva Maria, das ist mein letztes Wort, das Geld kann ich nützlicher anlegen. Wenn du sonst einen Wunsch hast – du weißt, ich mache mir eine

Freude daraus, ihn dir zu erfüllen. Brauchst du Geld zu einer hübschen Toilette oder dergleichen, es steht dir zur Verfügung.«

Er spielte sich auf, als gehe das Geld für Eva Marias Toiletten aus seiner Tasche. Sie sah ihn stolz abweisend an.

»Meine Toilette bezahle ich selbst«, entgegnete sie ziemlich schroff.

Seine Augen glitzerten gefährlich und verrieten ihr, daß man ihn nicht ungestraft reizen dürfe.

»Ah, richtig, du bist ja mündig und kannst eigenmächtige Verfügungen treffen über deine Einkünfte, aber du darfst immerhin nicht vergessen, daß Großvater wünschte, daß du größere Ausgaben erst mit mir besprechen sollst.«

»Ich trage keine Toiletten, deren Anschaffung eine größere Ausgabe in diesem Sinne bedeuten würde. Und nun will ich nicht länger stören.«

Mertens war wütend über diese stolze Abwehr Eva Marias, aber er vermochte sich immer zu beherrschen, wo es ihm nötig erschien, und so sagte er mit heiterer Überlegenheit, als spräche er mit einem Kinde, dem man manches nachsehen mußte:

»Du störst durchaus nicht, Eva Maria, willst du nicht zu Tisch bleiben, wir würden uns freuen.«

»Danke, Onkel Arthur, Hans erwartet mich, wir speisen zusammen.«

»Das ist ebenfalls so eine verrückte Verschwendung, daß für euch beide ein so großer Haushalt extra geführt wird. Ihr hättet viel besser getan, wenn ihr zu uns übergesiedelt wäret. Villa Rodenberg könnte dann geschlossen werden bis zu deiner Verheiratung.«

»Großvater hat es so bestimmt«, sagte Eva Maria, dankbar, daß der Großvater diese Verfügung getroffen hatte. »Im übrigen habe ich den Haushalt schon bedeutend eingeschränkt. Großvaters Zimmer sind alle abgeschlossen und auch die großen Gesellschaftsräume, die wir ohnehin jetzt nicht benutzen. Ich habe einige Diener entlassen und sonst allerlei Einschränkungen getroffen, schon aus eigner Bequemlichkeit. Denn sonst wäre das nicht nötig, meine Einkünfte gestatten mir doch eine Lebenshaltung im großen Stile; selbst jetzt, wo du Hans sehr in seinem Taschengeld beschränkst und ich selbstverständlich mit für ihn eintrete, mache ich noch Ersparnisse.«

Das alles sagte Eva Maria in einem so bestimmten Ton, daß Mertens klar werden mußte, daß sie sich nicht nach seinen Einwänden richten würde.

»O du Glückliche!« rief Jo, »du kannst lachen. Mich hält Papa verteufelt knapp, denke dir, er will mir nicht einmal gestatten, die Reise zum Wintersport nach St. Moritz zu machen, die mir Großvater doch versprochen hatte.«

»Das tut mir leid für dich, Jo, ich weiß, du möchtest gern hin.«

»Nun ja, gerade jetzt, wo die Trauerzeit hier so langweilig ist.«

»Dein Vater wird mit sich reden lassen. Ich weiß ja, Großvater hatte es dir versprochen.«

»Bitte sehr, als Entgelt dafür, daß du mit ihm nach Nauheim gehen würdest. Und da Großvater nicht mehr am Leben ist, kann er keine Versprechungen mehr halten. Jo hat hier auch genug Gelegenheit, Wintersport zu treiben, es fehlt weder an Schnee, noch an einer geeigneten Schlittenbahn. Und auf dem kleinen Waldsee kann sie auch Schlittschuh laufen.«

»Gott, Papa, als wenn mir das St. Moritz ersetzen könnte.«

Eva Maria verabschiedete sich und entfernte sich schnell.

Daheim wartete Hans schon sehnlichst auf seine Schwester. Sie teilte ihm ihre Unterredung mit Onkel und Tante mit.

»Also kein Erfolg! Ich dachte es mir. So werden wir also Doktor Bernd bitten, die Angelegenheit zu erledigen.«

»Es bleibt uns nichts anderes übrig, wenn wir Großvaters Wunsch erfüllen wollen.«

Sie teilte dann dem Bruder mit, daß der Onkel ihm Prügel angedroht hatte. Er sprang zornig empor.

»Er soll sich hüten, dazu gehören zwei – und wahrlich – er würde die Prügel eher bekommen als ich.«

»Ich bitte dich, Hans, sei vernünftig. Nur um dich zu warnen, sage ich dir das. Laß es nicht dazu kommen. Da ist Vorsicht der bessere Teil der Tapferkeit, wenn du merkst, daß er dich schlagen will, ergreife einfach die Flucht.«

Hans reckte seine kraftvolle Gestalt.

»Keine Sorge, Eva Maria, wenn er an mich heran will, hebe ich ihn am Kragen empor und setzte ihn vor die Tür. Basta! Damit soll er mir nicht kommen – das Scheusal!« rief er zornig.

Seine Schwester seufzte.

»Es ist doch schrecklich, daß du so sehr abhängig von ihm bist. Ich konnte ihm heute ein paar Wahrheiten sagen, die ihm nicht gefielen, die er aber einstecken mußte. Er spielte sich auf als mein Gönner, als habe er darüber zu bestimmen, was ich für Toilettengeld brauche.«

Und sie erzählte ihm auch das. Höhnisch lachte Hans auf.

»Ah, das hätte ihm passen können, daß auch du noch von ihm abhängig wärst. Gottlob, daß es nicht der Fall ist, und daß wir hier wenigstens in Sicherheit sind. Großvater wollte uns dadurch nur vor Jo und Egon schützen, er ahnte nicht, daß wir viel mehr vor Mertens geschützt werden mußten.«

Eva Maria strich ihm lächelnd durch das Haar.

»Denke dir, Jo nahm deine Partei, dadurch, daß du, wie sie glaubt, ein großartiges Lebemannsdasein führst, hast du ihr imponiert.«

Hans lachte.

»Das ist ja amüsant! Aber Jo ist doch eine dumme Gans.«

»Sage das nicht, sie ist nur durch ihre ›moderne Weltanschauung‹ aus dem Gleichgewicht gekommen. Wenn sie jemand hätte, der ihr so recht imponieren könnte und Einfluß auf sie bekäme, dann könnte noch ein ganz vernünftiges Menschenkind aus ihr werden.«

»Gut, so wollen wir ihr wünschen, daß sie diesen Jemand finden wird. Aber nun habe ich einen Bärenhunger, Eva Maria.«

Lächelnd nahm die Schwester seinen Arm und führte ihn so in das Speisezimmer hinüber. Bei Tisch besprachen sie noch allerlei, waren aber sehr vorsichtig dabei, solange der junge Diener Fritz, der die Speisen servierte, anwesend war. Der alte Hermann, der nach dem Tode seines Herrn eine Art Hausmeisterstellung in Villa Rodenberg einnahm, weil sich die Geschwister nicht von ihm trennen wollten, hatte ihnen verraten, daß Fritz anscheinend Spionendienste für Direktor Mertens übernommen hatte. Er hatte ihn schon wiederholt beim Lauschen ertappt und bemerkt, daß er Erlauschtes notierte. Dann hatte er ihn im Park mit Herrn Direktor Mertens zusammen gesehen und hatte bemerkt, daß Fritz aus demselben Notizbuch Bericht erstattete.

Der Kammerdiener Hermann hatte nie viel von Direktor Mertens gehalten; er war über vierzig Jahre im Dienst bei seinem Herrn gewesen und hatte von Anfang an miterlebt, wie sich Mertens bei dem alten Herrn einschmeichelte. Er wußte, daß sich Mertens das Vertrauen seines Herrn nur erschlichen hatte.

An den Geschwistern hing er dafür mit großer Treue. So konnte er sich zuweilen schon ein vertrauliches Wort gestatten, und daher hatte er den Geschwistern ruhig gesagt:

»Der Fritz ist ein Spitzel des Herrn Direktor Mertens, bitte, sehen Sie sich vor, er darf nichts hören und sehen, was für Herrn Direktor Mertens von Wichtigkeit ist.«

Danach richteten sich nun die Geschwister, und Fritz hatte nur Gelegenheit, das an seinen Auftraggeber zu berichten, was dieser erfahren sollte.

Wieder waren einige Wochen vergangen.

Mertens hatte es auf die Dauer doch als zu beschwerlich empfunden, Hans zu beobachten und die nächtlichen Exkursionen seines Neffen selber zu belauschen, deshalb hatte er Fritz angeworben, unter dem Vorwand, daß er als Vormund genau über den Lebenswandel seines Neffen unterrichtet sein müsse. Da er Fritz für seine Dienste gut bezahlte, war dieser ein williges Werkzeug geworden, ohne zu ahnen, daß der alte Hermann hinter seine Schliche gekommen war. Sobald also Hans scheinbar einen Ausflug nach der Stadt machte, ließ er es auf irgendeine Art Fritz merken und amüsierte sich darüber, wie dieser auf der Lauer lag und ihn beobachtete.

So war Mertens fest überzeugt, daß Hans immer wieder in den Großstadtsumpf untertauchte. Er war nur sehr unzufrieden, daß die Entkräftung, die solch ein unsolides Leben mit sich bringen mußte, nicht rapidere Fortschritte machte. Hans war ihm noch viel zu gesund, obwohl dieser mit grimmigem Vergnügen seinem »liebevollen Onkel« Komödie vorspielte. Ralf Bernd war dauernd bemüht, immer mehr das Vertrauen Arthur Mertens zu gewinnen, und er zeigte sich ihm deshalb oft von einer Seite, daß er sich fast vor sich selber schämte. Aber um Hans Dornaus willen nahm er das alles auf sich. Mertens verriet sich auch zuweilen in unbedachten Momenten immer mehr, aber er war doch ein zu schlauer Fuchs, als daß er sich ganz in seine Karten hätte sehen lassen, auch von Ralf nicht, in dem er doch sein williges Werkzeug und seinen künftigen Schwiegersohn vermutete.

Immer häufiger wurde Ralf, zu seinem Leidwesen, zur Villa

Melanie eingeladen. So oft es irgend anging, schob er Abhaltungen vor, aber zuweilen mußte er doch die Einladungen annehmen. Jolante nutzte diese Stunden aus so gut sie konnte, ohne ihren Wünschen gemäß vorwärts zu kommen. Sie war jedoch viel zu eitel, um sich einzugestehen, es mache ihr viele Mühe, Ralf »aufzutun« und daß sie ihn durchaus noch nicht erobert hatte. Wie sie Eva Maria gegenüber immer mit ihren »Erfolgen« aufschnitt, so tat sie es auch den Eltern gegenüber. Und wenn sie der Vater neckte und ausforschte, wie weit sie mit Doktor Bernd sei, spielte sie sich überlegen auf.

»Ich will nichts übereilen, Papa, aber ich kann dir sagen, daß er sich, wenn ich will, jeden Tag erklären wird. Ich brauche ihm dazu nur Gelegenheit zu geben. Aber wie gesagt, es eilt mir noch nicht. Ich will es ihm auch nicht zu leicht machen, er soll merken, daß die Beute, auf die er Jagd macht, eine kostbare und wertvolle ist. Eines Tages wirst du ihm aber doch deinen väterlichen Segen geben müssen. Doch diesen Zeitpunkt will ich bestimmen.«

Sie glaubte es im Grunde selbst, und deshalb überzeugte sie auch ihren Vater. Sie war so von sich eingenommen, daß ihr der Gedanke, Ralf Bernd könne sie verschmähen, gar nicht kam. Daß er sich ziemlich zurückhaltend verhielt, mißfiel ihr ebenfalls nicht, sie glaubte nur, er sei zu klug, um sich einen Korb zu holen und wolle erst genügend Sicherheit haben, ihr Jawort zu erhalten, sobald er sich zu einer Werbung entschließen würde.

Vorläufig fand sie an dem Spiel noch großen Gefallen, und dann sagte sie sich auch, daß während der Trauerzeit eine Verlobung sowieso nicht in Frage kommen würde. So etwas deutete sie Ralf auch eines Tages während einer Unterhaltung an, und er atmete heimlich auf und dachte: Zeit gewonnen, alles gewonnen. Um sein Ziel zu erreichen, mußte Mertens möglichst lange in dem Irrtum befangen bleiben, daß er um Jolante würbe, und so konnte er nicht gar zu deutlich Abwehr markieren. Daß er Jolantes Herz nicht brechen würde bei Nichterfüllung ihres Wunsches, ihn an sich zu fesseln, wußte er. Es war bestimmt nicht Liebe, was sie für ihn empfand. Und deshalb hatte er auch gar keine Gewissensbisse.

Wieder war Ralf eines Sonntags im Hause Mertens eingeladen, und diesmal war auch Egon anwesend, der für einen Sonntag nach Hause gekommen war, um zu versuchen, irgend jemanden um Geld zu bitten, da er sich in einer besonders quälenden Geldklemme befand.

Um Ralf Bernds Besuche zu motivieren, zog sich Mertens nach Tisch immer mit ihm auf ein Stündchen in sein Arbeitszimmer zurück. Er benutzte die Zeit zumeist, um Ralf auszuforschen über das, was Hans inzwischen angestellt hatte. Ralf gab immer die Berichte, die ihm gut erschienen zur Erreichung seines Zieles. So sagte er an diesem Sonntag:

»Leider will mir scheinen, als stehe mir Herr Hans in letzter Zeit ein wenig mißtrauisch gegenüber. Ich weiß, daß er schon einige Male in die Stadt gefahren ist, ohne mit mir darüber zu sprechen. Das Auto wartet zwar immer an der bestimmten Stelle, aber ich weiß, daß er dem Chauffeur befohlen hat, mir nichts davon zu sagen. Dieser hat es mir aber doch berichtet, weil ich ihm doch gewissermaßen den guten Verdienst vermittelt habe. So weiß ich trotzdem immer, wenn er wieder eine Nacht ausfliegt, und ebenso, daß er diese vor mir verheimlichten Nächte in besonders lockerer Gesellschaft verbringt. Ich wollte mir nun von Ihnen Anweisungen holen, Herr Direktor, ob ich ihm auf irgendeine Art begreiflich machen soll, daß diese Ausflüge besonders gefährlich für ihn sind. Er könnte doch dabei einmal sehr unliebsame Erfahrungen machen.«

In Mertens Augen lag der unheimliche, hinterhältige Ausdruck. Er überlegte eine Weile, dann sagte er:

»Nein, nein, lassen Sie ihn nur, lieber Herr Doktor. Jugend muß austoben, und man tut nicht gut, so etwas zu unterbinden.«

»Nun, ganz offen, ich war etwas unsicher geworden. Herr Hans hat mir kürzlich gesagt, daß Sie ihm schwere Vorwürfe machen wegen seiner Bummelei; folglich nahm ich an, daß sie Ihnen doch jetzt unerwünscht geworden sind.«

Mit einem listigen Lächeln hob Mertens die Hand.

»Wo denken Sie hin? Wenn ich ihm zuweilen Vorwürfe mache, geschieht das nur, um ihn fühlen zu lassen, daß er mir keinen Sand in die Augen streuen kann. Und dann – verbotene Früchte schmecken am besten –, wenn es ihm nicht ein bißchen schwer gemacht wird, verliert die Sache ihren Reiz.«

Damit hatte sich Mertens wieder einmal ein wenig in die Karten gucken lassen.

»Ah, nun verstehe ich, Herr Direktor, Sie wollen durch Ihre

Vorwürfe diese Ausflüge nur begehrenswerter und schmackhafter machen?«

Mertens vergaß seine Vorsicht und lachte mit.

»Sie haben es richtig erfaßt, mein lieber Herr Doktor, lassen Sie ihn nur ruhig austoben, bis er selbst genug hat. Und verscherzen Sie sich sein Vertrauen nicht, damit ich immer von allem unterrichtet bleibe. Wie schon oft gesagt, es soll Ihr Schaden nicht sein. Aber, Sie haben mir noch immer nicht gesagt, was für Auslagen Sie in dieser Angelegenheit gehabt haben. Was hat denn mein Herr Neffe in all dieser Zeit verputzt?«

»Das hat ja keine Eile, Herr Direktor, ich habe es noch nicht zusammengerechnet. Für einen unmündigen jungen Mann ist es ja ziemlich viel, aber für den künftigen Chef der Rodenberg-Werke eine Bagatelle. Ich werde Ihnen zur Zeit schon die Rechnung vorlegen. Am liebsten würde ich Sie ja gar nicht damit belasten, es macht mir doch Freude, Ihnen dienen zu können.«

Mertens schlug Ralf listig lächelnd auf das Knie und hob dann neckisch drohend den Finger.

»Nun ja, ich weiß, Sie denken, es bleibt gewissermaßen in der Familie«, sagte er.

Das war eine sehr deutliche Anspielung, so deutlich, daß Ralf das Blut in die Stirn schoß. Er vermochte nicht zu antworten und war so verlegen, daß er Mertens nicht ansehen konnte. Das erschien diesem als Einverständnis, er legte vertraulich die Hand auf seinen Arm und sagte mit seinem öligen Biedermannston:

»Na, lassen Sie es nur gut sein, wenn ich hier erst alle Macht in Händen habe, werden Sie merken, wie wohl ich Ihnen gesinnt bin. Aber um nochmals auf meinen Neffen zu kommen, Sie meinen also, er mißtraut Ihnen in letzter Zeit?«

»Es will mir scheinen, als sei er nicht mehr so offen zu mir wie früher. Vielleicht ahnt er, daß ich Ihnen von seinen nächtlichen Ausflügen berichte.«

»Ah, das könnte sein, da müssen wir sorgen, daß er sein Vertrauen wiederfindet, es darf auf keinen Fall geschehen, daß er Ihnen mißtraut. Ich werde gelegentlich fallenlassen, daß ich von anderer Seite unterrichtet worden bin, er wird ja in der Stadt von vielen Menschen gesehen worden sein.«

»Ja, bitte, tun Sie das, Herr Direktor, denn wenn ich Ihnen weiter wie bisher dienen soll, muß ich sein Vertrauen behalten.«

»Verlassen Sie sich darauf, das wird geregelt, vielleicht morgen schon. Und lassen Sie ihn ruhig allein in die Stadt fahren, es ist ja eine Erleichterung für Sie, wenn Sie nicht immer dabei sein müssen. Sie sagen, der Chauffeur teilt Ihnen jedesmal mit, wenn er ohne Ihr Wissen bestellt ist?«

Es lag bei dieser Frage ein so lauernder Blick in Mertens Augen, daß Ralf sofort merkte, daß er dabei einen Hintergedanken hatte. Irgend etwas mußte wieder in Mertens vorgehen.

»Ganz gewiß, ich erfahre es jedesmal.«

Das unheimliche Glimmen in Mertens Augen gab Ralf zu denken.

»Nun, Sie müssen es mich auch immer wissen lassen, wenn er allein nach der Stadt fährt, es — es interessiert mich selbstverständlich.«

»Sie werden es jedesmal von mir hören, Herr Direktor.«

So sagte Ralf scheinbar diensteifrig, aber dabei dachte er: Zum Teufel, mir scheint, er hat wieder etwas vor, da heißt es aufpassen.

Während die beiden Herren im Arbeitszimmer zusammensaßen, befand sich Egon mit seiner Schwester im Salon. Sie rauchten beide Zigaretten und starrten gelangweilt vor sich hin. Aber dann fragte Egon:

»Was hat denn Papa plötzlich für eine Vorliebe für diesen Doktor Bernd? Ich kann den Kerl nicht leiden, er ist so schauderhaft vortrefflich.«

»Du wirst dich aber trotzdem mit dem Gedanken vertraut machen müssen, daß er dir einmal sehr nahetreten wird«, erwiderte Jolante ruhig.

»Nanu, wieso denn?«

»Weil ich ihn zu heiraten gedenke.«

»Mach' noch so 'nen Witz, Jo«, sagte er verblüfft.

»Es ist kein Witz!«

»Also fürchterlicher Ernst?«

»Jawohl!«

»Na, weißt du, das hättest du mir schonender beibringen können, das ist ja verheerend. Du hättest mir einen Schwager aussuchen können, der mir sympathischer wäre.«

Jolante sah dem Rauch ihrer Zigarette nach.

»Wirst du mal bei der Wahl deiner Gattin Rücksicht darauf nehmen, ob sie mir sympathisch ist?«

Er lachte.

»Da brauchst du keine Angst zu haben, wer wird denn so unmodern sein, zu heiraten.«

Sie zuckte die Achseln.

»Ihr Männer habt es eben unverdient gut. Aber so um die Fünfzig rum bekommt ihr dann doch Sehnsucht nach einer Lebensgefährtin, die euch pflegen kann. Setzt die euch dann Hörner auf, klagt ihr zwar die Welt an, aber das ist dann doch nur ausgleichende Gerechtigkeit.«

»Na, damit hat es gottlob noch lange Zeit! Aber sag', ist es wirklich dein Ernst, gerade diesen unausstehlichen, vortrefflichen Doktor Bernd willst du heiraten?«

»Ja! Gegensätze ziehen sich eben an.«

»Wann soll denn die Chose platzen?«

Sie seufzte.

»Das Trauerjahr um Großvater muß doch erst zu Ende sein.«

»Dann habe ich also noch Zeit, meine Aversion zu besiegen und zu versuchen, mich an den Gedanken zu gewöhnen.«

»Tue das, Egon, ich verspreche dir im gleichen Falle jede Rücksichtnahme.«

»Darauf verzichte ich, aber vielleicht könntest du mir mit etwas Geld aushelfen?«

»Aber Egon, was machst du nur mit dem vielen Geld?«

»Vielem Geld? Daß ich nicht lache. Papa hält mich scheußlich knapp, unter uns, er ist ein Knauser, unser Erzeuger, denn Mama hält er auch so knapp, deshalb kann sie mir nicht so helfen, wie sie möchte. Und deshalb bin ich ewig in Not.«

»Ich leider aus demselben Grunde auch. Weißt du, ich beneide Eva Maria, weil sie über ihr Erbe schon verfügen kann.«

»Und ich beneide Hans!«

»Ach du, der ist nicht gerade zu beneiden, den hält Papa noch knapper als uns, dank seiner Macht als Vormund. Ich kann dir sagen, der hat nichts zu lachen. Papa ist einfach schauderhaft zu ihm. Er könnte mir fast leid tun.«

»Das ist ausgleichende Gerechtigkeit, warum soll er in allen Dingen vom Schicksal bevorzugt sein. Später kann er ja mit dem Gelde nur so herumwerfen, während wir ewig von Papa abhängig werden. Eigentlich empörend, Mama, die doch im Grunde die Erbin ist und das Geld hat, muß sich von Papa die Groschen zuzählen lassen.«

Jolante zuckte die Achseln.

»Mama sieht eben leider Gottes in Papa immer noch ihr Ideal, und wir haben das Nachsehen.«

»Also du hast wirklich kein Geld, Jo?«

»Leider nicht, und wenn ich welches hätte, würdest du es bestimmt auch nicht bekommen. Du bekommst ohnedies viel mehr als ich.«

»Na, erlaube mal, was weißt du davon, was das Leben kostet, du sitzt hier zu Hause und brauchst keinen Pfennig.«

»Hast du eine Ahnung! Wenn ich mich hübsch und elegant kleiden will, muß ich mein ganzes Taschengeld mit opfern, denn was Mama mir auf Papas Veranlassung aussucht, ist einfach nicht zu tragen, da muß ich der Modistin immer heimlich zuzahlen. Du hast schon recht, Papa ist ein Knauser.«

»Wem sagst du das, es ist einfach verheerend. Da wird man überall beneidet, weil man der Enkel Georg Rodenbergs ist, und dabei muß man ewig krumm liegen, weil Papa nichts herausrückt und Mama nicht den Mut hat, etwas zu fordern, um ihren Kindern zu helfen. Ich weiß nicht, was ich machen soll, ich habe Schulden gemacht, die ich unbedingt bezahlen muß, und Mama erklärt, auch nichts zu haben. Papa aber läßt sich lieber ein Loch ins Knie bohren, ehe er außer der Zeit mit einer Spende herausrückt. Was meinst du, ob ich es mal bei Eva Maria versuche?«

Jolante lachte hell auf.

»Was die für ein Gesicht dazu machen würde, möchte ich wissen.«

»Nun, hoffentlich ein liebenswürdigeres als du. Sie ist im Grunde gar nicht so übel.«

»So versuche es doch!«

»Tue ich auch!«

Die Geschwister wurden gestört durch den Vater und Doktor Bernd, die in den Salon traten.

Egon bemühte sich, sich etwas besser mit Ralf Bernd zu stellen, und zwar, indem er ihm kolossal mit studentischen Erfahrungen zu imponieren suchte. Er tat sich viel auf das vornehme Korps zugute, dem er angehörte, und tat den akademischen Verein, dem

Ralf angehörte, wie etwas sehr Minderwertiges ab. Ralf lächelte nur darüber und sagte ruhig:

»Mir war immer das Studium die Hauptsache, Herr Mertens.«

Ekelhafter Streber, dachte Egon im stillen und sah Jolante an, als wollte er ihr zu verstehen geben: Du hast dir ja was Nettes ausgesucht. Er wunderte sich nur, daß sein Vater Ralf Bernd so sehr auszeichnete und ihm so deutlich sein Wohlwollen bekundete. Als er später wieder eine Weile mit Jolante allein war, fragte er sie:

»Sag mal, weiß Papa, daß du dir diesen Doktor Bernd als Ehegemahl erkoren hast?«

Jo nickte überlegen.

»Selbstverständlich habe ich ihn nicht im unklaren darüber gelassen.«

»Dann wundert mich nur, daß er so liebenswürdig zu ihm ist.«

»Oh, bitte, er hält meine Wahl für eine sehr zufriedenstellende, er schätzt Doktor Bernd sehr hoch und nennt ihn einen genialen Ingenieur. Er ist ja auch, so jung er noch ist, schon Oberingenieur und hat eine bedeutende Erfindung gemacht.«

»Hm, soviel ich weiß, war Papa von dieser Erfindung gar nicht besonders entzückt.«

»Zuerst nicht, aber dann hat er doch eingesehen, wie großartig sie ist, sie ist ja auch auf allen Gruben zur Ausführung gekommen und hat sich glänzend bewährt.«

»Na meinetwegen, ich gönne dir diese Leuchte zum Gemahl, wenn er mir auch vorläufig noch etwas auf die Nerven fällt.«

Jolante schnippte mit den Fingern, als wolle sie andeuten, daß ihr das sehr gleichgültig sei. Sie war selber schlechter Laune, weil sich heute absolut keine Gelegenheit zu einem Alleinsein mit Ralf finden wollte. Dieser verabschiedete sich sehr bald. Frau Melanie, die sich wegen eines Migräneanfalls nach Tisch zurückgezogen hatte und nun erholt wieder erschien, bat ihn, doch noch zum Tee zu bleiben, aber er gab vor, noch eine Verabredung zu haben. Jolante sah ihn vorwurfsvoll an.

»Sie wollen schon fort und haben kaum zehn Worte mit mir gewechselt, Herr Doktor.«

»Das bedaure ich sehr, mein gnädiges Fräulein, aber ich habe eine Verabredung mit Doktor Diehl, den ich in der Stadt treffen will, und muß vorher noch in meine Wohnung.«

»Gut, ich werde Sie noch ein Stück durch den Wald begleiten. Egon, kommst du mit?«

Egon hatte keine Lust und wußte sehr wohl, daß seine Schwester eine Absage erwartete.

»Tut mir leid, Jo, aber ich will noch nach Villa Rodenberg hinüber und Eva Maria einen Besuch machen – du weißt doch!«

Sie nickte ihm verständnisinnig zu.

»Dann grüße Eva Maria! Kommen Sie, Herr Doktor, dann gehen wir eben allein.«

Das war Ralf durchaus nicht angenehm, er hatte guten Grund, solche einsame Spaziergänge mit Jolante zu fürchten. Brennend beneidete er Egon, der Eva Maria sehen durfte. Aber er verbeugte sich mit tadellosem Anstand.

Frau Melanie sah ihn unsicher, wie für ihre Tochter um Vergebung flehend, an, sie fand Jolantes Art, sich ein Alleinsein mit Doktor Bernd zu verschaffen nach wie vor unpassend. Mertens aber nickte Ralf verständnisinnig zu, als wollte er sagen: Nur Mut, meinen Segen haben Sie, junger Mann.

Jolante kam aber auch heute nicht weiter mit Ralf Bernd, obwohl sie ihn in allerlei verfängliche Situationen brachte. Sie glitt einmal aus, so daß er sie stützen mußte, blieb dann mit dem Haar an einem Zweige hängen, da sie zu ihrem Pelz keinen Hut trug, so daß er sie befreien mußte und flüchtete schließlich aufschreiend in seine Arme, als etwas in den Tannen raschelte. Es nutzte aber alles nichts, Doktor Bernd half ihr seelenruhig aus all diesen Situationen, ohne die Grenzen der Korrektheit zu überschreiten. Jolante ärgerte sich teils darüber, teils imponierte es ihr.

Er will erst seiner Sache ganz sicher sein, ehe er sich eine Blöße gibt, dachte sie.

Ralf Bernd aber war sehr froh, als er sich endlich von Jolante verabschieden konnte. Er suchte zunächst seine Wohnung auf und ruhte sich von den Strapazen des Nachmittags aus. Die Verabredung mit Doktor Diehl war nur ein Vorwand gewesen, um fort zu kommen, denn diese sonntäglichen Besuche in Villa Melanie waren ihm eine Qual, die er nur Hans Dornau zuliebe auf sich nahm.

Während er auf dem Diwan lag, flogen seine Gedanken sehnsüchtig zu der Villa Rodenberg hinüber. Er wünschte sich an

Egons Stelle. Der konnte, sooft er wollte, dorthin gehen und Eva Maria sehen. Wie lange war es her, daß er sie nicht gesehen hatte. Er rechnete es aus, und es erschien ihm sehr lange.

Aber dann dachte er wieder an Arthur Mertens, an das unheimliche Aufglühen seiner Augen, als er ihm davon gesprochen hatte, daß Hans zuweilen allein nach der Stadt führe. Irgendein teuflischer Gedanke war dabei in Mertens schwarzer Seele aufgewacht, das erschien ihm sicher. Und eine unklare Angst und Sorge um Hans beschlich ihn. Jedenfalls mußte er seine Wachsamkeit verdoppeln. Und ganz gewiß würde er dafür sorgen, daß Hans auf gar keinen Fall allein zur Stadt fuhr. Um Direktor Mertens ganz sicher zu machen, war Ralf einige Male wirklich mit Hans in die Stadt gefahren und hatte sich in verschiedenen Lokalen mit ihm gezeigt, so recht auffällig, damit Mertens, wenn er Nachforschungen anstellte, erfuhr, daß sein Neffe gesehen worden sei. War Hans Dornau doch als Erbe der Rodenberg-Werke allgemein bekannt. Sie waren aber immer nach kurzer Zeit wieder heimgekehrt, hatten höchstens ein Theater oder ein Konzert besucht. Zweimal war Hans auch allein in die Stadt gefahren, hatte dabei die Vorhänge von den Wagenfenstern zurückgeschlagen und den Wagen erhellt. Beide Male war ihm der Diener Fritz so nahe auf den Fersen gewesen, daß er das hatte riskieren müssen, um ihn zu überzeugen. Und Fritz hatte befriedigt konstatieren können, daß Herr Hans in dem erleuchteten Wagen saß.

So hatten sie alle Vorsichtsmaßregeln getroffen, um keinen Verdacht in Arthur Mertens aufkommen zu lassen. Und am nächsten Mittwoch war Hans abermals in die Stadt gefahren und hatte dort das Theater besuchen wollen. Aber nun Ralf Bernd das unheimliche Glimmen in Mertens Augen gesehen hatte, stand es fest für ihn, daß Hans nicht wieder allein den Abend außerhalb verbringen würde. Ralf fühlte instinktiv, daß Mertens die Geduld ausging. Es dauerte ihm anscheinend zu lange, bis Hans sich bei seinen nächtlichen Ausschweifungen ruinierte; sicherlich plante er deshalb eine neue Teufelei. Da hieß es aufpassen.

XII

Egon hatte seinen Entschluß ausgeführt und war zur Villa Rodenberg hinübergegangen. Zu seinem Leidwesen traf er Eva Maria nicht allein an, sie saß mit Hans zusammen im Wohnzimmer. Er ließ sich seine Enttäuschung nicht anmerken und begrüßte die Geschwister besonders freundlich.

»Obwohl ich nur knapp zwei Tage zu Hause bin, will ich doch nicht versäumen, euch meinen Besuch zu machen und mich vor allem nach deinem Befinden erkundigen, Eva Maria.«

Diese reichte ihm freundlich die Hand.

»Das ist sehr lieb von dir, Egon. Es geht mir gut. Bitte, nimm Platz. Willst du mit uns zu Abend essen?«

Unschlüssig sah Egon zu Hans hinüber, der ihn nicht gerade sehr freundlich begrüßte.

»Ich weiß nicht, ob ich euch nicht ungelegen komme.«

»Ganz gewiß nicht! Hans und ich sind allein und freuen uns, wenn wir Gesellschaft bekommen.«

»Hans sieht aber nicht eben sehr erfreut aus«, sagte Egon in einem Ton, der gegen seine sonstige, überhebliche Art abstach.

Hans sah ihn mit großen Augen an.

»Wundert dich das so sehr, Egon? Ich weiß doch genau, wie wenig freundschaftlich du mir gegenüberstehst. Außer Tante Melanie empfindet kein Mensch bei euch sehr freundlich für uns. Wie sollen wir da anders für euch empfinden?«

Eva Maria sah bittend zu dem Bruder auf.

»Laß das doch, Hans, wir wollen uns freuen, daß Egon den Weg zu uns gefunden hat.«

Hans lachte kurz auf.

»Nun gut, ich freue mich – und – wenn du ohne Hintergedanken kommst, sollst du uns willkommen sein, schon weil du Tante Melanies Sohn bist.«

Egon nahm Platz, er sah ein wenig verlegen aus, und das war bei ihm sehr auffallend.

»Ohne Hintergedanken? Wie meinst du das, Hans?«

»Ich meine, wenn dich wirklich verwandtschaftliche Gefühle zu uns führen.«

Eva Maria suchte zu vermitteln und einen wärmeren Ton anzuschlagen.

»Wie gefällt es dir auf der Universität, Egon?«

»Ganz gut würde es mir gefallen, wenn das Leben nicht so entsetzlich teuer wäre.«

»Das kann dich doch nicht bekümmern«, warf Hans ein.

»Hast du eine Ahnung, Hans. Ich habe schreckliche Sorgen, wie ich in dem teuren Korps mit meinem jämmerlichen Wechsel auskommen soll. Mein alter Herr hält mich elend knapp, und ich komme aus Geldschwierigkeiten eigentlich nicht mehr heraus.«

Dabei sah Egon so erbarmungswürdig aus, daß Eva Maria plötzlich erkannte, daß die Kinder Arthur Mertens' im Grunde sehr zu bedauern seien. Aber Hans sagte ungerührt:

»Nun, wie ich Tante Melanie kenne, wird sie das großzügig ausgleichen.«

»Ach du lieber Gott, Mama wird von Papa im Verhältnis noch knapper gehalten als Jo und ich, sie kann kaum etwas erübrigen.«

Hans warf den Kopf zurück.

»Warum laßt ihr euch das gefallen? Ihr seid doch Großvaters Erben, deine Mutter in erster Linie und nach ihr Jo und du. Euer Vater hat doch absolut kein Anrecht darauf. Er bezieht sein Gehalt als kaufmännischer Direktor, das wahrlich hoch genug ist. Aber über euer Vermögen hat er doch im Grunde gar nicht zu verfügen, das ist allein Tante Melanies Recht.«

Egon verzog mit bitterem Lächeln den Mund.

»Du bist doch der Erbe von den Rodenberg-Werken, also ein notorisch reicher Mann — wirst du es fertigbringen, Papa zu veranlassen, dir mehr auszuzahlen, als er freiwillig geben will?«

»Nein; weil er leider Gottes mein Vormund ist«, entfuhr es Hans.

Egon lachte.

»Siehst du! Du bezweifelst doch nicht, daß wir, Mama, Jo und ich, auch unter seiner Vormundschaft stehen? Da geht es uns nicht besser als dir. Die einzige, die ihre Bewegungsfreiheit hat, ist Eva Maria, weil sie mündig ist und schon jetzt über ihr Vermögen verfügen kann.«

»Aber auch nur in beschränktem Maße, Egon, alle meine Ausgaben stehen gewissermaßen unter der Kontrolle deines Vaters. Das wird erst anders, wenn ich mich eines Tages verheirate.«

Egon fuhr sich verzweifelt über die Stirn.

»O weh, das habe ich nicht gewußt, Jo sagt doch, daß du mit deinem Gelde machen kannst, was du willst.«

»Doch nicht ganz. Freilich kann dein Vater mir nicht verwehren, Geld auszugeben, aber er erfährt immer, wofür ich es ausgegeben habe, weil ich ihm die Rechnungen vorlegen muß. Aber – warum bekümmert das dich?«

»Das möchte ich dir unter vier Augen sagen, Eva Maria. Kannst du uns nicht eine Viertelstunde allein lassen, Hans?«

Dieser erhob sich mit einem spöttischen Lächeln.

»Nun, Egon, das merkt ja schon ein Blinder, was du auf dem Herzen hast. Aber ich werde dir den Gefallen tun und verschwinden, bis wir zu Tisch gehen. Eva Maria, du kannst mich, bitte, rufen lassen, wenn Egon dir sein süßes Geheimnis anvertraut hat.«

Und lachend verließ er das Zimmer. Egon sah unsicher zu Eva Maria hinüber.

»Du siehst heute entzückend aus, Eva Maria, im Gegenteil zu Jo kleidet dich Schwarz ganz vorzüglich.«

Eva Maria lachte ein wenig.

»Die Welt fällt ein, du machst mir Komplimente, Egon? Aber deshalb wünschtest du doch sicher nicht eine Unterredung unter vier Augen mit mir?«

Egon seufzte.

»Ach, Eva Maria!«

»Was hast du denn auf dem Herzen, Egon?« fragte sie etwas beklommen.

»Na, weißt du, Eva Maria, scharfsichtig bist du nicht gerade. Hans hat es wohl längst erraten, wo mich der Schuh drückt. Also kurz und gut, ich brauche Geld, so etwa zweitausend Mark, wenn es nicht mehr sein kann. Würdest du mir das leihen können?«

Erschrocken sah ihn Eva Maria an. Sie dachte daran, daß sie bei Ralf Bernd Schulden hatte wegen des Inserates, und daß sie dies Geld sehr bald von Onkel Arthur würde fordern müssen.

»Zweitausend Mark – ach, Egon, so viel besitze ich momentan nicht. Ich habe noch etwas für laufende Toilettenausgaben, aber das würde nicht reichen. Ich müßte es von deinem Vater fordern und ihm dann sagen, wozu ich es brauche.«

Wieder seufzte Egon tief auf.

»Das darf natürlich nicht sein, das gäbe eine Katastrophe. Und zu diesem Zweck würde dir Papa das Geld ganz bestimmt nicht geben. Wieviel besitzest du denn momentan?«

»Etwa sechshundert Mark.«

»Das ist freilich nicht viel, wenn man zweitausend Mark braucht. Mehr hast du nicht?«

»Nein, und außerdem habe ich eine große Zahlung vor, zu der ich sicherlich nicht die Billigung deines Vaters finde, wenn er mir auch das Geld nicht verweigern kann.«

»Aha, ich verstehe, du willst Hans Geld verschaffen.«

»Nein, gewiß nicht. Wozu sollte Hans Geld brauchen?«

»Nun, seine nächtlichen Ausflüge, von denen ich hörte, müssen doch eine Menge Geld kosten, und Vater bewilligt ihm das gewiß nicht.«

»Du irrst, Hans hat nie einen Pfennig von mir verlangt, er kommt gut mit seinem Taschengeld aus, das ihm Onkel bewilligt.«

Egon lächelte ironisch.

»Dies Kunststück möchte ich fertigbringen. Hans macht doch wilde Sachen, die viel Geld kosten. Aber freilich, dem Erben von Rodenberg stehen sicher genügend Geldquellen zur Verfügung, ihm wird man überall leihen, so viel er will.«

Eva Maria hätte sich fast verraten. Sie wollte sagen: Du irrst, Hans macht keine wilden Sachen, wie du es nennst. Aber sie schwieg und sagte dann nur:

»Ich kann dir mein Wort geben, daß Hans nie Geld von mir für solche Dinge verlangt, und dafür würde ich ihm auch bestimmt nichts geben.«

»Also, du kannst mir wirklich nicht helfen, ohne daß Papa davon erfährt?«

»So leid es mir tut, nein. Alles, was ich dir geben könnte, wären die sechshundert Mark, die ich noch besitze — wenn dir damit gedient ist.«

Er sprang auf.

»So gib mir wenigstens das, Eva Maria, ich will sehen, ob mir Mama das übrige nicht beschaffen kann.«

Und Egon war froh, daß er zweitausend Mark verlangt hatte, sonst hätte er, wie er meinte, sicher noch weniger bekommen. In Wahrheit hatte er nur eintausend Mark Schulden, er hatte nur für den nächsten Monat vorsorgen wollen. Nun hatte er wenigstens sechshundert Mark, vierhundert mußte Mama unbedingt noch schaffen.

Eva Maria ging in ihr Zimmer und holte das Geld. Mit einem Lächeln überreichte sie ihm die Summe, und Egon hatte es nun mit einmal sehr eilig, wieder fortzukommen. Er verabschiedete sich unter dem Vorwand, daß er lieber zum Abendessen zu Hause sein wolle, um den Vater bei guter Laune zu erhalten. Die Rückkehr von Hans wartete er gar nicht ab, wahrscheinlich war es ihm doch unangenehm, von diesem durchschaut worden zu sein.

Als Eva Maria wieder allein war, ließ sie Hans rufen. Erstaunt sah dieser sich im Zimmer um, als er wieder eintrat.

»Nun, wo ist denn unser teurer Vetter Egon geblieben?«

»Er ist wieder heimgegangen.«

»Und – um wieviel hat er dich erleichtert?«

Eva Maria lachte gutmütig.

»Leider hatte ich nur sechshundert Mark, und zweitausend brauchte er.«

»Sag' doch nicht leider, Eva Maria, das Geld wirst du ohnedies in den Schornstein schreiben müssen.«

»Das wußte ich vorher, wie soll er es auch schaffen, wenn sein Vater ihn so knapp hält.«

Hans umarmte und küßte seine Schwester.

»Du bist sehr großmütig, Eva Maria, Egon hat das wahrlich nicht verdient.«

»Laß nur, Hans, schließlich versöhnt man mit so kleinen Opfern das neidische Geschick.«

»Nun – ich an seiner Stelle wäre lieber gestorben, als mir von einer Dame Geld geben zu lassen. Aber da hört bei ihm die Großartigkeit auf. Es wird nicht lange dauern, dann wird er wieder eine Anleihe bei dir machen.«

»Er weiß ja nun, daß es sich nicht lohnt, da sein Vater von größeren Summen erfahren müßte. Er muß schon arg in der Klemme sein, sonst wäre er sicherlich nicht zu mir gekommen.«

»Oh, unser Geld anzunehmen, ist er nicht zu stolz, so verhaßt sind wir ihm doch noch nicht. Er ist ja seines Vaters Sohn«, sagte Hans bitter.

Sie strich mit einer mütterlich liebevollen Gebärde das Haar aus seiner Stirn.

»Deshalb ist er doch zu bedauern, nicht wahr, Hans?«

Er fing ihre Hand ein und küßte sie.

»Du bist ein bewundernswert guter Mensch, Eva Maria.«

»Und jetzt laß uns zu Tisch gehen, Hans.«

Er reichte ihr den Arm und führte sie in das vornehm ausgestattete Speisezimmer, wo der kleine runde Tisch für sie gedeckt war, und der alte Hermann und Fritz bereitstanden. Eva Maria entließ die beiden Diener, sobald sie aufgetragen hatten, und Hermann wußte, daß er nun ein wachsames Auge auf Fritz haben mußte, damit dieser nicht lauschen konnte. Hans sah seine Schwester an und sagte:

»Weißt du, Eva Maria, es ist eigentlich dumm von uns, daß wir immer so allein essen. An den Sonntagen, wenn ich nicht auf den Werken bin, merke ich doch, wie einsam es jetzt um uns ist.«

»Du hast wenigstens in der Woche Anregung und Ablenkung im Betrieb, aber ich bin dann ganz allein. Ich komme jetzt in der Trauerzeit fast mit keinem Menschen zusammen. Tante Melanie läßt sich sehr selten sehen, und Jo, auf deren Gesellschaft ich freilich nicht viel Wert lege, auch nicht.«

»Ganz recht. Und deshalb könnten wir uns doch zuweilen einen Gast einladen, zum Beispiel Doktor Bernd, der ein vorzüglicher Gesellschafter ist. Würdest du ihn nicht zuweilen gerne bei uns sehen?«

Sie errötete zu ihres Bruders heimlichem Vergnügen, sagte aber tapfer:

»Selbstverständlich, Hans, wenn er kommen möchte.«

»Daran zweifle ich nicht – ganz bestimmt nicht!« neckte er.

Sie errötete noch mehr.

»Aber, wird das gehen, Hans? Wenn Onkel dann Verdacht schöpfte, wegen deiner Beziehungen zu Doktor Bernd?«

»Das würde sich schon irgendwie arrangieren lassen. Wenn es dir recht ist, können wir schon morgen abend mit ihm speisen. Wir können ja Fritz irgend etwas aufbinden, weshalb wir Doktor Bernd empfangen, damit er es Mertens in uns genehmer Form mitteilen kann. Ich werde das morgen mit Doktor Bernd besprechen. Nicht wahr, du gestattest, daß ich ihn einlade.«

»Gewiß, Hans, wir sind ihm doch so vielen Dank schuldig.«

»Ja, Eva Maria, mehr als wir je abtragen können.«

Am nächsten Vormittag, als Hans wieder im Büro Doktor Bernds arbeitete, sprach sich Ralf darüber aus, daß er das unheimliche Gefühl habe, als plane Mertens wieder irgend etwas gegen Hans Dornau. Er berichtete ihm von dem Inhalt seines Gespräches mit Mertens und wie er zu seinem neuerlichen Verdacht gekommen sei. Hans wurde ein wenig blaß.

»Es ist ein sehr unbehagliches Gefühl, Herr Doktor, wenn man fühlt, daß einem nach dem Leben getrachtet wird. Daß Mertens das tut, darüber besteht bei mir kaum noch ein Zweifel, und ich bin fest davon überzeugt, daß ich längst nicht mehr am Leben wäre, wenn Mertens mich in einer für sich ungefährlichen Weise hätte beseitigen können. Wenn ich an das unheimliche Glitzern hinter seinen Brillengläsern denke, überläuft es mich jedesmal ganz kalt. Vielleicht hat er gestern, als Sie ihm von meiner Fahrt in die Stadt ohne Ihre Begleitung erzählten, an einen netten kleinen Autounfall gedacht.«

»Woran er gedacht hat, weiß ich nicht, aber etwas Gutes war es jedenfalls nicht. Sie dürfen keinesfalls jetzt wieder in die Stadt fahren zu einer Zeit, in der er Sie unterwegs wüßte. Beunruhigen Sie sich aber nicht zu sehr, wir wissen jedenfalls, daß Mertens nichts gegen Sie unternehmen wird, wobei er als Täter in Frage kommen könnte, und das ist immerhin eine gewisse Sicherheit für Sie. Beunruhigen Sie auch bitte Ihr Fräulein Schwester nicht damit und überlassen Sie alles andere mir, ich werde über Sie wachen wie bisher. Nur das präge ich Ihnen nochmals ein, seien Sie auf der Hut bei allem, was Sie auf den Werken tun, wenn Sie nicht bei mir sind, vor allem aber, wenn Sie Ihren Onkel in Ihrer Nähe wissen. Ein Alleinsein mit ihm vermeiden Sie um jeden Preis. Ich fühle, daß Ihnen nur dann ein Unglück droht, wenn es auf einen Zufall hinauszuführen wäre.«

Hans nickte.

»Selbstverständlich, Mertens wird sich hüten, etwas gegen mich zu unternehmen, was ihn in einen Mordverdacht bringen könnte. Aber ich kann wohl sagen, ich wünschte dringend, daß er endlich unschädlich gemacht werden könnte. Doch nun wollen wir von anderen Dingen reden, Herr Doktor, meine Schwester läßt Sie bitten, mir mitzuteilen, was Sie für die Inserate ausgelegt haben. Wir haben das Inserat heute morgen in einer Berliner Zeitung gelesen.«

»Ja, es hat eine ganze Weile gedauert, bis ich alles in die Wege leiten konnte. Es mußte jedenfalls vermieden werden, daß Direktor Mertens irgendwie herausbekam, daß ich meine Hand im Spiele habe.«

»Und wie haben Sie es nun arrangiert?«

»Ich habe einen Freund von mir, der als Rechtsanwalt in Frankfurt lebt, brieflich gebeten, die Angelegenheit zu ordnen. Forscht nun Direktor Mertens bei der Inseratenfirma danach, wer das Inserat aufgegeben hat, was leicht möglich ist, dann bekommt er den Bescheid, daß es der Rechtsanwalt Doktor Corell in Frankfurt getan hat. Befragt aber Direktor Mertens Sie oder Ihr Fräulein Schwester, wen Sie damit beauftragt haben, das Inserat in die Zeitungen zu lancieren, so erwidern Sie, daß Sie Doktor Corell die nötige Weisung gegeben haben. Sie haben zufällig den Namen dieses Rechtsanwaltes in einer Zeitung gefunden und sich an ihn gewandt. In derselben Weise ist auch mein Freund Corell instruiert, falls Ihr Herr Onkel dort anfragen sollte. Mein Name wird ganz aus dem Spiel bleiben, weil das so sein muß.«

Hans drückte ihm die Hand.

»Das haben Sie famos gemacht. Und unsere Schuld Ihnen gegenüber wird immer größer. Wenn ich nicht die Hoffnung hätte, daß wir Ihnen einmal nicht nur durch Worte, sondern durch Taten unsere Dankbarkeit beweisen können, dann würde ich mich noch viel bedrückter fühlen.«

»Das sollen Sie nicht. Ich freue mich aufrichtig, Ihnen helfen zu können. Und ich wünsche nur sehnlichst, daß ich Ihre Sache zu einem guten Ende führen kann, indem ich Direktor Mertens überführe.«

Hans seufzte tief auf.

»Wäre es nur erst so weit! Wenn Sie wüßten, wieviel Selbstbeherrschung ich brauche, Mertens gegenüber ruhig zu erscheinen.«

»Das kann ich mir sehr gut denken. Aber – es wird eine gute Schule für Sie sein, Herr Hans, und Sie werden ein ganzer Mann werden. Solche Kämpfe festigen den Charakter.«

Hans lächelte ein wenig.

»Aber auf eine etwas sehr anstrengende Art. Doch nun sagen Sie mir, was Sie verauslagt haben. Meine Schwester will, sobald die Sache mit Mertens zur Sprache kommt, sogleich die Summe erheben. Sie konnte das nicht eher tun, bis die Inserate erschienen waren, weil Mertens es sonst möglicherweise noch hintertrieben hätte.«

»Es eilt ja nicht, Herr Hans!«

»Aber meine Schwester drückt diese Schuld. Und mich, offengestanden, auch. Wir nehmen Sie schon ohnedies über Gebühr in Anspruch.«

Lächelnd nahm Ralf aus seiner Brieftasche eine Rechnung. Er reichte sie Hans.

»Es ist ein ziemlich teures Vergnügen, Herr Hans, aber immer noch nicht so teuer, wie ich angenommen hatte. Doktor Corell hat die Rechnung mit allen Details ausgestellt und sie ist von diesem auf meine Veranlassung beglichen worden. Ihr Fräulein Schwester kann die Summe gleich an Doktor Corell überweisen lassen, dieser wird sie dann wieder auf mein Bankkonto einzahlen. So ist es am einfachsten und auch am unverfänglichsten.«

Hans steckte die Rechnung zu sich.

»Nun müssen Sie aber meiner Schwester auch Gelegenheit geben, Ihnen ihren Dank abzustatten. Wie wäre es, wenn Sie heute abend mit uns speisten? Wir wären überhaupt sehr erfreut, wenn Sie uns zuweilen Gesellschaft leisten wollten.«

Das Verlangen, diese Einladung anzunehmen, leuchtete Ralf aus den Augen. Sehnte er sich doch danach, wieder einmal Eva Marias Gesellschaft zu genießen. Und gar einen ganzen Abend lang. Aber er riß sich zusammen.

»Direktor Mertens würde durch Fritz sofort erfahren, daß ich bei Ihnen war, ich darf es nicht darauf ankommen lassen, daß er merkt, daß wir irgendwie liiert sind.«

»Das hat mich auch lange genug abgehalten, Sie einmal zu uns zu bitten. Aber sollte sich nicht eine Ausrede finden lassen, die Mertens überzeugen würde, daß diese Besuche in seinem eigenen Interesse stattfinden würden? Denn auf einen einzigen Besuch wollen wir uns nicht beschränken. – Wenn Sie Mertens nun selbst Mitteilung machen würden, daß Sie Besuche in unserem Hause für ihn wichtig finden?«

Ralf dachte nach, dann klärte sich sein Gesicht auf.

»Ja, das ist gut! Ich werde ihm sagen, daß Sie mich eingeladen haben, und werde ihn selber fragen, ob ich diese Einladung annehmen soll. Es liegt ihm ja sehr viel daran, daß ich mir Ihr Vertrauen erringe. Ich sagte ihm gestern, mir schiene es, als seien Sie mir gegenüber etwas mißtrauisch geworden, wohl, weil er Ihnen Vorwürfe machte wegen Ihrer Ausflüge. Ich tat dies absichtlich, um ihn zu veranlassen, Sie mit diesen Vorwürfen zu verschonen.«

»Richtig, deshalb sagte er mir heute morgen, es sei ihm wieder durch einen Lokalinhaber in der Stadt zu Ohren gekommen, was ich für Streiche machte. Dieser sei sein Gewährsmann und hinterbringe ihm alles, weil mein Verhalten schon skandalös sei.«

Ralf nickte.

»Gut, gut, er wird nun glauben, daß Ihre Einladung eine Folge davon ist, daß Sie sich überzeugt haben, daß nicht ich ihm diese ›Berichte Ihres Lotterlebens‹ liefere.«

»Ich überlasse es Ihnen, ihn zu überzeugen. Sie werden ihm das schon plausibel machen. Und Fritz werden wir keine Gelegenheit geben, etwas zu berichten, was uns nicht genehm ist. Der gute alte Hermann wird ihn schon überwachen und ihn nur lauschen lassen, wenn wir es wünschen.«

»Das dürfte nötig sein. Noch sind wir nicht in der Lage, unsere Karten aufzudecken. Ich freue mich aufrichtig, zuweilen einen Abend in Ihrer und Ihrer Fräulein Schwester Gesellschaft verbringen zu dürfen. Werde ich ihr aber nicht ungelegen kommen?«

Es blitzte schalkhaft in Hans Dornaus Augen auf, aber er sah Ralf dabei nicht an.

»Sie hat mich doch beauftragt, Sie einzuladen, und wird sich nicht weniger freuen als ich. Bringen Sie nur Mertens auf irgendeine Art bei, daß Sie uns recht oft besuchen müssen. Wir führen ein sehr einsames Leben jetzt, vor allem meine Schwester, und ich gönne ihr eine so anregende Gesellschaft, wie die Ihre.«

Doktor Bernd machte es wirklich Direktor Mertens plausibel, daß es gut und nützlich für ihn sei, wenn er zuweilen einen Abend in Villa Rodenberg verbringe. Er suchte ihn in seinem Kontor auf und besprach zunächst etwas Geschäftliches mit ihm. Dann sagte er:

»Herr Hans hat mich vorhin gebeten, heute abend in die Villa Rodenberg zu kommen, um mit ihm und seiner Schwester zu

Abend zu essen. Ich staune um so mehr darüber, als er plötzlich wieder sehr zutraulich geworden ist.«

Mertens lächelte verschmitzt.

»Also war es doch nur der Verdacht, daß Sie mir seine Streiche berichtet haben, diesen Verdacht habe ich ihm heute morgen genommen, indem ich durchblicken ließ, daß ein Lokalinhaber aus der Stadt mir diese Berichte geliefert hat. Übrigens habe ich wirklich von dem Inhaber einer Bar erfahren, daß Hans dort war. Der Mann berichtete mir das freilich ganz harmlos.«

Ralf dachte, wie gut es gewesen war, einige Male mit Hans flüchtig durch derartige Lokale gegangen zu sein.

»Dann ist es verständlich, daß Herr Hans plötzlich wie umgewandelt ist. Er will mich anscheinend für seinen Verdacht dadurch entschädigen, daß er mir diese Einladung zuteil werden ließ. Ich war so überrascht, daß ich erst einmal zugesagt habe. Ich weiß aber nicht, ob es Ihren Wünschen entspricht, wenn ich wirklich zur Villa Rodenberg gehe. Lehne ich es ab, dann ist er vielleicht gekränkt.«

»Nein, nein, lehnen Sie nicht ab, gehen Sie ruhig hin«, rief Mertens hastig. »Es kann mir ja nur lieb sein, wenn Sie meinen Neffen möglichst unter Ihrem Einfluß halten. Schließlich – will ich ja nur sein Bestes.«

Das sagte er wieder mit seinem heuchlerischen Ton, hinter dem immer etwas anderes versteckt lag. Anscheinend war Mertens besonders vorsichtig, um Ralf nicht in seine Karten gucken zu lassen, weil ihm wohl nachträglich zum Bewußtsein gekommen war, daß er zuweilen etwas unvorsichtig gewesen war. Wenn er Ralf auch traute, so weit ein Schurke seinem Spießgesellen trauen mag, so fand er es doch für nötig, sich als sorgsamen liebevollen Onkel und Vormund aufzuspielen, weil er eben wieder besondere Pläne hegte.

Ralf verneigte sich.

»Ich danke Ihnen, nun weiß ich doch, daß ich in Ihrem Sinne handle, wenn ich zuweilen einen Abend in Villa Rodenberg verbringe. Ich möchte mir um keinen Preis Ihre Gunst verscherzen.«

Mertens schlug ihm jovial auf die Schulter.

»Keine Angst, ich weiß, daß Sie mich richtig verstehen, auch ohne daß ich viele Worte mache.«

»Ganz gewiß, Herr Direktor! Ich weiß ja, daß es im Grunde

eine schreiende Ungerechtigkeit ist, daß man diesen jungen Menschen zum Herrn eines solchen Unternehmens machen will, wo doch ein Mann wie Sie, der dazu prädestiniert ist, vorhanden war, und zumal Sie ja als Vertreter Ihrer Frau Gemahlin mindestens dasselbe Recht dazu hatten.«

Das war wieder ein Fühler, den Ralf ausstreckte, und Mertens ging ihm, trotzdem er noch eben etwaige Unvorsichtigkeiten hatte verwischen wollen, doch wieder glatt in die Falle. Er faßte mit festem Druck Ralfs Hand.

»Können Sie mir nachfühlen, wie mich das gekränkt hat? O ja, Sie können mich verstehen — und — in Ihnen hätte ich eine tüchtige Stütze. Sie könnten neben mir an erster Stelle stehen, wenn — nun — ich will vorläufig noch nicht an zarte Dinge rühren, die mit Geschäften verbunden werden sollen. Aber — was möglich ist, soll auch sonst geschehen, mein lieber Doktor. Dieser Knabe ist leider vollkommen unfähig, solch einem Riesenbetrieb vorzustehen, er wird nie dazu fähig sein. Das Herz dreht sich einem im Leibe herum, wenn man sich ausmalt, was unter solcher Leitung aus den Rodenberg-Werken werden würde.«

»Mein einziger Trost ist, daß im Grunde doch Sie an erster Stelle stehen werden — es darf nicht dazu kommen, daß Herr Hans wirklich Chef wird. Er wird immer nur so leicht in den Tag hineinleben. Kann man denn nicht irgendwie die Dinge korrigieren, Herr Direktor?«

Mertens drückte mit seiner fleischigen Hand den Arm Ralfs. Seine Augen glühten unheimlich hinter den gefärbten Brillengläsern. Es war als wolle er Ralf in dieser Stunde einen vollen Blick in sein Inneres tun lassen und dieser fieberte vor heimlicher Spannung. Schon glaubte er am Ziel zu sein, schon fühlte er, daß Mertens jetzt die letzte Hülle fallen lassen und ihm seine ganze schurkische Verbrecherseele enthüllen würde — aber da ließ plötzlich der Druck der fleischigen Hand nach, das Glühen der Augen verlor sich und machte dem alten biedermännischen Ausdruck Platz. Mit öliger Sanftheit sagte er, seine Erregung meisternd:

»Man muß Geduld haben.«

Das klang so seltsam falsch und hinterlistig, daß Ralf fühlte, er meinte ganz etwas anderes.

»Ja«, sagte auch er, »Geduld muß man haben.«

Und er sah Mertens dabei verständnisinnig an, meinte aber ganz etwas anderes damit, als Mertens glaubte.

Ralf verabschiedete sich dann. Mertens drückte ihm die Hand.

»Sie berichten mir morgen, wie der heutige Abend verlaufen ist, Herr Doktor.«

»Selbstverständlich, Herr Direktor, Sie erfahren alles von mir, was irgendwie von Interesse für Sie sein könnte.«

Als Ralf draußen war, bekam sein Gesicht einen völlig veränderten Ausdruck. Seine Zähne bissen sich fest aufeinander, und seine Züge verrieten angespannteste Energie. Er hatte instinktiv den verbrecherischen Vernichtungswillen gespürt, der gleich einem elektrischen Strom von Mertens ausstrahlte. Und der mußte unschädlich gemacht werden für Hans Dornau, koste es, was es wolle. Eva Marias Bruder durfte nicht das Opfer dieses Schurken werden, das stand fest. Diesem Ziel mußten jetzt alle seine Kräfte gewidmet werden.

Er ging langsam, in tiefes Nachdenken verloren, in sein Büro zurück. Hans war nicht anwesend. Vom Fenster seines Büros konnte Ralf das Portal des Direktionsgebäudes, in dem sich Mertens' Kontor befand, sehen. Durch dieses Portal mußte Mertens ein und aus gehen und schon oft war er von Ralf dabei beobachtet worden. Auch heute rückte er seine Arbeitstafel wieder so, daß er die Pforte im Auge behielt. Immer, wenn Hans nicht sicher und geborgen bei ihm weilte, beobachtete er sie besonders scharf. Und heute beherrschte ihn eine ganz besondere Unruhe, als sei ein Warnungssignal aufgerichtet worden mit dem Wort: Gefahr! Daran war wohl schuld, daß er heute den bösen Charakter Mertens' besonders scharf gespürt hatte.

Daß Hans in der großen Maschinenhalle zu tun hatte, wußte Ralf, und das war ein gefährliches Terrain. Solange er freilich Mertens drüben in seinem Kontor wußte, war Hans nicht in Gefahr. Also mußte er achtgeben, daß Mertens das Portal nicht passierte, solange Hans nicht wieder bei ihm war. Ralf hatte solche Stimmungen nicht zum ersten Male, fühlte er sich doch gewissermaßen verantwortlich für seinen Schützling.

Er wurde auch heute erst wieder ruhig, als Hans wieder bei ihm eintrat.

Er berichtete ihm von seiner Unterredung mit Mertens, verschwieg ihm aber seine eigenen, warnenden Empfindungen, um ihn nicht nervös zu machen. Denn es war keine Kleinigkeit für diesen jungen Menschen, sich unablässig bedroht zu fühlen. Und auch Ralf wünschte sehnlichst, es möge ihm gelingen, Mertens zu entlarven, damit die Nervenmarter aufhörte, die auch ihm immer stärker fühlbar wurde.

XIII

Am Nachmittag mußte Hans noch einmal zur Maschinenhalle hinüber, um dort einen Auftrag Ralf Bernds auszuführen. Er hatte eine Zeichnung fertig gemacht und Ralf hatte ihn belobt wegen der exakten Ausführung. Stolz leuchteten die Augen des Jünglings auf, aber seine Stirn rötete sich doch vor Verlegenheit über dieses Lob. Hastig verabschiedete er sich dann von Ralf, denn er wollte von der Maschinenhalle aus gleich nach Hause gehen.

»Also auf Wiedersehen bei uns, Herr Doktor«, sagte er.

»Auf Wiedersehen, Herr Hans, ich werde pünktlich eintreffen.«

Ralf sah vom Fenster aus eine Weile hinter Hans her und freute sich an der ranken, schlanken Gestalt mit der stolzen, freien Haltung und den kraftvoll elastischen Bewegungen. Dann trat er wieder an seine Zeichentafel heran, aber so, daß er das Portal drüben nicht aus den Augen verlor. Noch immer spürte er die Gefahr von heute morgen in ihm. Und plötzlich zuckte er zusammen, als er gerade wieder von seiner Arbeit aufblickte und Mertens aus dem Direktionsgebäude treten sah.

Mertens hatte von seinem Fenster aus Hans zur Maschinenhalle gehen sehen, und plötzlich hatte sich wiederum sein Verbrecherinstinkt geregt, der ihn so oft hinter Hans hertrieb und heute ganz besonders. Denn trotz seiner Worte: Geduld muß man haben, hatte er heute weniger denn je Geduld. Alles in ihm drängte, dies junge Leben zu vernichten, weil es sich zwischen ihn und die Erfüllung seiner Absichten drängte. Wie von einer unsichtbaren Macht getrieben, verließ er das Kontor, um Hans zu folgen.

Es lag etwas Schleichendes, Katzenartiges in seiner Haltung, und Ralf spürte, daß eine unheimliche Angst um Hans in ihm aufstieg. Das Warnzeichen »Gefahr« stand wieder ganz groß und deutlich vor seiner Seele.

Wie ein Raubtier, das auf Beute ausgeht, schlich Mertens dahin, und Ralf sah ihm besorgt nach, wie immer, wenn er Hans nicht in Sicherheit wußte. Noch unruhiger wurde er, als er bemerkte, daß Mertens langsam, sich immer wieder vorsichtig umsehend, ebenfalls der Maschinenhalle zustrebte.

Auch er fühlte sich plötzlich wie unter einem Zwange stehen; irgend etwas trieb ihn hinaus, hinter Mertens her, der jetzt in der Maschinenhalle verschwunden war. Mit fliegender Eile schritt auch Ralf auf diese zu und erreichte sie nur wenige Minuten später als Mertens. Ein betäubender Lärm herrschte hier. Große Dynamos arbeiteten. Hier war gewissermaßen das Herz der Rodenberg-Werke. Tausend Geräusche schwirrten durcheinander, ein Scharren, Schleifen und Stampfen, das Tackern der Motoren, das Rütteln und Sausen unzähliger Maschinen erfüllte den Raum. Das alles bewegte sich im ewigen Gleichmaß, und es erschien fast gespensterhaft, daß man dabei keine Arbeiter sah, alles lief wie durch Zauber allein.

Unruhig forschend sah sich Ralf um, und endlich erblickte er Hans, der hoch oben über einer Riesenmaschine stand und sich wie lauschend darüber beugte. Er beobachtete mit brennendem Interesse die Bewegungen der gewaltigen Räder und Scheiben, die sich glatt und gefügig ineinander schmiegten.

Ja, Hans hatte seine Freude an dem blanken, rastlosen Maschinengetriebe. Ganz versunken war er in den Anblick der sich ruhelos gegeneinander reibenden Metallscheiben und Räder. Ralf selbst hatte ihm das warme Interesse an diesen stummen, ständig bereiten und so beweglichen Maschinen eingeflößt, die so enorme Arbeit für die Menschen verrichteten und nie müde wurden. Wie wundervoll korrekt da ein Teil in das andere griff, wie glatt und scheinbar mühelos sich das alles bewegte. Und doch genügte ein einziger Hebeldruck, alles zum Stillstand zu bringen, wie wiederum ein Hebeldruck genügte, um es wieder in Gang zu bringen. Und diese Kräfte durchdrangen die Rodenberg-Werke mit ihrem Leben.

So versunken stand Hans in den Anblick dieser treibenden Kraft, daß er nichts um sich her sah und hörte. Dort oben befand sich außer ihm kein Mensch, das wußte er, und er konnte in dem ohrenbetäubenden Lärm nicht die leise schleichenden Schritte hören, die dicht hinter ihm die eiserne Treppe herauf kamen. Arthur Mertens hatte seinen Neffen sofort beim Betreten der Maschinenhalle erblickt. In seinen Augen glühten Raubtiergelüste. Der schlanke, blonde Bursche dort oben stand zwischen ihm und der Befriedigung seiner Wünsche, zwischen ihm und dem, was er für sein Glück hielt. Niemand war in der Nähe. Wenn er jetzt hinter ihm stände und ihm unversehens einen Stoß versetzte, dann – dann stürzte er kopfüber in das riesige Rädergetriebe – und wurde zermalmt. – Ein Unfall, durch eigne Unvorsichtigkeit herbeigeführt! Der gierige Wunsch, Alleinherrscher über die Rodenberg-Werke zu werden, tötete jede Spur von Menschlichkeit in Mertens' Herzen. Hier war wieder eine so günstige Gelegenheit wie damals am Rammklotz – die durfte nicht ungenutzt bleiben. Kein Zeuge war vorhanden, niemand zu erwarten, keiner würde sehen, wenn er den Stoß ausführte, der ihm den Weg frei machte. Diesmal würde er Glück haben. Der blonde Bursche da oben war in den Anblick der Maschine vertieft und sah und hörte nichts, außer dem, was ihn ganz gefangen nahm. Noch eine halbe Minute mußte er so stehenbleiben, so vorgebeugt, daß ein leiser Schwindel ihn von selbst hineinstürzen konnte, nur eine halbe Minute, ohne sich umzublicken. Niemand würde ahnen, daß er den Stoß geführt, dies blühende Leben vernichtet hatte. Leise und vorsichtig würde er sich nach der Tat davonschleichen und in Sicherheit bringen, ehe noch jemand ahnte, daß der Erbe der Rodenberg-Werke zermalmt zwischen den Riesenrädern hing. Keine Ahnung hatte er, daß Doktor Bernd ihm gefolgt war und nun da unten stand und zu Hans hinaufsah.

Aber nun gewahrte Ralf auch zwischen dem durchsichtigen Treppengeländer die schleichende Gestalt Arthur Mertens', er sah, wie dieser mit gleitendem Raubtierschritt in gebückter Haltung da hinaufschlich, wo Hans stand, und das Herz wollte ihm fast stillstehen. Er wollte schreien, rufen, Hans warnen – aber er wußte, dieser Schrei würde ungehört verklingen in dem Lärm. Und dann wollte er mit einem Hebeldruck die Dynamos zum Stillstand bringen – aber er sagte sich, daß die große Maschine, über die Hans gebeugt stand, nicht sofort ihren Lauf einhalten würde, sie würde noch zucken und treiben, lange genug, um den jungen Körper vernichten zu können. Das alles zog blitzartig durch seinen Kopf, er sah kommen, was Mertens vorhatte, sah Eva Marias Bruder in höchster Gefahr – und dann jagte er auch schon hinter Mertens her die Treppe hinauf, mit großen Sätzen die einzelnen Stufen nehmend, nur von dem brennenden Wunsche beseelt, Mertens zuvorzukommen, ihn daran zu hindern, was ihm auf dem verzerrten Gesicht geschrieben stand. Und die Angst gab ihm Kraft, er flog nur so empor und war nun schon dicht hinter Mertens, als dieser die oberste Stufe der Treppe erreicht hatte. Dicht hinter Hans stand Mertens jetzt und zauderte einen Moment, als überlege er noch einmal die Folgen seiner Tat. Aber der verbrecherische Instinkt behielt Macht über ihn, seine Augen starrten auf die schlanke Jünglingsgestalt mit wütender Vernichtungsgier. Er hob den Arm, um seinem Opfer den vernichtenden Stoß zu versetzen, der es hinabschleudern sollte in den grausigen Tod. Aber da war auch Ralf schon hinter ihm. Mit einem Aufschrei riß er ihn zurück.

Mertens wankte, wurde totenblaß und hätte, zurücktaumelnd, Hans fast doch noch hinabgestoßen, aber Ralf hatte Hans schon am Arm gefaßt und riß auch ihn zurück. Er riß ihn zu sich heran, in seine Arme und starrte ihm ins Gesicht, als müsse er sich überzeugen, daß er lebe, heil und unversehrt sei.

Hans sah sich erschrocken um. Er sah in Ralf Bernds blasses, gespanntes Gesicht, in dem die Muskeln vor unterdrückter Erregung zuckten – und dann erblickte er über Ralfs Schulter das ebenso blasse, fleischige Gesicht seines Onkels, der, atemlos vor Schrecken, an einem Pfeiler lehnte und wie von Sinnen auf die beiden jungen Männer starrte.

Ralf Bernds Gedanken arbeiteten fieberhaft. Hatte er jetzt Arthur Mertens entlarvt, konnte er ihn jetzt des versuchten Mordes an seinem Neffen anklagen? Nein! Er hatte ja nicht warten können, bis der vernichtende Stoß erfolgt war. Und die zum Stoß ausgestreckte Hand – sie konnte auch dazu ausgestreckt worden sein, um Hans zu halten. Das würde Mertens unbedingt so hinstellen – und niemand konnte ihm beweisen, daß er Hans töten wollte. Sagte er ihm jetzt auf den Kopf zu, daß er Hans hatte hinabstoßen wollen in den sicheren Tod, dann würde ihn Mertens einen elenden Verleumder schelten, würde ihn entlassen und von den Rodenberg-Werken entfernen. Dann war Hans allein und schutzlos.

Nein, es half nichts, die günstige Gelegenheit, diesen Schurken zu entlarven, mußte abermals ungenützt vorübergelassen werden.

Man mußte die ekelhafte Komödie noch weiterspielen, so gut es eben mit dem bis zum Rande mit Grimm angefüllten Herzen ging. Und er zwang ein Lächeln in sein Gesicht und rief, so laut er konnte, um das Getöse zu übertönen:

»Verzeihen Sie, daß ich Sie zurückriß, Herr Direktor, ein Arbeiter machte mich unten auf Ihre und Herrn Hans' gefährliche Lage aufmerksam.«

Mertens erschrak noch mehr. Ein Arbeiter hatte ihn gesehen? Das hatte er nicht geahnt. Es war ja auch nur von Ralf erfunden worden, um sein Eingreifen zu erklären.

Ralf schob Hans mit festem Druck zur Treppe hin, so daß er hinabgehen mußte. Hans fühlte den krampfhaften Druck und begriff langsam, daß er wieder einmal knapp dem Tode entronnen war. Ein Blick in seines Onkels blasses, verzerrtes Gesicht verriet ihm, was er wissen wollte.

Er gehorchte etwas benommen Ralfs dirigierendem Druck und stieg hinab. Ralf aber wandte sich, obwohl es ihm schwerfiel, mit einem besorgten Blick zu Mertens, faßte ihn scheinbar sorglich am Arm und führte auch ihn die Treppe hinab. Hinter Hans her gingen sie beide ins Freie, ohne jetzt noch ein Wort zu sprechen, da es ohnedies lautlos verklungen wäre.

Draußen im Freien aber, als die Tür der Maschinenhalle hinter ihnen zugefallen war, und sie nun wieder hören konnten, was gesprochen wurde, sagte Ralf, der sich inzwischen überlegt hatte, was zu tun sei:

»Gottlob, daß ich Sie wieder sicher vor mir sehe, Herr Direktor. Einer der Arbeiter winkte mir zu, als ich die Maschinenhalle betrat, und zeigte stumm zu Herrn Hans hinauf, um mir wohl anzudeuten, was für einen gefährlichen Platz er einnähme. Schon wollte ich ihm mit einem Scherz abwinken, denn ich weiß, daß Herr Hans schwindelfrei ist, trotzdem es mir bekannt ist, daß diese Stelle besonders gefährlich ist. Aber — da erblickte ich auch Sie, Herr Direktor, wie sie die Treppe hinaufgingen, wahrscheinlich, um Ihren Neffen von der gefährlichen Stelle zurückzuholen. Aber mir war, als sähe ich Sie taumeln, und eine große Besorgnis erfüllte mich. Wenn Sie da oben einen Schwindelanfall bekamen, konnten Sie in das Getriebe der Maschine stürzen und hätten vielleicht auch Herrn Hans mit hineingerissen. Deshalb rannte ich hinter Ihnen her, verzeihen Sie, daß ich mich hinreißen ließ von meiner Angst, Sie zurückzureißen und auch Herrn Hans. Dort oben muß unbedingt ein Schutzgitter angebracht werden, das ist mir klar geworden. Fühlen Sie sich jetzt besser, Herr Direktor?«

So sagte Ralf, scheinbar sich um Hans gar nicht mehr sorgend, als sei dieser ihm nebensächlich. Hans fing aber einen Blick von Ralf auf, der ihn warnte, sich einzumischen.

Mit Aufbietung aller Kraft hatte sich Mertens gefaßt. Er sah Ralf mit einem forschenden Blick an, las aber in dessen Gesicht nur Besorgnis. Am liebsten hätte er ihn im ersten Augenblick, als er sein Werk vereitelt hatte, zu Boden geschlagen, aber als Ralf dann von einem Arbeiter sprach, der ihn und Hans gesehen hatte, glaubte er, daß Ralf ihn vor einer nicht gutzumachenden Torheit bewahrt habe. Hätte er in einem Arbeiter einen Zeugen seiner Tat gehabt, wäre es sehr bedrohlich für ihn gewesen. Er fragte sich nun, ob Ralf etwas von seinem Vorhaben gemerkt habe und nur dazwischen gefahren sei, weil er für Mertens in dem Arbeiter den Zeugen fürchtete.

Er zwang sich auch zu einem harmlos erschrockenen Gesicht.

»Ich sah meinen Neffen, wie er sich unvorsichtig über die Maschine beugte und wollte ihn warnen und zurückhalten. Aber — ich war dabei wohl ein wenig erregt — in meiner Angst um ihn — und dabei bin ich wohl ein wenig taumelig gewesen — ich habe selbst nichts davon gemerkt. Also, ein Arbeiter machte Sie aufmerksam?«

Bei dieser Frage bohrte sich sein Blick in Ralfs Augen. Dieser sah ihn an mit einem seltsamen Ausdruck und nickte.

»Ja, der Arbeiter beobachtete Sie beide und ging erst davon, als er sah, daß ich zu Ihnen hinaufstieg.«

Da atmete Mertens tief auf. Er glaubte nun, Ralf habe ihn davor gerettet, als Mörder beschuldigt zu werden. Der Arbeiter, von dessen Anwesenheit er keine Ahnung gehabt hatte, würde sicher gesehen haben, daß er Hans hinabstieß. So hatte Ralf Bernd wohl seinen Plan zerstört, aber zugleich hatte er ihn auch vor einer schlimmen Gefahr behütet.

Mertens fragte sich im stillen, ob Ralf wohl auch dann hinaufgekommen und ihn zurückgerissen hätte, wenn der Arbeiter nicht als Zeuge hätte auftreten können. Daß Ralf Hans auch gern beseitigt gesehen hätte, weil er dann glaubte, an zweite Stelle auf den Werken emporzusteigen, glaubte Mertens fest. Nein, nein, ganz allein mußte er sein Werk vollbringen, und wenn es auch sehr schade war, daß diese glänzende Gelegenheit nicht hatte ausgenutzt werden können, so war es doch besser, daß sie ungenützt vorübergegangen war, als daß er einen Mitwisser gehabt hätte – oder gar zwei – den Arbeiter und Ralf Bernd. Daß der Arbeiter überhaupt nicht vorhanden gewesen war, ahnte er nicht. Sonst wäre ihm wohl plötzlich ein Licht aufgegangen, daß Ralf durchaus nicht auf seiner Seite stand. Er hatte sich nun wieder in der Gewalt und sagte:

»Jedenfalls danke ich Ihnen für Ihre Besorgnis, Herr Doktor, wenn sie auch nicht nötig war.«

»Keine Ursache, zu danken, Herr Direktor, ich bin froh, daß es nichts Schlimmes ist. Es sah jedenfalls verteufelt gefährlich aus, und ich habe einen großen Schrecken bekommen.«

»Und du bist mit deiner Unvorsichtigkeit an alledem schuld, Hans. Wie konntest du dich an einer so gefährlichen Stelle so leichtsinnig über die laufende Maschine beugen. Man hat doch nichts als Ärger und Not mit dir«, fuhr Mertens jetzt auf Hans los.

Hans hatte mit großen Augen von Ralf zu Mertens gesehen. Als dieser jetzt so auf ihn losfuhr, packte ihn eine so grimmige Wut, daß er ihn am liebsten gewürgt hätte. Um sich nicht hinreißen zu lassen, drehte er sich plötzlich um und ging ohne ein Wort davon.

Mit giftigem Blick sah Mertens hinter ihm her, zwang sich aber gleich wieder zu einer harmlosen Miene und sagte nur ungehalten:

»Da sehen Sie, mein lieber Herr Doktor, was das für ein Lümmel ist. Nicht einmal ein Wort des Dankes hat er dafür, daß wir beide ihn von der gefährlichen Stelle zurückgeholt haben.«

Ralf zuckte die Achseln.

»Seinetwegen hätte ich wahrlich keinen Finger gerührt – ich sorgte mich nur um Sie, Herr Direktor. Er kann manchmal sehr flegelhaft sein, und wenn er erst mal an das Ruder kommt, wird es auf den Rodenberg-Werken kein schönes Leben mehr geben.«

Sie sahen einander an – Mertens glaubte, daß Ralf ihm auf jeden Fall ein ergebener Bundesgenosse sein würde. Er ahnte nicht, daß dieser jedes an ihn gerichtete Wort berechnete. Aber trotzdem, das letzte wollte er ohne Ralf tun, dabei konnte er keinen Bundesgenossen, keinen Mitwisser gebrauchen. Aber er reichte

Ralf die Hand. Mit seinem heuchlerischen Ton und einem milden Lächeln sagte er:

»Er wird ja vielleicht mit den Jahren anders werden, Herr Doktor.«

»Das wollen wir hoffen und wünschen, Herr Direktor. Jedenfalls bin ich froh, daß ich Sie heil und unverletzt vor mir sehe. Was sollte ohne Sie aus den Werken werden.«

Verständnisinnig sah Mertens ihn an. Aber nun, da die Erregung abebbte, spürte er, daß seine Nerven einen harten Schlag bekommen hatten, als er, sich schon dicht an der Erfüllung seiner Wünsche glaubend, plötzlich von Ralf zurückgerissen worden war. Ein leichter Schwächeanfall ließ ihn taumeln, er klammerte sich an Ralfs Arm.

»Mir ist wahrhaftig ganz übel zumute, die Angst um den Bengel hat mich zu sehr aufgeregt. Ich muß einen Kognak in der Kantine trinken, kommen Sie mit?«

»Gern, wenn Sie gestatten. Ich gestehe, daß auch ich eine kleine Herzstärkung nötig habe. Mir ist der Schreck in alle Glieder gefahren, zumal ich das ängstliche Gesicht des Arbeiters sah. Es muß jetzt unbedingt sofort ein Schutzgitter da oben angebracht werden, denn auch die Arbeiter können an dieser Stelle in Gefahr kommen. Gleich morgen lasse ich es anbringen, damit nicht mal ein Unglück geschieht.«

Die beiden Herren gingen hinüber in die Kantine und ließen sich jeder einen großen Kognak einschenken. Sie wechselten dabei nur belanglose Worte und trennten sich dann mit einem Händedruck. Mertens suchte sein Kontor wieder auf und ließ sich schwer in einen Sessel fallen, um sich erst einmal von der gehabten Aufregung zu erholen. Daß auch diesmal sein Plan mißglückt war, Hans aus dem Wege zu räumen, erfüllte ihn mit einer stummen Wut. Er war weit davon entfernt, seinen Plan, Hans zu vernichten, aufzugeben. Im Gegenteil, die Gier, es zu tun, brannte nur noch heftiger, und er fühlte, daß er es nicht lange mehr ertragen würde, ihn neben sich zu dulden. Sobald sich wieder eine Gelegenheit ergab, würde er es zum dritten Male versuchen — und dann mußte es glücken. Er hatte schon einen andern Plan gehabt, ehe diese günstige Gelegenheit heute ihn verlockte — und dieser Plan mußte nun ausgeführt werden. Jetzt mußte er aber erst noch eine Weile den guten, besorgten Onkel spielen, damit niemand ahnte, wie sehr er seinen Neffen haßte. Auch Doktor Bernd gegenüber mußte er noch vorsichtiger sein als bisher, er durfte ihn nicht zu tief in seine Karten sehen lassen. Also – jetzt den guten, zärtlich besorgten Onkel spielen – und damit wollte er gleich anfangen. Er erhob sich wieder und ging hinüber in Ralf Bernds Büro, wo er Hans vermutete.

Hans befand sich bereits wieder im Büro. Er lehnte an der Zeichentafel und zeichnete gedankenlos Striche auf den Rand eines aufgespannten Papierbogens. Als Ralf eintrat, wandte er sich nach ihm um und faßte mit krampfhaftem Druck seine Hand.

»Ich weiß es, Herr Doktor, heute danke ich Ihnen mein Leben, wenn ich mir auch sonst nicht alles erklären kann«, stieß er heiser hervor, und sein Gesicht zuckte vor unterdrückter Erregung.

Eine tiefe Rührung bemächtigte sich Ralfs, er zog ihn wortlos in seine Arme und hielt ihn eine Weile fest, als müsse er ihn jetzt noch vor einer drohenden Gefahr beschützen. Endlich gab er ihn frei und sagte mit verhaltener Stimme:

»Gottlob, Sie stehen heil und unversehrt vor mir! Aber, Sie versprachen mir doch vorsichtig zu sein. Ist es vorsichtig, wenn Sie sich an so einer gefährlichen, ungeschützten Stelle über das Getriebe einer Riesenmaschine stellen?«

Hans atmete tief auf, es klang wie ein Stöhnen.

»Ich glaubte allein zu sein, keine Ahnung hatte ich, daß Mertens hinter mir die Treppe heraufgekommen war.«

»Zum Glück sah ich ihn hinter Ihnen her nach der Maschinenhalle gehen. Da erfaßte mich große Unruhe. Es gibt Eingebungen, denen man immer folgen soll – Gott sei Dank, daß ich es tat.«

»Und – was geschah dann?«

»Als ich die Maschinenhalle betrat, sah ich Sie oben stehen und sah Ihren Onkel – weiß Gott, wie ein Raubtier schlich er hinter Ihnen die Treppe hinauf. Es ist nicht wahr, daß ein Arbeiter mich aufmerksam machte, kein Mensch war zugegen außer mir. Das erfand ich nur, um Mertens mein Eingreifen verständlich zu machen, und damit er keinen Verdacht fassen sollte, daß ich Sie bewache und Sie retten wollte. Ich weiß nicht, wie ich hinter Mertens her die Treppe hinaufgekommen bin. Die Angst um Sie muß mir Flügel gegeben haben, denn er war nur einige Stufen von Ihnen entfernt. Ich kam gerade noch zurecht, um zu sehen, wie er den Arm hob, um – ich will es nicht aussprechen, ich *will* glauben, daß er Sie halten wollte. Denn, müßte ich annehmen, daß er Sie hinabstoßen wollte, dann – hätte ich ihn würgen müssen wie einen tollen Hund!«

Das stieß Ralf wie einen Schrei hervor, seine Erregung machte sich endlich Luft in diesem Aufschrei. Hans sah ihn mit brennenden Augen an, und seine Hand stahl sich in die seines Beschützers.

»Lieber – lieber Herr Doktor – bitte, beruhigen Sie sich – so habe ich Sie noch nie gesehen.«

Ralf faßte sich.

»Es ist kein Wunder, daß meine Nerven nachlassen, ich habe einige furchtbare Augenblicke durchgemacht, als ich fürchtete, zu spät zu kommen. Und dann mußte ich mich in der Gewalt behalten und die verdammte Komödie weiterspielen – damit er keinen Verdacht schöpfte, daß nur die Angst um Sie mich da hinaufgetrieben hatte. Er hätte ja doch geleugnet, wenn ich ihm auf den Kopf zugesagt hätte, daß – nun ja, er hätte bestimmt behauptet, daß er Sie nur hatte halten wollen.«

Hans lachte hart auf.

»Mich halten? Das glauben Sie doch nicht, Herr Doktor.«

»Ich habe ja leider keinen Gegenbeweis, Herr Hans, ich konnte ja nicht abwarten, bis ich feststellen konnte, ob er Sie halten – oder – hinabstoßen wollte.«

Hans warf sich plötzlich an Ralfs Brust, umklammerte ihn mit den Armen und sah ihn mit brennenden Augen an.

Ralf strich lächelnd über seinen blonden, zerwühlten Schopf.

»Nur Ruhe, Herr Hans – gottlob, es ist alles gutgegangen.«

»Dank Ihrer steten Hilfsbereitschaft, Herr Doktor. Aber bitte, nennen Sie mich nicht mehr *Herr* Hans, lassen Sie den Herrn weg, wenigstens wenn wir allein sind. Sagen Sie ›du‹ zu mir, ich will mich nicht mehr anders von Ihnen nennen hören. Ihnen danke ich mein Leben, das ist gewiß und – wir sind doch echte Freunde.«

»Fürs ganze Leben, mein lieber Junge, aber dann darfst du mich auch nicht mehr mit dem Herrn Doktor ärgern, ich heiße Ralf.«

Begeistert schüttelte Hans ihm die Hand.

»Das betrachte ich als eine große Ehre, lieber Ralf. Gern hätte ich dich schon lange gebeten, mich zu duzen, aber ich wagte es nicht.«

»Auch mich verlangte danach, aber ich glaubte, dem künftigen Chef der Rodenberg-Werke das Du nicht antragen zu dürfen. Heute aber – heute, mein lieber Junge, habe ich mir das Recht erworben – ich habe gefühlt, wie teuer du mir bist – als ich dich da oben in Gefahr sah. Doch wir müssen sehr vorsichtig sein, Mertens darf nicht hören, daß wir uns so vertraulich anreden. Es hat mich vorhin viel Überwindung gekostet, die elende Komödie weiterzuspielen, um ihn zu überzeugen, daß ich nicht um dich besorgt war, sondern um ihn. Will ich ihn entlarven, so muß er überzeugt sein, daß ich sein Bundesgenosse bin und mit ihm durch dick und dünn gehe. Er wird nicht haltmachen, bis er sein Ziel, Alleinherrscher auf den Rodenberg-Werken zu sein, erreicht hat. Um dies verhindern zu können, muß ich scheinbar auf seiner Seite stehen und ihn davon überzeugen, daß auch ich vor einer Teufelei nicht zurückschrecke. Gerade diese beiden Fehlschläge werden eine große Ungeduld in ihm auslösen und ihn antreiben, einen neuen Plan zu deiner Vernichtung auszuhecken – ich habe im Gefühl, als sei das von heute nur das Ausnutzen einer günstigen Gelegenheit gewesen und als ob er noch einen besonderen Plan hat. Ich bitte *dich* nochmals, Hans, außerordentlich vorsichtig zu sein, und *ich* muß alles daransetzen, ihn überführen zu können.«

»Oh, er ist ein schlauer Fuchs.«

»Auch der Schlaueste macht zuweilen eine Dummheit, und ich spüre ihm nach auf Schritt und Tritt. Daß er heute einen so gewagten Schritt unternahm – er konnte ja wirklich auch von einem Arbeiter gesehen werden, in der großen Maschinenhalle kann sich überall jemand aufhalten, ohne gleich bemerkt zu werden – beweist mir, daß er seine Machtgelüste kaum noch zu zügeln vermag. Bisher hatte er bei aller Schlauheit noch Glück, es war ihm noch nichts nachzuweisen, aber vielleicht verrät er sich doch einmal, so daß ich zupacken kann.«

Wieder faßte Hans die Hand seines Beschützers.

»Daß ich dich auf meiner Seite habe, Ralf, muß ich dem Schicksal danken. Mertens hätte ja auch auf jemand treffen können, der gemeinsame Sache mit ihm machte – dann wäre ich verloren gewesen. Wenn Eva Maria das alles wüßte!«

»Sie darf nichts wissen, bis alle Gefahr für dich vorüber ist. Darf Sie wissen, daß wir uns duzen?«

»Oh, sicher, es wird sie sehr freuen, und einem Menschen muß ich doch anvertrauen, wie stolz ich auf deine Freundschaft bin.«

Ein erlöstes Lachen kam über Ralfs Lippen. Aber plötzlich zuckte er zusammen; er sah Mertens wieder drüben aus dem Portal treten.

»Mertens kommt, es ist möglich, er sucht uns auf.«

»Dann mache ich mich vorher aus dem Staube, denn ich könnte ihm jetzt nicht mit der nötigen Ruhe begegnen.«

»Du mußt, Hans, schnell nimm dir eine Arbeit vor und zeige dich ganz unbefangen, wir müssen ihn sicher machen. Erst wenn er wieder fort ist, darfst du den Heimweg antreten.«

Hans tat, wie ihm Ralf geheißen, und so waren sie beide scheinbar in ihre Arbeit vertieft, als sie einen schleichenden Schritt vernahmen. Gleich darauf wurde die Tür geöffnet. Scheinbar erstaunt sahen die beiden von der Arbeit auf in Mertens' Gesicht, das eitel Sanftmut und Liebe ausstrahlte, als es sich auf Hans richtete.

Den treibt das böse Gewissen hierher, dachte Ralf und begrüßte ihn artig, wie immer, obwohl er ihn am liebsten die Treppe hinuntergeworfen hätte.

Mit einem öligen Lächeln trat Mertens zu Hans heran und legte ihm wie in verhaltener Güte die Hand auf den Kopf.

»Weiß Gott, du Schlingel, heute habe ich erst gemerkt, wie sehr du mir doch ans Herz gewachsen bist, mir wurde wahrhaftig ganz übel vor Angst, als ich dich so unvorsichtig in der gefährlichen Stellung über die Maschine gebeugt stehen sah.«

Hans sah mit einem unbeschreiblichen Blick zu ihm auf und richtete sich schnell empor, daß Mertens' Hand von seinem Kopfe glitt.

»Ich bin schwindelfrei, hinabgestürzt wäre ich wahrlich nicht — du hättest dich nicht zu sorgen brauchen«, vermochte er scheinbar harmlos zu sagen.

Mertens wandte sich lächelnd an Ralf.

»Das junge Volk glaubt nie an Gefahr. Ich bin gekommen, lieber Herr Doktor, um Sie zu bitten, ja nicht zu vergessen, daß da oben an der Treppe ein Schutzgitter angebracht wird. Gerade an der Treppe kann ein Mensch ins Straucheln kommen, und dann ist das Unglück geschehen.«

»Es wird gleich morgen angebracht, Herr Direktor, das stand schon für mich fest, als ich Sie da oben auf der Treppe taumeln sah. Den Schrecken verwinde ich nicht so bald. Es ist mir unbegreiflich, daß es bisher übersehen wurde, diese Stelle zu schützen. Und gerade diese suchte sich Herr Hans aus, um Sie in Angst und Sorge zu versetzen. Ich habe ihm schon schwere Vorwürfe deswegen gemacht. Trotz seiner anscheinend beneidenswert guten Konstitution konnte er bei dem Surren und Sausen der Maschinen einen kleinen Schwindelanfall bekommen, und das wäre schon genug gewesen, um das Unglück herbeizuführen. Er hätte auch Sie dabei mit hinabreißen können – das wäre nicht auszudenken.«

Mertens sah Ralf forschend an, aber dieser sah ihm nur bekümmert und unbefangen in die Augen. Mit seinem falschen Lächeln nickte Mertens ihm zu.

»Jedenfalls sind Hans und ich Ihnen großen Dank schuldig, daß Sie sich so um uns gesorgt haben. Bist vorhin davongelaufen, ohne dich bei Herrn Doktor Bernd zu bedanken.«

»Ich habe es nachgeholt«, erwiderte Hans kurz.

Noch einmal lächelte ihm der Onkel gespielt liebevoll zu.

»Sei nur nie wieder so leichtsinnig und unvorsichtig, immer geht das nicht so gut aus.«

»Der liebe Gott scheint doch noch allerhand mit mir vorzuhaben, sonst wäre ich damals schon am Rammklotz erledigt gewesen. Ich habe, wie mir scheint, einen besonderen Schutzengel«, erwiderte Hans scheinbar unbekümmert.

In das fleischige Gesicht Arthur Mertens' stieg eine jähe Röte. Aus seinen Augen schoß ein Blitz auf Hans.

»Sei nicht frivol, danke lieber Gott, daß er dich so gnädig behütet hat.«

»Das tue ich, herzlicher und inniger als du ahnst«, sagte Hans ernst.

Mertens seufzte.

»Es wird mir wahrhaftig schwer, dich heute streng anzufassen, zu deutlich habe ich heute empfunden, daß du mir lieb bist wie mein eigen Fleisch und Blut. Aber es hilft nichts, zu viel hast du noch zu lernen, zu viele Fehler abzulegen, und ich habe als dein

Vormund die Pflicht, dir nichts durchgehen zu lassen. Mache mir meine Pflicht nicht gar zu schwer, mein lieber Hans, glaube mir, ich fühle wie ein treuer Vater für dich.«

Damit strich er nochmals über Hans Dornaus Kopf, was dieser zu seinem Leidwesen nicht hindern konnte. Dann nickte er Ralf lächelnd zu und ging wieder hinaus.

Hans und Ralf sahen sich, sobald sie allein waren, stumm in die Augen. Sie verstanden sich ohne Worte, beide sagten sich, daß diese auffallende Liebenswürdigkeit Arthur Mertens' einen besonderen Grund haben müsse.

Erst als Ralf Mertens wieder drüben im Portal verschwinden sah, sagte er leise:

»Wenn er so freundlich ist, erscheint er mir doppelt gefährlich.«

»Mir auch, und jetzt gehe ich heim, ich habe das dringende Bedürfnis, mir den Kopf zu waschen, weil seine Hand auf ihm geruht hat. Du kommst doch pünktlich, Ralf, läßt uns nicht warten?«

»Ganz bestimmt nicht, Hans, empfiehl mich inzwischen deinem Fräulein Schwester.«

Hans sprang auf, stülpte seinen Hut auf und zog seinen Mantel über.

Mit einem festen Händedruck schied er von Ralf.

XIV

Eva Maria war in das Speisezimmer getreten, um noch einmal selbst nachzusehen, ob die Tafel, die für drei Personen gedeckt war, auch einladend genug aussah. Sie hatte Hermann Befehl gegeben, daß ein besonders gewähltes Menü serviert werden solle, weil sie einen Gast erwarte. Da jetzt selten Gäste im Hause waren, hatte Hermann schon aus eigenem Antrieb alles so hübsch wie möglich arrangiert. Die kleine runde Tafel sah entzückend aus. Eine behagliche Wärme durchströmte den hohen Raum. Es war alles in schönster Ordnung. Ralf Bernd sollte merken, daß man ihn als Gast besonders ehren wollte. Eva Maria freute sich darauf, ihm einen behaglichen Abend bereiten zu können. Unten im Ingenieurhaus war er ja auch gut untergebracht, aber es war doch nur ein Junggesellenheim, und sie wußte von ihm selbst, daß er viel Sinn für häusliches Behagen hatte. Er hatte ihr einmal erzählt, daß seine Mutter ein großes Talent besessen hätte, das elterliche Heim mit Behagen zu erfüllen, und daß er sich seither immer danach gesehnt habe, wieder einmal in solch echtem, häuslichem Behagen untertauchen zu dürfen. Das hatte er ihr an jenem Sonntag gesagt, als der Großvater ihn eingeladen hatte, und es war ihr nicht entgangen, daß er diese Geborgenheit in Villa Rodenberg gefunden hatte. Er sollte es heute wieder finden, deshalb sah sie selbst noch einmal nach allem.

Eva Maria war, im Gegensatz zu ihrer Kusine Jolante, ein ziemlich verschlossener Charakter. Sie hätte nicht einmal sich selbst eingestanden, daß Ralf Bernd ihrem Herzen teuer sei. Aber ein träumerisches Sehnen lag jetzt in ihren Augen, als sie zu der Uhr blickte, um zu sehen, wie lange es noch dauerte, bis sie ihn erwarten durfte.

Sie ging in das Nebenzimmer und trat vor einen hohen Spiegel. Prüfend betrachtete sie sich. Sie trug auch heute ein schwarzes Kleid, es war aus einem hauchfeinen, schleierartigen Gewebe über schwarzer weicher Seide gearbeitet und mit zarten Chantilly-Spitzen besetzt. Ihr blondes Haar wirkte noch goldiger im Kontrast zu dem tiefen Schwarz, und der blütenfrische Teint wirkte noch zarter und reiner als sonst. Sie konnte zufrieden sein mit ihrem Spiegelbild, und weil sie das fühlte, stieg eine zarte Röte in ihre Wangen.

Und dann hörte sie Hans kommen und ging ihm in das Vestibül entgegen. Er riß den Hut vom Kopfe und warf den Mantel dem Diener Fritz zu, dann trat er zu Eva Maria ins Wohnzimmer. Hier umarmte und küßte er sie stürmisch, und sie merkte, daß er sehr erregt war. Immer auf etwas Schlimmes gefaßt, sah sie ihn besorgt an.

»Was ist dir, Hans? Du bist so erregt, es ist dir doch nichts Böses widerfahren?«

Er drückte sie wieder fest an sich, und der Gedanke, daß man ihr vielleicht seinen blutigen Leichnam vor die Füße gelegt hätte, wenn Ralf nicht gewesen wäre, überwältigte ihn einen Augenblick.

»Nein, Eva Maria, dank dem lieben Gott und Doktor Bernd stehe ich gesund vor dir!« entfuhr es ihm unbesonnen.

»Hans!«

»Ja, Eva Maria, nun ist es mir herausgerutscht, du mußt Doktor Bernd sehr dankbar sein, denn ohne ihn hättest du deinen Bruder vielleicht nicht mehr lebend und gesund wiedergesehen.«

Sie wurde sehr blaß und wankte.

»Mein Gott, Hans, lieber Hans!«

Und sie umfaßte ihn zitternd vor Erregung.

»Oh, ich Schafskopf!« rief er ärgerlich auf sich selbst, beruhigend über ihr Haar streichelnd. »Aber, wenigstens mußte ich dir sagen, daß ich Ralf Bernd mein Leben danke, nicht wahr, so was darf ich dir doch nicht verschweigen?«

»Was ist denn geschehen, Hans«, stammelte sie schreckensbleich.

Er seufzte.

»Du, Doktor Bernd wird schön schelten, daß ich dir den Schreck eingejagt habe. Bei allem ist ja immer sein erster Gedanke, daß du nicht beunruhigt wirst. Und nun habe ich das, scheint mir, gründlich getan in meiner Tölpelei. Aber du mußt ruhig sein, Eva Maria, Ralf Bernd ist der reine Schutzengel für mich. Und – so hat er mich auch heute vor einem bösen Sturz bewahrt, der mir sicher das Leben gekostet hätte; es war in der Maschinenhalle.«

Eva Maria sank in einen Sessel, sah bleich bis in die Lippen zu ihm auf und fragte zitternd:

»Wie geschah das? Erzähle mir.«

Er lachte, ärgerlich über sich selbst, streichelte ihr blasses Gesicht und zeigte sich unbekümmert.

»Ich bin wirklich ein rechter Tolpatsch, Eva Maria. Wie gesagt, ich wäre fast gestürzt, aber Ralf hat mich festgehalten. Weiter sage ich dir nichts, denn du hast eine blühende Phantasie und malst dir dann allerlei Schrecknisse aus. Nur so viel, Ralf Bernd danke ich mein Leben, das sollst du wissen. Und du mußt dich nicht wundern, wenn wir uns ›du‹ nennen, wir haben heute einen Freundschaftsbund fürs Leben geschlossen. Ich bin sehr stolz darauf, einen solchen Freund zu haben. Du ahnst ja gar nicht, was für ein wertvoller Mensch Ralf ist und wie treu er zu mir steht. Sei recht gut zu ihm, ja, er verdient es.«

In ihr blasses Gesicht kam jetzt die Farbe zurück.

»Wie hast du mich erschreckt, Hans!«

»Das wird mir Ralf nie verzeihen, und er hat recht, wenn er

mich auszankt. Aber nun mußt du alles vergessen, du siehst ja, ich stehe heil und gesund vor dir.«

Sie sprang auf und schloß ihn in ihre Arme.

»Du mußt vorsichtiger sein, Hans, du warst sicher wieder sehr ungestüm und unbesonnen. Wie oft hat dir Großvater gesagt, daß auf einem Werk wie Rodenberg fast jeder Schritt vorsichtig zu bedenken und zu wägen ist.«

Er fing ihre Hände ein und küßte eine nach der anderen.

»Zanke nur nicht, ich habe schon von Ralf Vorwürfe genug bekommen. Und wie ihm, so verspreche ich auch dir, daß ich von jetzt an doppelt auf der Hut sein werde. Aber nun laß dich ansehen. Entzückend siehst du aus! Ich bin sehr stolz auf meine schöne Schwester. Und hast du ein gutes Menü zusammengestellt? Ich habe einen Bärenhunger – und Ralf wahrscheinlich auch. Und eine gute halbe Stunde dauert es noch bis zum Essen.«

So suchte er Eva Maria abzulenken. Sie sah ihn immer noch besorgt und ängstlich an, atmete aber auf, als sie ihn in seiner ganzen lebendigen Frische vor sich sah.

»Hast du dich auch ganz gewiß nicht verletzt?« fragte sie.

Übermütig schlug er einen Purzelbaum auf dem Teppich.

»Du siehst, ich bin ganz springlebendig, Eva Maria. Willst du weitere Beweise, dann klettere ich auf diesen Schrank.«

Sie wehrte lachend ab, und er lachte mit. So lachten sie sich alle Beklommenheit von der Seele. Hätte Eva Maria freilich geahnt, was geschehen war, so hätte sie keine ruhige Stunde mehr gehabt. Aufatmend wollte sie seinen blonden Schopf zausen, aber er dachte daran, daß diesen Mertens' fleischige, widerliche Hände berührt hatten und wich ihr aus.

»Nicht zausen, Eva Maria, ich muß mir erst den Kopf waschen, das Haar ist bei der Arbeit so schmutzig geworden.«

»Nun, so mache dich schnell fertig, und bändige deinen Haarschopf, damit du bei Tisch manierlich aussiehst. Doktor Bernd ist immer korrekt gekleidet.«

»Er hat's leicht, gut auszusehen, Eva Maria, er ist ein so bedeutender und eleganter Mensch. Gelt, er gefällt dir auch, ganz abgesehen davon, daß er unser treuer Freund ist?«

»Gewiß gefällt er mir!« sagte sie errötend, »aber du könntest auch ein sehr hübscher, ansehnlicher Mensch sein, wenn du nur mehr auf dein Äußeres halten wolltest.«

Er lachte.

»Das kommt schon noch, Eva Maria, wenn erst mal die Frauen in meinem Leben eine Rolle spielen. Glaubst du, daß ich mal Glück haben werde bei den Frauen?«

Sie mußte lachen über sein drollig wichtiges Gesicht.

»Ach Hans, wenn du nur mal Glück bei einer Frau hast, das ist wichtiger, als bei vielen Frauen. Aber nun eile dich, sonst muß ich Doktor Bernd allein empfangen.«

Es blitzte in seinen Augen auf.

»Das wäre doch auch kein Unglück.«

»Ich möchte es aber nicht gern, Hans, nun geh schnell, damit du fertig wirst.«

Und sie schob ihn zur Tür hinaus.

Hans ließ sich aber recht viel Zeit, und als nach etwas mehr als einer halben Stunde Ralf eintraf, mußte ihn Eva Maria doch allein empfangen.

»Sie müssen entschuldigen, Herr Doktor, wir haben uns ein wenig versäumt, und Hans ist noch nicht fertig. Er teilte mir mit, daß Sie ihn heute aus ernster Lebensgefahr errettet haben und darüber bin ich sehr erschrocken. Wie soll ich Ihnen nur danken«, sagte sie mit bebender Stimme und reichte ihm die Hand.

Er sah sie bestürzt an.

»Wie konnte Hans Sie so erschrecken? Wir hatten doch verabredet, daß Sie in keiner Weise beunruhigt werden sollten, mein gnädiges Fräulein.«

Sie atmete tief auf und sah ihn mit ihren lieben Augen dankbar an.

»Er hat mir auch gar nicht berichtet, was eigentlich geschehen ist, sagte mir nur, daß Sie ihn vor einem Sturz bewahrt und ihm das Leben gerettet haben. Wollen Sie mir sagen, was eigentlich geschehen ist, er will nicht mit der Sprache heraus, gewiß war er sehr unvorsichtig.«

Ralf hatte erleichtert aufgeatmet. Seine Augen hingen selbstvergessen in den ihren.

»Es ist besser, wir reden nicht mehr davon, damit Sie sich nicht mit den Details herumquälen. Er war allerdings etwas unvorsichtig – und ich kam glücklicherweise gerade im rechten Moment dazu, um ihn vor einem Fall zu bewahren. Das ist alles. Bitte, vergessen Sie das.«

Sie hielt seine Hand fest. Ihre Augen blickten ihn in so unverhüllter Liebe und Dankbarkeit an, daß sein Herz rebellisch klopfte.

»Nein, nein, ich will es nicht vergessen, daß mein Bruder Ihnen nun auch noch sein Leben zu danken hat. So einfach, wie Sie mir das schildern wollen, ist es sicherlich nicht gewesen. Ich kenne Hans, er bauscht nichts auf, und wenn er so erregt, so aus den Fugen ist wie heute, steckte nichts Unbedeutendes dahinter. Lassen Sie sich nur meine Dankbarkeit gefallen – lieber Herr Doktor, und hoffentlich geben Sie mir einmal Gelegenheit, sie Ihnen bweisen zu können durch die Tat.«

Er sah sie mit einem Blick an, der sie erbeben ließ.

»Wenn Sie wüßten, wie glücklich es mich macht, Ihnen dienen zu dürfen«, stieß er von seinem Gefühl überwältigt hervor.

Sie sah in seine Augen, und sie hätte keine Frau sein dürfen, um nicht zu fühlen, daß sie seinem Herzen teuer war. Und so scheu und zurückhaltend sie auch bisher gewesen war, jetzt verrieten ihm ihre Augen, was sie für ihn empfand. Tief ergriffen beugte er sich über ihre Hand und preßte seine Lippen darauf. Zum ersten Male stieg die beglückende Gewißheit in ihm auf, daß sie ihn liebte.

Sie vermochten beide nicht weiter zu sprechen. Stumm standen sie einander gegenüber, und ihre Augen hingen ineinander, als wollten sie sich bis ins Herz hineinsehen. Ralf hätte in seinem aufsteigenden Glücksgefühl am liebsten laut aufgejauchzt, und auch in Eva Marias Seele klang es wie Glockenjubel, weil sie fühlte, daß sie geliebt wurde von diesem Manne, der ihr hoch über allem stand – und – daß sie ihn liebte.

So standen sie noch in tiefer Versunkenheit, beide unfähig, sich dem Zauber dieses Augenblicks zu entziehen, als die Tür geöffnet wurde und Hans erschien. Er hatte sich bemüht, sein Äußeres zu verschönern. Der blonde, noch etwas feuchte Schopf war mühsam zu einer Scheitelfrisur gebändigt, der Smoking saß elegant und korrekt auf der kraftvollen Jünglingsgestalt, und tadellos waren auch Oberhemd und Kragen. Nur die selbstgebundene Krawatte war ein wenig schief gerutscht.

Das sah Eva Maria zuerst, und sie rückte sie mit etwas verlegenem Lächeln zurecht.

»Du hast warten lassen, Hans«, sagte sie unsicher.

Er küßte die Finger, die sich um ihn mühten.

»Nicht zanken, Eva Maria. Du mußt entschuldigen, Ralf, aber ich kam mit der Krawatte nicht zurecht. Du, wenn die Herren alle so wenig entzückt sind, wenn sie in den Frack oder Smoking steigen müssen wie ich, hängt das sicherlich nur mit der Krawatte zusammen.«

Ralf hatte sich aus seiner Versunkenheit aufgerafft und sah lächelnd in das frische Gesicht seines jungen Freundes.

»Du hast deinem Fräulein Schwester schon gesagt, daß wir uns ›du‹ nennen?«

»Selbstverständlich, das war mein erstes — nachdem ich mich in meiner Erregung verplaudert und ihr verraten hatte, daß du mich aus Lebensgefahr errettet hast.«

»Ich hörte schon, daß du das leider getan hast.«

»Schimpf nur nicht — und — ich wäre auch daran erstickt, wenn ich ihr nicht hätte sagen können, daß ich dir mein Leben danke. Sonst habe ich sie mit Einzelheiten verschont — aber — heftig erschrocken ist sie doch, Frauen sind so schrecklich sensibel. Ganz blaß ist sie geworden, trotzdem sie mich doch heil und unversehrt vor sich sah.«

Eva Maria hatte sich wieder in der Gewalt.

»Ein Wunder war das nicht! Und wenn du deinen blonden Schopf nicht zu Ehren unseres Gastes so herrlich gebändigt hättest, würde ich dich zausen, weil du wieder so unvorsichtig gewesen bist.«

Lachend fuhr Hans mit drolliger Behutsamkeit über seinen Scheitel.

»Ralf, hast du auch eine Schwester?«

»Nein, ich habe überhaupt keine Geschwister.«

»Ich wollte mich nur erkundigen, ob alle Schwestern so versessen darauf sind, ihre Brüder zu zausen, wenn sie mal was angestellt haben.«

Sie lachten alle drei, und Eva Maria fragte Ralf, ob er ganz allein im Leben stehe, oder ob er seine Eltern noch habe.

»Nur noch meinen Vater, meine Mutter starb vor fünf Jahren an einer bösen Grippe, die damals epidemisch auftrat. Mein Vater aber ist noch sehr rüstig.«

»Dann sind Sie immer noch zu beneiden, Herr Doktor. Aber nun wollen wir zu Tisch gehen.«

Artig bot Ralf Eva Maria den Arm, und ein heißes Glücksgefühl stieg in ihm auf, als er ihre kleine Hand auf seinem Arm spürte. Hans folgte beiden mit vergnügtem Lächeln, er hatte sehr wohl ihre Befangenheit bei seinem Eintritt bemerkt. Aber bei Tisch half er ihnen mit seinem lebhaften, drolligen Geplauder großmütig darüber hinweg. Niemand merkte ihm an, daß er heute nachmittag so dicht an der Schwelle des Todes gestanden hatte. Und auch Ralf vergaß alles Drückende und Quälende. Er fühlte sich in der harmonisch vornehmen Häuslichkeit, dem schönen, geliebten Mädchen gegenüber und in der munteren Gesellschaft seines jungen Freundes wie im Paradiese. Seit dem Tode seiner Mutter hatte er nie mehr die Geborgenheit eines durch sorgende Frauenhände verschönerten Heims gefühlt. Jahrelang führte er ein Junggesellendasein, denn wenn er auch zuweilen nach Hause fuhr, um seinen Vater zu besuchen, so fand er doch in dessen, jetzt von bezahlten Dienern geleitetem Haushalt nicht das warme, häusliche Behagen, nach dem er sich immer sehnte.

Er war ein Mensch mit regem Familiensinn, mit dem Verlangen nach harmonischer Häuslichkeit. In Villa Melanie hatte er sich nie sehr wohl gefühlt, ganz abgesehen von seiner Abneigung gegen Mertens. Dort spürte man als feinfühliger Mensch, daß die Familienmitglieder sich im Grunde alle fremd und kalt einander gegenüberstanden, wenn auch die Hausfrau kein liebeleeres Herz besaß. Die Einrichtung des Hauses war ebenso glänzend wie kostbar, und überall herrschte tadellose Sauberkeit und Akkuratesse, aber das warme Behagen inniger Zusammengehörigkeit fehlte.

In Villa Rodenberg jedoch hatte er sich immer wohl gefühlt, auch noch zu Lebzeiten des alten Herrn, gleichviel, ob er in großer Gesellschaft hier gewesen war oder als einziger Gast. Immer hatte er empfunden, daß hier eine herzliche Gemeinschaft die Familienmitglieder miteinander verband. Heute aber fühlte er das mehr denn je, heute, da er einen Blick in Eva Marias Herz hatte tun dürfen. Er hätte immer wieder dankbar ihre kleine Hand küssen mögen, dafür, daß sie ihm diesen reizenden, friedlichen Abend schenkte, diesen Abend voll so vieler süßer Geheimnisse und Verheißungen. Gerade nach dem aufregenden Tage, den er hinter sich hatte, tat ihm diese Entspannung seiner Nerven ungemein wohl. Der holde, von Eva Maria ausstrahlende Frieden hüllte ihn ein, und er wußte, daß er diesen Abend nie vergessen würde.

Auch Eva Maria schien ganz eingesponnen in glückverheißende Träume. Hatte doch auch sie einen Blick in das Herz des Mannes getan, den sie, das wußte sie nun, schon liebte, solange sie ihn kannte, und dem sie doch erst in letzter Zeit durch Hans nähergetreten war. Sie spürte glücklich, daß seine Nähe ein Gefühl süßen Geborgenseins in ihr auslöste, wie sie es noch nie empfunden hatte.

Und mit Wonne fühlte sie sich diesem Manne zu Danke verpflichtet. Ihre Augen leuchteten auf, wenn Hans sich in herzlicher Dankbarkeit über den Tisch hinüberbeugte und Ralfs Hand drückte, wie in tiefer Bewegung. Und wenn dann Ralfs Augen eine so ehrliche, herzliche Freundschaft für den Bruder zurückstrahlten, dann wurde ihr das Herz warm und weit. Sie freute sich, daß Hans und Ralf so gut miteinander harmonierten, daß sie so gute Freunde geworden waren trotz des Altersunterschiedes.

Und über dem allen vergaß sie weiter zu forschen und zu fragen, was heute nachmittag geschehen war und wie Hans in Lebensgefahr hatte geraten können. Denn daß dies alles nicht so einfach war, wie es ihr die beiden einreden wollten, fühlte sie instinktiv. Eines bloßen von Ralf verhüteten Strauchelns halber wäre Hans nicht so aus dem Gleichgewicht geraten, wie es der Fall gewesen war. Sie wußte nur, daß Ralf ihren Bruder gerettet hatte. Diese Gewißheit erfüllte sie mit tiefer Dankbarkeit und deshalb freute sie sich, ihm ihr ganzes Herz zugewandt zu haben. Ihre Liebe sollte ihr Dank sein. Und heute gestand sie sich ohne Scheu, daß sie sehr unglücklich geworden wäre, hätte Jolante wirklich Ralf Bernd erobert.

Flüchtig kamen sie auch auf die Familie Mertens zu sprechen, auch auf Jolante, aber die Art, wie Ralf kurz und kühl über dies Thema hinwegging, verriet Eva Maria, wie wenig es dieser gelungen war, Eindruck auf ihn zu machen. Nur von Tante Melanie sprach er mit Wärme und prägte ein Wort für sie, das Eva Maria außerordentlich zutreffend erschien. Er nannte sie »eine freiwillige Sklavin aus Liebe«. Das machte Eva Maria plötzlich das Wesen der Tante verständlich. Ja, sie war eine freiwillige Sklavin, weil sie liebte, viel mehr liebte, als sie geliebt wurde. Ihr Gatte unterjochte sie — dafür liebte sie ihn, ihre Kinder gingen gleichgültig über sie hinweg, wenn sie nicht von ihnen ausgenützt wurde aus egoistischen Motiven — und sie liebte sie dafür. Arme Tante Melanie!

Nach Tisch zogen sich die Geschwister mit ihrem Gast in Eva Marias kleinen Salon zurück. Es war das erstemal, daß Ralf diesen Raum betrat. Er strahlte so recht das Charakteristische ihres Wesens aus, und Ralf betrat ihn mit einem Gefühl der Andacht und fühlte sich geehrt und erhoben, daß er ihn betreten durfte.

Hier ließ Eva Maria den Mokka reichen. Hermann hatte dies Amt übernommen. Fritz, der nicht geahnt hatte, daß am Abend Gäste kommen würden und daß es demzufolge vielleicht etwas zu spionieren gäbe, hatte schon am Vormittag um Urlaub nach dem Abendessen gebeten, und dieser war ihm gern bewilligt worden. Er hatte freilich zu Hause bleiben wollen, als er hörte, daß Doktor Bernd zu Gaste geladen sei, aber Hermann hatte ihm kurzerhand gesagt, er könne ruhig gehen, sobald abserviert sei, später werde er die Herrschaften allein bedienen.

So war man vor Lauschern sicher. Bei Tisch hatte man nur über Dinge gesprochen, die Mertens ruhig berichtet werden konnten.

Die drei jungen Menschen plauderten über allerlei schöngeistige Fragen und freuten sich, daß sie auch darin übereinstimmten. Dann kamen sie auf Georg Rodenberg zu sprechen, auf seine menschliche Güte und Schlichtheit und auf seine Großzügigkeit in allen Dingen. Auch sprachen sie davon, wie er bis zum letzten Atemzug darauf gehofft hatte, daß sein Sohn noch am Leben sei. Hans holte Lutz Rodenbergs Bild und zeigte es Ralf. Dieser sah überrascht darauf nieder.

»Das ist seltsam, du gleichst ihm wie ein Zwilling, Hans. So wirst du auch aussehen, wenn du sein Alter erreicht hast, also etwa in zehn Jahren.«

»Ja, das hat Großvater auch immer gesagt. Onkel Lutz war achtundzwanzig Jahre, als diese Aufnahme von ihm gemacht wurde, die letzte vor seinem Verschwinden.«

»Es scheint ein sehr gutes Bild zu sein, man sieht sogar, daß er hier unter dem rechten Auge eine Narbe hatte.«

»Ja, das Bild soll sprechend ähnlich gewesen sein. Eva Maria findet auch, daß ich Onkel Lutz sehr ähnlich bin.«

»Unbedingt, es ist eine sehr auffallende Ähnlichkeit. Wie lange ist er eigentlich schon verschollen — oder tot?«

»Seit zirka fünfzehn Jahren. Lebte er noch, würde er jetzt im Beginn der Vierzig stehen.«

»Ich kann verstehen, wie tief dein Großvater seinen Sohn betrauert hat. Er hatte ein edelgeformtes Gesicht und ist sicher ein guter und wertvoller Mensch gewesen.«

»Oh, du hättest Großvater von ihm erzählen hören sollen.«

»Es ist kein Wunder, daß er nicht an den Tod dieses lebensvollen Menschen hat denken mögen. Gewiß war er dir auch im Wesen ähnlich.«

»Großvater behauptete es oft. Nicht wahr, es ist ihm nicht nur als Schrulle anzurechnen, wenn er nicht an seinen Tod glauben wollte.«

»Nein, gewiß nicht.«

»Mertens rechnete es Großvater immer als verächtliche Schwäche an«, sagte Hans zornig.

Ralf winkte hastig ab.

»Bitte, nenne diesen Namen nicht in diesem Raume, Hans«, sagte er mit zusammengezogener Stirn, »es erscheint mir wie eine Entweihung.«

Eva Maria sah errötend zu ihm hinüber.

»Du hast recht, Ralf«, erwiderte Hans ernst und trug dann das Bild Lutz Rodenbergs wieder in des Großvaters Zimmer hinüber. Eva Maria und Ralf waren eine Weile allein.

»Dieser Raum ist wunderschön, mein gnädiges Fräulein, man spürt darin die Seele seiner Bewohnerin«, sagte Ralf leise.

»Gefällt er Ihnen, Herr Doktor?«

Seine Augen blickten tief in die ihren.

»Gefallen? Was für ein armseliges Wort für das, was ich beim Betreten dieses Raumes empfand.«

»Großvater hat mir zu meinem zwanzigsten Geburtstag gestattet, das Zimmer ganz nach meinem Geschmack einrichten zu lassen. Ich war ihm sehr dankbar dafür. Das ist nun schon über zwei Jahre her.«

»Wie gut, daß wenigstens Sie schon mündig waren, als Ihr Herr Großvater starb.«

Sie seufzte tief auf.

»Ja, gottlob, so bin ich wenigstens bloß in einem gewissen Grade von meinem Onkel Mertens abhängig. Vollständig unabhängig von ihm werde ich freilich erst sein, wenn ich mich eines Tages verheiraten sollte.«

Dabei trafen die Blicke der beiden Menschen wieder ineinander. Mit einem heißen, sehnenden Forschen sah Ralf in Eva Marias Augen, und sie fühlte, wie ihr das Blut jäh ins Gesicht schoß. Sie sprachen nicht weiter, bis Hans zurückkam, aber es war ein bedeutungsvolles Schweigen.

»Eva Maria, du könntest uns eigentlich ein paar Lieder singen. Nicht wahr, Ralf, so ein bißchen Hausmusik ist ganz schön?« sagte Hans.

»Aber Hans, du weißt doch, daß ich nie vor Fremden singe.«

»Mein Freund Ralf ist kein Fremder«, protestierte Hans.

Eva Maria lächelte.

»Nein, du hast recht, so meinte ich es auch nicht. Aber ich möchte niemandem mit meinem Gesang lästig fallen. Herr Doktor Bernd wird gewiß lieber plaudern.«

Bittend sah Ralf zu ihr hinüber.

»Sie dürfen es nicht als Kompliment auffassen, wenn ich sage, daß ihre Stimme mir verrät, daß Sie sehr gut singen können müssen. Und ich höre Gesang sehr gern. Sie würden mich ehren und erfreuen, wenn Sie mir gestatten wollten, Ihnen zuzuhören.«

Da erhob sich Eva Maria ohne Zögern.

»Sie haben heute meinem Bruder das Leben gerettet, ich möchte Ihnen daher keine Bitte abschlagen. Aber Sie dürfen sich keinen großen Genuß versprechen, ich habe niemals eigentlichen Gesangsunterricht gehabt und habe immer nur für Großvater und Hans gesungen.«

»Um so höher schätze ich es ein, wenn Sie mir gestatten, Ihnen zuzuhören.«

Sie war zu ihrem kleinen Flügel getreten, der im Zimmer stand.

»Willst du mich begleiten, Hans?«

»Gern, Eva Maria!«

Ralf staunte.

»Du bist auch musikalisch, Hans?«

»Nur für den Hausgebrauch und nur, wenn ich gereizt werde«, scherzte Hans und nahm am Flügel Platz.

Eva Maria wählte ein Notenblatt aus und legte es vor Hans hin. Dieser begann sogleich mit dem Vorspiel, und Ralf horchte überrascht auf. Er hätte Hans diesen weichen, leichten Anschlag nicht zugetraut, hatte ihn überhaupt nicht für musikalisch gehalten. Und nun bereitete ihm Hans einen so angenehmen Genuß, er spielte mit feinem Verständnis.

Bald fiel Eva Marias Stimme ein, ihr Gesang war nicht groß und stark, aber ungemein weich und süß. Ganz rein perlten die Töne über ihre Lippen. Ralf freute sich, daß sie seinen Lieblingskomponisten gewählt hatte, Solveigs Lied aus Peer Gynt von Grieg klang mit großer Innigkeit durch den Raum. Voll Andacht lauschte Ralf den reinen, weichen Tönen, er ließ dabei seinen Blick nicht von ihrem lieblichen Antlitz. Sie wagte nicht, zu ihm hinzusehen. Ihre Stimme klang erst ein wenig unsicher, sie war es nicht gewohnt, andere Zuhörer zu haben als den Großvater und den Bruder.

Und nun saß gar Ralf Bernd dort drüben, dessen bloße Anwesenheit genügte, um sie befangen zu machen. Aber sie bezwang diese Unsicherheit bald, und ihre Stimme wurde immer klarer und freier.

Als sie geendet hatte und das Notenblatt hinlegte, blieb es zunächst ganz still. Ralf blieb ganz in sich versunken sitzen und lauschte noch immer den Tönen nach, die sich in sein Herz geschmeichelt hatten.

Eva Maria nahm still ihren Platz wieder ein, und Hans spielte noch eine Piece von Chopin. Er sah dabei zu Ralf hinüber, und ein leises Lächeln huschte um seinen Mund – ein verstehendes Lächeln.

Als Hans zu Ende war und sich vom Flügel erhob, richtete sich Ralf jäh aus seiner Versunkenheit empor. Und jetzt erst vermochte er Eva Maria für den Genuß zu danken, den sie ihm bereitet hatte. Sie wehrte verlegen ab.

»Sie beschämen mich, Herr Doktor, von einem Genuß kann wohl kaum die Rede sein.«

Mit einem brennenden Blick sah er sie an.

»Wenn ich Ihnen nur ausdrücken könnte, wie innig dankbar ich Ihnen bin, daß Sie mich für wert hielten, Ihnen zuhören zu dürfen. Ich kann meine Dankbarkeit nur dadurch beweisen, daß ich nicht so vermessen sein will, Sie um ein weiteres Lied zu bitten.«

Sie schüttelte verlegen den Kopf.

»Sie müssen mir nicht so viel Schmeichelhaftes sagen, ich kann nicht verstehen, daß mein Gesang jemandem einen Genuß verschafft. Aber — wenn Sie wirklich noch ein Lied hören möchten, singe ich es Ihnen gern.«

»Würden Sie das wirklich tun?« fragte er mit freudig glänzenden Augen.

»Aber gewiß! Vielleicht haben Sie einen besonderen Wunsch.«

»Sie haben gleich meinen Lieblingskomponisten gewählt, wenn Sie mir noch ein zweites Lied von Grieg singen wollen, bin ich so unbescheiden, darum zu bitten.«

Ruhig lächelnd stand sie auf.

»Komm Hans, wir wollen den Wunsch unseres Gastes erfüllen.«

Hans trat an den Flügel heran und suchte unter den Noten.

»Jetzt werde ich bestimmen, was du singst, Eva Maria. Hier, dies Lied von Grieg liegt dir besonders gut, das mußt du singen.«

Er sagte das scheinbar harmlos, aber es zuckte leise um seinen Mund.

Eva Maria sah auf das Notenblatt herab, und plötzlich schoß ihr das Blut verräterisch ins Gesicht. Unsicher sah sie zu Ralf hinüber und wollte einen Einwand machen, aber Hans begann schon mit dem Vorspiel und so mußte sie einsetzen:

»Du mein Gedanke, du mein Sein und Werden,
Du meines Herzens höchste Seligkeit,
Ich liebe dich, wie nichts auf dieser Erden,
Ich liebe dich in Zeit und Ewigkeit.«

Ralf stützte den Kopf in die Hand und verbarg sein Gesicht in der Hand. Er trank die süßen Töne in sich hinein, als seien sie ein holdes Geständnis, als seien diese Worte für ihn bestimmt.

Ich liebe dich in Zeit und Ewigkeit!

Er hätte ihr das zurufen mögen, als sie geendet hatte. Hans merkte ihm an, was in ihm vorging, mit Bedacht hatte er gerade dieses Lied gewählt, und der Schelm blitzte ihm aus den Augen. Er freute sich, freute sich unbändig, daß die Herzen dieser beiden Menschen, die ihm die liebsten waren auf der Welt, einander zuflogen. Niemandem außer Ralf hätte er die zärtlich geliebte Schwester gegönnt.

Als Eva Maria geendet hatte und ihren Platz wieder einnahm, spielte Hans noch eine Weile weiter. Er wollte den beiden Liebenden Zeit lassen, sich zu fassen, denn daß Eva Maria tief verwirrt war, weil er sie gerade dies Lied hatte singen lassen, spürte er. So ungestüm und unbesonnen Hans auch sein konnte, so konnte er auch sehr feinfühlig und zart sein.

Als er endlich sein Spiel beendet hatte, fragte er lachend:

»Nun, Ralf, was sagst du zu unseren musikalischen Darbietungen?«

»Ich bin freudig überrascht – und tief bewegt. Über den Gesang des gnädigen Fräuleins will ich kein Wort verlieren – sie hat mir eine köstliche Feierstunde geschenkt, mehr will und kann ich nicht darüber sagen. Aber daß du den Flügel so bewundernswert beherrschst, das hat mich mit Staunen und Bewunderung erfüllt. Ich hätte dir dies feine musikalische Verständnis kaum zugetraut.«

»Ja, siehst du, man stellt zuweilen seine schönsten Lichter unter den Scheffel.«

Eva Maria hatte ihre Fassung wiedererlangt.

»Nicht wahr, Herr Doktor, Hans hat einen guten Anschlag und begleitet mit großem Verständnis.«

»Unbedingt, wie gesagt, ich staune.«

»Aber Ralf, was ist da zu staunen. Ich habe kaum drei Jahre Klavierunterricht gehabt, bevor ich die ersten Klassen des Gymnasiums besuchte, nachher mußte ich zu viel büffeln, weil mir alles ein bißchen schwerfiel, was mit Bücherweisheit zusammenhängt. Ich habe dann aber doch in meinen Mußestunden weiter geübt, und als wir dann Eva Marias Stimme entdeckten, Großvater und ich, da habe ich sie begleitet und das ging sehr gut. Großvater hörte Eva Maria sehr gern.«

»Das kann ich begreifen!« rief Ralf mit einem bewundernden Blick auf Eva Maria.

»Nicht wahr, Ralf, sie hat eine wunderschöne, süße Stimme, ich könnte ihr stundenlang zuhören.«

»Ich auch!« sagte Ralf leise.

Aber Eva Maria hatte es doch gehört, und ihre Wangen röteten sich. Ralf fand diesen schnellen Farbenwechsel in ihrem Gesicht entzückend, eine Frau, die nicht erröten konnte, war für ihn keine echte Frau. Die modernen jungen Damen hatten das Erröten fast verlernt, es gab kaum noch etwas, das ein solches bei ihnen auslöste. Jolante Mertens zum Beispiel gehörte zu diesen Frauen, es gab für sie keine Situation mehr, die ihr das Blut in die Wangen getrieben hätte. Das erschien ihr rückständig und unmodern. Ihm aber erschien es unschön und unweiblich, wenn eine Frau nicht mehr erröten konnte.

Man plauderte noch ein Stündchen, und dann verabschiedete sich Ralf, obwohl er gern noch länger geblieben wäre. Herzlich dankte er den Geschwistern für den reizenden Abend, und Hans erwiderte lebhaft:

»Das wiederholen wir sehr bald, Ralf, wir können nur alle dabei gewinnen, und du hast es Mertens ja plausibel gemacht, daß du uns zuweilen besuchen mußt. Weißt du, Eva Maria, wir setzen einfach zwei Abende in der Woche fest, die Ralf bei uns verbringt. Darüber sprechen wir noch, Ralf, wir einigen uns, welche Abende am besten passen.«

Ralf sah Eva Maria fragend an.

»Werden Sie damit einverstanden sein, mein gnädiges Fräulein?«

»Das bedarf keiner Frage, ich werde mich immer freuen, Sie bei uns zu sehen.«

Er küßte ihre Hand.

»Ich danke Ihnen von ganzem Herzen, auch dir, lieber Hans«, sagte er warm.

»Du darfst nicht danken, Ralf, was wollen wir dann tun? Und wir gewinnen doch mehr von deiner Gesellschaft. Eva Maria fühlt sich jetzt ohnedies so einsam. Also es bleibt dabei – wir erwarten dich jede Woche zweimal.«

Ralf entfernte sich, und die Geschwister sahen ihm vom Fenster aus nach. Eva Maria hatte ihr kleines Auto für ihn vorfahren lassen, das ihn nach Hause bringen sollte. Er verbeugte sich noch einmal, ehe er einstieg. Dann lehnte er sich mit geschlossenen Augen in die Kissen zurück, die denselben feinen Duft ausströmten, der Eva Maria stets umgab. Ihm war, als sei sie noch bei ihm und als höre er wiederum ihre weiche Stimme:

Ich liebe dich in Zeit und Ewigkeit!

»Eva Maria – süße Eva Maria«, flüsterte er.

Oben am Fenster standen die beiden Geschwister noch eine Weile, bis Hans die Schwester zurückzog.

»Das war wirklich ein reizender Abend, Eva Maria! Findest du nicht auch, daß Ralf Bernd ein großartiger Mensch ist?«

»Ja, Hans, man hat das Gefühl, als könne man ihm unbedingt vertrauen.«

»Ha! Und ob man das kann! Nicht wahr, du freust dich auch, daß er jetzt öfter zu uns kommt?«

»Gewiß, wenn uns nur Onkel Arthur keinen Strich durch die Rechnung macht, wenn er so oft kommt.«

»Nun, jedesmal braucht er es ja nicht zu wissen.«

»Du vergißt Fritz.«

Hans zog die Stirn zusammen.

»Den werden wir entlassen! Weshalb sollen wir einen Spion des Herrn Direktor Mertens bei uns in Lohn und Brot behalten, das sehe ich nicht ein.«

»Wir könnten ihn allerdings entlassen, Hans, aber dann würde Onkel Arthur einen von unsern andern Leuten bestechen, damit er ihm Spionendienste leistet. Und wir wüßten dann nicht, wen er angeheuert hat. Hier wissen wir wenigstens Bescheid und können uns schützen, zumal Hermann gut achtgibt.«

»Richtig! Also lassen wir es schon dabei, und Ralf wird Mertens schon für seine Besuche bei uns die nötige Erklärung geben. Hoffentlich ist diese Komödie nicht lange mehr nötig!«

Die letzten Worte klangen in einen Seufzer aus.

XV

Am nächsten Morgen saß Arthur Mertens mit seiner Frau und seiner Tochter am Frühstückstisch. Er war sehr schlecht gelaunt. Das Mißglücken seines zweiten Attentates auf seinen Neffen hatte ihm eine unruhige Nacht verursacht. Frau Melanie beobachtete ihren Gatten mit ängstlich besorgter Miene.

Jolante ignorierte jedoch des Vaters schlechte Laune vollständig. Sobald er sich eine Zigarre ansteckte, zündete sie sich eine Zigarette an und sah gelangweilt den Rauchwölkchen nach. Der Vater warf ihr einen mürrischen Seitenblick zu.

»Mußt du gleich am frühen Morgen Zigaretten rauchen, Jo?«

Erstaunt sah sie ihn an.

»Du rauchst doch auch, Papa. Stört dich der Rauch meiner Zigarette?«

»Mich nicht, aber vielleicht Mama. Du könntest zum mindesten erst um Erlaubnis fragen.«

»Oh? Da du rauchtest, ohne Mama um Erlaubnis zu fragen, tat ich es auch.«

Er schlug mit der Hand auf den Tisch.

»Sei nicht so frech!« schrie er sie an.

»Aber Jo, wie kannst du in diesem Ton mit Papa reden«, mahnte Frau Melanie mit einem ängstlichen Blick auf den Gatten.

Jolante zuckte nur die Achseln, erhob sich und verließ das Zimmer.

»Schlecht hast du deine Kinder erzogen, Melanie«, tadelte der übelgelaunte Hausherr.

Frau Melanie nahm den Tadel ruhig hin.

»Soll ich dir noch eine Orange schälen, Arthur?« fragte sie freundlich.

Die Sanftmut seiner Frau brachte ihn zuzeiten mehr auf, als es ein zorniger Widerspruch getan hätte. Aber er bezwang sich. Melanie mußte in dem Glauben erhalten werden, daß er sie über alles liebte. Gegen sie wurde er daher niemals ausfällig.

»Meinetwegen«, gestattete er gnädigst und fuhr dann mit sanftem Tadel fort: »Du bist wirklich zu nachsichtig den Kindern gegenüber, Melanie. Sicherlich hast du Egon wieder heimlich Geld zugesteckt.«

Sie errötete, wagte aber nicht zu leugnen.

»Nur eine Kleinigkeit, Arthur.«

»Schwache Mutter! Er muß doch lernen, auszukommen. Als ich in seinem Alter war, mußte ich mich mit dem zehnten Teil einrichten.«

Sie schälte die Orange auf sehr liebevolle Art und legte sie auf seinen Teller. Er vertiefte sich wieder in seine Zeitung. Plötzlich fuhr er auf und starrte ungläubig auf ein großes Inserat, in dem ihm der Name Lutz Rodenberg aufgefallen war. Wieder schlug er mit der geballten Faust auf den Tisch und bekam einen roten Kopf.

»Das ist doch unerhört! Was ist das für eine Frechheit, meinen Willen zu ignorieren?« brauste er auf.

Erschrocken sah ihn seine Gattin an.

»Um Himmels willen, was ist denn, Arthur?«

Er hielt ihr die Zeitung so dicht vor die Augen, daß sie nichts lesen konnte.

»Da, sieh dir das an! Da steht ein Inserat in den Zeitungen – mit einer Ehrenerklärung für Lutz Rodenberg, mit der Versicherung seiner Unschuld und mit der Nachricht, daß sein Vater tot und er der Erbe von Rodenberg sei. Ich habe doch klar und deutlich meine Einwilligung zu diesem Unsinn versagt. Wer hat dieses Inserat in die Zeitungen lanciert? Denn wie in dieser Zeitung, wird es noch in unzähligen andern stehen. Unerhört! Steckst du etwa mit dahinter, Melanie?«

Sie nahm ihm zitternd die Zeitung ab und las. Ganz blaß war sie vor Schrecken geworden, und ängstlich wehrte sie ab:

»Aber nein, Arthur, du weißt doch, daß ich nie etwas gegen deinen Willen tue.«

Er sprang auf und ballte die Zeitung wütend zusammen.

»Das haben die beiden drüben in Villa Rodenberg getan, dein sauberer Neffe und Eva Maria. Gegen meinen ausdrücklichen Willen haben sie es getan. Das viele Geld mußte nutzlos vergeudet werden. Und gar nicht groß und fett genug konnten sie es drucken lassen. Ein Skandal ist es, wie hier mit dem Gelde herumgeworfen wird.«

Mit großen, ängstlichen Augen sah Melanie zu ihm auf. Es war sehr selten, daß Mertens sich so gehen ließ, fast immer hatte er sich in der Gewalt.

»Beruhige dich doch, lieber Arthur, du schadest deiner Gesundheit, wenn du dich so aufregst.«

»Wie kann ich ruhig sein, wenn diese Gesellschaft mich so aufregt und in einem fort ärgert. Das ist doch unerhört, meinen Willen so zu ignorieren.«

Das traf ihn immer am härtesten, wenn jemand seinen Wünschen entgegen handelte. Seine Machtgier fand schon darin eine unerträgliche Beschränkung.

»Ich verstehe das nicht, Arthur, wie konnten sie das nur tun«, sagte Frau Melanie verzagt und verschüchtert.

»Nun, ich werde ihnen den Standpunkt gründlich klarmachen, hier hat nichts gegen meinen Willen zu geschehen. Gleich jetzt fahre ich hinüber und stelle fest, wer mir das angetan hat«, stieß er wütend hervor.

Seine Frau wagte nicht, ihn aufzuhalten, bat ihn nur wieder, sich nicht zu sehr aufzuregen, weil ihm das nicht gut tue. Und als er dann in seiner Wut grußlos davongehen wollte, fragte sie kläglich:

»Bekomme ich denn keinen Kuß zum Abschied, Arthur?«

Er bezwang sich, und es fiel ihm wieder ein, daß er die Komödie des liebenden Gatten weiterspielen mußte. Wie in überwallender Zärtlichkeit zog er sie an sich.

»Du bist meine geliebte Frau, du ärgerst mich nie. Verzeihe mir, daß ich mich hinreißen ließ, aber du mußt doch verstehen, daß ich mir nicht so auf dem Kopf herumtanzen lassen kann. Wo bleibt da meine Autorität?«

»Sei doch nicht so böse, mein Arthur. Sieh mal, Eva Maria und Hans wollten doch nur Vaters Wunsch erfüllen.«

»Nimmst du sie etwa in Schutz?«

»Nein, nein, du sollst dich nur nicht aufregen.«

»Nur mir zum Trotz haben sie das getan, aber ich werde ihnen das austreiben, allen beiden.«

Und wütend, daß man seinen Willen nicht respektiert hatte, fuhr er zur Villa Rodenberg hinüber, gewillt, seine Macht zu demonstrieren. Hans war schon nach den Werken hinübergegangen, er traf Eva Maria allein an. Zornig hielt er ihr das Zeitungsblatt vor die Augen.

»Was ist das?« fuhr er sie an.

Aber zu seinem Erstaunen blickte sie ruhig und furchtlos in seine Augen.

»Du siehst es ja, es ist das Inserat, das Großvater in die Zeitung gerückt haben wollte und zugleich die Erklärung, daß Onkel Lutz schuldlos ist.«

»Ich habe doch aber strengstens untersagt, daß das Inserat in die Zeitungen gesetzt werden sollte.«

»Mir war Großvaters Wunsch maßgebender als dein Verbot«, erwiderte sie ebenso ruhig.

Er lachte zornig auf.

»Woher habt ihr das Geld, um dieses Inserat zu bezahlen?«

»Es ist noch nicht bezahlt, und ich will dich bei dieser Gelegenheit gleich bitten, das Geld anweisen zu lassen.«

»Fällt mir nicht ein!«

»Ich will das Geld bezahlen, Onkel Arthur, du hast kein Recht, es mir zu weigern.«

Er stutzte.

»Wie, du willst die Kosten allein tragen?«

Eva Maria und Hans hatten vereinbart, jeder die Hälfte der Kosten zu übernehmen, aber Eva Maria wußte, daß Mertens für Hans keinen Pfennig herausrücken würde. So beschloß sie, alles von ihrem Konto zu begleichen. Mit Hans setzte sie sich dann später auseinander, wenn er selbst über sein Geld verfügen konnte. Und so sagte sie ruhig, auch um Hans Vorwürfe zu sparen:

»Gewiß, weise die Summe von meinem Konto an.«

Er ärgerte sich, daß er jetzt eigentlich keine Handhabe mehr hatte, zu protestieren. Und so sagte er nur:

»Du bist aber doch verpflichtet, mir alle größeren Ausgaben, die über dein laufendes Nadelgeld hinausgehen, zu melden.«

»Das tue ich hiermit«, erwiderte Eva Maria, ohne sich einschüchtern zu lassen.

»Es ist leider nicht mehr rückgängig zu machen, auch wenn ich das tun wollte.«

»Nein, gottlob nicht, deshalb habe ich dir ja vorher nichts davon gesagt. Du hättest es sonst hintertrieben, und das durfte nicht sein. Du kannst auch die Auszahlung nicht verweigern, da ich damit nur einen ausdrücklichen Wunsch Großvaters erfüllt habe.«

Er biß die Zähne zusammen und sagte erst nach einer Weile:

»Man müßte dich unter Arrest stellen, weil du das Geld so sinnlos hinauswirfst.«

Eva Maria erblaßte. Sie wußte, das würde er nur zu gern tun. Aber sie atmete auf.

»Dazu hast du gottlob kein Recht, denn wie gesagt, ich erfüllte einen Wunsch unseres Großvaters. Und außerdem bin ich vollständig zurechnungsfähig und vergeude keinen Pfennig.«

»Mit dieser sinnlosen Handlungsweise hast du das Gegenteil bewiesen«, sagte er giftig.

»Ich betone nochmals, daß ich damit Großvaters in seinem Testament festgelegten Wunsch erfüllt habe. Da du das nicht getan hast, wie es deine Pflicht war, habe ich es getan.«

Er sah, daß er sie nicht einschüchtern konnte, und so sehr auch die Wut noch in ihm tobte, bezwang er sich doch und fuhr in einem gemäßigteren Tone fort:

»Nun gut, so trage auch die Kosten allein. Aus den Werken ziehe ich diesen Betrag nicht und deine Miterben werden auch nicht damit belastet.«

»Ich habe dir bereits gesagt, daß ich die Kosten allein trage. Ich werde dir die Rechnung geben, und du hast die Güte, das Geld von meinem Konto auf das des Rechtsanwaltes Doktor Corell in Frankfurt zu überweisen.«

»Wie kommst du denn zu diesem Doktor Corell?«

»Ich las seinen Namen in der Zeitung, ganz zufällig, und da ich jemand haben mußte, um die Sache in Fluß zu bringen, wandte ich mich an ihn.«

»Auch noch Anwaltskosten! Es hätte doch genügt, direkt einem Inseratenbüro den Auftrag zu geben. Und alles das hinter meinem Rücken!«

Sie sah ihn mit großen Augen an.

»Du lehntest so entschieden ab, daß uns nichts anderes übrigblieb, als ohne dein Wissen und deine Einwilligung zu handeln. Uns war es unmöglich, Großvaters Wunsch unerfüllt zu lassen, ganz gleich, ob es zwecklos ist, oder nicht.«

Da er Eva Maria nichts anhaben konnte, wandte sich sein Groll gegen Hans.

»Selbstverständlich hat dein sauberer Bruder das ausgeheckt, um mich zu ärgern. Der Lümmel macht es mir wahrlich schwer genug, sein Vormund zu sein. Man müßte ihm wirklich eine Tracht Prügel verabreichen.«

Sie richtete sich hoch auf.

»Ich habe dir schon einmal gesagt, daß es besser ist, wenn du das unterläßt. Nie würde ich es dir verzeihen, wenn du die Hand an meinen Bruder legtest.«

Ihre letzten Worte ließen ihn leise zusammenzucken. Er dachte daran, wie sehr er gestern gewillt gewesen war, die Hand an Hans zu legen, als er ihn über die Maschine gebeugt stehen sah. Und zugleich fiel ihm wieder ein, daß er seinen Haß auf Hans sorgfältig verbergen müsse, damit niemand einen Verdacht gegen ihn hegen könne, wenn er seinen heimlichen Plan ausführen würde, Hans zu beseitigen. Er zwang sich zu einem Lächeln.

»Nun, nun, rege dich nicht auf, Eva Maria, so etwas spricht man einmal im Ärger, und ich habe mich ein bißchen aufgeregt, weil ihr das Inserat doch einrücken ließet. Ich weigere mich doch wahrlich nur in eurem Interesse, ihr solltet das schöne Geld nicht sinnlos hinauswerfen. Es hat doch absolut keinen Zweck, Lutz ist tot, das steht doch fest. Daß ich Hans nicht wirklich verprügeln würde, kannst du dir doch denken, trotz allem habe ich den Schlingel dennoch lieb. Erst gestern habe ich ihm gesagt, daß er mir teuer ist wie mein eigen Fleisch und Blut. Ich habe mich gestern so namenlos um ihn geängstigt, daß mir ganz übel wurde, als er in der Maschinenhalle so unvorsichtig über der großen Maschine stand und in das Getriebe hinabblickte. Ein kleiner Schwindelanfall hätte genügt, um ihn hinabzustürzen. Ich bin wie von Sinnen die Treppe hinaufgerannt, um ihn zurückzureißen. Kein Mensch war in der Nähe, der ihn hätte halten können. Aber gleich nach mir kam auch Doktor Bernd, und wir rissen Hans gemeinsam aus seiner gefährlichen Stellung zurück. Da habe ich so recht gefühlt, wie lieb mir der Schlingel ist. Da kannst du dir doch denken, daß ich im Ernst nie die Hand gegen ihn erheben würde.«

Das alles sagte er mit seinem falschen, sanften Ton, der immer unecht auf Eva Maria wirkte.

Sie war zusammengezuckt, als Mertens von der Maschinenhalle sprach. Ihr Gesicht wurde blaß, und sie starrte ihn ganz betreten an.

»Was sagst du? Was ist gestern geschehen?« stieß sie heiser hervor.

»Nun, ich sage dir doch, Hans war in seiner Unvorsichtigkeit nahe daran, in das Getriebe einer großen Maschine zu stürzen. Ich wollte ihn gerade zurückreißen, aber Doktor Bernd kam mir schon zuvor.«

Immer noch starrte ihn Eva Maria mit großen Augen an.

Warum hatten ihr Hans und Doktor Bernd verschwiegen, daß Arthur Mertens dabeigewesen war. Ein Blick in dessen falsches, scheinheiliges Gesicht jagte ihr einen Schauer über den Rücken. Weshalb sprach er plötzlich so ganz anders von Hans — als liebe er ihn wie sein eigen Fleisch und Blut? Das mußte doch einen Grund haben. Instinktiv fühlte sie, daß es von diesem Manne ausströmte wie eine Gefahr für den Bruder. Gerade seine übergroße Freundlichkeit, das Betonen seiner Liebe erschien ihr gefährlich.

»Du? Du warst dabei?« fragte sie bestürzt.

»Nun ja, hat dir das Hans nicht erzählt, hat er dir nicht gesagt, wie ich mich um ihn gesorgt habe?«

Sie schüttelte den Kopf, immer wieder darüber nachgrübelnd, weshalb ihr die beiden verschwiegen hatten, daß Mertens bei jener Affäre zugegen gewesen war.

»Hans sprach nur davon, er sei unvorsichtig gewesen und daß Doktor Bernd ihn zurückgerissen und ihn wegen seiner Unvorsichtigkeit ausgescholten habe. Aber — von dir sprach er nicht.«

Das hörte Mertens sehr gern, es schien ihm ein Beweis, daß Hans keinen Verdacht gegen ihn hegte, sonst hätte er sicher von ihm gesprochen.

»Nun siehst du, kein Wort verliert der Schlingel darüber, daß man sich seinetwegen so gesorgt und gebangt hat. Weil ich als Vormund die Pflicht habe, zuweilen etwas streng mit ihm zu sein, deshalb ist er mir gram. Und ich meine es doch so gut mit ihm.«

Das sagte er in einem gekränkten Ton. Eva Maria achtete kaum darauf, sie fragte sich nur immer wieder, warum Hans und Doktor Bernd Mertens gar nicht erwähnt hatten, und es fiel ihr nun doppelt auf, daß sie nicht darüber sprechen wollten, was eigentlich geschehen sei. Halb geistesabwesend sagte sie nur:

»Du brauchst wahrlich nicht so streng zu Hans zu sein, er tut ja nichts Schlimmes.«

»Oh, du weißt eben nicht, was für Streiche er heimlich macht. Ich bin wahrlich nicht zu streng, eher zu nachsichtig. Aber ab und zu muß ich ihn doch mal ausschelten, weil er so tolle Sachen macht.«

Eva Maria biß sich auf die Lippen, sie durfte ja den Bruder nicht verteidigen, wie sie es gern gewollt hätte.

»Er wird schon wieder vernünftig werden«, sagte sie nur.

»Nun ja, das wollen wir hoffen, wie alle, die ihn liebhaben. Du ahnst ja gar nicht, wie er mir ans Herz gewachsen ist. Aber – nun will ich mich nicht länger aufhalten, es ist Zeit, daß ich ins Kontor komme. Also, da nun nichts mehr an der Inseratenangelegenheit zu ändern ist, werde ich die Rechnung begleichen – allerdings muß ich dein Konto damit belasten. Du kannst nicht verlangen, daß ich Tante Melanies Erbe dadurch schmälere.«

»Nein, nein, das verlange ich nicht. Bitte erledige es gleich – ich bringe dir sofort die Rechnung herüber.«

Und sie ging in ihr Zimmer und holte diese herbei. Arthur Mertens sagte ihr noch allerlei Liebenswürdigkeiten, machte Eva Maria Komplimente über ihr Aussehen und erkundigte sich, ob sie noch andere Wünsche habe. Sie zwang sich zur Ruhe und verneinte. Es kostete sie viel Selbstüberwindung, ihm die Hand zum Abschied zu reichen; als er endlich gegangen war, wusch sie sich erst einmal gründlich die Hände, was sie immer tat, wenn sie die seinen hatte anfassen müssen. Ihr war dann immer, als habe sie etwas Unreines berührt. Aber dabei grübelte sie unablässig darüber nach, warum ihr Hans und Doktor Bernd verheimlicht hatten, daß Mertens gestern in der Maschinenhalle gewesen war. Hans war in Gefahr gewesen, das war sicher. Aber wie hing das alles zusammen, warum hatte man ihr das nicht erzählt?

Es erschien ihr jetzt unheimlich, daß Hans nicht mit der Sprache hatte herauskommen wollen. Auch daß er in Gefahr gewesen und Ralf Bernd ihn gerettet hatte, war ihm nur wider Willen herausgefahren, und Doktor Bernd hatte ihn deshalb vorwurfsvoll angesehen.

Unruhig und beklommen, nicht zuletzt auch wegen Mertens' auffallender Freundlichkeit, ging sie ihren häuslichen Geschäften nach. Sie sah überall im Haushalt selbst nach dem Rechten und faßte auch selbst mit zu, wo es nötig war. Voll Ungeduld erwartete sie die Heimkehr des Bruders, und als er endlich eintrat, umfaßte sie ihn und sah ihn forschend an.

»Hans, was ist gestern eigentlich geschehen? Warum habt ihr beide, du und Doktor Bernd, mir nicht gesagt, daß Mertens dabei war, als Doktor Bernd dir das Leben rettete.«

Hans bekam vor Schreck einen roten Kopf.

»Wie kommst du denn darauf, woher weißt du, daß Mertens dabei war?«

»Er hat es mir selbst gesagt.«

»Er selbst? Wo hast du ihn getroffen?«

»Er war hier! Er hat das Inserat in der Zeitung gelesen und kam in hellem Zorn, um mich deswegen zur Rede zu stellen. Und da er mir nichts anhaben konnte und ich ihm ruhig sagte, daß ich das Inserat bezahle und er also nichts dagegen einzuwenden habe, wurde er böse auf dich, meinte, du habest das eingefädelt, um ihn zu ärgern. Und er drohte wieder einmal, dich zu prügeln, worauf ich ihm sagte, er möge das nie tun, denn das würde ich ihm nie verzeihen. Und plötzlich wurde er dann ganz anders, legte eine greuliche, falsche Freundlichkeit an den Tag, behauptete, dich zu lieben wie sein eigen Fleisch und Blut und erzählte mir von seiner Angst und Sorge um dein Leben, als du dich gestern sehr unvorsichtig über eine Maschine gebeugt habest. Er habe dich zurückreißen wollen — aber das sei zugleich Doktor Bernd gekommen und habe dich zurückgehalten. Siehst du, Hans, seine seltsame Freundlichkeit, die unechte Versicherung seiner Zuneigung zu dir, die er ganz gewiß nicht empfindet, hat mir Angst gemacht. Dahinter steckt doch irgend etwas.«

Hans lachte bitter auf.

»Diese Komödie hat er mir gestern schon vorgespielt — aus welchem Grunde, weiß ich nicht.«

»Aber warum hast du mir nicht gleich gesagt, daß er dabei war und was überhaupt geschehen ist? Und jetzt fällt mir ein, ihr saht euch gestern abend so seltsam an, als Doktor Bernd dir Vorwürfe machen wollte, daß du mir überhaupt etwas mitgeteilt hattest. Ihr verschweigt mir etwas, Hans, was ist denn eigentlich geschehen?«

So fragte sie erregt und ängstlich.

Hans wußte nicht, was er erwidern sollte. Er zog sie an sich, streichelte sie und sagte dann stockend:

»Ach weißt du, Eva Maria, Mertens' Gegenwart war eigentlich so — so nebensächlich, du kannst dir doch denken, daß er sich nur hat aufspielen wollen. Wenn er schon den liebevollen Verwandten heuchelt, ist das zum Davonlaufen. Er, und sich um mich bangen? Das ist ja ekelhafte Heuchelei! Der Schuft, der Schuft!«

Das stieß Hans in höchster Erregung hervor. Aber dann bezwang er sich und fuhr ruhiger fort: »Ich bitte dich, Eva Maria, laß uns nicht mehr daran denken, ich mag nicht mehr davon sprechen. Ich war eben nur unvorsichtig und werde es nie mehr sein. Bitte, laß es ruhen.«

Und er machte ein so gequältes Gesicht, daß sie abließ mit Fragen. Aber sie wußte nun gewiß, daß ihr Hans etwas Schwerwiegendes verschweigen wollte, etwas, das sie beunruhigt hätte. Und daß es mit Mertens zusammenhing, war ihr ebenfalls klar. Hatte sie schon immer ein heimliches Grauen vor ihm gehabt, so verstärkte sich das jetzt noch. Daß sie nur für ihren Bruder, nicht für sich zu fürchten hatte, fühlte sie. So sagte sie nur bedrückt und traurig:

»Ich werde dich nicht mehr fragen, Hans, weil ich fühle, daß du mir etwas verbergen willst, was mich beunruhigen könnte. Aber ich sage dir, es beunruhigt mich mehr, als wenn du es mir sagen würdest. Etwas Gutes ist es jedenfalls nicht. Du verheimlichst mir doch sonst nichts.«

Er streichelte ihre Hand.

»Es ist nur, weil ich Ralf Bernd versprochen habe, dich nicht zu beunruhigen. Ich darf doch mein Wort nicht brechen. Er hat es mir heute von neuem eingeschärft. Bitte, quäle dich nicht weiter, du kannst ganz ruhig sein, Ralf wacht über mich.«

Sie merkte, wie schwer es ihm fiel, nicht offen sein zu dürfen, und nickte ihm lächelnd zu. Sie zwang sich auch, heiter und unbekümmert zu scheinen und plauderte von anderen Dingen mit ihm, aber er merkte, wie sehr sie bekümmert war.

Hans berichtete Ralf getreulich den Inhalt seiner Unterredung mit Eva Maria. Dieser erschrak, und seine Augen blitzten zornig auf.

»Mußte Mertens auch noch deiner Schwester das Herz schwermachen! Oh, ich sehe schon, warum er das tat, er wollte die Gelegenheit benutzen, sich aufzuspielen als ein wenn auch strenger, so doch sehr liebevoller Vormund. Dich lieben wie sein eigen Fleisch und Blut? Nun, das ist vielleicht nicht einmal übertrieben, denn für einen sehr liebevollen Vater vermag ich ihn nicht eben anzusehen. Jedenfalls scheint er heftig bemüht zu sein, jeden Verdacht von sich abzuwehren, falls dir etwas zustoßen sollte. Vielleicht wollte er nur deine Schwester aushorchen, ob du irgendeinen Verdacht geäußert hättest. Und da wird es ihn sehr beruhigt haben, daß wir gar nicht von ihm gesprochen haben.«

Hans seufzte tief auf.

»Jedenfalls ist Eva Maria sehr bedrückt. Sie fühlt, daß ich ihr etwas verberge, und das wird sie kränken, denn wir haben sonst keine Geheimnisse voreinander.«

Ralf strich sich über die Stirn. Es quälte ihn, Eva Maria nicht beruhigen zu können. Schließlich sagte er:

»Gestern war ich sehr unzufrieden mit dir, daß du deiner Schwester überhaupt etwas verraten hattest, aber nun ist es doch vielleicht gut gewesen, da Mertens davon gesprochen hat. Nun frage ich mich, was für ihre Ruhe besser ist, wenn wir ihr alles sagen, oder wenn wir weiter verschweigen, welchen Verdacht wir gegen Mertens haben?«

»Darüber wollte ich mich mit dir aussprechen, Ralf. Weißt du, Eva Maria kann sehr tapfer sein, sobald sie einer Gefahr ins Auge sieht, aber sie kann ebenso verzagt sein, wenn sie eine solche wohl ahnt, aber nicht weiß, worin sie besteht. Sie hat vor Mertens dasselbe Grauen wie ich und spürt gleich mir, daß mir etwas von ihm droht. Ich hatte das Empfinden, als ahne sie schon ein wenig von der Wahrheit. Und da sie nun leider schon so viel weiß, ist es vielleicht doch besser, wenn wir nichts mehr verheimlichen. Was meinst du?«

Ralf hatte vor sich hingegrübelt. Nun hob er den Kopf.

»Da der Wurm sowieso schon an ihrem Herzen nagt, ist es vielleicht besser, wir schenken ihr reinen Wein ein.«

Hans nickte.

»So dachte ich auch. Ungewißheiten sind immer viel unerträglicher als Gewißheiten, wenn sie auch noch so hart sind. Und wir brauchen keine Sorge zu haben, daß sie sich irgendwie Mertens gegenüber verrät. Ich wollte nur erst mit dir darüber sprechen.«

»Gut, Hans, bringe ihr heute abend alles möglichst schonend bei und beruhige sie, so gut es geht. Versichere ihr, daß du sehr vorsichtig sein wirst und daß ich alles tun werde, was in meiner Kraft steht, um dich zu schützen. Sage ihr, daß wir allen dir eventuell drohenden Gefahren gegenüber gewappnet sind.«

Hans sah ihn bittend an.

»Am besten, Ralf, du kommst heute abend mit mir nach Hause. Wenn wir beide sie beruhigen, wird es wirksamer sein.«

Ralf stimmte nur zu gern zu, trieb ihn doch sein Herz, Eva Maria das innere Gleichgewicht wiederzugeben. Er wußte, wie sehr sie den Bruder liebte.

Am Abend begleitete er Hans zur Villa Rodenberg. –

Eva Maria hatte den Nachmittag in heimlicher Sorge und Unruhe verbracht und atmete auf, als sie den Bruder wiedersah. Daß Ralf Bernd ihn begleitete, freute sie, aber sie konnte es sich nicht erklären. Hans ließ ihr aber gar keine Zeit zu fragen.

»Eva Maria, ich habe Doktor Bernd gebeten, mit mir zu kommen, weil wir dir etwas zu sagen haben. Wir haben heute nachmittag hin und her überlegt, ob es besser sei, dir reinen Wein einzuschenken, oder ob wir dich in Ungewißheit lassen wollen über das, was geschehen ist. Ich nehme an, daß dich die Ungewißheit mehr quälen wird, als die Gewißheit, wenn sie auch nicht erfreulich ist.«

Sie sah die beiden mit blassem, unruhigem Gesicht an.

»Bitte, sage mir alles, Hans, du weißt, ich kann alles leichter ertragen, wenn ich klar sehe. Und ich fühle, du und Herr Doktor Bernd wollt mir etwas verbergen, was ich wissen muß. Ich habe heute den ganzen Tag in großer Angst und Sorge verbracht.«

»Wir haben uns das gedacht, mein gnädiges Fräulein, und Hans bat mich daher, ihn zu begleiten, damit auch ich versuche, Sie zu beruhigen. Es ist für uns sehr schmerzlich, daß Sie, zuerst durch ein unvorsichtiges Wort von Hans und dann durch Herrn Direktor Mertens, aus dem Gleichgewicht gebracht wurden, wir hätten es Ihnen gern erspart. Aber da in Ihnen anscheinend sowieso ein Verdacht aufgestiegen ist, ist es wirklich besser, Sie erfahren alles, was wir selber wissen«, sagte Ralf.

Impulsiv faßte sie seine Hand und sah ihn vertrauenvoll an. »Verschweigen Sie mir nichts«, bat sie mit halb erstickter Stimme.

»Wir müssen aber vor Lauschern sicher sein«, sagte er.

Sie hatten nur halblaut miteinander gesprochen. Eva Maria nickte.

»Kommen Sie mit mir in Großvaters Arbeitszimmer, da sind gepolsterte Doppeltüren, und kein Wort dringt heraus. Großvater hatte hier zuweilen geheime Konferenzen, es ist für unbedingte Schallsicherheit gesorgt.«

Sie gingen nun alle drei in dies Zimmer, und hier erfuhr Eva Maria alles. Zuerst sprach Hans von jenem seltsamen »Zufall« am Rammklotz, dann von seiner Unterredung mit Ralf und von dem in ihnen aufgestiegenen Verdacht. Anschließend berichtete

Ralf ganz ausführlich von seiner Unterredung mit Mertens in Villa Melanie, von dessen vorsichtigen und doch durchsichtigen Worten, die ihn dazu bringen sollten, Hans durch ein lasterhaftes Leben zu ruinieren.

»Das geht ihm aber anscheinend noch nicht schnell genug, trotzdem sich Hans auf meinen Rat hin bemüht, ihm eine geschwächte Gesundheit vorzutäuschen«, schloß er diesen Bericht und schilderte nun den Vorfall in der Maschinenhalle sehr genau. Ohne Scheu sprach er aus, daß Mertens sich wie ein Raubtier hinter Hans die Treppe hinaufgeschlichen und wie er, gerade als er hinter ihm stand, den Arm gehoben habe.

Darauf nahm Hans wieder das Wort.

»Als mich Ralf zurückriß, taumelte ich erschrocken in seine Arme und sah über seine Schulter hinweg in Mertens' fahles, verzerrtes Gesicht. So sieht kein Mensch aus, der vorgehabt hat, einen anderen vor dem Verderben zu retten, sondern nur einer, der ein Verbrechen begehen wollte, der daran gehindert wird und nicht weiß, ob man ihn bei seinem Vorhaben ertappt hat. Wie das personifizierte schlechte Gewissen sah er aus und zugleich wie ein wütendes Tier, dem man sein Opfer entrissen hat. Ich wußte, fühlte sogleich, daß er mir ein zweites Mal nach dem Leben getrachtet hatte. Erst, als Ralf ihm einige klug berechnete Worte zurief, die ihn überzeugen sollten, daß man keinen Verdacht gegen ihn hege, atmete er auf, und seine Züge nahmen wieder den gewöhnlichen Ausdruck an.«

»Ja, ich wußte, daß er wieder nicht zu überführen war. Er wäre es nur gewesen, wenn ich ihn den Stoß hätte ausführen lassen. Da ich es gottlob verhindern konnte, hätte er selbstverständlich geleugnet, hätte behauptet, wie er es ja auch nachher tat, daß er Hans habe zurückhalten wollen. So, mein gnädiges Fräulein, nun wissen Sie alles, und nun bitten wir Sie beide, seien Sie tapfer und sehen Sie die Dinge nicht noch schlimmer an, als sie sind.«

Eva Maria hatte blaß und zitternd zugehört. Nun barg sie das Gesicht in den Händen.

»Wie schrecklich, wie entsetzlich, was ist das für ein Mensch!«

»Ein sehr schlechter, mein gnädiges Fräulein, daran ist leider kein Zweifel möglich. Er will nichts, als seine Machtgier befriedigen. Hans ist ihm dabei im Wege, er will ihn beiseite schaffen, um selbst Chef der Rodenberg-Werke zu werden. Aber zum

Glück will er das, da er im Grunde eine feige Natur ist, nur auf eine für ihn ungefährliche Art tun. Es darf nicht wie ein Mord aussehen, denn dann könnte man doch fragen: Wer hat einen Vorteil davon, wenn Hans Dornau ums Leben kam, und dann könnte ihn ein Verdacht treffen. Wäre diese feige Angst nicht bei ihm vorhanden, hätte er wohl schon eine andere Gelegenheit gefunden. So scheint er nur auf eine zu warten, wo es wie ein Unfall, ein Zufall aussehen könnte. Zweimal ist ihm das mißglückt – ich gehe wahrscheinlich nicht fehl, wenn ich vermute, daß er jetzt auf einen dritten wartet. Aber eine Gefahr, die man kennt, ist schon keine Gefahr mehr.«

Eva Maria erhob sich zitternd und bebend und legte ihre Arme um des Bruders Hals, seinen Kopf an sich pressend. Sie konnte vor Erregung nicht sprechen, sah nur wie um Hilfe flehend in Ralfs zuckendes Gesicht, der nicht weniger erregt war, weil er sie nicht so trösten und beruhigen konnte, wie er es gern getan hätte.

Hans streichelte die Hände seiner Schwester.

»Nun beruhige dich doch, Eva Maria, ich bin ja heil und unversehrt und werde es auch dank Ralfs Schutz bleiben.«

Ihre Augen wurden feucht. Sie streckte die Hand nach Ralf aus.

»Dank – o Dank, tiefgefühlten, innigen Dank«, schluchzte sie auf.

Er faßte ihre Hand und preßte seine Lippen darauf.

»Nun müssen Sie aber auch Ihr Versprechen halten und tapfer und mutig sein.«

»Oh, Herr Doktor, ist es denn auszudenken, daß es einen solchen Schurken gibt, ein solches Scheusal? Mein armer Großvater, wie ist er von diesem Menschen getäuscht worden. Was sollen wir tun, Herr Doktor? Um Gottes willen, ich beschwöre Sie, schützen Sie meinen Bruder!«

Wieder küßte er innig ihre Hand und führte Eva Maria zu ihrem Sessel.

»Bitte, bitte, beruhigen Sie sich. Machen Sie sich klar, daß wir die Gefahr kennen und Mertens bei jedem Schritte beobachten. Hans weiß, daß er vorsichtig sein muß, daß er nie mit Mertens allein bleiben darf, wo es auch sei, und daß Mertens nur etwas unternehmen wird, was ihn nicht selbst in Verdacht bringt. Er will ja die Früchte seiner Tat ernten. Und ein bißchen Gottvertrauen müssen Sie auch haben, der liebe Gott wird Hans auch weiter beschützen. Und was in meiner Macht liegt, wird geschehen, um diesem Manne endlich die Maske vom Gesicht zu reißen. Hans darf nicht jahrelang von ihm abhängig sein und immerfort in Gefahr bleiben. Wie ich schon sagte, eine Gefahr, die man kennt, ist keine Gefahr mehr.«

»Und doch wäre ihm gestern sein teuflischer Plan geglückt, wenn Sie nicht dazwischengekommen wären.«

»Hans war eben unvorsichtig. Das wird er nicht mehr sein, und ich werde ihn so wenig wie möglich von meiner Seite lassen.«

Eva Maria schauerte zusammen.

»Die arme Tante Melanie – wenn sie das wüßte!«

»Auch um Ihre Tante zu schonen, nicht nur um Hans zu retten, müssen wir Mertens an einem Verbrechen hindern. Aber wir müssen alles tun, ihn sobald wie möglich zu überführen, daß er verbrecherische Absichten hat, und müssen ihn dann zwingen, sein Amt als Vormund niederzulegen und ihn unschädlich machen. Noch können wir nichts unternehmen, das zu erreichen, da wir keine direkten Beweise haben. Ich würde mich zwar schon jetzt nicht scheuen, ihm auf den Kopf zuzusagen, daß es in seinem Plane liegt, Hans auf irgendeine Art aus dem Wege zu räumen, aber wie gesagt, beweisen kann ich es ihm nicht, und er würde leugnen und mich als Lügner entlassen. Dann stünde Hans ganz allein in diesem Kampfe.«

»Um Gottes willen!« entfuhr es Eva Marias Lippen. Sie errötete jäh, fuhr aber tapfer fort: »Nein, Herr Doktor, bitte tun Sie nichts, was uns Ihrer Hilfe, Ihrer Gegenwart beraubt, die uns so tröstlich ist. Ach, wäre doch Onkel Lutz hier, damit dieser schreckliche Mensch die Feindseligkeiten gegen meinen armen Bruder aufgäbe. Dann würde alles gut sein! Nicht wahr, Herr Doktor, Sie verlassen uns nicht?«

Ralfs Augen strahlten beglückt in die ihren. Wie froh machte es ihn, daß sie vertrauensvoll bei ihm Schutz suchte.

»Davon dürfen Sie überzeugt sein. Ich werde nicht ruhen, bevor ich Mertens überführt habe und Hans vor seinen Anschlägen in Sicherheit weiß!«

Sie sah ihn mit feuchten Augen an, in denen innige Dankbarkeit und ein festes Vertrauen leuchteten.

Dann verabschiedete sich Ralf, er wollte heute nicht länger bleiben. Die Geschwister hielten ihn auch nicht, obwohl sie ihn am liebsten nicht mehr von sich gelassen hätten. Aber da sie sich von Spionen umlauert fühlten, war es besser, wenn er heute nicht schon wieder den Abend mit ihnen verbrachte. Wohl war Mertens damit einverstanden, daß Ralf zuweilen in seinem Interesse einen Abend in Villa Rodenberg verbrachte, aber zu oft durfte das nicht sein. Bei Tisch sprachen die Geschwister in Gegenwart des Dieners Fritz davon, daß sich Doktor Bernd ein Buch geholt habe, das er Hans geliehen hatte. Ralf sollte sich am anderen Tag bei Mertens darüber beschweren, daß Hans ihm seit langer Zeit das Buch geborgt und es ihm nicht wiedergebracht habe, deshalb sei er gestern gleich selbst mit hinauf zur Villa Rodenberg gegangen und habe es persönlich zurückgeholt.

Das tat Ralf auch am nächsten Tage, aber zu seinem Erstaunen schimpfte Mertens nicht auf seinen Neffen, sondern sagte mit einem sanften Lächeln:

»Selbstverständlich hat der Lausbube das über seinen Amüsements vergessen, wahrscheinlich hat er nicht einmal Zeit gehabt, in das Buch hineinzusehen. Aber Jugend hat keine Tugend, seien Sie ihm nicht böse. Man kann ihm ja gar nicht böse sein.«

Ralf fragte sich: Was hat das zu bedeuten? Weshalb heuchelte er jetzt immer viel mehr den liebevollen Vormund, als den strengen. Das gab zu denken! Er beschloß daher, mehr denn je auf der Hut zu sein.

XVI

Über die weiten Grasfluren, Campos genannt, jagte auf einem feurigen Rassepferd eine jugendlich schlanke Gestalt. Sie trug Beinkleider und einen langen Reitrock, und auf dem Kopf einen breitrandigen Hut, der mit einem Riemen um das Kinn festgeschnallt war. Das Pferd stürmte in schnellem Lauf auf eine Hazienda zu, die inmitten des weiten brasilianischen Wiesenlandes lag, und die von einem großen, blühenden Garten umgeben war, in dem neben unzähligen herrlichen Blumen die wundervollsten Edelfrüchte durch das grüne Laub schimmerten.

Weit dahinter lagen im blauen Dunst hohe, bewaldete Berge und zwischen diesen eine Gruppe kahler, schroffer Felsen.

Am Fuße dieser schroffen, gänzlich unbewachsenen Felspartie breitete sich das große Silberbergwerk aus, dessen Schornsteine ihren Rauch zum klarblauen Himmel emporsandten. Dieses Silberbergwerk war vor etwa vierzehn Jahren gegründet worden, unter der Leitung eines deutschen Ingenieurs, der die Besitzerin dieses weitläufigen Grund und Bodens, die junge Witwe Helena Vanzita, geheiratet hatte. Weder sie, noch ihr verstorbener erster Mann, hatten je geahnt, daß in diesen schroffen Felsen reiche Silberadern lagerten. Ihr zweiter Gatte hatte diese, kurz nach der Hochzeit, auf einem einsamen Ritt in die Berge entdeckt und seine Gattin überredet, ein Silberbergwerk zu gründen. Es hatte sich reichlich gelohnt, denn es wurden ungeahnte Schätze zutage gefördert.

Nach dem Tode Helenas war dieser ganze reiche Besitz laut Testament des Vaters auf ihre Tochter Dolores aus erster Ehe übergegangen. Dolores Vanzita zählte jetzt fünfzehn Jahre. Sie war es, die auf dem edlen Vollblut über die Campos jagte, auf die Hazienda zu, die ihre Heimat war.

Als sie nahe an das blumengeschmückte Wohnhaus herangekommen war, stieß sie einen hellen jauchzenden Ruf aus. Dieser Ruf machte einen Herrn auf sie aufmerksam, der, in einen hellen Leinenanzug gekleidet, auf der Veranda saß und Notizen in ein Buch machte. Er erhob sich sofort und trat an die Treppe heran, die von der Veranda nach dem Garten führte.

»Hallo! Wildfang, laß dir Zeit!« rief er, die Hände wie einen Schalltrichter an den Mund legend.

Ein erneutes Aufjauchzen antwortete ihm, aber Dolores Vanzita hemmte den Gang ihres Pferdes nicht eher, bis sie mitten durch den blühenden Garten ritt. Vor der Veranda parierte sie das Pferd, sprang mit einem kühnen Satz aus dem Sattel, noch ehe der Reitknecht herbeikam, um das Pferd zu halten, und löste eine lederne Tasche, die mit einem Riemen am Sattel befestigt war. Nun riß sie ihren Hut so hastig vom Kopf, daß die kurzen, kastanienbraunen Locken, die wie rotes Gold glänzten, um ihr reizendes, blühendes Gesicht fielen.

»Hallo! Lutzvater, ich habe eine Menge Post und viele Zeitungen. Hast du schon darauf gewartet?«

Sie sprang mit großen Sätzen die Verandastufen empor und warf sich in die ausgebreiteten Arme des hochgewachsenen, kraftvollen Mannes, der sie lachend festhielt.

»Du Wildfang, warst du mir entwischt! Ich suchte dich vergebens im ganzen Hause, als ich von den Werken herüberkam.«

»Ach, Lutzvater, heute ist doch Posttag, und Pedro hat sich den Fuß so arg verstaucht, daß er nicht aufs Pferd kann. Ich weiß aber doch, wie sehnsüchtig du immer auf die Post und auf deine deutschen Zeitungen wartest. Da bin ich gleich selbst losgeritten.«

Er strich ihr liebevoll über das Haar.

»Und um mich nicht auf die Post warten zu lassen, reitest du stundenlang in der Sonnenhitze über die Campos. Konntest du nicht wenigstens das Auto nehmen?«

»Ich tat es doch für dich! Und ich hatte Lust zu einem frischfröhlichen Ritt. Außerdem hatte ich Langeweile. Und nun bin ich da — und habe Hunger!«

»Das kann ich mir denken.«

»Hier ist die Post, Lutzvater. Jetzt kleide ich mich schnell um, und du kannst die Eingänge inzwischen flüchtig durchsehen. Nachher gehen wir zu Tisch. Und nach dem Essen darfst du dich in deine Zeitungen vertiefen, ich werde ganz still dabeisitzen und dich nicht stören.«

Sie drückte ihm die Posttasche in den Arm, nickte ihm strahlend zu und verschwand im Hause. In der großen Halle klatschte sie in die Hände, worauf sofort zwei schwarze Dienerinnen, eine junge und eine alte, herbeikamen. Es waren Mutter und Tochter. Die Mutter war Dolores' persönliche Bedienung, eine Art Zofe, seit sie auf der Welt war. Die Tochter wurde jetzt von der Mutter angelernt, um ihre Nachfolgerin zu werden, denn die Mutter wurde trotz des guten Lebens, das sie führte, alt. Die Mutter hieß Boni und die Tochter Joni. Dolores selbst hatte sie so getauft, und sie hörten beide auf keinen andern Namen.

»Schnell, schnell, Boni, Joni, ein Bad und meine Kleider!«

»Ist schon alles fertig, kleine Herrin«, sagte Boni, die Mutter, und beide gingen mit Dolores in deren Ankleidezimmer und begannen ihren Dienst. Boni half ihr beim Baden, und Joni legte alles zurecht. Nach dem Bade durfte Joni der Herrin Schuh' und Strümpfe überstreifen, während Boni ihr Haar mit stolz leuchtenden Augen ordnete. Und jede brannte darauf, der Herrin zuliebe etwas tun zu können. Mit einer liebevollen Zartheit und einer großen Geschicklichkeit bedienten die beiden Negerinnen das junge, reizende Geschöpf, so daß man ihnen anmerkte, diese war ihr Abgott. Boni war die Gattin des Dieners Pedro, und Dolores erkundigte sich freundlich, wie es ihm gehe. Sie bekam von beiden einen lebhaften Bericht. Dolores war sehr freundlich zu ihrer Dienerschaft, und während des Umkleidens gab es allerlei kleine Scherze und Neckereien. Boni und Joni zeigten ihre weißen Zähne und waren glücklich, daß die Herrin lachte. Sie hielt durchaus nicht so still, wie es zum Gedeihen des Werkes nötig gewesen wäre. Aber nach kaum einer halben Stunde war Dolores doch fertig. Sie war in ein hauchfeines Kleid gehüllt, hatte weiße feine Seidenstrümpfe und weiße Schuhe an und sah entzückend aus. Boni und Joni strahlten vor Stolz über ihr Werk und zupften noch an ihr herum, bis sie lachend hinauslief.

Sie ging auf die Veranda hinaus, die in stattlicher Breite das ganze Haus umgab.

»Da bin ich, Lutzvater, nun komm zu Tisch!«

Er sah lächelnd auf die reizende Erscheinung, und sein ernstes Gesicht, aus dem die blauen Augen ein wenig schwermütig herausschauten, erhellte sich.

»Das ist ja schnell gegangen, Dolo!«

»Ich weiß doch, daß du auch Hunger hast. Gibt es gute Post, Lutzvater?«

»Ich habe sie nur flüchtig durchgesehen, Dolo, es ist eine ganze Menge.«

»Das merkte ich, die Tasche war ordentlich schwer.«

Der Stiefvater reichte ihr lächelnd den Arm und führte sie ins Haus. Würdevoll, wie eine erwachsene Dame schritt sie neben ihm her. Sie gingen durch die mit bunten Matten ausgelegte Halle zu dem Speisezimmer, das, wie alle Räume im Hause, hell und luftig gehalten war. Freilich waren die weißen Möbel des Speisezimmers etwas schwerer als die der anderen Räume, die großen, zwei Wände einnehmenden Kredenzen waren verschwenderisch mit Silbergerät und Kristall dekoriert. Auf der reich gedeckten Tafel lag ein mit wundervollen Spitzen besetztes Damasttuch, auch die Kredenzen waren mit Spitzendecken belegt. Den Fußboden bedeckten echte Teppiche in besonders schönen

Mustern. Die Mitte der Tafel, auf der ebenfalls Silber mit Kristall um die Wette glänzte, zierte eine kunstvoll gearbeitete Schale, mit köstlichen, ein herrliches Aroma ausströmenden Früchten. Man merkte der Einrichtung dieses Raumes an, daß die Besitzer dieses Hauses reiche Leute waren, aber doch herrschte kein aufdringlicher Prunk, alles war zweckmäßig und selbstverständlich.

Artig wartete der Stiefvater, bis Dolores Platz genommen hatte, und ließ sich erst dann selber nieder. Sie nickte ihm zärtlich zu.

»Lutzvater, du bist doch der vollendetste Kavalier, den ich kenne.«

»Du bist ja nun auch schon eine kleine Dame, Dolo.«

Sie unterhielten sich, wie zumeist, in deutscher Sprache, die Dolores von ihrer Mutter und ihrem Stiefvater gelernt hatte. Dolores' Mutter war eine Deutsche gewesen, ihr Vater Portugiese. Sie beherrschte die deutsche Sprache vollkommen, wenn auch mit einem leisen, fremdartigen Akzent.

»Ich kenne keinen Mann, der so zuvorkommend wäre wie du.«

»Du kennst ja noch nicht viele Kavaliere, Dolo.«

»Oh, wenn auch nicht persönlich, Lutzvater, aber du hast mir doch so viele Bücher geschenkt, in denen es viele Kavaliere gibt. Mit dir hält überhaupt keiner einen Vergleich aus, vielleicht, weil ich außer dir keinen deutschen Mann kenne. Ich kann es meinem armen toten Mütterlein nachfühlen, daß sie nur dich zum Manne haben wollte. Und ich begreife, wie schwer ihr die Trennung von dir geworden ist. Wenn ich mal einen Mann habe, wie du einer bist, dann möchte ich auch nicht so jung sterben wie meine Mutter.«

Seine Augen brannten, und er sah schmerzlich ins Weite.

»Sprich nicht von ihr, Dolo, die Wunde, die mir ihr Tod geschlagen hat, brennt noch immer zu sehr.«

»Es ist doch wundervoll, Lutzvater, wie sehr ihr euch geliebt habt, Mütterchen und du. Wie ein herrlicher Roman erscheint mir euer beiderseitiges Schicksal. Weißt du, Lutzvater, wenn ich mal heirate, dann will ich auch mit meinem Manne so glücklich sein wie Mütterchen es war. Aber dazu müßte ich eben auch einen Mann haben, wie du einer bist. Es muß dann aber wohl ein Deutscher sein, denn die Männer unseres Landes haben alle nicht die Eigenschaften, die mir bei einem Manne liebenswert erscheinen.«

»Das hat ja noch lange Zeit, Dolo, du bist doch noch viel zu jung zum Heiraten.«

»Oh, Lutzvater, die Frauen hierzulande heiraten doch zuweilen schon in meinem Alter.«

»Nun ja, die Vollportugiesinnen, aber du bist halb Portugiesin und halb Deutsche. In Deutschland heiraten die Frauen viel später.«

»Nun ja, und ich fühle mich viel mehr als Deutsche. Mutter war ja auch eine Deutsche, und in dir sehe ich meinen wirklichen Vater, wenn du auch mein Stiefvater bist. Meinen richtigen Vater habe ich doch gar nicht gekannt.«

»Das ist kein Wunder, Dolo, du warst ja kaum ein Jahr alt, als er starb.«

»Und war kaum zwei Jahre alt, als du mein zweiter Vater wurdest. Weißt du, Mütterchen ist mit meinem Vater gar nicht glücklich gewesen, das wurde sie erst durch dich.«

Ernst sah er in ihre goldbraunen Augen hinein.

»Darüber mußt du nicht nachgrübeln, Dolo.«

»Doch, ich bin doch kein Kind mehr, Lutzvater. Und Boni hat mir überdies erzählt, daß mein Vater viel, viel älter war als Mütterchen, und daß sie ihn nur geheiratet hat, weil ihre Eltern, die als deutsche Siedler hier ins Land kamen, bei einem Aufstand nicht nur all ihre Habe, sondern schließlich auch das Leben verloren. Und Mütterchen stand ganz allein und schutzlos im Leben und hatte Eltern und Heim verloren. Und da war mein Vater so gut zu ihr und nahm sie zu sich. Er liebte sie sehr, meine schöne Mutter, die erst achtzehn Jahre alt war, während mein Vater über dreißig Jahre älter war als sie. Und weil er Mutter gar so sehr liebte und so gut und hilfreich zu ihr gewesen war, deshalb wurde sie seine Frau, obwohl sie nichts für ihn empfand. Er liebte aber ihr goldblondes Haar und ihre weiße Haut und war sehr beglückt, als sie einwilligte, seine Frau zu werden. Aber so recht von Herzen glücklich ist Mütterchen nicht mit ihm geworden, erst als ich nach dreijähriger Ehe zur Welt kam, hat sie sich mit ihrem Schicksal abgefunden. Du weißt, sie hat mich sehr geliebt. Aber dann ist mein Vater gestorben, ehe ich noch ein Jahr alt war, und Mutter ist seine Erbin geworden. All seinen Reichtum hat er ihr vererbt, nur mit der Bedingung, daß nach ihrem Tode alles mir zufallen solle. Mutter hat Vater sehr herzlich betrauert, weil er doch so gut zu ihr war – aber – glücklich ist sie dann erst mit dir geworden, und deshalb habe ich dich auch so lieb.«

»Und das alles hat dir Boni, die Plaudertasche, erzählt?«

»Ja, Lutzvater. Und es ist doch alles wahr.«

»Ja, Dolo, es ist wahr, und schließlich bist du nun alt genug, daß man mit dir darüber reden kann.«

Lebhaft nickte sie.

»O ja, das tue nur. Und du könntest mir auch einmal ganz ausführlich erzählen, wie du Mütterchen kennen und lieben gelernt hast. Ich weiß nur, daß Mütterchen dich eines Tages von einer weiten Segelfahrt mit heimgebracht hat, und daß du damals sehr krank gewesen bist. Mehr wußte mir Boni nicht davon zu sagen.«

»Nun, es ist mir lieber, wenn du in Zukunft zu mir kommst, statt zu Boni, falls du etwas wissen willst. Boni ist eine Phantastin.«

Dolo lachte.

»Das weiß ich, und darum ziehe ich von allem, was sie mir berichtet, schon immer ein wenig ab, weil sie zu überschwenglich ist. Aber sie meint es gut, und für dich und mich geht sie durchs Feuer, wie früher für Mütterchen auch. Aber wenn du mir alles erzählen willst, ist das viel hübscher. Nicht wahr, Mütterchen wohnte damals für einige Zeit in unserem Sommerhaus am Meere?«

Er strich sich über die Stirn.

»Ja, Dolo, und du weißt, wenn wir in diesem Sommerhause wohnten, zur Erholung, weil Mütterchen das heiße Klima hier nicht sehr gut vertrug, dann blieb sie manchmal tagelang auf dem Meere auf ihrer kleinen Segeljacht.«

»Und wir mit ihr, Lutzvater – ach, was waren das für herrliche Tage. Aber – du wolltest mir doch erzählen.«

»Erst nach Tisch, jetzt wird erst gegessen. Bis jetzt hast du mehr geplaudert als gespeist.«

Sie lachte und holte das Versäumte tapfer nach, dabei immer wieder den servierenden Dienern ein gütiges Scherzwort zurufend. Es gab nur schwarze Bedienung im Hause, die aber ohne

Ausnahme mit ergebener Treue an Dolores hing. Es waren alles Leute, die schon lange Jahre im Hause waren, und die Aufsicht über sie führte Boni mit ihrem Gatten Pedro. Nach dem Tode seiner Gattin hatte Lutz eine weiße Hausdame engagieren wollen, aber Dolores hatte entsetzt dagegen protestiert.

»Wie denkst du dir das, Lutzvater? Sie wird uns beiden ewig nur im Wege sein, wird uns mit tausend ›Wenn und Aber‹ ärgern und sich zwischen uns drängen. Laß das nur lieber sein, ich bin doch schon alt und verständig genug, um dem Hauswesen vorzustehen. Mir gehorchen die Diener aufs Wort, und was ich will, geschieht.«

Und »Lutzvater«, wie sie ihren Stiefvater von Kindheit auf nannte, war im Grunde froh, daß sie so energisch protestierte, denn ihm graute vor einem fremden Wesen, auf das er tausend Rücksichten würde nehmen müssen und das immer da sein würde, wenn man allein zu sein wünschte. Er machte nur schwache Einwände:

»Du wirst sehr einsam sein, da ich den größten Teil des Tages auf dem Werke bin, und Verkehr für dich gibt es nur wenig.«

»Reichlich genug! Ich habe doch dich. Was soll bei uns so eine fremde Frau. Sie wird mit uns bei Tische sitzen, wird in jede unserer Unterhaltungen mit hineinreden und wird immer da sein, wenn man sie nicht gebrauchen kann. Senhora Patisa und Senhora Lambeja sind auch solche schrecklich aufdringliche Frauen.«

Er hatte gelacht. Diese beiden Damen waren die Gattinnen von Beamten des Silberbergwerkes, und sie gehörten nicht gerade zu den Perlen ihres Geschlechts.

»Es gibt ja auch noch andere Damen.«

»Ehe wir die ausprobiert und die richtige gefunden haben, sind wir beide alt und grau geworden, und dann brauchen wir keine Hausdame mehr. Nein, nein, ich mag keine Fremde im Haus haben. Boni und Joni sind mir genug, sie helfen mir, das Hauswesen zu führen. Es soll alles wie am Schnürchen gehen, Lutzvater. Und wenn ich Langeweile habe, dann lasse ich mir Angela Frasquita oder Inez Hermado auf ein paar Tage kommen.«

Diese beiden jungen Portugiesinnen waren Freundinnen von Dolores und im gleichen Alter wie sie. Sie hatten zusammen gespielt und gelernt, obwohl sie stundenweit auseinander wohnten. Angela Frasquita war die Tochter des Postmeisters, der der nächsten Poststation vorstand, und Inez Hermados Vater besaß eine große Ranch, war einer der reichsten Rancheros im ganzen Lande und besaß auch am Meere ein Sommerhaus, ganz nahe bei dem Dolores gehörenden. Mit dem Auto konnten die jungen Mädchen sich in zwei Stunden erreichen. Aber solche Entfernungen schreckten weder Dolo noch ihre beiden Freundinnen. Sie sahen sich jede Woche ein- oder zweimal und besuchten sich abwechselnd. Und da alle drei sehr lebhaft und übermütig waren, fanden sie zumeist Gelegenheit zur Ausführung von lustigen Streichen aller Art. Auf der Ranch Senhor Hermados hatte Dolores auch gelernt, auf ungesatteltem Pferd zu reiten und den Lasso zu werfen. Das war immer eine Freude. Oft blieben die Freundinnen auch einige Tage zusammen.

Jedenfalls war also keine Hausdame nach »Armada« gekommen. So hieß die Hazienda, deren Erbin Dolores war.

War Dolores schon durch ihren Vater eine reiche Erbin gewesen, so tat Lutz Rodenberg – denn dieser Totgeglaubte war Dolores' Stiefvater, das Seine noch dazu durch die Entdeckung und Erschließung des Silberbergwerkes. Ihr Erbe war dadurch mehr als doppelt so groß, und auch Lutz Rodenberg selber war ein reicher Mann geworden, da er prozentual am Gewinn des Bergwerkes beteiligt war.

Nach Tisch gingen Stiefvater und Tochter auf die Veranda hinaus, wo sie in bequemen Sesseln aus Bambusrohr auf der Schattenseite Platz nahmen, während ihnen Mokka serviert wurde.

Als die Diener sich entfernt hatten, bat Dolores lebhaft:

»Und nun erzähle, Lutzvater. Mütterchen hat mir einmal gesagt, sie habe dich im Meer gefunden. Das ist doch wohl nur ein Scherz gewesen?«

Lutz Rodenberg zündete sich eine Zigarette an und sah deren Rauch eine Weile nachdenklich nach.

»Nein, Dolo, das war kein Scherz, es ist buchstäbliche Wahrheit, daß deine Mutter mich im Meere gefunden hat. Du weißt, ich bin ein deutscher Ingenieur und weißt auch, daß ich eines Tages aus der Heimat fliehen mußte, weil ich das Unglück hatte, in einem Streit einen Menschen niederzuschlagen, so daß er starb.«

Sie nickte und sah ihn mitleidig an.

»Ja, Lutzvater, das hast du mir eines Tages erzählt. Und ich weiß auch, daß das noch heute dein Herz bedrückt, obwohl du doch im Grunde nichts dafür konntest. Du wehrtest dich, weil du angegriffen wurdest, und wolltest ihn gewiß nicht töten.«

»Das macht mich nicht schuldlos, Dolo, es ändert nichts daran, daß ein Mensch sein Leben verlor.«

»Es war doch dein Feind, und seine Feinde darf ein Mann doch niederschlagen«, sagte sie naiv.

Er fuhr sich durch sein blondes Haar, das etwas dunkler war als das Hans Dornaus und an den Schläfen schon einen grauen Schein hatte.

»Das gilt hierzulande, Dolo, du kennst nur die wilden Sitten der Campos. In Deutschland ist das anders, da gilt es als Verbrechen, wenn man einen Menschen, aus welchem Grunde es auch sei, niederschlägt. Und da ich in meinem ganzen Denken und Empfinden Deutscher bin, fühlt sich mein Gewissen dadurch belastet. Ich wäre ins Gefängnis gekommen, wenn ich damals nicht aus Deutschland geflohen wäre. Meinem Vater hätte es das Herz gebrochen, hätte man seinen einzigen Sohn ins Gefängnis gesteckt. Deshalb verhalf er mir zur Flucht; wir nahmen schmerzlichen Abschied voneinander und — haben uns nie mehr wiedergesehen. Er hält mich für tot, denn der Dampfer, auf dem ich von Spanien aus übers Meer fahren wollte, ging mit Mann und Maus unter.«

Dolo schlang erregt die Hände ineinander.

»Warum aber hast du deinem Vater nie mitgeteilt, daß du noch lebst?«

»Laß mich erst weiter erzählen, Dolo, dann wirst du mich verstehen«, sagte er tief aufseufzend. »Also das Schiff ging unter in einer schauerlich stürmischen Nacht. Ich hatte eine Planke erwischt, auf die ich mich rettete und die führerlos in dem aufgepeitschten Meer dahin trieb. Ich hatte meine letzten Kräfte aufgeboten, um mich auf die Planke schwingen zu können, denn ich hatte schon lange schwimmend versucht, mich zu retten. Ohnmächtig sank ich auf der Planke zusammen, und es ist ein Wunder, daß ich nicht herabgespült wurde. Wie lange ich so von den Wellen umhergetrieben wurde, weiß ich nicht, es muß sehr lange gewesen sein. Die Sonne schien hell, als ich von den Leuten, die eine Segeljacht steuerten, entdeckt wurde. Das Meer war inzwischen ganz ruhig geworden. Diese Jacht, Dolo, gehörte deiner lieben Mutter. Sie war auf einer Segelfahrt, die sie, sie wußte selbst nicht, warum, weiter als sonst ausgedehnt hatte. Deine Mutter wohnte damals, wie immer in der heißesten Zeit, in dem kleinen Sommerhaus am Meere. Und als sie ihren Leuten gerade Befehl zur Umkehr gegeben hatte, entdeckten diese in der Ferne die schwimmende Planke, auf der sie einen Menschen zu erkennen glaubten. Sofort gab deine Mutter Befehl, auf sie zuzuhalten, und so wurde ich gerettet. Man zog mich an Bord der Jacht, obwohl man schon glaubte, ich sei nicht mehr am Leben. Deine Mutter entdeckte, als man mich ihr zu Füßen legte, daß noch schwaches Leben in mir war und mühte sich vergeblich, mich zu Bewußtsein zu bringen. Sie ließ nun die Jacht schnell zum Lande bringen, und ich wurde in ihr Sommerhaus gebracht. Dort lag ich wochenlang ohne Besinnung, immer dicht am Tode. Ein wildes Fieber hatte mich befallen, und in meinen Fieberreden verriet ich deiner Mutter, die mich treulich pflegte, nicht nur, daß ich ein Landsmann von ihr sei, sondern auch, was mich in die Welt hinausgetrieben hatte. So wußte sie fast alles, was ich auf der Seele hatte und was mich bedrückte, noch ehe ich zu Bewußtsein kam. Wie ich aber auf die Planke ins Meer gekommen war, erfuhr sie aus meinen Fieberreden nicht. Und das Sommerhaus liegt, wie du weißt, so abgelegen von allem Verkehr, daß sie auch nichts davon erfuhr, daß ein spanischer Dampfer in der Nähe der brasilianischen Küste untergegangen war.

Pedro, der sich schon damals im Dienste deiner Mutter befand und der einige medizinische Kenntnisse hatte, half mich gesund zu pflegen, und Boni, damals noch eine junge Frau, ebenfalls. Als ich nach langen Wochen endlich wieder fieberlos und bei vollem Bewußtsein war, sah ich das engelhaft schöne Gesicht deiner lieben Mutter über mich gebeugt. Sie lächelte mir zu und hielt ein kleines Kind auf dem Arm, das drollige Laute von sich gab. Wie eine Madonna erschien mir deine Mutter, und dein drolliges Kauderwelsch nötigte mir das erste Lächeln ab.

So gütig und teilnahmsvoll sahen mich die Augen deiner Mutter an, daß ich glaubte, im Paradiese zu sein. Aber sonst wußte ich nichts von mir, es dauerte abermals wochenlang, bis ich mein Gedächtnis wiederfand und mich erholte. Als ich endlich wieder klar denken konnte, brachte mir deine Mutter meine Papiere und mein Geld, das ich in einem dichten Gummibeutel auf der Brust getragen hatte. Deine Mutter hatte es für mich verwahrt, und so war ich wenigstens im Besitz meiner Papiere und der ziemlich namhaften Summe, die mein Vater mir mit auf die Flucht gegeben hatte. Als ich das alles vor mir sah, lichteten sich die letzten Nebel, und alles wurde wieder klar, was hinter meiner Bewußtseinsschwelle verborgen gelegen hatte. Deine Mutter sagte mir, daß über zwei Monate vergangen waren, seit sie mich im Meere aufgefischt hatte. Nun wußte ich wieder, daß der Dampfer, mit dem ich hatte fliehen wollen, auf dem Grunde des Meeres lag. Später erfuhr ich aus dem Inhalt alter Zeitungen, daß nur ein Matrose und ein Steuermann außer mir gerettet worden seien. Aber von meiner Rettung war keinem Menschen etwas bekannt, und ich wußte nun, daß mein Vater mich seit zwei Monaten als Toten betrauerte. Da war mir, als müsse ich es als Sühne für mein Vergehen auf mich nehmen, auch weiterhin als Toter zu gelten. Ich sagte mir, mein Vater würde den Schmerz um mich einmal verwunden haben, und daß es vielleicht tröstlicher für ihn sei, mich für tot zu halten, als zu denken, ich, der Totschläger, müsse ruhelos durch Länder und Meere irren. Ich steigerte mich immer mehr darein und gelobte mir feierlich, diese Sühne auf mich zu nehmen, um mich selbst zu bestrafen. Wäre ich damals nicht so elend und kraftlos gewesen, wer weiß, ob ich dann vor mir selber ein solches Gelübde abgelegt hätte. Aber ich tat es — und — so schwer es mir manchmal geworden ist, ich habe es gehalten.

Mein Vater war ein stolzer, ehrenhafter Mann, und nur, weil er mich so sehr liebte, hat er mir, gegen das Gesetz, damals zur Flucht verholfen. Ich las dann in deutschen Zeitungen, die gerichtliche Verfolgung gegen mich sei eingestellt worden, weil ich nicht mehr am Leben sei. Das bestärkte mich noch mehr in dem Vorsatz, auch weiterhin als Toter zu gelten. So konnte wenigstens mein Vater seinen Kopf wieder höher tragen; er, der Chef der großen Rodenberg-Werke, brauchte nicht mehr zu fürchten, daß sein Sohn doch noch eines Tages ins Gefängnis kam. Damals, in meiner tiefen Zerknirschung, glaubte ich, meinem Vater, da er einmal meinen Tod verschmerzt hatte, eine Wohltat zu erweisen, wenn ich mich selbst aus dem Leben striche. Später sind mir freilich zuweilen Zweifel gekommen, aber ich hatte mein Gelübde getan und wollte es halten um jeden Preis. So wahr ich den Tod jenes Menschen verschuldet hatte, so wahr wollte ich für meine Angehörigen tot sein. Denn ich besaß noch eine Schwester, die zwei Kinder hatte, und meine älteste Schwester, die kurz vor meiner Flucht aus der Heimat bei einem Eisenbahnunglück ums Leben kam, was meine Mutter vorzeitig ins Grab brachte, hatte auch zwei Kinder hinterlassen. Diese Kinder wurden im Hause meines Vaters erzogen, und ich tröstete mich mit dem Bewußtsein, daß der Sohn meiner ältesten Schwester meinem Vater den verlorenen Sohn ersetzen möchte.

Ich beichtete deiner Mutter alles, und sie sagte mir, daß sie das schon zum großen Teil meinen Fieberreden entnommen hatte. Sie hat mich so gütig und liebreich getröstet und aufgerichtet, daß ich den Wunsch, zu sterben, aufgab und versuchte, mich wieder im Leben zurechtzufinden. Ich sagte ihr auch, was für ein Gelübde ich getan und bat sie, mir zu helfen, daß mein Vater nichts von meiner Rettung erführe. Sie widersprach mir nicht, zeigte mir ein feines Verständnis für meine Seelenkämpfe und machte mir dann den Vorschlag, mit ihr auf die Hazienda zu gehen, wo ich vorläufig leichte Arbeit und Pflichten finden und wo ich mich vollends erholen könne.

Mein Herz war bereits so fest an sie gefesselt, daß ich eine Trennung von ihr ohnedies als einen großen Schmerz empfunden haben würde. Sie erzählte mir, daß sie vor Monaten ihren Gatten verloren hätte, sagte mir auch offen, daß sie nur aus Dankbarkeit die Gattin deines Vaters geworden sei, und ließ durchblicken, daß sie sehr eines männlichen Schutzes und einer Hilfe bedürfe, da sie mit ihrem Kinde allein im fremden Lande stehe und nur farbige Diener um sich habe, die ihr zwar treu ergeben seien, sie aber trotzdem ihre Einsamkeit schmerzlich fühlen ließen.

So ging ich mit deiner Mutter nach Armada und begann hier ein ganz neues Leben. Ich war sehr glücklich, als ich in kurzer Zeit deiner Mutter meine Dankbarkeit dadurch beweisen konnte, daß ich, meine Kenntnisse als Ingenieur verwertend, auf einem Ritte durch die unwirtliche Felspartie, die Silberadern entdeckte. Sie glaubte mir ohne weiteres, daß hier in ihrem Grund und Boden unschätzbare Werte verborgen lagen, und legte ohne Zögern einen großen Teil ihres Barvermögens in der Gründung des Silberbergwerks an. Großmütig drang sie darauf, daß ich am Gewinn beteiligt sein solle als der Entdecker der Silberadern und als Leiter des Bergwerks. Ich legte auch die in meinem Besitz befindliche Summe in dem Bergwerk an, und so konnte ich auch für mich ein ansehnliches Vermögen erwerben, was mir um so lieber war, da es mich unabhängig von deiner Mutter machte. Sie hat mich zwar nie fühlen lassen, daß sie viel reicher war als ich, und daß sie mir unzählige Wohltaten erwiesen hat, aber ein Mann will einer Frau nicht gerne etwas verdanken müssen.

Daß mir deine Mutter ihre Liebe schenkte, betrachtete ich als eine unverdiente Gnade des Schicksals. Mir war, als habe der Himmel mein Gelübde angenommen als Sühne für das von mir vernichtete Menschenleben, und als dürfe ich nun doch noch glücklich sein. Da deine Mutter mich mit ihrer Liebe beglückte und mir vertrauensvoll ihre Hand zum Lebensbunde reichte, beschloß ich, mein Wissen und Können ganz in ihren Dienst zu stellen und nur noch für sie zu leben. Sie — sie hat mich unaussprechlich glücklich gemacht.«

Er schwieg überwältigt und schloß eine Weile, tief ergriffen, die Augen. Dolores saß ganz still und sah ihn liebevoll und mitleidig an. Erst nach einer Weile legte sie leise die Hand auf seinen Arm.

»Lutzvater!«

Er richtete sich auf und nickte ihr zu.

»Ja, kleine Dolo, du hast auch ein gutes Teil dazu beigetragen, mein Leben, das ich schon für ein zerstörtes gehalten hatte, wieder mit Licht und Sonne zu füllen. Du bist mein liebes Kind geworden, und wenn ich dich auf den Armen hielt und du mir jauchzend zuriefst: ›Ich hab' dich lieb, Lutzvater‹, da konnte ich alles vergessen, was aus der Vergangenheit immer wieder mahnend aufstieg. Und — als ich dann nach unsagbar glücklichen Jahren deine liebe Mutter hergeben mußte, warst du es wieder, die mir Trost und Hilfe wurde. Hab' Dank, kleine Dolo!«

Er reichte ihr die Hand, und sie legte mit einem strahlenden Lächeln die ihre hinein.

»Ich muß danken, daß du mir ein so liebevoller Vater wurdest.«

»Nun, so stehen wir uns gleich gegenüber, mein liebes Kind. Bald nach meiner Rettung begann der große Weltkrieg, und ich hätte mich gern dem Vaterland zur Verfügung gestellt, wenn es möglich gewesen wäre, durchzukommen, ohne gefangengenommen zu werden. Und — dann hielt mich auch die Liebe zu deiner

Mutter fest. Ich habe mir damals zum Trost gesagt, daß, wenn ich daheimgeblieben wäre, mein Vater mich wahrscheinlich sowieso durch den Krieg verloren hätte.«

»So glaubt dein Vater noch heute, daß du damals mit dem Dampfer umgekommen bist. Ihr habt nie wieder voneinander gehört?«

»Nein, Dolo, nicht direkt. Ich lese zuweilen Berichte über die Rodenberg-Werke, die unter meines Vaters Leitung immer mehr florieren. Auch habe ich zuweilen vorsichtig durch ein Büro Erkundigungen eingezogen und dadurch mancherlei in Erfahrung gebracht. So weiß ich, daß meine jüngste Schwester Melanie noch immer mit ihrem Manne und ihren Kindern auf den Rodenberg-Werken lebt, ihr Mann ist kaufmännischer Direktor der Rodenberg-Werke geworden. Ich fand ihn übrigens nie sympathisch und hielt ihn für einen unechten Menschen. Die Kinder meiner ältesten, meiner Lieblingsschwester, die so jung einen grauenvollen Tod fand, leben noch im Hause meines Vaters, und ihr Sohn gilt allgemein als der künftige Chef der Werke. So ist mein Vater gottlob von Liebe umgeben und wird meinen Tod längst verschmerzt haben, wenn er mich auch nie vergessen wird, das weiß ich. Zu sehr haben wir aneinander gehangen. Um so schwerer war die Buße, die ich mir auferlegte. Aber solche Gelübde muß man halten.«

Dolores sprang auf und umarmte den Vater.

»So muß ich dir nun alles ersetzen, mein armer Lutzvater, alles, was du verloren hast, und da muß ich mir sehr viel Mühe geben und dich sehr, sehr liebhaben.«

Er drückte sie an sich.

»Meine kleine Dolo, du bist mir wahrlich ein großer Herzenstrost. Ich fühle wie ein echter, rechter Vater für dich, das weißt du. Nicht wahr, mein Kind, die gemeinsame Liebe zu deiner Mutter bindet uns fester als Bande des Blutes?«

Sie nickte ihm unter Tränen lächelnd zu, und sie saßen lange stumm beieinander, sich bei den Händen haltend. Und dann begann Dolo von der geliebten Toten zu plaudern, erinnerte ihn an dies und jenes kleine Erlebnis mit ihr, und es war, als weile sie noch bei ihnen.

Aber endlich schrak Lutz auf.

»Nun haben wir uns so lange verplaudert, daß mir keine Zeit

mehr für meine Post bleibt. Ich muß jetzt noch einmal nach dem Werk hinüber.«

»Oh, Lutzvater – und deine Zeitungen?«

»Die hebe ich mir für den Abend auf, jetzt muß ich fort!«

»Oh, bitte, warte noch fünf Minuten, dann begleite ich dich hinüber.«

»Dann schnell, Dolo!«

Sie eilte leichtfüßig davon, das weiße Kleid flatterte um ihre flinken Füße. Trotzdem ihr junger schlanker Körper schon leise an eine Frau erinnerte, war sie in ihrem ganzen Wesen doch noch ein Kind – ein süßes, reizendes Kind.

Sie rief im Hause nach Boni und Joni und wirbelte die beiden Getreuen durcheinander mit ihrem: »Schnell, schnell, Lutzvater wartet!« Sie war so sehr gewöhnt, schnell und willig bedient zu werden, daß sie es als selbstverständlich betrachtete, daß man sich mühte, ihre Wünsche zu erfüllen. Trotz ihres Reichtums und trotz ihres Verwöhntseins war sie doch im Grunde ein anspruchsloses Geschöpf, dem man gern diente, weil es immer freundlich bat, nie hart und rauh befahl.

Schnell war sie fertig und stand vor Freude glühend wieder vor dem Vater. Ihre Augen, die immer funkelten, als hätten sich Sonnenstrahlen darin gefangen, sahen ihn fragend an:

»Hat es länger gedauert als fünf Minuten, Lutzvater?«

»Sechs und eine halbe«, sagte er lächelnd und betrachtete sie mit Wohlgefallen. Jetzt in ihrem Reitdreß sah sie beinahe aus wie ein Junge, nur die zarte pfirsichfarbene Haut und die unter dem schnell aufgestülpten Hut hervorquellenden goldroten Locken verrieten das Mädchen. Sie trug wieder die Reithosen und die lange Reitjacke aus weißem Leinen, wie vorhin.

»Oh, wirklich schon sechseinhalb?«

»Schadet nichts, dafür stehen die Pferde schon bereit, also los, Dolo.«

Sie gingen hinunter, wo die beiden edlen Pferde gesattelt standen. Lutz Rodenberg beugte seine noch immer schlanke Gestalt und hielt Dolo seine Hand hin, damit sie ihren Fuß hineinsetzte. So schwang sie sich in den Sattel. Dann sprang auch Lutz auf sein Pferd, und nun jagten die beiden edlen Tiere Flanke an Flanke dahin durch das weiche Campos-Gras, hinüber zu dem

Silberbergwerk, in dem in der Mehrzahl farbige Arbeiter beschäftigt wurden. In einer halben Stunde waren sie dort.

Lutz Rodenberg war eine imponierende Erscheinung, und er hätte sehr gut der Vater von Hans Dornau sein können, so ähnlich sahen sich die beiden Menschen, die doch so weit voneinander entfernt waren. Auch Lutz hatte blondes Haar, nur eine Nuance dunkler als Hans. Die Augen waren von demselben Blau und lagen genauso tief unter der schöngebauten Stirn gebettet. Wohl waren die Züge von Lutz härter und fester als die Hans Dornaus, aber es waren doch dieselben. Die Familienähnlichkeit war sehr stark ausgeprägt. Lutz stand im Beginn der Vierzig, wirkte aber älter und reifer. Man sah ihm die harten Seelenkämpfe an, die er durchgemacht hatte. Aber das reiche Glück, das er an der Seite von Dolores' Mutter gefunden, zauberte einen weichen Schimmer in seine blauen Augen. Der stete Wunsch, zu sühnen, hatte ihm etwas Abgeklärtes, Gütiges und Reifes gegeben.

Überall im Silberbergwerk waren die Arbeiter fleißig, so fleißig, wie es das heiße Klima zuließ. Während der heißesten Zeit des Tages wurde nicht gearbeitet, dafür fing die Belegschaft früher am Morgen an. In diesem heißen Lande mußte Maß gehalten werden mit den Kräften der Leute, und nur unvernünftige Arbeitgeber laugten deren Kräfte über Gebühr aus. Das gab es bei Lutz Rodenberg nicht. Er hielt seine Leute gut, und aufrührerische Ideen waren hier noch nicht aufgetaucht.

Lutz inspizierte alle Arbeitsstätten, blieb hier stehen, um eine Rüge auszusprechen und dort, um ein Lob zu erteilen. Nie war er hart zu den Leuten, und auch wenn er einmal tadeln oder gar strafen mußte, geschah es ohne Zorn, in ruhiger, wenn auch bestimmter Weise. Und nie wurde jemand ungerecht behandelt. Dafür waren die Schwarzen auch sehr empfänglich, eine verdiente Rüge oder Strafe nahmen sie willig hin, eine unverdiente machte sie störrisch.

Dolores hielt tapfer an der Seite ihres Stiefvaters aus, bis alles inspiziert war. Dann ritten sie miteinander heim und plauderten angeregt dabei.

XVII

Nach dem Abendessen setzte sich Lutz Rodenberg seiner Stieftochter gegenüber an den runden Tisch in dem luftigen, ganz weiß gehaltenen Wohnzimmer. Dolo vertiefte sich in ein spannendes Buch, und Lutz breitete mit Behagen seine Zeitungen aus. Stand er doch nur durch sie mit der Außenwelt in Verbindung.

Nur durch die Zeitungen hatte er fahren, welch schwere Zeiten für Deutschland gekommen waren. Mit Entsetzen hatte er die schrecklichen Hungerberichte und danach die verheerenden Inflationsleiden vernommen, und es war ihm ein Trost gewesen, daß die Rodenberg-Werke immer durchgehalten hatten.

Wenn Lutz eine deutsche Zeitung in die Hand nahm, glänzten seine Augen wieder heller, und seine Gedanken flogen hinüber zu der alten Heimat, zu dem Vater, ohne daß er geahnt hätte, daß er nicht mehr lebte.

Auch heute schaute er mit frohem Blick auf die große vor ihm liegende Zeitung. Lächelnd blickte Dolores zuweilen zu ihm hinüber. Aber plötzlich sah sie ihn zusammenzucken, sah, daß seine Hand krampfhaft das Blatt umspannte, sah sein Gesicht schlaff und fahl werden, und daß seine Augen starr und weit blickten. Erschrocken richtete sie sich auf und legte die Hand auf seinen Arm.

»Lutzvater! Was ist dir?«

Er barg das Gesicht aufstöhnend in den Händen.

»Dolo – mein Vater – ist tot«, stieß er hervor.

Die schmale, feine Kinderhand strich zart und leise über sein gesenktes Haupt.

»Armer Lutzvater! Tut es sehr weh?« fragte sie leise. »Du hast ihn doch schon so lange verloren.«

Er richtete sich langsam empor und sah sie an mit einem Blick, der sie erschütterte.

»Aber er lebte, Dolo, und meine Gedanken konnten zu ihm fliegen, ich konnte mir im Geiste Trost bei ihm holen, wenn mich danach verlangte. Immer sah ich ihn lebend vor mir, sah seine gütigen, lebensvollen Augen. Nun sind sie gebrochen, und nun fühle ich, wie ich heimlich doch immer noch eine leise Hoffnung hegte, ihn eines Tages wiederzusehen. Man glaubt immer an Wunder, wenn man eine große Sehnsucht im Herzen trägt. Diese

Hoffnung ist nun gestorben – mit meinem Vater! Kannst du das verstehen, Dolo?«

Sie nickte und streichelte seinen Arm. Ihr Gesicht war sehr blaß geworden und ihre Augen feucht.

»Armer Lutzvater, ich denke mir, daß dir jetzt so zumute ist wie mir, als Mütterchen starb. Es tut furchtbar weh, wenn ein Mensch, den man geliebt hat, aufhört, zu leben. Wann ist dein Vater denn gestorben?«

Er atmete tief und schwer.

»Ich weiß noch nicht. Noch habe ich hier nichts weiter gelesen, als daß Georg Rodenberg gestorben ist, und daß Lutz Rodenberg sein Erbe ist. Wie seltsam, Dolo, daß man ein Inserat in die Zeitungen setzt, in dem man schreibt, daß Lutz Rodenberg sich melden soll, wenn er noch lebt. Also hat man doch noch die Möglichkeit erwogen, ich könnte noch am Leben sein. Warte – laß mich nun erst zu Ende lesen, was in diesem Inserat noch steht. Sieh nur, ganz groß und fett gedruckt ist mein Name, er fiel mir gleich in die Augen.«

Sie beugten sich beide über die Zeitung herab und lasen das Inserat durch. Und da schrie Lutz plötzlich auf, schrie, als wolle es ihm die Brust zersprengen, denn als er weiterlas, sah er erst, daß seine Unschuld erwiesen worden war, daß nicht er, sondern der Bergrat Natusius der Schuldige war, und daß dieser das auf seinem Sterbebett bekannt hatte.

Leichenblaß sank er zurück, und ein qualvolles Stöhnen kam über seine Lippen. Sein Studienfreund Natusius hatte den verhängnisvollen Schlag geführt, hatte es gewußt all die Jahre und hatte ihn doch in dem bedrückenden Glauben gelassen, daß er der Täter gewesen sei.

Freilich, Natusius glaubte wie alle anderen daheim an seinen Tod. Auch Dolores hatte das nun gelesen, und sie umschlang den Stiefvater, als fühle sie, daß er jetzt einen Halt, eine Stütze brauche.

»Lutzvater – ach mein lieber, lieber Lutzvater, so freue dich doch, sieh nicht so entsetzlich blaß und verstört aus, freue dich, daß du unschuldig bist, daß nicht du es warst, der jenem Mann den Tod brachte.«

Wie im Krampf bissen sich seine Zähne aufeinander, er faßte Dolores bei beiden Armen und schüttelte sie ein wenig.

»Verstehe doch, Kind – das alles war umsonst! Umsonst all die Qualen, die Gewissensnot, umsonst die Trennung von meinem Vater, umsonst seine Sorge und Qual um mich. Das alles hätte nicht zu sein brauchen, ich hätte mich nicht selbst für meine Lieben versteckt halten müssen, wenn der wahre Täter den Mut gehabt hätte, seine Schuld einzugestehen«, stieß er außer sich hervor.

Sie streichelte liebevoll sein Haar.

»Wie gut verstehe ich dich, Lutzvater. Aber – bedenke, was dir ein Trost sein muß – dann hättest du auch Mütterchen nicht kennengelernt, ihr hättet euch nicht in Liebe finden, hättet nicht so glücklich miteinander sein können. Kann dich das nicht ein bißchen trösten?«

Sein Gesicht zuckte, aber der starre Krampf darin löste sich.

»Daß Mütterchen das nicht mehr erleben konnte, Dolo! Sie hat getreulich allen Kummer, alle Herzensnot mit mir getragen – konnte sie nicht auch meine Befreiung miterleben? Denn eine Befreiung ist es trotz allem. Lies mir das alles noch einmal laut vor, Dolo, damit ich es fasse, damit ich begreife, daß ich frei von Schuld bin – und – daß mein Vater nicht mehr lebt.«

»Ja, Lutzvater, das alles ist auch für einen so starken Mann, wie du bist, ein wenig viel, ich kann es dir nachfühlen. Komm, lehne dich zurück und fasse dich, ich werde dir alles ganz langsam und deutlich vorlesen.«

Sie drückte ihn liebevoll besorgt in seinen Lehnstuhl zurück und las dann mit lauter, klarer Stimme den Inhalt des Inserates, das Eva Maria und Hans durch Ralf Bernd in die Zeitungen lanciert hatten:

»Lutz Rodenberg,

falls er noch am Leben, kund und zu wissen, daß sein Vater gestorben und ihn zum Erben der Rodenberg-Werke eingesetzt hat, falls er innerhalb zwanzig Jahren nach seinem Verschwinden wieder auftaucht. Lutz Rodenberg kann unbesorgt heimkehren, denn er ist nicht schuldig. Bergrat Natusius hat auf seinem Sterbebett das Geständnis abgelegt, daß er einen Schlagring besaß und damit jenen Mann tötete. Schnellste Meldung dringend erwünscht, Georg Rodenberg starb am 23. August dieses Jahres.«

Als sie zu Ende gelesen hatte, saßen sich Vater und Tochter lange stumm gegenüber. Dolores fühlte, daß all dies erst in dem Herzen des Stiefvaters ausklingen mußte. Er saß ihr mit geschlossenen Augen und zurückgeneigtem Haupte gegenüber, und seine Gedanken waren in die Heimat geflogen und hielten Zwiesprache mit dem toten Vater. Seine Brust hob sich immer wieder in tiefen, schweren Atemzügen, und die Muskeln seines Gesichts zuckten wie im Krampf. Dolores sah immer wieder mitleidig besorgt zu ihm hinüber, aber endlich hielt sie dies Schweigen nicht mehr aus.

»Lutzvater, das ist doch das Wunder, auf das du heimlich gehofft hattest. Nun ist alle Schuld von deiner Seele herunter. Freue dich doch darüber.«

Er öffnete die Augen und sah sie an. Langsam richtete er sich empor.

»Ja Kind, wie ein Wunder ist es. Nur schade – für meinen armen Vater kam es zu spät, und ich frage mich jetzt, ob ich recht getan habe, daß ich jenes Gelübde ablegte und ihm den Glauben ließ, daß ich tot sei.«

Sie trat neben ihn, umfaßte sein Gesicht mit den Händen und sah ihn mit einem energischen Ausdruck an.

»Lutzvater, jetzt quäle dich nicht wieder in ein neues Schuldbekenntnis hinein, kaum daß du das alte los bist. Es muß dir genügen, daß du das Beste gewollt hast, daß du willig eine große Strafe auf dich nahmst, trotzdem du sie nicht verdient hattest. Wir Menschen sind nicht allwissend, allwissend ist nur der liebe Gott. Und der ließ das alles zu – also muß es auch in seinem Sinne gewesen sein. Was du erlittest, hast du schuldlos gelitten. Du hast ein fast übermenschliches Opfer gebracht, weil du eine eingebildete Schuld sühnen wolltest. Daß es nicht nötig gewesen wäre, wußte nur der liebe Gott – und jener Bergrat Natusius. So, wie du gehandelt hast, mußtest du es deiner Wesensart nach tun, und kein Vorwurf kann dich treffen. Bedauerlich ist es, daß du und dein Vater so schwer unter der Schuld eines anderen leiden mußtet, aber deswegen kann man dich nur bemitleiden. Habe ich nicht recht?«

Er zog sie an sich, und ein mattes Lächeln flog um seinen Mund.

»Meine kleine, resolute Trösterin, ja, du hast recht. Und ich muß mich damit abfinden, daß ich meinen Vater nie wiedersehen werde. Aber — heimkehren kann ich nun, kann mich meinen Angehörigen wieder nähern, denn mein Gelübde ist nun hinfällig.«

Dolores sah ihn bestürzt an.

»Du willst nach Deutschland gehen, Lutzvater?«

Er atmete tief auf, und seine Augen leuchteten.

»Zweifelst du daran, Dolores? Kannst du nicht verstehen, daß ich mich sehne, die Heimat wiederzusehen, wenigstens am Grabe meines Vaters zu beten — und am Grabe meiner Mutter?«

Sie war sehr blaß, sagte aber tapfer:

»Ja — oh, ja — das kann ich verstehen. Aber du wirst doch wiederkommen, Lutzvater, wirst mich doch nicht allein lassen?«

»Meine kleine Dolo, das ist doch selbstverständlich; du und ich, wir gehören doch zusammen. Ich würde dich vielleicht gleich mit mir nehmen, aber erst möchte ich einmal hinüber und sehen, wie die Dinge in Rodenberg liegen. Der Mann meiner jüngsten Schwester ist kaufmännischer Direktor, und der Sohn meiner ältesten Schwester ist, soviel mir berichtet worden, zum künftigen Chef der Rodenberg-Werke bestimmt. Sicherlich hat man dies Inserat nur erlassen, um einen letzten Wunsch meines Vaters zu erfüllen. Vielleicht lebte dieser bis zu seinem Ende in der Hoffnung, ich könnte bei jenem Schiffsunglück auf irgendeine Art gerettet sein. Er — o ja — er hätte es verstanden, daß ich verschollen bleiben wollte, um zu sühnen. Nun hat er sterben müssen, ohne meine Schuldlosigkeit zu erfahren, aber vielleicht ist es gut, daß er es nicht mehr erfuhr. Es hätte ihn, wie mich auch, furchtbar geschmerzt, daß dies alles umsonst gewesen. Unerkannt und heimlich will ich in die Heimat gehen, und nur, wenn mein Wiederauftauchen Freude bereitet, will ich mich zu erkennen geben. Sonst gehe ich still wieder von dannen. Ich kann dich also jetzt nicht gleich mitnehmen, Dolo, du bleibst hier. Ich bitte die Mutter deiner Freundin Angela Frasquita, dich in der Zeit meiner Abwesenheit unter ihren Schutz zu nehmen. Sie wird gern einige Monate mit ihrer Tochter in Armada verweilen, meinst du nicht auch?«

Dolo nickte, sah aber sehr betrübt aus.

»So lange soll ich mich von dir trennen, Lutzvater? Monatelang wirst du fortbleiben?«

»Schneller läßt sich das nicht erledigen, bedenke die weite Reise. Du wirst tapfer sein, nicht wahr?«

Sie seufzte.

»Wenn es denn sein muß! Aber, wenn deine Leute dich nicht wieder fortlassen wollen?«

»Dann hole ich dich! Es ist selbstverständlich, daß du bleibst, wo ich bleibe. Und Mutter wünschte doch, daß du, wenn du erwachsen bist, Europa, vor allem Deutschland kennenlernen solltest. Wie es auch kommt, wir gehören zusammen, und die Trennung wird schneller vergehen, als du glaubst.«

Ungestüm warf sie sich in seine Arme.

»Ich wäre auch furchtbar einsam und verlassen ohne dich, das weißt du und wirst immer daran denken, nicht wahr?«

»Wie ich, ohne dich, Dolo, das weißt du auch. Es wird nur eine Trennung auf kurze Zeit sein.«

»Monatelang ist keine kurze Zeit.«

»Ich kürze sie, soviel ich kann. Und wir schreiben einander, so oft wir können; du sollst sehen, die Zeit vergeht schnell. Angela und Inez werden dir Gesellschaft leisten. Sei tapfer, kleine Dolo.«

Sie atmete auf und nickte ihm lächelnd zu. Da es nicht anders sein konnte, wollte sie ihm keine Sorge machen mit ihrer Verzagtheit.

Lutz' Reise nach Deutschland wurde nun nach allen Seiten beleuchtet. Sie besprachen und berieten alles gemeinsam, und Dolores bezwang die Angst vor der Trennung. Sie war ein mutiges Geschöpf und gewohnt, sich in Unvermeidliches zu fügen.

Ein Risiko war es nicht, Dolores allein zurückzulassen. Sie wurde von ihren Leuten vergöttert, und keiner hätte zugelassen, daß man ihr ein Leid zufügte. Außerdem waren die portugiesischen Beamten da, die in Lutz' Abwesenheit für Ordnung sorgen würden wie sonst, wenn er in der heißen Zeit am Meere gewesen war.

Als sie über alles im klaren waren, gingen sie zur Ruhe.

Gleich am nächsten Morgen besprach Lutz alles mit seinen Beamten, und dann fuhr er mit Dolo im Auto zur Poststation, um Senhora Frasquita zu bitten, für die Zeit seiner Abwesenheit nach Armada überzusiedeln. Angela jauchzte auf, als sie hörte, daß sie monatelang mit der Freundin zusammensein dürfe auf der himmlisch schönen Armada. Das war ein Fest für sie. Auch Senhora Frasquita zögerte nicht lange, diese Gelegenheit zu einer angenehmen Ausspannung zu ergreifen. Ihre nicht sehr glänzenden

Verhältnisse ließen ihr einen Aufenthalt in dem reichen Haushalt sehr wünschenswert erscheinen. Ihr Gatte durfte sie an den Sonntagen besuchen und begnügte sich in der Zwischenzeit gern mit der farbigen Dienerin, die ihn betreuen würde, um seiner Frau und seiner Tochter diese Ausspannung zu gönnen.

Dolo fing langsam an, sich mit der Trennung von dem geliebten Vater vertraut zu machen. Die lustige Freundin malte ihr alles in den leuchtendsten Farben aus, sie wollten schon lustig und vergnügt sein, zumal auch Inez für einige Wochen kommen würde. So konnte sie sich etwas getrösteter mit Lutzvater in seine Reisepläne vertiefen.

An den Abschied vermochte sie freilich noch nicht zu denken, ohne Herzweh zu bekommen, aber das verbarg sie tapfer, um den Vater nicht zu betrüben. Denn daß auch ihm der Abschied von ihr nicht leicht werden würde, wußte sie.

Trotz seiner steten Wachsamkeit hatte Ralf Bernd noch nichts entdeckt, womit er Mertens hätte überführen können. Dieser war im Gegenteil von einer auffallenden Liebenswürdigkeit Hans gegenüber. Daß aber Mertens seinen Plan, Alleinherrscher auf den Werken zu werden, nicht fallengelassen hatte, ging aus mancherlei Äußerungen hervor, die er »seinem Bundesgenossen« gegenüber fallenließ, wenn Ralf immer wieder seine Fühler ausstreckte. Aber er war auch in dieser Beziehung noch vorsichtiger als sonst. Noch immer wurde Ralf zuweilen nach Villa Melanie eingeladen, und immer weniger verbarg Jolante, daß sie in Ralf ihren künftigen Gatten sah. Sie wurde immer deutlicher, und Ralf hatte Mühe, sich ihren Netzen zu entziehen. Er war gefeit gegen Jolantes Koketterien, sein Herz gehörte Eva Maria, und er wußte und fühlte, daß auch das ihre ihm gehöre. Wie hätte ihm da Jolante gefallen können? Er war jetzt jede Woche zweimal in Villa Rodenberg, und zwar mit Mertens' vollster Billigung. Er hinterbrachte diesem dann immer am nächsten Tage allerlei, was diesem Freude machte, selbstverständlich immer im Einverständnis mit den Geschwistern, und nur das, was der Diener Fritz hatte erlauschen können. So erhielt Mertens immer von zwei Seiten die gleichen Berichte und war sicher, daß er stets die Wahrheit erfuhr. Dabei wurde aber sowohl das Freundschaftsverhältnis zu Hans, als auch die Beziehungen zwischen Ralf und Eva

Maria immer inniger und wärmer. Hans begünstigte die Annäherung Ralfs an seine Schwester in jeder Weise, er sorgte zuweilen für ein kurzes Alleinsein der beiden und merkte, daß sie ihre Liebe kaum noch verbergen konnten. Es war eine Zeit voll heimlichen Glücks für die beiden Liebenden. Eva Maria zählte die Stunden von einem Besuch Ralfs zum anderen, und wenn sie ihm auf seinen innigen Wunsch ihre Lieder vorsang, verriet ihm der Klang ihrer Stimme, was sie für ihn empfand. Es kam zuweilen zu einem atemlosen Ineinandertauchen ihrer Blicke. Sie fühlte, daß er um sie warb mit jedem Atemzug, mit der ganzen Innigkeit einer starken, tiefen Liebe. Ralf fühlte immer deutlicher, daß dieses herrliche Geschöpf ihm ganz gehörte. Aber Worte hatte er seiner Liebe noch nicht gegeben, er wollte einerseits ihre Trauer um den Großvater noch respektieren, andererseits hätte er gern Mertens erst noch zur Strecke gebracht, um der Geliebten ihre Herzensruhe wieder zu geben. Wie sehr sie sich heimlich um den Bruder bangte, wußte er nur zu gut. Mit der Furcht vor Mertens' verbrecherischem Vernichtungswillen und mit der quälenden Notwendigkeit, immer wieder diesem eine häßliche Komödie vorspielen zu müssen, gab es doch kein ungetrübtes Glück weder für ihn noch für sie.

Jolante hatte in Erfahrung gebracht, daß Ralf zuweilen in Villa Rodenberg einen Abend verbringe. Das gefiel ihr durchaus nicht. Erst als der Vater eine Anspielung machte, daß diese Besuche auf seinen speziellen Wunsch stattfänden, beruhigte sie sich darüber. Sie war nicht willens, Eva Maria das Feld zu räumen, aber gerade, daß sie fühlte, daß Ralf auch Eva Maria begehrenswert erschien, ließ sie um so hartnäckiger an ihrem Plan festhalten, Ralf Bernd für sich zu gewinnen. Um Eva Maria unschädlich zu machen, sprach sie in Ralfs Gegenwart viel über Eva Maria und suchte sie in seinen Augen lächerlich zu machen als langweiliges Tugendgänschen, nicht ahnend, wie widerwärtig sie Ralf dadurch erschien. Er konnte sie geradezu hassen, wenn sie etwas Abfälliges über Eva Maria äußerte.

Jolante fand allmählich, daß die Angelegenheit lange genug in der Schwebe gehalten worden sei und beschloß, energischer auf ihr Ziel loszugehen.

Wieder war Ralf so eines Sonntags im Hause Mertens zu Tisch geladen. Frau Melanie freute sich stets herzlich über Ralfs Besuche, sie hatte ihn ehrlich in ihr Herz geschlossen, nur machte sie Jolantes ungeniertes Verhalten ihm gegenüber ein wenig befangen. Sie konnte sich nicht denken, daß ein Mann wie Doktor Bernd daran Gefallen zu finden vermöge.

Und wieder, wie so oft, forderte Jolante Ralf nach Tisch zu einem Spaziergang im Walde auf. Dieser bemerkte mit sehr gemischten Gefühlen, daß sie mit ihrem Vater einen verständnisinnigen Blick tauschte. Aber er konnte Jolantes energische Aufforderung zu einem gemeinsamen Spaziergang nicht zurückweisen, ohne unhöflich zu scheinen. Noch reservierter und noch korrekter ging er neben ihr her und mühte sich, bei einem unverfänglichen Thema zu bleiben. Jolante trug heute wieder ihren Pelzmantel und ein elegantes Pelzmützchen dazu. Die Waldwege waren verschneit, und Jolante gab sich immer wieder den Anschein, auszugleiten, bis sie es richtig nach einer Weile wieder so weit gebracht hatte, daß er ihr den Arm bieten mußte. Sie schmiegte sich an seine Seite, sah ihn neckisch ermunternd von unten herauf an und spitzte die Lippen, als wolle sie ihn einladen, sie zu küssen.

Aber er reagierte in keiner Weise auf diese nur gar zu deutlichen Avancen und behielt seine steife, korrekte Haltung bei. Sie gedachte das aber nicht länger ruhig mit anzusehen. Man muß ihm ganz deutlich kommen, sonst hat er keinen Mut und zieht die Sache ins Unendliche, dachte sie. Und ihre ganze »moderne Weltanschauung« zu Hilfe nehmend, blieb sie plötzlich dicht vor ihm stehen, blitzte ihn mit ihren dunklen Augen herausfordernd an und sagte:

»Sagen Sie mal, Herr Doktor, wie lange soll denn das so weitergehen?«

Er fühlte sofort, worauf sie zielte, merkte, daß sie jetzt um jeden Preis eine Entscheidung herbeiführen wollte, und sagte sich, daß er das nicht mehr hindern konnte. Es war ihm peinlich, ihr eine Enttäuschung bereiten zu müssen, und er dachte angestrengt darüber nach, wie er das so zart wie möglich machen könnte. Vorläufig stellte er sich noch begriffstutzig.

»Was soll so weitergehen, mein gnädiges Fräulein?«

Sie stampfte ungeduldig mit dem Fuße.

»Mein Gott, lassen Sie doch dieses steife, förmliche ›gnädige Fräulein‹ beiseite. Ich heiße für Leute, die mich gern haben, Jo.«

Er verneigte sich.

»Ich weiß, mein gnädiges Fräulein, Ihre Angehörigen nennen Sie so, und sie allein haben ein Recht darauf.«

Sie machte ein Mäulchen und reckte es ihm kußbereit entgegen.

Da er nicht reagierte, sagte sie ungeduldig:

»Mein Gott, Doktor, begreifen Sie doch endlich, daß Sie nicht nötig haben, sich Reserve aufzuerlegen. Mir brauchen Sie nicht länger Komödie vorzuspielen, ich weiß, daß Ihnen viel daran liegt, sich eine Enkelin Georg Rodenbergs zu erringen. Nun haben Sie schon endlich Mut, ich habe wirklich nicht länger Verwendung für Ihre scheue Anbetung. Und ich bin ein viel zu modernes Mädchen, um Sie noch länger in Hangen und Bangen und schwebender Pein zu erhalten. Ein Mann wie Sie braucht doch nicht so ängstlich zu sein.«

Das brachte sie halb neckend, halb in ernster Herausforderung hervor. Ihre Augen sahen ihn halb fordernd, halb hingebungsvoll an.

Ralf stand einen Moment fassungslos, er wußte genau, wenn er jetzt nicht ganz energisch und rücksichtslos abwinkte, lag sie ihm im nächsten Moment in den Armen, ob er wollte oder nicht. Es war ihm ein furchtbar peinliches Gefühl, einer Dame eine Abweisung zuteil werden zu lassen. Aber dabei erschien ihm Jolantes Verhalten so unweiblich und abstoßend, daß er Gott dankte, daß sein Herz anders gewählt hatte. Er war nicht der Mann, sich auf solche Weise erobern zu lassen.

Entschlossen trat er einen Schritt zurück – und nun kam ihm zum Glück ein Einfall, wie er die peinliche Situation mildern konnte.

»Mein gnädiges Fräulein, ich weiß, daß Sie sich jetzt einen übermütigen Scherz mit mir machen wollen. Im Ernst denken Sie ebensowenig daran, mir Ihre Hand zu reichen, wie ich mir erlauben würde, darum zu bitten. So vermessen wäre ich auch dann nicht, wenn mein Herz noch frei wäre. Ich weiß, Sie sind gern ein wenig übermütig, und im Übermut provozierten Sie mich, um mich hinterher tüchtig auszulachen. Aber ein Mann wie ich läßt sich auch von der reizendsten Dame nicht auslachen.«

Sie hatte aus dieser diplomatischen Abwehr nur eines herausgehört – daß sein Herz nicht mehr frei sei, und daß er nicht daran denke, sie um ihre Hand zu bitten, und wenn sie es ihm noch so leicht machte. Ihre Eitelkeit war dadurch viel mehr getroffen als ihr Herz. Sie war so wütend auf ihn, daß sie ihn am liebsten ins Gesicht geschlagen hätte. Aber ihre Klugheit riet ihr, sich nicht noch mehr zu blamieren. Sie hatte angenommen, daß es nur eines Wortes ihrerseits bedürfe, um ihn zu einer Werbung zu veranlassen. So sehr war sie von ihrem Wert als Enkelin Georg Rodenbergs überzeugt, daß sie keinen Augenblick gezweifelt hatte, daß er mit beiden Händen zugreifen würde. Einen Moment fragte sie sich, was wohl ihre Mutter zu dem eben von ihr Erlebten sagen würde. Und um aus dieser für sie wirklich nicht angenehmen Situation zu retten, was noch zu retten war, rief sie, hart und laut auflachend:

»Ah, jetzt endlich habe ich Sie aus Ihrem Bau gelockt, Herr Doktor. Sie sind sehr scharfsichtig und haben gleich durchschaut, daß ich mir selbstverständlich nur einen Scherz gemacht habe. Ich wollte nämlich unbedingt herausbringen, ob Ihr Herz schon vergeben sei. Nun haben Sie sich verraten und müssen auch Farbe bekennen. Ist es meine Cousine Eva Maria, der Ihr Herz gehört?«

Er sah ein gefährliches, böses Glitzern in ihren Augen und sagte sich, daß er, wenn er sich jetzt verriet, Jolante zur gefährlichen Feindin Eva Marias machte. Das durfte nicht sein, bevor er wirksam für Eva Maria eintreten konnte. Er lachte scheinbar amüsiert auf.

»Dachte ich es mir doch, mein gnädiges Fräulein, daß Sie einen übermütigen Scherz mit mir treiben wollten. Und da ich mich nun einmal in meiner Überraschung verraten habe, muß ich Ihnen gestehen, daß mein Herz schon vergeben war, ehe ich meine Stellung in den Rodenberg-Werken antrat. Damit ist auch zugleich Ihre andere Frage beantwortet, es wäre mir peinlich, wenn der Name Ihrer Fräulein Cousine in dieser Angelegenheit genannt werden müßte. Ich will das nicht gehört haben.«

Sie lachte schrill auf.

»Seien Sie unbesorgt, das darf Ihnen nicht peinlich sein. Diesen Scherz haben wir nämlich gemeinsam ausgesonnen, meine Cousine und ich, wir sprachen unlängst darüber, ob Sie wohl schon verlobt seien. Ich behauptete, ja, und meine Cousine, nein. Wir haben um eine Bonbonniere gewettet — und die habe ich somit gewonnen.«

»Das haben Sie freilich sehr geschickt angefangen«, sagte er lachend, als glaube er an ihre Worte. Aber er wußte ganz genau, daß Eva Maria keine Ahnung von alledem hatte. Er wußte auch, daß Jolante keinen Scherz gemacht hatte, sondern daß es ihr sehr ernst gewesen war. Allerdings nur so ernst, wie eine Frau wie Jolante Mertens es in Herzenssachen sein konnte. Daß sie überhaupt nicht wußte, was Liebe war, und daß sie ganz gewiß für ihn keine Liebe empfand, folglich auch nicht an einem gebrochenen Herzen sterben würde, fühlte er ganz genau. Aber er dankte dem Schicksal, daß ihm dieser rettende Gedanke gekommen war. Aber auf keinen Fall durfte Jolante jetzt ahnen, daß Eva Maria seinem Herzen teuer war. Gerade jetzt in ihrer gekränkten Eitelkeit konnte sie Eva Maria gefährlich werden.

Und da schoß ihm plötzlich ein erschreckender Gedanke durch den Kopf. Er kannte Jolante genau genug, um zu wissen, daß diese imstande war, Eva Maria mitzuteilen, was er von seinem inneren Gebundensein gesagt hatte. Wie mußte das auf Eva Maria wirken, wenn sie hörte, daß sein Herz nicht mehr frei gewesen, bevor er zu den Rodenberg-Werken kam? Das durfte nicht sein, nicht eher, bis er Eva Maria wiedergesehen und ihr über diese Unterredung mit Jolante selbst mit den nötigen Erklärungen berichten konnte. Er wollte das allerdings in einer Weise tun, daß Jolante möglichst nicht bloßgestellt wurde. Sein ritterliches Empfinden ließ das nicht zu.

Jolante hatte sich gefaßt.

»Nun ja, so leicht ist es nicht, einem Herrn ein solches Geheimnis zu entreißen. Da muß man etwas wagen.«

»Ich bitte Sie aber, mein gnädiges Fräulein, niemand zu verraten, was ich Ihnen über meine Herzensangelegenheit gebeichtet habe.«

Sie sah ihn etwas mißtrauisch forschend an.

»Nur allein meiner Cousine, da ich ihr doch beweisen muß, daß ich meine Wette gewonnen habe.«

Es zuckte keine Miene in seinem Gesicht.

»Allerdings, Ihrem Fräulein Cousine müssen Sie es mitteilen, aber haben Sie die Güte, auch hier Diskretion zu wahren. Ich – ich bin nämlich noch nicht imstande, mich öffentlich zu verloben und zu heiraten – und da möchte ich nicht, daß es bekannt würde, die Kollegen necken einen dann zu viel.«

Nun war Jolante überzeugt, daß sein Herz doch nicht Eva Maria gehöre, und sie dachte daran, daß Eva Maria nun ebenfalls das Nachsehen hätte. Das tröstete sie fast in ihrem Ärger über ihre Niederlage.

»Oh, wie geheimnisvoll, Herr Doktor«, spottete sie.

»Herzensgeheimnisse verrät man nicht gern aller Welt, das werden Sie begreifen, gnädiges Fräulein.«

Sie biß sich auf die Lippen, es war ihr doch sehr unangenehm, ihn von Herzensgeheimnissen mit einer andern sprechen zu hören. Wenn sie ihn auch nicht wirklich liebte, ein wenig verliebt war sie doch in ihn gewesen. Und außerdem ärgerte sie die Niederlage, die sie erlitten hatte. Trotzdem sie es ihm als Scherz hingestellt hatte oder vielmehr, obwohl er an einen Scherz zu glauben schien, wußte sie doch nicht ganz genau, ob er sie nur hatte schonen wollen. Sie war ärgerlich, daß sie sich so lange vergeblich um ihn bemüht hatte, aber sie war doch ehrlich genug, um sich einzugestehen, daß er ihr nie Veranlassung gegeben hatte, sich irgendwelche Hoffnungen zu machen. Und wenn er wirklich sich nur den Anschein gegeben hatte, als mache sie einen Scherz, um sie zu schonen, so war das doch im Grunde sehr nett von ihm.

Sie gingen nun weiter, und Jolante plauderte und lachte scheinbar übermütig, obwohl ihr gar nicht danach zumute war. Aber ein wenig tröstete sie doch der Gedanke, daß Eva Maria nun auch eine Enttäuschung erleben müsse. Sobald wie möglich wollte sie zu ihr gehen und ihr berichten, Doktor Bernd habe sein Herz schon verloren vor seiner Ankunft in den Rodenberg-Werken. Was für ein Geschöpf mußte es denn nur sein, das Ralf Bernds Herz gewonnen hatte? Wohl irgendein armes, obskures Mädchen, da er sie noch nicht heiraten konnte, und zu dem er sich nicht bekennen mochte. Aber – sehr lieb mußte er sie doch haben, wenn er zu ihr hielt, obwohl sie arm war und er doch eine reiche Erbin hätte haben können. Gab es denn überhaupt noch so etwas, eine Liebe ohne selbstsüchtige Berechnungen?

Schade – schade war es doch, daß man so etwas nicht kennenlernen konnte. Es mußte doch ganz schön sein, so um seiner selbst willen geliebt zu werden – und – so recht von Herzen wiederlieben zu können.

Ja, Jolantes moderne Weltanschauung hatte einen kleinen,

ganz kleinen Stoß erhalten. Aber das gestand sie sich vorläufig nicht einmal selber ein.

Jedenfalls war Doktor Bernd jetzt für sie erledigt, ganz gründlich. Trotzdem war sie klug genug, mit ihm zu plaudern wie immer, und so kamen sie scheinbar in gutem Einvernehmen wieder zu Hause an. Jolante war viel zu eitel, sich ihre Niederlage anmerken zu lassen. Sie brachte es fertig, Ralf wie sonst zu begegnen. Aber als er sich eine Stunde später verabschiedete, schützte sie Kopfweh vor und zog sich in ihr Zimmer zurück. Hier warf sie sich in einen Sessel und zündete sich eine Zigarette an. Verdrießlich starrte sie vor sich hin – nur verdrießlich, nicht unglücklich. Und sie überlegte schon in dieser Stunde, wem sie nun ihre Gunst zuwenden sollte, da Doktor Bernd nicht mehr dafür in Frage kam.

XVIII

Ralf Bernd ging langsam durch den Wald auf die Werke zu, er wollte seine Wohnung aufsuchen. Immer wieder atmete er befreit auf, daß er nun von Jolante keine weiteren Annäherungsversuche zu befürchten hatte. Aber die Unruhe, wie er Eva Maria vor einer Mitteilung Jolantes behüten konnte, daß sein Herz schon nicht mehr frei gewesen, als er nach den Rodenberg-Werken kam, beherrschte ihn auf dem ganzen Wege. Sehnsüchtig flogen seine Gedanken zur Villa Rodenberg. Könnte er doch dort sein, in Eva Marias reine, stolze Augen blicken und ihr sagen, daß er Jolante damit ein Märchen aufgebunden hatte. Unwillkürlich machte er einen Umweg, der ihn ziemlich nahe zu der Villa Rodenberg hinführte – und – wie von seiner Sehnsucht herbeigezaubert, stand plötzlich Eva Maria, die soeben aus einem Nebenweg herausgetreten war, vor ihm. Beide sahen sich mit aufleuchtenden Augen an, und Eva Marias Gesicht überzog eine helle Röte. Sie trug ein weißes, gestricktes Sportkostüm und eine weiße Mütze, unter der ihr blondes Haar hervorsah. Ralf meinte, sie noch nie so schön gesehen zu haben. Die frische Winterluft hatte ihre Wangen gerötet, und ihre jugendschöne Gestalt verriet die kraftvolle Elastizität eines gesunden Körpers.

Ralf zog den Hut und verneigte sich.

»Mein gnädiges Fräulein, ich betrachte es als ein ganz besonderes Glück, daß ich Ihnen gerade jetzt begegne. Ich dachte soeben darüber nach, wie ich es anfangen könnte, Sie für einige Minuten sprechen zu dürfen.«

Sie sah ihn fragend an.

»Das kann gleich geschehen, Herr Doktor. Hoffentlich haben Sie mir nicht etwas Schlimmes zu sagen?«

»Nein, nein, gewiß nicht, ich – ich weiß nur nicht recht, wie ich das, was ich Ihnen sagen möchte, in Worte kleiden soll. Ich komme soeben von Villa Melanie.«

»Das dachte ich mir.«

»Und – ich habe nach Tisch einen Spaziergang mit Fräulein Jolante durch den Wald gemacht.«

Eine leise Schelmerei spielte um ihre Lippen. Sie wußte, daß Ralf nicht sehr erbaut von solchen Spaziergängen mit Jolante war.

»Haben Sie sich gut unterhalten?« neckte sie.

Es fiel ihr nicht ein, eifersüchtig auf Jolante zu sein. Zu sicher war sie Ralfs Liebe, obwohl er sie ihr noch mit keinem Wort gestanden hatte.

Er atmete etwas beklommen auf, es war doch schwerer, als er geglaubt hatte, ihr zu sagen, was er sagen mußte.

»Fräulein Mertens ist eine sehr witzige und geistvolle junge Dame, man langweilt sich nie in ihrer Gesellschaft. Aber – sie sagte mir etwas, was ich nicht glauben kann und – deshalb möchte ich Sie fragen, ob es wahr ist.«

»Kann ich Ihnen denn sagen, ob es wahr ist?«

»Ja, nur Sie.«

»So fragen Sie, Herr Doktor.«

»Darf ich auch fragen, wenn es eine etwas heikle Frage ist?«

»Wir sind doch gut Freund, Herr Doktor, unter Freunden muß man auch einmal auf eine heikle Frage gefaßt sein.«

»Also, wie gesagt, ich vermochte nicht zu glauben, was mir Fräulein Mertens sagte.«

Sie lächelte nachsichtig.

»Jo nimmt es manchmal nicht sehr genau mit der Wahrheit.«

»Es betraf Sie.«

Überrascht blickte sie auf.

»Mich?«

»Ja, sie sagte mir, Sie beide hätten sich darüber unterhalten, ob ich schon verlobt sei oder nicht. Sie habe diese Frage mit ja beantwortet, während Sie dieselbe verneint hätten. Und darauf hätten Sie beide eine Wette abgeschlossen um eine Bonbonniere, und Fräulein Mertens habe sich daran gemacht, die Wahrheit an den Tag zu bringen.«

Das Blut schoß Eva Maria ins Gesicht.

»Ich hoffe, Herr Doktor, daß Sie mir die Taktlosigkeit einer solchen Wette nicht zutrauen.«

»Nein, ganz gewiß nicht, Fräulein Mertens ersann das wohl allein«, sagte er.

Eva Maria ahnte, daß Jolante in ihrer aufdringlichen Art Ralf wieder Avancen gemacht und dabei die taktlose Frage gestellt hatte. Daß sie dabei behauptete, daß sie mit ihr eine solche Wette abgeschlossen hätte, war sehr unverschämt, und Eva Maria sagte ärgerlich:

»Jo sollte solche Unwahrheiten nicht aussprechen. Vielleicht hätten Sie ihr doch glauben können, und was hätten Sie da von mir gedacht?«

»Das hätte ich gewiß nicht getan. Vielleicht bin ich auch selbst ein wenig daran schuld, daß Fräulein Mertens sich dahin ausredete, daß sie mit Ihnen gewettet hatte. Ich bin nicht imstande, Ihnen das alles zu erklären – nur so viel will ich Ihnen noch sagen, daß ich Fräulein Mertens gleichfalls etwas Unwahres gesagt habe.«

»Sie hatten sicher ihre Gründe dafür.«

»Allerdings. Ich sagte ihr, daß mein Herz nicht mehr frei gewesen, als ich zu den Rodenberg-Werken kam.«

Sie wurde sehr blaß und sah ihn erschrocken an. Aber ehe sie etwas erwidern konnte, fuhr er fort:

»Wie gesagt, ich habe ihr damit die Unwahrheit gesagt – aber ich mußte es tun, weil Fräulein Mertens eine sehr indiskrete Frage an mich richtete, die Sie betraf, und die ich nicht anders beantworten konnte.«

Die Farbe kam wieder in Eva Marias Wangen, und ihr war, als wisse sie jetzt ganz genau, welcher Art diese indiskrete Frage gewesen sei. Dann mußte es aber auch zu einer Entscheidung zwischen Jo und Doktor Bernd gekommen sein. Ihr Herz schlug laut und stark, und ihre Lippen zuckten vor verhaltener Erregung.

»Jo ist zuweilen sehr indiskret und tut sich viel darauf zugute, daß sie eine moderne junge Dame ist. Sie kann oft die unglaublichsten Dinge sagen – und doch tut sie mir leid, weil sie so gar keine Illusionen hat und alle Dinge so nüchtern und sachlich ansieht.«

»Darum ist sie auch zu bedauern. Ich war nun gar nicht im Zweifel, daß sie Ihnen erzählen würde, was ich ihr gesagt habe, und – das wäre mir sehr schmerzlich gewesen – Sie – Sie sollen nicht glauben, daß mein Herz nicht mehr frei war, als ich hierher kam.«

Sie sah seine Unruhe, seine Sorge, und ein heißes Glücksgefühl überströmte sie. Wußte sie doch längst, daß er sie liebte. Mit einem Blick, der ihn bis ins Herz traf, sagte sie leise:

»Ich hätte es auch nicht geglaubt.«

Da war es mit seiner Selbstbeherrschung zu Ende.

»Eva Maria!« rief er mit leidenschaftlicher Innigkeit.

Sie schlug die Augen nieder, aber nur einen Moment. Dann sah sie ihn mit stolzer Offenheit an. All ihre Liebe lag in ihren Augen.

Er faßte ihre Hand.

»Eva Maria?«

Das war eine Frage voll verhaltener Glückseligkeit. Sie ließ ihre Hand still in der seinen ruhen, und ihre Augen senkten sich tief ineinander. So standen sie eine Weile ganz versunken im gegenseitigen stummen Schauen und Fragen. Und dann zog er sie ganz nahe an sich heran.

»Eva Maria – du weißt, wie sehr ich dich liebe. Wie ich weiß, daß du mich liebst. Darf ich das glauben?«

Sie errötete tief, aber ihre Augen ließen nicht die seinen.

»Ja – ja, Ralf – ich liebe dich!«

»Eva Maria!«

Wie ein Jauchzen klang jetzt ihr Name. Er riß sie in seine Arme und preßte seine brennenden Lippen auf die ihren. Sie ließ es willig geschehen, lag ganz still an seinem Herzen. Und als ihre Lippen sich endlich widerwillig trennten, sahen sie sich wieder tief und glückselig in die Augen.

»Eva Maria, nun habe ich doch den Mut gefunden, dir meine Liebe zu gestehen.«

»Gehörte so viel Mut dazu, Ralf?«

»Ja, weil ich meine Aufgabe, Hans zu befreien, noch nicht gelöst habe, ich wollte nicht eher an meinem Glück bauen, bis das geschehen war. Und auch, weil du Georg Rodenbergs Enkelin bist.«

»Ich weiß, daß dir das nichts gilt. Ein Mann wie du sieht nicht nach äußeren Dingen, wenn er sich eine Frau wählt.«

»Gesegnet sei dein Glaube! Ich habe es manchmal bedauert, daß du bist, was du bist, weil ich fürchtete, es könnte eine Mauer zwischen uns sein.«

»Hast du das wirklich je gefürchtet?«

»Ja, früher, als ich dir noch nicht so nahe getreten war durch Vermittlung deines Bruders.«

»So liebst du mich schon lange?«

»Seit ich dich das erstemal gesehen habe. Und seit wann liebst du mich?«

Versonnen sah sie vor sich hin.

»Ich weiß es nicht – es war schon immer da. Es ist nur immer stärker geworden, je näher ich dich kennenlernte. Seit du meines Bruders Freund und Lehrer wurdest, habe ich dich erst so recht schätzengelernt. Großvater hielt auch so viel von dir, Ralf. Ich glaube, er hätte unsern Bund gesegnet.«

»Das macht mich froh, Eva Maria – meine – meine Eva Maria. Gibt es so viel Glück? Ich halte dich in meinen Armen, wie ich es so oft ersehnt habe, und du hältst still und siehst mich mit deinen lieben, schönen Augen so zärtlich an.«

»Es macht mich so glücklich, Ralf, daß ich in deinen starken Armen, an deinem treuen Herzen Schutz und einen Hort gefunden habe.«

»Und was wird Hans dazu sagen?«

Sie lachte schelmisch.

»Hans? Oh, ich glaube, wir werden ihn gar nicht so sehr überraschen. Er hat zuweilen so merkwürdige Augen gemacht, wenn er mir von dir erzählte, und wenn ich gar nicht genug von dir hören konnte.«

»Du glaubst, er ahnt, daß wir uns lieben?«

Sie nickte lächelnd.

»Ich müßte mich sehr irren, ahnte er es nicht.«

»Und meinst du, daß ich ihm als Schwager willkommen bin?«

»Darauf könntest du dir wohl die Antwort selber geben. Du weißt, daß du ihm sehr lieb und wert bist.«

»Nun ja, als Freund. Aber als künftiger Gatte seiner über alles geliebten Schwester wird ihm so leicht keiner gut genug scheinen.«

»Du gewiß! Aber er wird dir die nötige Antwort selber geben, hüte dich aber, daß du deine Autorität über ihn nicht verlierst, wenn du so törichte Fragen stellst«, neckte sie.

Er küßte das Schelmenlächeln von ihren Lippen.

»Eva Maria – süße Maria, wie schön ist die Welt!«

Sie seufzte leise.

»Wieviel schöner könnte sie noch sein, wenn die Angst von unserem Herzen herunter wäre, die bedrückt. Sage mir, hat Mertens heute wieder eine neue Teufelei ausgeheckt?«

»Er hat nichts gesagt, was darauf schließen ließ.«

»Aber Jo – Ralf, was wird Jo dazu sagen, wenn sie erfährt, daß wir uns verlobt haben?«

Er sah nachdenklich vor sich hin.

»Eva Maria, meine erste Bitte an dich wird dich etwas befremden. Bitte, lasse unsere Verlobung vorläufig noch Geheimnis bleiben.«

»Jos wegen?«

»Nein, deinetwegen, ich fürchte, sie ist etwas rachsüchtig.«

Ernst sah sie zu ihm auf.

»Ralf – ich weiß doch, daß Jolante die Absicht hatte, dich zu heiraten.«

Er zögerte eine Weile, dann sagte er entschlossen:

»Da du das weißt, verrate ich ja nichts, was deine Cousine bloßstellen könnte. Und es soll kein Geheimnis zwischen uns geben. Ich habe deine Cousine heute sehr kränken und beleidigen müssen – weil ich ihr sagen mußte, daß mein Herz einer anderen gehöre. Sie fragte sogleich, ob du diese andere wärest, und es blitzte dabei gefährlich rachsüchtig in ihren Augen auf. Und ich dachte daran, daß sie die Tochter Mertens' ist. So erzählte ich ihr ein Märchen. Wenn sie aber erfährt, daß wir uns verlobt haben, gerade jetzt, in ihrem Ärger über ihre verletzte Eitelkeit, dann könnte sie sich auf irgendeine Weise an dir rächen wollen. Und dann – auch Mertens' wegen möchte ich sie noch nicht veröffentlichen. Er würde mir sofort sein Vertrauen entziehen, wüßte er, daß ich Hans' Schwager werden will. Soll ich Hans helfen, muß ich noch eine Weile Komödie spielen, ich hoffe, nicht mehr gar zu lange. Siehst du das ein?«

»Ja, Ralf, so schrecklich es für mich ist, daß du um meines Bruders willen diese häßliche Komödie spielen mußt, sehe ich doch ein, wie nötig sie ist. Wenn man es mit einem solchen Feind zu tun hat, darf man nicht mit edlen Waffen kämpfen, weil man dann unbedingt unterliegen würde. Und ich sorge mich gar so sehr um Hans.«

Er streichelte ihre Hände.

»Könnte ich doch endlich diese Sorge von deinem Herzen nehmen, meine Eva Maria. Also du bist einverstanden, daß wir unsere Verlobung noch geheimhalten?«

Sie nickte und sah bittend zu ihm auf.

»Aber Hans soll es wissen! Bitte, gehe jetzt gleich mit mir zu ihm, damit wir es ihm sagen können. Es wird ihn glücklich machen.«

»Ist Hans zu Hause?«

»Er rodelt den Berg herab und erwartet dort meine Rückkehr. Wir wollen dann zusammen heimgehen. Ich hatte Lust, mich einmal tüchtig auszulaufen.«

»Zum Glück führte dich dein Weg zu mir. Ich glaube, meine Sehnsucht hat dich gerufen. Aber – ist Hans allein im Walde?«

»Ja, heute wußten wir ja dich bei Mertens, da drohte ihm keine Gefahr, und er wollte sich mal tüchtig im Schnee austoben.«

»So komm, Eva Maria, laß uns zu ihm gehen.«

Hand in Hand schritten die beiden Liebenden dahin durch den weißverschneiten Wald. Sie hatten einander noch sehr viel Liebes zu sagen, und ihre Blicke ruhten immer wieder leuchtend ineinander. Zuweilen vermochte Ralf die in ihm aufsteigende Glückseligkeit nicht zu beherrschen, dann blieb er stehen, nahm sein Glück in den Arm und küßte Eva Maria wieder.

So kamen sie ziemlich langsam voran, aber endlich sahen sie Hans auf seinem Rodelschlitten den Berg herabsausen. Ralf rief ihn an, und Hans gab jauchzend Antwort. Er vergaß aber dabei auf die Bahn zu achten, überschlug sich mit dem Schlitten und landete kopfüber in dem aufgeschaufelten Schneewall an der Seite des Weges. Lachend und prustend arbeitete er sich heraus, und Ralf half ihm dabei. Es war ein prachtvoller Anblick, wie

Hans, in kurzen Beinkleidern, weißem Wollsweater und weißer Mütze auf dem blonden Haar gesund und kraftstrotzend vor ihnen stand. Hätte ihn Mertens so gesehen, dann hätte er ingrimmig merken müssen, daß seine Gesundheit in keiner Weise angegriffen war. Ein frohes Lachen lag auf dem frischgeröteten Gesicht.

»Ah, Ralf, das ist ja famos, daß Eva Maria dich mitbringt. Wo hast du ihn aufgeladen, Eva Maria?«

»Da drüben! Irgendwo im Walde stand er plötzlich vor mir, wie vom Himmel gefallen«, scherzte Eva Maria.

»Und dabei kam ich doch durchaus nicht vom Himmel herab, sondern nur aus Villa Melanie«, meinte Ralf übermütig.

Hans sah die beiden seltsam forschend an.

»Ich weiß nicht, ihr beiden seht so riesig vergnügt aus, nein, das ist nicht die richtige Bezeichnung – ganz verdächtig glücklich seht ihr aus. So strahlend! Was ist denn geschehen?«

»Du hast scharfe Augen, Hans, mir ist auch ein großes Glück begegnet – ein riesengroßes Glück«, sagte Ralf tief aufatmend.

»Mir auch, Hans!« stimmte Eva Maria bei und fiel dem Bruder lachend und weinend um den Hals.

Er drückte sie an sich.

»Eva Maria! Ralf! Na, endlich! Meinen Segen habt ihr!«

»Was denn, Hans? Was meinst du denn?« fragte Eva Maria halb neckend, halb verlegen.

»Na, erlaube mal, Eva Maria, das sieht doch ein Blinder, daß man es hier mit einem Brautpaar zu tun hat.«

»Und du gibst mir deine Zustimmung, Hans, daß ich deine Schwester zu meiner Frau machen will?« fragte Ralf.

Hans schüttelte ihm, nachdem er die Schwester herzhaft geküßt hatte, die Hand fast aus den Gelenken.

»Keinem anderen als dir gönne ich sie, die Eva Maria!«

»Und du bist gar nicht überrascht?«

Hans lachte hell auf.

»Überrascht? Nachdem ich seit Monaten sehnsüchtig auf diesen Knalleffekt gewartet habe? Kinder, warum habt ihr bloß so lange gezögert, bis ihr euch endlich verlobt habt? Ich konnte es kaum mehr mit ansehen, wie euch gegenseitig die helle Sehnsucht aus den Augen sprang. Wenn es noch lange gedauert hätte, würde ich ein Machtwort gesprochen haben. Ralf – Herrgott, ist das schön, daß du mein Schwager wirst. Dafür kriegst du noch einen Kuß, Eva Maria.«

So überspielte Hans seine Rührung. Und er umarmte die Schwester froh und ungestüm und küßte sie, daß sie um Gnade flehte. Und dann faßte er Ralf wieder bei den Händen, und sie sahen sich ernst und ergriffen in die Augen. Wie auf Verabredung umschlossen sie dann beide zugleich Eva Maria und standen so eine Weile umschlungen beieinander.

Hans zog dann lachend seinen Rodelschlitten aus dem Schneewall und klopfte sich den Schnee von dem Anzug.

»Und jetzt gehen wir heim und feiern Verlobung, mit allen Feierlichkeiten und mit Sekt und so, wie das bei einem solchen glücklichen Ereignis üblich ist.«

Ralf hielt ihn fest.

»Halt! Nicht so stürmisch, Hans! Erst höre mal zu. Unsere Verlobung muß noch Geheimnis bleiben«, sagte er und setzte ihm die Gründe auseinander. Hans sah sehr enttäuscht aus, am liebsten hätte er es jedem Menschen erzählt, daß Ralf Bernd sein Schwager würde. Vor allen Dingen hätte er es Jolante gern berichtet, weil er wußte, daß diese es als ganz selbstverständlich ansah, daß Ralf sie heiraten würde.

Die wird sich wundern, dachte er befriedigt. Aber er sah ein, daß er warten mußte, Ralfs Gründe überzeugten ihn. Aber er sagte bittend:

»Aber so ein ganz klein bißchen müssen wir dennoch feiern, ganz still, bloß wir drei zusammen. Wir müssen doch mit Sekt auf euer Wohl anstoßen. Fritz ist glücklicherweise in der Stadt, um das Kino zu besuchen, wir brauchen keine Spionage zu fürchten. Gelt, Eva Maria, jetzt lassen wir Ralf auf gar keinen Fall fort?«

Eva Maria strich Hans lächelnd über die Stirn. Er hatte die Mütze abgerissen, weil ihm vor Freude zu warm geworden war. Liebevoll sah sie zu Ralf hinüber.

»Nein, Hans, wir lassen ihn nicht fort. Warum hat er sich einfangen lassen.«

Ralf zog ihre Hand an seine Lippen.

»Wie gern ich bleibe, wißt ihr beiden.«

Hans lud seinen Schlitten auf die Schulter, und Eva Maria

schritt zwischen ihm und Ralf den Berg hinan bis zu Villa Rodenberg.

Und es wurde eine sehr stimmungsvolle heimliche Verlobungsfeier. Und als sich Ralf dann gegen zehn Uhr entfernte, umarmte ihn Hans noch einmal und sagte:

»Ralf, keinem hätte ich die Eva Maria gegönnt außer dir, keinem. Du wirst sie glücklich machen, und sie dich, das weiß ich. Und ich sitze dann mitten zwischen euch und bin auch schrecklich glücklich – wenn erst mein Vormund nicht mehr mein Vormund ist. Gott mag geben, daß er bald ausgedient hat in diesem Amte. Meinetwegen mag er dann Sultan von Marokko werden oder Kaffernhäuptling. Da kann er herrschen, soviel er will. Gelt, Ralf, du setzt ihn bald ab?«

Ralf strich ihm liebevoll über den blonden, heute arg zerzausten Schopf.

»Gott mag geben, daß es bald geschieht, mein lieber Kerl! Er mag mir helfen, dich und meine Eva Maria von diesem bedrückenden Joch zu befreien. Gute Nacht, Hans, nun schlafe dein Räuschlein aus, daß du morgen wieder einen klaren Kopf hast. Gute Nacht, Eva Maria! Und tiefinnigsten Dank, daß du dich mir zu eigen gabst.«

Rasch preßte er seine Lippen noch einmal auf ihren Mund. Dann verließ er das Zimmer.

Wieder sahen ihm die Geschwister nach. Er hatte heute den Wagen abgelehnt, ihn verlangte danach, mit seinem Glück durch den dunklen, verschneiten Wald zu gehen. Sie winkten einander zu, bis Ralf aus dem Lichtbereich der Bogenlampe kam und im Winterwald verschwunden war.

XIX

Lutz Rodenberg hatte nach einem schmerzlichen Abschied von Dolores seine Reise nach Deutschland angetreten. Ohne jeden Umweg fuhr er, in Hamburg angekommen, in seine Heimat. Eine fieberhafte Sehnsucht hatte ihn gepackt, wenigstens am Grabe seines Vaters beten zu können. Er wußte, daß der Vater seine letzte Ruhe hatte in dem Mausoleum finden wollen, wo auch die Mutter ruhte, hinter dem die Villa Rodenberg umgebenden Park.

Das Bewußtsein, den Vater nicht mehr lebend wiederzufinden, stieg immer wieder wie ein wilder Schmerz in ihm empor, aber sein erster Weg sollte der zu seinem Grabe sein. Sein ganzes Erbe hätte er freudig dafür hingegeben, hätte er den Vater lebend wiedersehen und ihm sagen können: Ich bin unschuldig am Tode jenes Menschen! Auch danach sehnte er sich, all die Stellen wiederzusehen, die er als glücklicher junger Mensch betreten hatte. Immer wieder stellte er sich die Frage, wie seine Angehörigen ihn wohl aufnehmen würden. Er sagte sich, sein Neffe Hans, der doch zum Erben der Rodenberg-Werke erzogen worden war, würde kaum Freude empfinden können, tauchte er jetzt wieder auf, um das Erbe für sich in Anspruch zu nehmen. Niemand daheim glaubte wohl ernstlich an seine Wiederkunft. Das Inserat war sicherlich nur Formsache gewesen, wohl, weil der Vater, wahrscheinlich in einem vor Jahren gemachten Testament, ihn zum Erben der Rodenberg-Werke eingesetzt hatte.

Aber seine Schwester Melanie? Sie lebte noch, und sie würde sich vielleicht freuen, wenn sie den totgeglaubten Bruder wiedersah. Sie war ein so gutes, liebes Geschöpf gewesen, wenn sie auch sehr unscheinbar war und ihrer schönen Schwester, die so elend ums Leben gekommen war, durchaus nicht glich. Ja, Melanie würde sich freuen. Aber ihr Mann? Mit diesem hatte er nie sympathisiert, er war ihm aus irgendeinem Grunde unangenehm gewesen; mit ihm würde er sicherlich auch jetzt nicht sympathisieren. Und die Kinder Melanies? Die waren nun wohl auch, wie Hans und Eva Maria, erwachsene junge Leute geworden, sie alle würden sich wenig um den wiederauftauchenden Onkel kümmern.

Und es überkam ihn eine leise Verzagtheit, und er fragte sich, ob es nicht besser sei, sich gar nicht zu erkennen zu geben. Schließlich war es das beste, er betete am Grabe seiner Eltern und fuhr wieder fort, hinüber zu seiner kleinen Dolo, die ihn liebte.

Jedenfalls war er fest entschlossen, erst einmal inkognito aufzutreten und sich die Verhältnisse erst einmal von weitem anzusehen.

Er hatte sich vorsichtshalber in den letzten Wochen einen Bart wachsen lassen, um sich möglichst unkenntlich zu machen.

Von Hamburg aus fuhr er sofort zu seiner Heimatstadt, in deren Nähe die Rodenberg-Werke lagen. In einem kleinen Hotel, wo er früher niemals gewesen, nahm er Wohnung und schrieb sich unter einem fremden Namen ein. Und gleich am nächsten Morgen fuhr er mit der Elektrischen bis zur Endstation und legte den Rest des Weges zu Fuß zurück, um keinerlei Aufsehen zu erregen. Durch den verschneiten Wald bahnte er sich einen Weg in den nur durch eine niedrige Hecke eingezäunten Park. Über diese Hecke stieg er hinweg, sich vorsichtig umsehend, und kam so, unaufgehalten und von keinem Menschen gesehen, zu dem kleinen Mausoleum. Hier löste sich der Druck, der noch immer auf seiner Seele lag; ihm war, als habe er heimgefunden, und er könne mit dem toten Vater sprechen, als sei er noch am Leben, als müsse der alles verstehen und alles billigen, was er getan und was er unterlassen. Es war eine weihevolle Stunde für ihn, eine Stunde, in der sein Herz weich wurde wie das eines Kindes, und in dem alles Quälende von ihm abfiel, als hätten ihn linde Vater- und Mutterhände sanft gestreichelt. Wunderbar getröstet und aufgerichtet konnte er nach etwa einer Stunde den Rückweg wieder antreten. Mit freierem Herzen und klaren Augen sah er über das Gelände der Werke hinweg. Ihm war, als grüße ihn jeder Schornstein, jeder Hammerschlag. Ihm war, als sähe er den Vater, wie er ihn so oft erlebt hatte, durch die Werke schreiten, die hohe stolze Gestalt aufrecht, das kluge, gütige Auge geradeaus gerichtet.

Vater – lieber Vater! Ich grüße dich in deinem Werke!

Und er zog den breitrandigen Hut vom Kopfe, als grüße er ihn wirklich.

Da drüben stand noch wie damals das große Direktionsgebäude, gleichsam im Mittelpunkt, alles beherrschend. Eine neue, große Maschinenhalle war entstanden neben der alten, und manches Gebäude war ebenfalls neu.

Allerlei Veränderungen und Neuerungen waren getroffen, und doch war ihm, als kenne er jeden Pulsschlag dieses großen Unternehmens, dessen Erbe er nun war. Dieser Gedanke schwellte doch seine Brust mit stolzer Freude. Hier schaffen, arbeiten dürfen, fortführen, was der Vater begonnen, alles in seinem Sinne leiten und führen – schön mußte das sein, schöner, als im fremden Lande mit fremden Menschen arbeiten.

Er atmete tief auf, seine Augen wurden feucht. Alle diese Geräusche grüßten ihn im Namen seines Vaters, das fühlte er. Dann schrak er plötzlich zusammen, die Sirenen heulten und kündeten die Mittagspause an. Die Arbeiter strömten aus den Arbeitssälen, aus den Schächten und Gruben, alle diese kraftvollen Gestalten im Arbeitskittel oder in Bergmannstrachten. Wie in einem aufgestörten Ameisenhaufen trieb alles durcheinander, auch Frauen und Mädchen fanden sich darunter. Alle hasteten ihrer Behausung zu, um im Kreise ihrer Familien das Mittagessen einzunehmen und ein Stündchen zu ruhen.

Lutz blieb, zwischen Tannengebüsch versteckt, stehen, bis sich der Schwarm verlaufen hatte. Er sah dann ein Auto an sich vorüberfahren. Darin saß Arthur Mertens, der nicht ahnte, an wem er da vorüberfuhr. Und auch Lutz wußte nicht, wer in dem Auto saß.

Langsam wandte sich Lutz dann ab und ging in Richtung der Villa Rodenberg davon. Seine Augen schweiften ringsum. Er grüßte die bewaldeten Berge, die jetzt mit Schnee bedeckt waren. Wie oft war er da oben bei den Holzfällern gewesen, hatte in ihren Hütten mit ihnen gefrühstückt, Speck und Schwarzbrot, was es daheim nicht gab, und was so herrlich verboten schmeckte. In überschüssiger Kraft hatte er beim Fällen der Bäume geholfen, die unten in den Werken Verwendung finden sollten.

Jetzt sah er Villa Rodenberg oben auf dem Berge liegen. Er blieb stehen und blickte hinauf. Und da sah er, von dem Seitenausgang der Werke her, eine schlanke, kraftvolle Jünglingsgestalt daherkommen. Vom Gebüsch verborgen, sah er ihr entgegen. Es war Hans Dornau, der in der Mittagspause nach Hause ging. Wie immer schritt er schnell und elastisch aus, machte große Sätze über kleine Hindernisse hinweg und riß den Hut vom Kopf, als sei ihm zu warm. Da quoll ein blonder, dichter Haarschopf hervor, und nun war er so nahe an dem Versteck Lutz Rodenbergs, daß dieser ihm genau ins Gesicht sehen konnte. Lutz' war plötzlich, als setze sein Herzschlag aus. War er das nicht selber, so wie er als Jüngling hier über alle Hindernisse hinweggestürmt war? Genauso hatte ihm das blonde Haar um die hohe Stirn gestanden, es waren seine Augen, die aus diesem jungen Gesicht herausstrahlten. Ja, so hatte er selbst ausgesehen, als er so jung war. Zwar hatte er sich inzwischen sehr verändert, aber er mußte doch staunen, wie ähnlich ihm dieser junge Mann war. War das Hans Dornau, der Erbe der Rodenberg-Werke nach ihm? Oder war es

Melanies Sohn Egon? Beide mußten ungefähr gleich alt sein. Und unverkennbar war dieser junge Mann ein Rodenberg.

Und Lutz fühlte, dieser junge Mann war seinem Vater ein Trost gewesen, er hatte ihm wohl ein wenig den verlorenen Sohn ersetzt.

Er atmete auf, die eigene Jugend grüßte ihn aus den Zügen dieses Jünglings. Er fühlte, das war Blut von seinem Blute, das war ein Rodenberg, mochte er nun Dornau oder Mertens heißen. Am liebsten wäre er aus seinem Versteck getreten, hätte den Dahineilenden angehalten und ihn gefragt: Wer bist du? Aber er hielt sich zurück. Abwarten! Doch das Herz war ihm warm geworden. Lange sah er Hans nach, wie er mit kraftvollen Sätzen den Berg hinaufstürmte, zuweilen mitten durch das Gehölz, um ein Stück Weg abzuschneiden – genauso, wie er selbst es vor Jahren oft getan hatte. Dann entschwand er seinen Augen.

Es zog Lutz hinauf zu seinem Vaterhaus, aber die Angst vor Enttäuschung, die Furcht, von den Seinen fremd und kalt empfangen zu werden, hielt ihn zurück. Nein, heute wollte er keine Enttäuschungen erleben, heute wollte er in sich ausklingen lassen, was am Grabe seiner Eltern warm und weich in ihm aufgestiegen war, alle Härten tilgend, die das Leben und seine Kämpfe in seinen Charakter gemeißelt hatten. Es hatte ja Zeit – nichts lief ihm davon.

Langsam schritt er aus dem Park hinaus und auf dem Waldweg dahin, der zu dem Seitenausgang der Werke führte. Von dort wollte er noch einen Blick tun auf das Ingenieurhaus und auf die Wohnhäuser der verheirateten Beamten. Da waren wohl auch einige neue dazugekommen. Nachher wollte er noch nach Villa Melanie hinübergehen und von weitem einen Blick auf sie werfen.

In Gedanken versunken, schritt er dahin und schrak auf, als plötzlich aus einem Nebenweg ein Mensch auf seinen Weg trat. Unwillkürlich zog er den breitrandigen Hut noch ein wenig tiefer ins Gesicht, schob ihn aber gleich darauf wieder zurück, als er erkannte, daß der junge Herr, der ihm unerwartet gegenüberstand, ein Fremder für ihn war, anscheinend einer der Ingenieure der Werke, der sich hier in der Mittagspause im Freien erging.

Es war Ralf Bernd, der ihm begegnete. Er hatte soeben seine Mahlzeit im Kasino beendet und machte, wie gewöhnlich, danach einen Spaziergang in dem Walde, wo er Villa Rodenberg wenigstens von weitem liegen sah.

Etwas erstaunt sah er auf den hochgewachsenen Fremden. Es verirrte sich selten jemand hierher, der nicht zu den Werken gehörte. Und diesem Fremden sah man auf den ersten Blick den Ausländer an. Ralf wollte vorübergehen, aber irgend etwas in der Erscheinung des Fremden fesselte ihn, so daß er nicht, wie er es sonst wohl getan hätte, seine Augen diskret von ihm abschweifen ließ. Etwas zwang ihn, den Fremden scharf und forschend anzusehen. Und Lutz Rodenberg sah auch ihn an. So waren sie einander ganz nahe gekommen, und, einem zwingenden Impuls folgend, zog Ralf den Hut, und der Fremde tat das ebenfalls. Sobald der Fremde den Hut abgenommen hatte, stutzte Ralf, sah ihn mit großen, ungläubigen Augen an und vermochte nicht weiterzugehen. Auch Lutz blieb stehen.

»Sie sehen mich so seltsam an, mein Herr? Ist etwa das Betreten dieser Waldwege nicht gestattet?« fragte er.

Ralf stand wie versteinert, auch die Stimme des Fremden erschien ihm ebenso vertraut wie das Gesicht. Ja – diese Stimme gemahnte ihn an Georg Rodenberg. Und dann das blonde Haar mit dem eigenartigen Ansatz an Stirn und Schläfen? Und die Augen?

Plötzlich ging ein Ruck durch Ralfs Gestalt; da unter dem rechten Auge – diese seltsam geformte Narbe – die hatte er doch auf dem Bilde von Lutz Rodenberg gesehen. Eine große Erregung befiel ihn.

»Mein Herr, verzeihen Sie, wenn ich Sie aufhalte und so anstarre. Das Betreten dieser Waldwege ist wohl gestattet, aber – nicht deshalb sehe ich Sie so an. Sie – Sie sehen jemand, der mir freundschaftlich sehr nahesteht, so auffallend ähnlich und – die Narbe unter Ihrem rechten Auge – mein Gott – wenn Sie nicht ein Totgeglaubter sind, dann finde ich keine Erklärung für diese Ähnlichkeit.«

Lutz war leise zusammengezuckt.

»Mit wem habe ich die Ehre?« fragte er zunächst zurückhaltend.

Ralf stellte sich vor und fuhr dann fort:

»Ich bin ein Freund des jungen Hans Dornau – der als Erbe der Rodenberg-Werke gilt, wenn nicht sein verschollener und totgeglaubter Onkel wiederkehrt. Hans Dornau und seine Schwester haben ein Inserat in viele Zeitungen aufnehmen lassen, das einen Verschollenen draußen in der Welt suchen soll. Bitte, sagen Sie mir, sind Sie Doktor Lutz Rodenberg? Ich frage nicht aus Neugier, viel steht auf dem Spiele. Sie sehen meine Erregung, bitte, sprechen Sie, sind Sie Doktor Lutz Rodenberg?«

Lutz überlegte eine Weile, dann fragte er:

»Und wenn ich es wäre?«

»Oh, dann gibt es zwei Menschen, die Ihre Auferstehung mit jubelnder Freude begrüßen werden. Und ich würde das im Interesse meines jungen Freundes ebenfalls tun, obwohl Sie sich fragen werden, was mich das angehen würde.«

Lutz schüttelte verständnislos den Kopf.

»Das begreife ich nicht. Sie sagen mir, daß Hans Dornau Ihr Freund ist, und doch würden Sie den Mann mit Freuden begrüßen, dessen Auftauchen Ihrem Freunde sein Erbe entreißen würde?«

Ralfs Augen strahlten auf.

»Oh, nun weiß ich schon, daß Sie Lutz Rodenberg sind! Gott sei Lob und Dank. Also hat Georg Rodenberg seine Ahnung doch nicht getrogen! Er wollte und konnte nicht an den Tod seines einzigen Sohnes glauben. Noch in seiner letzten Stunde vermochte er es nicht, und seine letzten Worte waren: ›Lutz lebt!‹ Oh, mein Herr, Hans Dornau und seine Schwester waren es ja, die das Inserat erließen, wie es ihr Großvater gewünscht hatte, trotzdem Direktor Mertens, der Onkel der Geschwister, dagegen protestierte und es ihnen unmöglich machen wollte.«

Es blitzte in Lutz Rodenbergs Augen auf. Er ergriff Ralfs Hand. Er gab seine Zurückhaltung auf.

»Sagen Sie mir eines – hat Georg Rodenberg vor seinem Tode noch erfahren, daß sein Sohn unschuldig war?«

»Nein – leider hat er es nicht erfahren. Eva Maria Dornau entdeckte nach seinem Tode einen Zeitungsbericht, in dem das Geständnis des Bergrats Natusius stand. Bis dahin hatte sie vergeblich versucht, ihren Onkel zu veranlassen, daß er, wie es Georg Rodenberg in seinem Testament bestimmt hatte, ein Inserat in allen großen Zeitungen setzen lassen sollte. Direktor Mertens glaubte fest an den Tod seines Schwagers und nannte es eine sinnlose Geldverschwendung, das Inserat zu erlassen. Als Fräulein Dornau nun in der Zeitung las, daß ihr Onkel Lutz unschuldig sei, hielt sie nichts mehr ab. Gegen den Willen und ohne Wissen ihres Onkels rückte sie im Einverständnis mit ihrem Bruder das Inserat in die Zeitungen, und die Geschwister nahmen die Kosten auf sich. Wenn Sie Hans Dornau kennen würden wie ich, dann wüßten Sie, daß er Ihnen mit Freuden das Erbe abtritt, das er nie als das seine angesehen hat. Denn sein geliebter Großvater hatte ja die Hoffnung nie verloren, daß sein Sohn noch leben könne und nur aus irgendeinem Grunde kein Lebenszeichen gegeben hatte.«

In tiefer Bewegung hatte Lutz Rodenberg zugehört. Nun faßte er wieder die Hand Ralfs.

»Wer Sie auch sind, mein Herr, und wie Sie zu meinen Angehörigen stehen, Sie haben mir nach langen Jahren die erste Kunde vom Leben meines Vaters gebracht. Das verpflichtet mich Ihnen zum Danke. Auch das, was Sie mir sonst noch sagten. Also ja – ich bin Lutz Rodenberg. Aber bitte, verraten Sie das vorläufig keinem Menschen, ich habe Gründe, die mich veranlassen, vorläufig noch unerkannt zu bleiben.«

Ralf nahm seine Hand mit festem Druck. Seine Augen leuchteten in heller Freude.

»Darf ich es nicht wenigstens Hans und Eva Maria Dornau sagen? Diesen beiden würde es eine große, reine Freude sein, daß Sie noch unter den Lebenden weilen.«

Lutz überlegte, dann schüttelte er den Kopf.

»Nein, bitte auch ihnen nicht, ich bitte Sie ernstlich darum. Wenn Sie mir auch sagen, daß sie sich über meine Heimkehr freuen würden. Ich möchte dessen erst ganz sicher sein. Ich habe das Inserat gelesen, und die Nachricht von meiner Unschuld entband mich von einem Gelübde, das ich ablegte, um mir eine Sühne aufzuerlegen, weil ich mich schuld am Tode eines Menschen wähnte. Ich hatte kaum noch damit gerechnet, die Heimat wiederzusehen. Nun bin ich hier, und mein erster Gang galt dem Grabe meiner Eltern. Wenn meine Wiederkehr aber bei meinen Angehörigen keine Freude auslöst, dann will ich lieber stumm wieder verschwinden und weiter als tot gelten.«

»Um Gottes willen, nein, das dürfen Sie nicht! Wenn ich Ihnen doch alles sagen dürfte! Wenn ich Ihnen erklären könnte, was auf dem Spiele steht und wie nötig Ihre Wiederkehr ist. Sie müssen bleiben; viel hängt für meinen jungen Freund davon ab – vielleicht sein Leben.«

Lutz sah ihn staunend und betroffen an.

»Sein Leben?«

Ralf strich sich, den Hut abnehmend, über die heiße Stirn.

»Nun ja, ich habe es gesagt, und will es nicht zurücknehmen, und es hilft nun weiter nichts, ich muß Ihnen alles offenbaren, alles erklären. Aber – hier im Freien geht das nicht – wenn die Mittagspause vorüber ist, können Sie hier überdies gesehen werden. Ich müßte ungestört mit Ihnen sprechen können – und unbelauscht. Es ist vielleicht sehr gut, wenn Sie vorläufig noch unerkannt bleiben. Wie und wann könnte ich Sie sprechen? Ich betrachte es als eine günstige Fügung des Himmels, daß ich Ihnen begegnet bin.«

»Nun wohl, können Sie in die Stadt kommen? Heute abend vielleicht?«

»Gewiß!«

»So suchen Sie mich im Hotel auf, ich erwarte Sie dort. Mir scheint, Sie können mich über mancherlei aufklären, was ich gern wissen möchte, ehe ich eventuell meinen Angehörigen gegenübertrete. Ich werde Sie um acht Uhr erwarten. Ich wohne im Habsburger Hof, fragen Sie dort nach Senhor Vanzita. Unter diesem Namen habe ich mich dort eingeschrieben.«

Die beiden Männer reichten sich die Hände mit festem, warmem Druck. Trotzdem sie sich in dieser Stunde zum erstenmal in ihrem Leben gesehen hatten, wußten sie doch beide, daß sie einander mit schnell erwachter Sympathie gegenüberstanden.

Schnell entfernte sich Lutz Rodenberg, seinen Hut wieder tief in das Gesicht ziehend. Ralf sah ihm mit einem aufstrahlenden Blick und einem erlösten Aufatmen nach und ging dann wieder an seine Arbeitsstätte, denn die Sirene verkündete den Schluß der Mittagspause.

In seinem mäßig eleganten, aber sehr sauberen Hotelzimmer erwartete Lutz Rodenberg am Abend Ralf Bernd. Dieser traf pünktlich ein.

»Verzeihen Sie, Herr Doktor, daß ich Sie in dies ziemlich primitive Hotel bestellt habe. Ich wollte aber in keinem der großen, eleganten Hotels absteigen, da ich möglichst unbemerkt bleiben möchte. Ich denke, wir sind hier ungestört und vor Lauschern sicher. Ich habe mich inzwischen orientiert, daß mein Zimmer an der einen Seite an die Hauswand stößt, auf der anderen Seite liegt mein Badezimmer zwischen diesem und dem nächsten Gelaß. Zu dem Korridor führen, wie Sie bemerkt haben, Doppeltüren, sogar mit Polsterung, wenn diese auch etwas primitiv ist. Wir können also ganz unbesorgt miteinander sprechen.«

»Das ist sehr gut, Herr Doktor, denn was ich Ihnen zu sagen habe, verträgt keine Zeugen.«

Lutz rückte für Ralf einen Sessel an den runden Tisch und nahm ihm gegenüber Platz. Eine Weile sahen beide sich stumm und forschend an, dann sagte Ralf mit einem schwachen Lächeln.

»Es ist auffallend, wie sehr Hans Dornau Ihnen gleicht, er könnte sehr wohl Ihr Sohn sein. Was ich Ihnen zu sagen habe, geschieht in Hans Dornaus Interesse. Sie sind lange der Heimat fern gewesen. Ihr Neffe und Ihre Nichte sind inzwischen herangewachsen, und Ihre jüngste Schwester Melanie lebt, soviel ich das beurteilen kann, in einer, wenn auch freiwilligen, seelischen, einer Leibeigenschaft nahekommenden Abhängigkeit von ihrem Gatten, Herrn Direktor Mertens. Ich weiß nicht, ob Sie diesen näher gekannt haben?«

Lutz schüttelte den Kopf.

»Nein! In der Zeit, da meine Schwester Melanie heiratete, studierte ich auf der Hochschule in Charlottenburg und kam nur in den Ferien nach Hause. Und – wenn ich zu Hause war, lockte mich nichts, in nähere Beziehung zu meinem Schwager zu treten. – Ich habe niemals Sympathie für ihn gehegt, so innig ich mit meinem andern Schwager, dem Vater Hans Dornaus, befreundet war. Ich weiß, daß mein Vater nur nach langem Widerstreben seine Einwilligung zur Verheiratung meiner Schwester mit Mertens gab, und ich wunderte mich, daß er sich dann doch mit dieser Ehe abfand. Warum fragen Sie mich danach?«

»Weil ich schwere Anklagen gegen diesen Mann vorzubringen habe, der leider von Ihrem Herrn Vater zu Hans Dornaus Vormund bestimmt wurde. Mertens ist gewiß ein tüchtiger Geschäftsmann – er nützt den Werken durch diese Eigenschaft gewiß sehr viel, aber – als Mensch ist er sicherlich von Ihrem Herrn Vater weit überschätzt worden.«

Nachdenklich sah Lutz in Ralfs erregtes Gesicht.

»Sie sind so sicher, daß ich annehmen muß, daß Sie schwerwiegende Gründe dafür haben müssen. Ein Mann wie Sie scheint mir nicht geeignet, so etwas ins Blaue hinein zu behaupten.«

»Nein, wahrlich nicht, Herr Doktor! Hans Dornau gilt bei Direktor Mertens, der an Ihren Tod unbedingt glaubt, als der künftige Erbe und Chef der Rodenberg-Werke – und – deshalb haßt er ihn.«

Lutz zuckte zusammen und sah Ralf scharf an.

»Ah, Sie stellen da eine gewagte Behauptung auf. Also, Arthur Mertens glaubt fest an meinen Tod?«

»So fest, daß er es als lächerliche Schrulle und Schwäche Ihres Herrn Vaters hinstellte, daß dieser nicht an Ihren Tod glauben wollte, so fest, daß er es für hinausgeworfenes Geld ansah, was für ein Inserat ausgegeben werden sollte, wie es Ihr Herr Vater letztwillig bestimmt hatte. Als Fräulein Eva Maria Dornau und ihr Bruder Hans ihn wiederholt mahnten, den Willen des Großvaters zu erfüllen, lehnte er dies Ansinnen mit schroffen Worten ab, bis die Geschwister schließlich, um den Wunsch des geliebten Großvaters zu erfüllen, heimlich eigenmächtig handelten und die Kosten selber trugen.«

Und Ralf erzählte ausführlich, wie das Einrücken des Inserates zustande gekommen war.

Lutz Rodenberg hörte aufmerksam zu. In seinem Gesicht zuckte es erregt.

»Also, Hans Dornau gab sich so viel Mühe, den Mann heimzurufen, der ihm das große Erbe fortnehmen würde?«

Ralf machte Lutz erst jetzt Angaben über das Testament des alten Herrn. Dann fuhr er fort:

»Wenn Sie Hans Dornau und seine Schwester kennen würden, erschiene es Ihnen selbstverständlich, daß Ihr Neffe alles getan hat, um den Wunsch seines Großvaters zu erfüllen, der nicht daran zu glauben vermochte, daß sein Sohn nicht mehr am Leben sei.«

Und Ralf erzählte Lutz von den Traumgeschichten seines Vaters, auch von dem in seiner Todesstunde.

Lutz wurden die Augen feucht, und wieder überfiel ihn die Qual des Bewußtseins, unter welchem Verhängnis sein und des Vaters Leben gestanden hatte. Er mußte die Zähne zusammenbeißen.

»Genaueres über das alles werden Sie von den Geschwistern Dornau erfahren, Herr Doktor«, fuhr Ralf fort. »Nur mit diesen beiden hat Ihr Herr Vater von Ihnen gesprochen, sonst mit keinem Menschen, vor allen Dingen nicht mit Direktor Mertens. Denn so sehr er diesem sonst vertraute, merkte er doch wohl, daß er sich über ›die törichte Schwäche eines alten Mannes‹ mokierte. Es gab also doch wohl im Unterbewußtsein Ihres Herrn Vaters eine Stelle, wo er Arthur Mertens aus seinem Vertrauen ausschaltete. Aber immerhin war dieses leider groß genug, daß er ihn zum Vormund seines Enkels ernannte, und damit hat er diesen einer großen Gefahr ausgeliefert.«

Lutz hatte seine Rührung bezwungen.

»Wie meinen Sie das, Herr Doktor? Ich bitte Sie, sprechen Sie ganz frei und rückhaltlos, ich muß hier klarsehen.«

Ralf spürte, daß er diesem Mann vertrauen konnte. So sagte er: »Gut, ich will Ihnen nur klarmachen, welche Gefahr Hans Dornau droht. Mertens sieht in ihm den künftigen Chef der Werke, und seine Machtgier und sein Ehrgeiz sind so groß, daß er Hans das Erbe neidet und – auch vor dem Schlimmsten nicht zurückschrecken wird – um ihn unschädlich zu machen und an seine Stelle zu rücken.«

Lutz sah ihn starr an.

»Sie behaupten da Ungeheuerliches, Herr Doktor!«

Ralf war blaß vor unterdrückter Erregung, er wußte, was er wagte, aber er sagte fest und bestimmt:

»So hören Sie mich an, Herr Doktor, dann werden Sie erkennen, daß meine Vermutungen nicht aus der Luft gegriffen sind. Hans Dornau weiß auch, daß sein Onkel ihn verderben will, auf irgendeine Weise.«

Und er berichtete nun genau und ausführlich, was an dem Rammklotz geschehen war, was Mertens ihm dann für ein Ansinnen gestellt hatte, und was dann in der Maschinenhalle geschehen war. Er verschwieg nichts, zeichnete alles so klar und präzise, daß er Lutz überzeugen mußte. Zum Schluß sagte er aufatmend:

»Ich gebe mich mit diesem Bericht ganz in Ihre Hand, Herr Doktor. Sie können vielleicht zweifeln an dem, was ich Ihnen sagte, denn Sie haben nicht die haßerfüllten Blicke gesehen, mit denen Mertens Hans zuweilen ansieht, und waren nicht Zeuge wie ich, wie er ihn quält und peinigt. Freilich in den letzten Tagen, nach der Affäre in der Maschinenhalle, legt er scheinbar eine große Liebe und Zärtlichkeit für Hans an den Tag. Aber gerade das macht mich besonders besorgt. Ich fürchte, er will damit nur verhindern, daß man ihn verdächtigt, falls Hans etwas zustößt. Wie oft hat Hans sehnsuchtsvoll ausgerufen: ›Wenn doch Onkel Lutz noch lebte und wiederkäme, dann hätte Mertens keinen Grund mehr, mich mit seinem Haß zu verfolgen.‹ Daraus können Sie am besten ersehen, wie sehr er sich freuen wird, wenn Sie wieder auftauchen.«

Ralf verschwieg Lutz auch nicht, was für eine Komödie er ersonnen hatte, um Hans schützen zu können, und um zu versuchen, Mertens zu überführen, damit er die Vormundschaft über Hans aus den Händen geben müsse und unschädlich für ihn gemacht werden könne.

»Bisher ist es mir noch nicht gelungen, ausschlaggebende Beweise zu beschaffen. Mertens ist sehr schlau und gerissen und glatt wie ein Aal. Er findet für alles eine Ausrede. Aber, so wahr Sie lebend zurückgekehrt sind, Herr Doktor, so gewiß trachtet Mertens Hans nach dem Leben, und ich irre mich wohl nicht, wenn er nicht in allernächster Zeit einen neuen ›Unfall‹ herbeiführen wird. Daher werden Sie verstehen, wie froh ich über Ihr Auftauchen bin, und wie glücklich Hans und seine Schwester darüber sein werden. Denn auch Fräulein Eva Maria leidet selbstverständlich unsagbar unter dieser fortwährenden Angst und Sorge. Wie ich Ihnen alles offen bekannt habe, Herr Doktor, so will ich Ihnen auch noch gestehen, was bisher Geheimnis geblieben ist, daß Eva Maria und ich uns verlobt haben. Nicht zuletzt um ihretwillen habe ich Hans Dornaus Sache zu der meinen gemacht. Wir lieben uns schon seit langer Zeit, aber ich habe erst kürzlich den Mut gefunden, ihr meine Liebe zu gestehen. Nun werden Sie verstehen, Herr Doktor, wie innig ich mit dieser Angelegenheit verbunden bin.«

Lutz Rodenberg hatte den Kopf in die Hand gestützt und sah mit brennenden Augen in die Ralf Bernds. Dann streckte er diesem die Hand über den Tisch entgegen.

»Ich kann nicht anders, ich muß Ihnen glauben – jedes Wort – denn es war wohl nicht grundlos, daß ich Mertens nie habe leiden können. Und ich danke Ihnen, daß Sie mir so vertrauensvoll alles berichtet haben, ich sehe ein, es gehörte viel Mut dazu. Und mir scheint, ich bin doch zu irgend etwas nötig hier und bin wohl gerade noch zur rechten Zeit gekommen. Aber, lassen Sie mir noch einige Tage Zeit, das alles zu verarbeiten, um meine Fühler auszustrecken. Das kann ich besser, wenn noch niemand etwas von meiner Rückkehr weiß. Denn, ist Mertens wirklich der Schurke, als den Sie ihn erkannt haben, dann werde auch ich mich zu hüten haben und möchte ihm nicht ohne Waffen entgegentreten. Jedenfalls bleiben wir beide in steter Verbindung. Es könnte ja gerade in diesen Tagen etwas geschehen, wobei ich Ihnen von Nutzen sein könnte. Bitte, verdoppeln Sie also Ihre Achtsamkeit, lassen Sie weder Hans noch Mertens aus den Augen. In wenigen Tagen wird mein Neffe und auch Ihre Braut dann von aller Unruhe befreit sein. Dann werde ich auf der Bildfläche erscheinen. Leider können wir nicht mit der ganzen Rigorosität vorgehen, die wohl nötig wäre. Der Umstand, daß Mertens der Mann meiner Schwester ist, wird ihn mehr schützen, als gut sein dürfte. Aber unschädlich muß er irgendwie gemacht werden, und das soll auch geschehen, darauf können Sie sich verlassen. Ich habe draußen in der Welt, im Verkehr mit allerlei wilden Elementen, gelernt, mit solchen Leuten fertig zu werden.«

»Darf ich fragen, wo Sie all die Zeit gelebt haben, und wie Sie bei jenem Schiffsunglück gerettet wurden, Herr Doktor?«

Lutz erzählte Ralf in kurzen Worten von seinem Schicksal, sagte ihm auch, was für ein Gelübde er abgelegt und wie dann die Nachricht auf ihn gewirkt hatte, daß er unschuldig und daß all dies umsonst gewesen war.

»Ich wäre kaum jemals wieder in die Heimat zurückgekehrt, hätte kaum erfahren, daß keine Schuld auf mir lag, wenn mir das Inserat nicht vor Augen gekommen wäre. Und daß Eva Maria und Hans mir diese Botschaft sandten und auch Sie dabei geholfen haben, Herr Doktor, das macht mich zu ihrem Schuldner. Denn ich habe ein sehr subtiles Gewissen und, wie gesagt, ich mußte mir eine Buße auferlegen, um den Gedanken ertragen zu können, daß ich schuld am Tode eines Menschen war. Welche Erlösung es für mich bedeutete, als ich vernahm, daß nicht ich es gewesen, der jenen Mann niederschlug, kann wohl nur ein Mensch begreifen, der selbst in meiner Lage war.«

Mit teilnahmsvollem Interesse hatte Ralf zugehört.

»Ich kann Sie verstehen, Herr Doktor, kann Ihnen nachfühlen, wie sehr Sie gelitten haben und auch das, wie schwer es Sie getroffen haben muß, daß Sie sich umsonst diese Buße auferlegten, die zugleich Ihrem Vater Schmerzen bereiten mußte. Aber lassen Sie sich von Eva Maria erzählen, wie zäh der alte Herr an der Hoffnung festhielt, Sie könnten noch am Leben sein.«

Lutz wischte sich hastig über die Augen.

»Ich sehne mich danach, mit Hans und Eva Maria darüber zu sprechen, aber einige Tage muß ich das noch hinausschieben. Als ich heute am Grabe meines Vaters stand, war mir, als sei er bei mir – und ich habe ihm alles gesagt. Das hat mich etwas befreit.«

Lange saßen die beiden Herren noch beisammen und unterhielten sich über mancherlei. Ralf mußte Lutz auch von den Werken berichten, von dem geschäftlichen Stand der Dinge. Er schilderte die Unbeliebtheit des Direktors Mertens, der den Arbeitern das meiste wieder entziehen wollte, was Georg Rodenberg ihnen zugebilligt hatte.

»Wir haben zu Lebzeiten Ihres Herrn Vaters nie unzufriedene Leute gehabt, auch in den schwersten Zeiten, als es überall gärte, ist alles ruhig abgegangen. Ihr Herr Vater ließ den Leuten auch alles zukommen, was sie haben mußten. Jeder fühlte, daß er sein Recht bekam. Jetzt murren die Leute schon zuweilen, und wenn Direktor Mertens durch die Werke geht, folgen ihm böse Blicke. Hans jedoch lieben sie alle und hoffen auf ihn wie auf eine bessere Zukunft. Ich glaube mich nicht in Ihnen zu täuschen, wenn ich annehme, daß Sie alles wieder im Sinne Ihres verstorbenen Vaters führen werden.«

»Darauf können Sie sich verlassen, das ist Ehrensache für mich. Wir halten es drüben mit unsern Leuten auch so, daß sie zufrieden sein können. Zu uns ist allerdings der Geist des Aufruhrs noch nicht vorgedrungen, unsere Leute sind zufrieden. Wie gesagt, es soll auf den Rodenberg-Werken nichts geschehen, was mein Vater nicht billigen würde. Und Arthur Mertens soll, wenn er so ist, wie Sie ihn erkannt haben, hier nicht mehr viel zu sagen haben. Um meiner Schwester willen werde ich ihn leider schonen müssen, aber nur so weit, wie es unbedingt nötig ist.«

Es war Mitternacht vorüber, als Ralf Bernd Lutz Rodenberg verließ. Ein tiefer Atemzug hob seine Brust. Nur noch einige

Tage mußte er die unerfreuliche Komödie spielen, dann würde er erlöst sein und Hans und Eva Maria auch. Aber diese wenigen Tage mußte er noch gut achthaben auf Hans.

Er hatte mit Lutz Rodenberg verabredet, wie sie in Verbindung bleiben könnten. Ralf sollte, im Falle, daß etwas Außergewöhnliches geschah, Lutz Botschaft ins Hotel schicken, unter dem Namen Vanzita. Wenn Lutz sich aber entschlossen hatte, sich seinen Angehörigen zu erkennen zu geben, dann wollte er Ralf eine briefliche Mitteilung senden und Weiteres mit ihm vereinbaren.

XX

Am andern Morgen trat Arthur Mertens in Ralfs Büro. Hans war mit einem Auftrag von Ralf in den großen Zeichensaal geschickt worden. Dorthin kam Mertens nie, und deshalb hatte ihn Ralf ruhig gehen lassen.

Mertens sah sich mit seinem öligen Lächeln um.

»Na, wo steckt denn Hans? Wieder mal nicht ausgeschlafen? Mir war, als hörte ich heute bald nach Mitternacht das Auto auf der Fahrstraße. Ist er da etwa erst in die Stadt gefahren?«

»Nein, Herr Direktor, um diese Zeit bin ich aus der Stadt heimgekommen, ich war gestern abend einmal allein in der Stadt. Sie haben das Auto gehört?«

»Ja, ich hatte das Fenster meines Zimmers gerade ein wenig geöffnet, um den Zigarrenrauch hinauszulassen, da hörte ich von weitem den Motor. Sonst kommt ja kein Auto bis zu den Werken heraus. Es fiel mir auf. Also das waren Sie? Auch mal ein bißchen gelumpt?« scherzte er.

Ralf lachte und widersprach nicht.

»Also Hans wird jetzt am Ende solide? Sehen Sie, lieber Herr Doktor, nun hat er sich sicherlich ausgetobt und wird wieder vernünftig werden, mir scheint, als sei er jetzt lange nicht ausgekniffen in der Nacht?«

Er sagte das alles in einer milden, sanften Art, aber Ralf sah wieder das unheimliche Glimmen hinter den Brillengläsern und war auf der Hut.

»Er will am Donnerstag wieder in die Stadt fahren, aber wiederum allein, ich hörte es vom Chauffeur«, sagte er und beobachtete Mertens bei diesen Worten scharf. Dessen Augen zuckten auf. Für eine kurze Weile erstarb das Biedermannslächeln, und ein lauernder Ausdruck trat an dessen Stelle. Aber er sagte dann, sich zu einem falschen Lachen zwingend:

»Also ganz solide wird er doch noch nicht. Am Donnerstag wird er wieder ausfliegen – und ohne Sie?«

»Ja, meine Begleitung scheint ihm nicht erwünscht zu sein.«

Ralf hatte tatsächlich für den Donnerstag wieder einmal das Auto bestellt, und Hans sollte eine Fahrt nach der Stadt vortäuschen, damit Mertens wieder einmal befriedigt wurde. Aber auf gar keinen Fall sollte Hans wirklich am Donnerstag in die Stadt fahren, man wollte es Mertens nur wieder einmal vortäuschen.

Mertens lachte anscheinend harmlos amüsiert. Aber dabei verzerrte sein Gesicht für einen Moment der raubtierähnliche Ausdruck, den Ralf schon kannte, und der ihn immer mahnte.

Er war auf der Hut. Und sagte heimlich forschend:

»Soviel ich weiß, ist Herr Hans schlecht bei Kasse, und ehe er am Donnerstag zur Stadt fährt, wird er wieder eine Anleihe bei mir machen müssen. Soll ich ihm nicht lieber meine Kasse sperren?«

»Nein, nein«, stieß Mertens hastig hervor, »den Winter über wollen wir ihn nur noch gewähren lassen, aber dann werde ich mal in aller Güte und Liebe vernünftig mit ihm sprechen. Es ist dann genug, sonst schadet er am Ende doch seiner Gesundheit, und das würde mich schmerzen. Also, versorgen Sie ihn zum Donnerstagabend noch einmal mit Geld.«

Mertens besprach nun etwas Geschäftliches mit Ralf, sich den Anschein gebend, als habe nur das ihn hergeführt. Aber Ralf hatte das bestimmte Gefühl, daß Mertens nur hatte in Erfahrung bringen wollen, wann Hans wieder in die Stadt führe.

Mertens wandte sich zum Gehen, blieb an der Tür aber noch einmal stehen und fragte leichthin:

»Hans benutzt noch immer dasselbe Auto zu seinen Fahrten nach der Stadt?«

»Ja, Herr Direktor, es steht immer auf derselben Stelle, wie Sie ja wissen.«

Mertens lachte wieder.

»Wird ja immer eine hübsche Rechnung machen, der Herr Chauffeur.«

»Umsonst tut er es nicht, er läßt sich gut bezahlen.«

»Kann ich mir denken. Was ist das denn eigentlich für ein Mensch, der Chauffeur? Hoffentlich vorsichtig beim Fahren?«

»Na, er ist so eine Art von Draufgänger, er fährt zuweilen ein bißchen leichtsinnig. Wenn ich dabei bin, bremse ich immer, aber Herr Hans treibt ihn immer an; wenn er allein ist, gibt's stets eine tolle Fahrt.«

Ralf wußte nicht, weshalb er das sagte, es entsprach der Wahrheit durchaus nicht. Der Chauffeur war ein sehr bedächtiger Mensch und hätte sich auf riskante Fahrten gar nicht eingelassen. Ralf sagte das alles eigentlich nur, um etwas zu sagen, er wußte nicht, warum. Und es entging ihm nicht, daß Mertens' Augen wieder unheimlich aufglühten. Als er endlich gegangen war, sah Ralf grübelnd vor sich hin.

Das sieht mir ganz nach einer neuen Teufelei aus. Warum interessiert er sich plötzlich dafür, wie der Chauffeur fährt?

Dieser Gedanke ließ ihn nicht mehr los. Als später Hans wieder bei ihm im Büro war, erzählte er ihm, was er mit Mertens gesprochen hatte.

»Du kannst mir glauben, Hans, er hat wieder irgend etwas vor, das böse Glimmen in seinen Augen warnt mich immer. Selbstverständlich wirst du am Donnerstagabend nicht in die Stadt fahren. Du wirst es aber wieder vortäuschen, wirst bis zum Auto gehen und dann tun, als wenn du einstiegest. Aber – da fällt mir ein – man müßte den Chauffeur vielleicht irgendwie warnen – er muß achtgeben, daß sich nicht etwa jemand heimlich an das Auto heranschleicht und es beschädigt. Ich kann mir nicht helfen, immer geht es mir jetzt im Kopf herum, daß Mertens einen Autounfall für dich plant.«

Hans nickte energisch.

»Das sagte ich dir ja schon kurz nach der Geschichte in der Maschinenhalle.«

»Nun, ich muß sagen, ich will froh sein, wenn die nächsten Tage vorüber sind«, stieß Ralf hervor.

»Warum gerade die nächsten Tage, Ralf?«

Dieser durfte natürlich nicht darüber sprechen, daß Lutz Rodenberg aufgetaucht war, und so sagte er nur:

»Ich weiß nicht, mir ist bloß so, als habe Mertens den nächsten Donnerstag für eine neue Teufelei ausgesucht. Aber wir werden wachsam sein, mein Junge, und du versprichst mir, sehr vorsichtig in allen Dingen zu sein. Zu deiner Sicherheit werde auch ich am Donnerstagabend zur Stelle sein, werde mich schon vorher im Tannengebüsch verstecken und aufpassen.«

»Ich verspreche dir, die größte Vorsicht walten zu lassen, Ralf. Aber weiß Gott, allmählich wird mir das alles unerträglich.«

»Habe nur noch kurze Zeit Geduld, vielleicht fassen wir Mertens diesmal ab.«

»Es wäre eine Wohltat, dies schleichende Ungeheuer beim Kragen zu packen. So ist es immer ein Kampf mit etwas Unfaßbarem.«

Ralf strich ihm über den Kopf.

»Nur Mut, mein Junge! Auch das wird vorübergehen, und vielleicht eher, als du glaubst.«

Hans sah Ralf forschend an.

»Ralf, mir ist, als wolltest du mir etwas verbergen.«

Dieser faßte seine Hand und sah ihn ernst an.

»Du fühlst das gleich, Hans, wenn ich mal nicht ganz offen zu dir bin. Aber du weißt, wenn ich dir etwas verberge, ist es nur zu deinem Besten. Vertraue mir wie bisher und glaube mir, ohne weiter zu fragen, daß du und Eva Maria in einigen Tagen von aller Angst und Sorge befreit sein werdet. Hilf mir nur durch doppelte Vorsicht, dich glücklich über diese wenigen Tage noch hinwegzubringen. Dann wirst du von allen Gefahren befreit sein.«

Hans fuhr sich über die Stirn, als sei ihm zu warm. Aber er drückte Ralfs Hand fest und warm.

»Wenn du recht hättest, Ralf! Schon Eva Marias wegen wäre das eine Wohltat, ich fühle, sie ängstigt sich sehr, und sie ist immer mit ihrer Angst und Sorge bei mir. Du ja auch, Ralf, ihr beiden nehmt es wahrhaftig fast schwerer als ich selbst, obwohl es auch für mich kein Hochgenuß ist, immer diesen verbrecherischen Schleicher auf meiner Spur zu wissen. Nur in unseren vier Wänden daheim habe ich das Gefühl, vor ihm sicher zu sein. Ein scheußlicher Zustand ist das.«

»Nur noch wenige Tage Geduld, Hans; Geduld und Vorsicht.«

»Das verspreche ich dir!« –

Am Abend dieses Tages saß Ralf im Dunkeln in seinem Zimmer am Fenster und starrte hinaus, über die Werke hinweg. Das Herz war ihm noch nie so schwer wegen Hans gewesen wie jetzt.

Er fühlte sich in diesen Tagen mehr denn je für ihn verantwortlich. Er sann über alles nach, was gestern und heute geschehen war. Es war eine Gewohnheit von ihm, im Dunkeln zu sitzen, wenn er etwas besonders Wichtiges zu überlegen hatte. Ihm war immer, als seien seine Gedanken dann besonders scharf und klar. Wieder grübelte er darüber nach, was Mertens wohl am Donnerstag vorhaben möchte. Und er nahm sich fest vor, den Chauffeur zu warnen, besonders langsam und vorsichtig zu fahren, denn um sein verbrecherisches Ziel zu erreichen, würde Mertens auch nicht davor zurückscheuen, noch ein zweites Leben aufs Spiel zu setzen. War es so, wie er vermutete, wollte er irgendwie einen Autounfall herbeiführen, um Hans zu vernichten, dann war auch der Chauffeur in Gefahr. Hans würde ja nicht in dem Wagen sitzen, wohl aber der Chauffeur. Wenn man nur eine Ahnung hätte, was Mertens vorhatte. Ralf grübelte allen Möglichkeiten nach und sagte sich schließlich, wolle Mertens wirklich einen Autounfall herbeiführen, dann würde nur der Teil der Straße in Betracht kommen, der vom Seiteneingang der Werke bis zur großen Fahrstraße führte. Auf dieser war auch abends zuweilen Verkehr; die Elektrische fuhr noch bis gegen elf Uhr, und zuweilen kehrten auch Beamte mit einem Auto aus der Stadt zurück. Auf der belebten Straße würde Mertens vermutlich nichts unternehmen, es konnte nur auf dem Wege vom Seiteneingang nach der Fahrstraße geschehen, da hier am Abend nur das Auto fuhr, das anscheinend immer für Hans bestellt war.

Aber — was konnte Mertens da unternehmen?

Immer intensiver grübelte er darüber nach, und dabei starrten seine Augen hinaus, als müsse er das Dunkel durchdringen, das über den Werken ruhte. Es war eine sternenlose Nacht, der Himmel war bewölkt, und der Mond nicht zu sehen. Aber Ralfs an die Dunkelheit gewöhnten Augen sahen die Konturen der Gebäude und von ferne die riesigen Hochöfen, die Tag und Nacht in Betrieb waren.

Plötzlich fiel Ralf, während er so grübelnd vor sich hin starrte, etwas auf. Er bemerkte einen schwachen, zuckenden Lichtschein, der aus dem Fenster eines der großen Schuppen, in denen allerlei Material aufbewahrt wurde, herausdrang. Ganz flüchtig war der Lichtschein durch das durch Kohlenstaub verschleierte Fenster des einen Schuppens geirrt. Ralf stutzte und richtete sich auf. Wie kam um diese Zeit ein Licht in den verschlossenen Schuppen, da niemand etwas darin zu tun hatte? Hatte er sich geirrt? Aber nein – da zuckte das Licht abermals für einen Moment auf. Hatte in dem Schuppen irgend etwas Feuer gefangen – durch eine Unvorsichtigkeit? Oder waren vielleicht Diebe am Werk?

Ohne sich lange zu besinnen, erhob sich Ralf, steckte seinen Revolver ein und verließ das Zimmer. Lautlos glitt er die Treppe hinab, öffnete ohne jedes Geräusch die Tür des Ingenieurhauses und trat hinaus, die Tür leise wieder hinter sich ins Schloß drückend. Nun eilte er, trotz der Dunkelheit unausgesetzt Deckung suchend, zum Schuppen hinüber, jedes Geräusch vermeidend. Er schlich an das Fenster heran, aus dem der Lichtschein gekommen war, und spähte durch die halb blinden Scheiben in das Innere hinein. Fast im gleichen Moment glomm der Lichtschein drinnen wieder auf, irrte im Schuppen umher, aber so, daß Ralf nicht davon geblendet wurde. Er gewahrte drinnen eine untersetzte Gestalt, die anscheinend mit einer Taschenlampe nach etwas suchte. Aufmerksam verfolgte Ralf jede Bewegung dieser Gestalt, die nur wie ein Schatten in dem engbegrenzten Lichtkreise wirkte. Er erkannte, daß die Gestalt in einen weiten Mantel gehüllt war und einen breitrandigen Hut trug, der tief ins Gesicht gezogen war, so daß man es nicht erkennen konnte. Ralf sah, wie das Licht der Taschenlampe immer weiter hin und her irrte und schließlich auf einem aufgestapelten Haufen von Drahtseilen ruhen blieb. Er bemerkte, daß die Taschenlampe seitwärts auf diesen gelegt wurde und nun beleuchtete sie zwei Hände, die jetzt begannen, von einem der Drahtseilbündel ein Stück abzuwickeln, und zwar so, daß die eine Hand das Drahtseil um Hand und Ellenbogen der anderen Hand aufwickelte. Dann erblickte er in der einen Hand eine Zange, die das so aufgerollte Stück des Drahtseils durchknipste. Dabei fiel ihm auf, daß an dieser Hand ein großer Solitär blitzte, es war also keine Arbeiterhand. Wenn Ralf gedacht hatte, daß es sich hier um einen gewöhnlichen Diebstahl von Drahtseilen handelte, so wurde ihm diese Ansicht jetzt genommen. Ein Mann mit weißen, gepflegten Händen, an denen ein kostbarer Solitär blitzte, hatte es doch nicht nötig, ein Stück Drahtseil in dunkler Nacht zu stehlen – es sei denn, er brauchte es zu geheimnisvollen Zwecken. Weiße, fleischige Hände von kurzer, gedrungener Form waren es, die er da gesehen hatte.

Die Gestalt im Schuppen richtete sich jetzt empor und barg das zusammengewickelte Drahtseil unter dem weiten Mantel. Dann erlosch das Licht.

Ralf beschlich ein unheimliches Gefühl. Wer war der Mann da drinnen, und zu welchem Zwecke stahl er das Stück Drahtseil – es konnten seiner Schätzung nach höchstens fünfundzwanzig Meter gewesen sein?

Er mußte das ergründen, mußte wissen, was der Mann mit dem Drahtseil anfangen wollte, und wer er war. Er vergegenwärtigte sich die untersetzte Gestalt und die weißen, fleischigen Hände mit dem kostbaren Solitär, und plötzlich mußte er an Arthur Mertens denken. Der hatte solche Hände, und er trug auch einen kostbaren Solitär an seiner Hand; ein Geschenk seines verstorbenen Schwiegervaters.

Jetzt war Ralfs ganzes Wesen nur noch angespannteste Energie. Er schlich im Dunkeln auf die andere Seite des Schuppens, wo sich die Tür befand, und verbarg sich hinter einem Holzstapel. Von hier aus konnte er die Tür im Auge behalten. Regungslos wartete er. Endlich wurde die Tür des Schuppens leise und vorsichtig geöffnet, und die dunkle Männergestalt schob sich vorsichtig heraus. Leise schloß sie die Tür ab und sah sich vorsichtig nach allen Seiten um. Ralf hielt den Atem an, um sich nicht zu verraten. Er sah nun den Mann mit seltsam gleitenden Schritten davongehen. Der Mond schien jetzt ein wenig durch eine dünnere Wolkenwand, so daß ein schwaches Licht auf den Weg fiel. Ralf kannte diesen schleichenden Raubtierschritt – ja, es mußte Mertens sein, der sich jetzt, im Schatten Deckung suchend, davonschlich.

Was hatte das alles zu bedeuten? Weshalb kam Mertens nachts aus seiner Villa zu den Werken herüber, um sich wie ein Dieb ein Stück Drahtseil zu holen? Warum tat er das nicht offen und ungeniert am hellen Tage? Was hatte er mit diesem Drahtseil vor? Dahinter konnte doch nur wieder eine Teufelei stecken.

Ohne sich lange zu besinnen, nahm Ralf die Verfolgung Arthur Mertens' auf. Er schlich hinter ihm her, gleichfalls immer Deckung suchend, und sah, daß Mertens den Seitenausgang der Werke passierte, er hatte den Schlüssel dazu bei sich und war wohl auch auf diesem Wege gekommen. Ralf besaß diesen Schlüssel auch wie alle Ingenieure. Er wartete eine Weile, nachdem Mertens hinausgegangen war und die Tür wieder verschlossen hatte. Dann schloß er sie leise wieder auf und schlüpfte hinaus. Er fror nicht einmal in der kalten Frostnacht, obwohl er nur seinen Hausrock trug. Die Erregung machte ihm warm. Atemlos lauschte er und vernahm nach einer Weile sich entfernende Schritte. In derselben Richtung folgte Ralf, und nach einer Weile sah er Mertens zwischen den Bäumen auftauchen. Zu seinem Erstaunen entfernte er sich nicht in der Richtung zur Villa Melanie. Von den weiß verschneiten Wegen hob sich die dunkle Gestalt in dem weiten Mantel ab. Ralf folgte ihr, immer hinter den Bäumen Deckung suchend und jedes Geräusch vermeidend.

Mertens ging jetzt am Rande der Fahrstraße dahin, die von dem Seitenausgang zu der Hauptfahrstraße führte. Hier war die Verfolgung schwieriger, weil die Schatten der Bäume nicht mehr so dunkel waren. Ralf mußte schnell und lautlos von Baum zu Baum huschen. Etwa fünf Minuten war Mertens so auf der Straße dahingegangen, als er plötzlich stehenblieb und sich nach allen Seiten vorsichtig umsah. Ralf hatte gerade noch Zeit, hinter einer dicken Buche Deckung zu suchen, die ihn vollständig vor Mertens' spähenden Augen verbarg. Ralf stand kaum fünfzehn Schritt von ihm entfernt und konnte jede Bewegung des Verfolgten genau beobachten. Mertens schritt jetzt auf einen aufgeschaufelten Schneehaufen zu, der an der Seite des Weges lag. Hier zog er das Drahtseil unter dem Mantel hervor und warf es auf den Boden. Dann grub er mit beiden Händen ein tiefes Loch in den Schneehaufen, und als es groß genug war, barg er das zusammengerollte Drahtseil darinnen und bedeckte es sorgfältig mit Schnee. Mertens mußte gewußt haben, daß hier der Schneehaufen lag, er hatte ihn wohl schon vorher als Versteck für das Drahtseil bestimmt. Und da er das Drahtseil so heimlich entwendet hatte, wollte er also nicht, daß jemand wußte, daß er es besaß.

Ralf hörte an einem befriedigten Atemzug, daß Mertens sein Werk beendet hatte. Der Direktor nahm jetzt den Hut vom Kopf und wischte mit dem Taschentuch über die runde Kugel, auf der kein Haar zu sehen war, als sei ihm zu heiß geworden. Ralf konnte nun ganz deutlich in dem immer heller hervortretenden Mondlicht Mertens erkennen.

Dieser setzte den Hut wieder auf, zog ihn aber nicht mehr so tief ins Gesicht, als habe er jetzt nichts mehr zu verbergen. Dann ging er davon, seiner Villa entgegen.

Ralf folgte ihm nicht weiter, es hatte keinen Zweck mehr. In Gedanken versunken blieb er stehen und starrte auf den Schneehaufen. Was hatte Mertens mit dem im Schnee vergrabenen Drahtseil vor?

Er brachte das alles mit seinen Eindrücken von heute morgen zusammen, und es war nun nicht mehr schwer für ihn, zu erraten, was Mertens zu alledem veranlaßt hatte. Dies Drahtseil hatte er hierhergeschafft, damit er es übermorgen, am Donnerstag abend, hier zur Hand hätte. Donnerstag abend glaubte er, daß Hans mit dem Auto zur Stadt fahren würde. Er hatte das Drahtseil schon heute hierhergeschafft, falls er morgen nicht dazu kam. Es lag ja gut und sicher verborgen hier im Schnee. Wenn Ralf richtig vermutete, so hatte Mertens vor, das Drahtseil zu benutzen, um ein abermaliges Attentat auf Hans auszuführen. Wenn das Drahtseil hier über die Straße gespannt wurde, von Baum zu Baum, so konnte sehr leicht ein Unfall herbeigeführt werden. Die Stelle war mit teuflischer Klugheit berechnet, denn kurz vorher machte der Weg eine Kurve. Wenn das Auto um diese herumbog, sah der Chauffeur das dünne Drahtseil entweder überhaupt nicht, oder erst zu spät, wenn er den Wagen nicht mehr bremsen konnte. Deshalb hatte es Mertens so stark interessiert, ob der Chauffeur schnell oder langsam fuhr. Je schneller er fahren würde, um so sicherer führte dieser »Autounfall« zur Vernichtung von Hans Dornau. Daß auch der Chauffeur dabei mit ums Leben kam, was kümmerte das den in seiner Machtgier halb irr gewordenen Verbrecher? War das Unglück geschehen, dann konnte Mertens schnell das Seil wieder entfernen, ehe hier auf dieser abgelegenen Straße jemand das Unglück entdeckte. Und – gelang ihm das Entfernen des Seiles nicht – wer würde wagen, dem so liebevoll um seinen Neffen besorgten Onkel dies Verbrechen zuzutrauen? Es konnte sich dann eben nur um einen Raubüberfall gehandelt haben. Irgendwelche Verbrecher hatten das Seil gespannt, um die Insassen des Wagens zu berauben. So etwas kam oft genug vor. Irgendwie hätte Mertens sich sicherlich wieder herausgeredet. Aber gottlob – gottlob, eine Fügung des Himmels hatte es gegeben, daß Ralf das geplante Verbrechen entdeckte, ehe es zur Ausführung kommen konnte. Hatte er dadurch auch nicht Hans das Leben gerettet, da dieser nicht in dem Auto gefahren wäre, so konnte er doch dem Chauffeur das Leben retten. Und – diesmal sollte Mertens überführt werden.

Wie überwältigt von seinen Gedanken und Gefühlen lehnte Ralf an dem Baum. Wahrlich, das war ein teuflischer Plan, wie er nur in Arthur Mertens' Hirn entspringen konnte. Was für ein Mensch! Auf welche grausame Weisen hatte er seinen schuldlosen Neffen nun schon umbringen wollen. Und ganz sicher glaubte er sich. Das alles war augenscheinlich seit langer Zeit schon vorbereitet und ausgesonnen.

»Teufel, verbrecherischer Teufel!« stieß Ralf hervor. Und nun schauerte er zusammen und merkte erst, daß er in seinem dünnen Hausrock fror. Schnell lief er zu seiner Wohnung zurück, warf sich in einen Sessel und überlegte, was geschehen mußte, um Mertens diesmal zu überführen und vor allen Dingen, um den »Autounfall« zu verhindern.

Nachdem er alles gründlich erwogen, erhob er sich befriedigt, um sein Lager aufzusuchen. Vorher schrieb er aber noch einige Worte an »Senhor Vanzita«. Er bat diesen, ihn morgen abend in seinem Hotel zu erwarten, da er sehr Wichtiges mit ihm zu besprechen habe. Diesen Brief wollte er morgen früh mit einem Boten nach der Stadt schicken.

Lutz Rodenberg erwartete Ralf am nächsten Abend. Ralf hatte Hans vorläufig kein Wort von seiner Entdeckung gesagt, hatte ihn nur dringend abermals gewarnt, am Donnerstag keinesfalls das Auto zu besteigen. Ehe Ralf zu Lutz ins Hotel gegangen war, hatte er den Chauffeur aufgesucht, der so oft am Seiteneingang der Werke hatte warten müssen. Er teilte ihm mit, daß er am Donnerstag wieder warten, sich aber auf keinen Fall mit seinem Auto vom Platz rühren solle, bis er es ihm selber sagen werde, er werde etwas später am Platze sein.

Der Chauffeur versprach das, und Ralf ging beruhigt davon. Solange Mertens Hans nicht im Wagen glaubte, drohte diesem keine Gefahr. – Lutz empfing Ralf mit warmem Händedruck. Er hatte inzwischen vorsichtig allerlei Erkundigungen eingezogen und hatte über Ralf Bernd nur Gutes und Lobenswertes gehört. Das entsprach dem Eindruck, den Ralf auf ihn gemacht hatte.

Ohne Zögern, in seiner ruhigen bestimmten Art, die Lutz so

gut gefiel, ging Ralf auf den Kern der Dinge los und berichtete Lutz, was er gestern abend beobachtet habe, und wie er sich alles zusammenreime. Gespannt hörte Lutz ihm zu, und seine Stirn zog sich in drohende Falten.

»Wenn das wirklich alles so zusammenhängt, wie Sie vermuten, und wie auch ich es kaum anders annehmen kann, dann ist es wirklich höchste Zeit, daß Mertens unschädlich gemacht wird«, sagte er.

»Wir müssen ihn überführen, Herr Doktor!« rief Ralf aufgeregt.

»Aber wie?«

»Darüber habe ich lange genug nachgegrübelt, aber nun ist mein Plan fertig, und diesmal sollen ihm keine Ausflüchte helfen.«

Und Ralf setzte Lutz nun auseinander, was er sich ausgedacht hatte, um Mertens zu fangen.

»Ich rechne dabei auf Ihre Mitwirkung, Herr Doktor«, schloß er seinen Bericht. »Würde ich allein die Sache ausführen, so würde Mertens allerlei Winkelzüge machen und sich wieder herauszureden versuchen. Hans genügt auch nicht als Zeuge — und — einen fremden Menschen möchte ich nicht in diese Angelegenheit verwickeln, um einen Skandal zu verhüten. Ihrer Frau Schwester und des Namens Rodenberg halber dürfen wir die Öffentlichkeit nicht mit dieser Affäre bekannt machen.«

Lutz Rodenbergs Züge zeigten angespannte Energie.

»Sie haben recht, wir müssen die Sache mit Mertens allein abmachen. Es muß alles in der Familie bleiben, obwohl Gnade hier nicht am Platze ist, wenn Ihre Vermutung zutrifft. Ich helfe Ihnen selbstverständlich. Darauf können Sie sich verlassen. Jetzt wird es Zeit, daß auch ich in Aktion trete. Vermutlich würde es Mertens hindern, das Verbrechen auszuführen, wenn ich plötzlich auf der Bildfläche erscheinen würde, aber Menschen wie er müssen unschädlich gemacht werden, und so wollen wir getrost Ihren Plan, den ich für sehr gut halte, ausführen.«

»Ich bin sehr froh, Herr Doktor, daß ich Sie als Zeugen auf meiner Seite haben werde. Sie werden ja selbst sehen, wie aalglatt Mertens ist. Aber es wird ihm diesmal nichts helfen, wir werden ihn überführen und ihn dann zu allerlei Zugeständnissen zwingen. Das habe ich mir so gedacht.«

Und Ralf erklärte Lutz, wozu sich Mertens würde verpflichten müssen und wie sie ihn dazu bringen wollten.

Lutz nickte beistimmend.

»Ihr Plan ist gut – sehr gut. So fangen wir ihn in seiner eigenen Schlinge. Herrgott, meine arme Schwester! Ist ihr Mann wirklich ein solches Scheusal, woran man kaum noch zweifeln kann, dann kann sie mir von Herzen leid tun. Und seine Kinder? Gott verhüte, daß sie den Charakter ihres Vaters geerbt haben!«

Ralf zuckte die Achseln.

»Man weiß nicht, was in einem Menschen schlummert, bevor nicht alle seine Instinkte sich Bahn brechen. Aber ich halte weder Fräulein Jolante noch Herrn Egon für fähig, ein Verbrechen zu begehen. Sie sind in Glanz und Reichtum aufgewachsen, werden voraussichtlich auch bis an das Ende ihrer Tage vor Not und Sorge geschützt sein – und – ich halte beide für ziemlich oberflächlich, im guten wie im bösen Sinne. Ich glaube nicht, daß Sie bei ihnen auf große Gefühle irgendwelcher Art stoßen werden. Für schlecht halte ich sie jedoch beide nicht, höchstens für ein wenig boshaft.«

»Meine arme Schwester, so wird sie nicht einmal in ihren Kindern einen Trost finden können«, sagte Lutz tief bekümmert.

Eine Weile saßen sich die beiden Männer mit tiefernsten Gesichtern gegenüber. Dann besprachen sie Ralfs Plan noch einmal in allen Einzelheiten, und anschließend verabschiedete sich Ralf. Er fuhr mit der Elektrischen bis zur Endstation und legte den Rest des Weges zu Fuß zurück. Er überzeugte sich, daß der große Schneehaufen noch an Ort und Stelle lag, sicher würde niemand daran rühren; er würde liegenbleiben, bis er bei Tauwetter dahinschmolz. Gern hätte er sich überzeugt, ob das Drahtseil noch im Schnee verborgen lag, aber er ging doch besser vorüber, als ahne er nichts von dem Inhalt des Schneehaufens.

Er war sehr unruhig. Würde er mit all seinen Vermutungen recht haben? War das nicht der Fall, hatte er sich doch in Mertens getäuscht, dann stand er morgen als Verleumder vor Lutz Rodenberg. Daß er ein gewagtes Spiel spielte, war ihm klar gewesen, seit er das erste Wort zu Lutz gesprochen hatte. Denn er hatte ja keine Beweise. Alles war Vermutung. Wohl war er selbst fest davon überzeugt, daß Mertens Hans nach dem Leben trachtete, aber wie konnte er es beweisen, wenn morgen nicht das geschah, was er vermutete? Wie konnte er vor Lutz Rodenberg bestehen, wenn er keine Beweise schaffen konnte? Eine leise Verzagtheit wollte ihn überkommen, dann aber hob er den Kopf und blickte wieder ruhig. Er hatte sein Bestes getan, um Hans zu schützen, um ein möglicherweise geplantes Verbrechen zu verhüten, das mußte ihm genügen. Und was morgen abend auch geschehen würde, Lutz Rodenberg lebte, war hier und würde sich morgen seinen Angehörigen gegenüberstellen. Mit dem Moment, wo er auftauchte als Erbe von Rodenberg, war Hans in Sicherheit vor den Angriffen seines Onkels und – Eva Maria bekam ihre Ruhe wieder. Seine Eva Maria! Seine Gedanken flogen sehnsüchtig zu ihr.

Jolante war in letzter Zeit sehr schlechter Laune. Auch heute, am Donnerstagmorgen, saß sie verdrießlich ihren Eltern gegenüber am Frühstückstisch. Ihr Vater schien auch nicht in besonders guter Stimmung zu sein, er war sehr nervös und hatte an allem etwas auszusetzen. Er gab seiner Frau, die sich besorgt erkundigte, ob ihm nicht wohl sei, kurze, unfreundliche Antworten, lenkte aber gleich wieder ein, streichelte ihre Hand und bat sie, ihn in Ruhe zu lassen, er fühle sich ganz wohl, habe nur geschäftlichen Ärger.

»Macht dir Hans etwa wieder zu schaffen?« fragte Frau Melanie.

»Aber nein, Melanie, absolut nicht. Er scheint sich die Hörner abgelaufen zu haben und hat mir in letzter Zeit nur noch Freude gemacht. Ich freue mich, dir das sagen zu können, denn es hätte mich tief geschmerzt, wenn er nicht zur Vernunft gekommen wäre. Man hat doch den Schlingel viel zu lieb, als daß man ruhig mit ansehen könnte, daß er verlumpt.«

Frau Melanie freute sich innig über diese Worte, sie hatte sich viel Sorge um Hans gemacht. Jolante aber sah den Vater etwas verblüfft an, seine plötzlich erwachte Liebe zu Hans erschien ihr aus irgendeinem Grunde verdächtig.

Was hat denn der alte Herr mit einem Male mit meinem Cousin? dachte sie und machte eine schnippische Bemerkung darüber. Da fuhr Mertens wütend auf sie los, sie möge sich nicht einen derartigen Ton gegen ihren Vater erlauben, es sei ein Skandal, wie sie sich benehme. Nicht nur ihren Eltern gegenüber sei sie so schnippisch, in letzter Zeit sei sie es auch Doktor Bernd gegenüber gewesen. Am vorigen Sonntag, als sie mit ihm aus dem Wald zurückgekommen sei, wäre ihm das direkt unangenehm aufgefallen. Und sie möge die Angelegenheit nicht mehr unnötig lange hinausziehen. Weshalb sie eigentlich immer wieder eine Erklärung Ralf Bernds verhindere. Diese Herumzieherei habe keinen Sinn.

Jolante hatte die Eltern in der Meinung belassen, daß sie den Zeitpunkt bestimmen könne, wann Doktor Bernd um sie anhalten solle. Des Vaters Zurechtweisung verbesserte Jolantes Laune zwar nicht, lenkte sie aber ab von der Frage, weshalb der Vater plötzlich so liebevoll von Hans sprach. Sie fuhr auf und sagte ärgerlich:

»Ich habe mir die Sache anders überlegt, Papa, mir scheint doch, daß wir zu wenig zusammenpassen, Doktor Bernd und ich. Er hat so gräßlich altmodische Ansichten, hat keinen Elan – ich – ich mag einfach nicht!«

Der Vater war vollständig verwirrt. Es bedurfte einiger Zeit, bevor er sich zu fassen vermochte.

»Du magst ihn nicht? Mit einem Male magst du ihn nicht, nachdem du durch dein Benehmen allerlei Hoffnungen in ihm geweckt hast? Das ist unglaublich!«

»Aber Papa, weshalb ereiferst du dich denn, du hattest doch erst allerlei dagegen einzuwenden, daß ich ihn heiraten wollte. Nun gut, ich habe eingesehen, daß du mit deinem Widerstand recht hattest, und die Sache ist erledigt.«

»Nein, sie ist durchaus nicht erledigt! Jetzt habe ich es satt mit deinen Launen. Erst willst du ihn durchaus zum Mann, beschwatzest mich, daß ich meinen anfänglichen Widerstand aufgebe und ihn ins Haus ziehe. Dadurch mußte er deutlich merken, daß ich seine Werbung gutheiße. Und nun plötzlich weht der Wind bei dir wieder aus einer andern Richtung. Wie stehe ich nun vor ihm da? Es ist unerhört, daß du ihn jetzt plötzlich irgendeiner Laune halber nicht mehr willst.«

Jolante sprang auf und zerrte nervös an ihrem Taschentuch.

»Nun, so muß ich Farbe bekennen, damit du weißt, daß es keine Laune von mir ist, sondern daß ich mich nur der Notwendigkeit füge. Also, ich habe mich geirrt, Doktor Bernd hat durchaus nicht die Absicht, um mich zu werben, er hat mir am Sonntag rundheraus erklärt, daß sein Herz schon vergeben war, ehe er zu den Rodenberg-Werken kam. So, nun weißt du, weshalb ich meinen Sinn geändert habe. Schließlich kannst du nicht verlangen, daß ich ihm nachlaufe, wenn er mich nicht haben will.«

Ärgerlich aufweinend verließ sie das Zimmer. Mertens sah ihr fassungslos nach. Was er da gehört hatte, kam für ihn vollständig unerwartet. Also Doktor Bernd war es nicht darum gegangen, sein Schwiegersohn zu werden, er hatte es anscheinend dann nur auf seine hervorragende Stellung im Betriebe abgesehen, als er sich in seine besonderen Dienste stellte! Im Grunde war das ja einerlei für ihn – aber – hatte er sich nicht doch vielleicht zu sehr in die Karten blicken lassen, in der Annahme, daß Bernd sein Schwiegersohn würde? Er grübelte darüber nach, beruhigte sich aber endlich. Nein, er war hinreichend vorsichtig gewesen. Gut, daß er in letzter Zeit Ralf gegenüber immer betont hatte, daß er Hans liebhabe wie einen eigenen Sohn. Man mußte fortan doppelt vorsichtig sein, da Bernd nun nicht mehr zur Familie gehören würde. Jedenfalls verbesserte dieser Zwischenfall seine Laune durchaus nicht. Und als seine Frau nun auch noch anfing zu jammern, daß Jolante sich Doktor Bernd gegenüber etwas vergeben haben könne, sprang er ärgerlich auf.

»Macht diesen Weiberkram gefälligst mit euch selbst aus, ich habe andere Sorgen im Kopfe. Erziehe deine Kinder besser, meine liebe Melanie, das kann ich dir nur raten. Guten Morgen!«

Und der Abschiedskuß fiel heute etwas flüchtiger aus als sonst – man merkte ihm an, daß er sehr nervös war, und Frau Melanie war viel mehr besorgt als gekränkt.

Sie begab sich, als ihr Gatte fort war, in das Zimmer ihrer Tochter. Schließlich hatte Jo Doktor Bernd doch sehr gern gehabt, wenn sie sich auch immer mit einer modernen, kühlen Anschauung vom Leben brüstete. Wahrscheinlich hatte sie trotzdem Herzweh, wie andere junge Mädchen auch, wenn sie eine Enttäuschung erlebten. Da wollte die gute Mutter ihre Tochter trösten.

Aber sie fand Jolante nicht mehr in ihrem Zimmer. Die Dienerin, die gerade ihr Zimmer aufräumte, berichtete, daß das gnädige Fräulein zur Villa Rodenberg hinübergegangen sei, um Fräulein Dornau einen Besuch zu machen.

Jolante ging mit raschen Schritten durch den Wald zur Villa Rodenberg hinüber. Sie brauchte jemand, an dem sie ihre schlechte Laune auslassen konnte, und dazu erschien ihr Eva Maria geeignet. Sie hatte diese seit Sonntag noch nicht wiedergesehen und hatte somit noch keine Gelegenheit gehabt, ihr den Dolch mit der Nachricht ins Herz zu jagen, daß Doktor Bernd sich schon anderweitig gebunden habe, ehe er nach Rodenberg kam. Denn daß Eva Maria trotz ihres Ableugnens in Ralf Bernd verliebt war, glaubte sie genau zu wissen.

Sie traf Eva Maria in ihrem kleinen Salon damit beschäftigt, ihre Noten zu ordnen. Diese begrüßte Jo in ihrer freundlichen Art und fragte, was sie schon am frühen Morgen zu ihr herüberführe.

»Ach, eigentlich nur Papas schlechte Laune, vor der ich entflohen bin. Er war heute gräßlich nervös und unausstehlich. Du weißt gar nicht, wie gut du es hast, Eva Maria, daß du niemandes böse Laune zu ertragen hast«, erwiderte diese, sich in einen Sessel werfend.

Ernst sah Eva Maria zu ihr hinüber.

»Ach, Jo, wie gern wollte ich so kleine Launen ertragen, wenn ich meine Eltern noch haben könnte.«

Jolante zuckte die Achseln.

»Warum reist du nicht irgendwohin zum Wintersport, Eva Maria? Dir könnte das doch niemand verwehren.«

»Nein, Jo, aber was soll ich draußen in der Welt allein? Wintersport kann ich hier zu Hause auch treiben. Ich mag mich nicht von meinem Bruder trennen.«

Jolante schüttelte verwundert den Kopf.

»Du bist ein sonderbares Mädchen, Eva Maria! Was mir schon an einer Trennung von meinem Bruder läge. Hans ist doch kein Wickelkind.«

»Du erscheinst mir gewiß ebenso sonderbar wie ich dir Jo, wir sind eben anders geartet.«

»Gottlob, ja! Mit deiner hausbackenen Tugendhaftigkeit wüßte ich nichts anzufangen. Sag' mal, Doktor Bernd war wohl in letzter Zeit ziemlich oft des Abends bei euch?«

Befriedigt sah Jolante, wie Eva Maria bei dieser Frage rot wurde.

»Zuweilen, ja, Hans unterhält sich gern mit ihm.«

»Wann war er denn das letztemal hier?«

»Am Sonntag abend, als er von euch kam. Wir trafen zufällig mit ihm zusammen. Hans rodelte den Berg hinunter. Da hat ihn

Hans dann aufgefordert, noch ein Stündchen mit heraufzukommen.«

»Und das war dir natürlich schrecklich unangenehm«, spottete Jolante.

Eva Maria zwang sich zur Ruhe.

»Nein, warum, Jo, er ist doch ein sehr angenehmer Gesellschafter.«

»Finde ich gar nicht, er hat schrecklich altmodische Ansichten.«

»Dann hast du deine Ansicht über ihn sehr geändert.«

»Gründlich! Bei näherer Bekanntschaft verliert er sehr. Er ist langweilig und altmodisch, und er würde im Grunde viel besser zu dir passen. Aber mache dir keine Hoffnungen, weil ich ihn aufgebe, ich habe nämlich in Erfahrung gebracht, daß er sein Herz bereits vergeben hat.«

Wieder stieg Eva Maria das Blut ins Gesicht unter dem boshaft glitzernden Blick Jolantes. Sie wußte, daß diese sie mit dieser Nachricht verwunden wollte. Dank Ralfs Bekenntnis traf dieser Schuß ins Leere. Und Eva Maria konnte lächeln.

»Das wußte ich längst, Jo«, sagte sie ruhig.

Jolante fuhr auf.

»Du wußtest das und warntest mich nicht? Ich sagte dir doch, daß ich ihn heiraten wollte.«

»Damals wußte ich es noch nicht genau, und übrigens hättest du mir doch nicht geglaubt.«

»Nun, ich finde es wenig kameradschaftlich von dir, daß du es mir nie gesagt hast.«

Eva Maria sah die Cousine mit ernsten Augen an.

»Sei einmal ehrlich, Jolante, ist dein Verhalten mir gegenüber sehr nett? Und — es war doch schließlich Doktor Bernds Geheimnis, das ich hätte preisgeben müssen.«

»Nun, vielleicht hätte ich nicht anders gehandelt, aber ich brüste mich auch nicht mit allerhand Tugenden.«

»Das tue ich gewiß nicht. Nur du sprichst immer sehr spöttisch von meinen Tugenden.«

»Nun, jedenfalls staune ich, daß du es so ruhig ertragen hast, daß Doktor Bernd eine andere liebt. Gesteh' nur, du warst gründlich in ihn verschossen. Ich weiß es ganz bestimmt.«

»So, das wußtest du?«

»Selbstverständlich! Gerade darum machte es mir ja Spaß, ihn für mich zu erobern.«

Es zuckte ein Lächeln um Eva Marias Gesicht.

»Oh, Jo, verwandtschaftlich war das auch nicht. Aber du bist wenigstens ehrlich.«

»Ich plage mich nicht mit sentimentalen Unwahrheiten herum, es ist viel bequemer, ehrlich zu sein.«

»Trifft das wirklich immer bei dir zu?«

Jolante lachte.

»Nun, ja, manchmal ist ein kleiner Schwindel bequemer.«

Eva Maria überkam ein tiefes Mitleid mit Jolante. Sie erhob sich und trat dicht an sie heran. Und mit der Hand leise und sanft über ihr Haar streichelnd, sagte sie in ihrer gütigen Art:

»Arme Jo! Ich glaube, du quälst dich schrecklich herum mit deiner modernen Weltanschauung. Im Grunde bist du wahrscheinlich viel besser, als du die Menschen glauben machen willst. Du kokettierst nur mit deiner nüchternen Gleichgültigkeit gegen alles, was wie Gefühl aussehen könnte. Du kannst sehr froh sein, daß Doktor Bernd schon vergeben ist, denn hättest du ihn geheiratet, dann wärest du nicht glücklich geworden.«

Jolante war unter diesen gütigen Worten etwas benommen zumute.

»Warum denn nicht?« fragte sie, sich gegen dies Gefühl zur Wehr setzend.

»Weil du ihn nicht liebst.«

»Ach, geh doch mit solchen Sentimentalitäten. Was ist denn Liebe? Eine Illusion.«

»Nein, Jo, Liebe ist etwas Gutes, Schönes und Herrliches, und ich wünsche dir von ganzem Herzen, daß du einmal einen Mann so recht aus tiefstem Herzen liebst, und daß dieser dich wiederliebt. — Dich. Nicht die glänzende Partie in dir. Glaube mir, du wirst dann ein viel besserer und zufriedenerer Mensch sein und alle deine Torheiten und deine nüchterne Sachlichkeit über Bord werfen und dich von Herzen glücklich fühlen, daß du es tun kannst.«

Eva Maria sagte das so ernst und warm, daß Jolante eine Weile ganz still und beklommen zu ihr aufsah. Aber dann sprang sie auf, als wehre sie sich gegen das wärmere, bessere Gefühl, das in ihr aufsteigen wollte.

»Ach, Eva Maria, ich glaube nicht, daß ich mich jemals so verlieben könnte.«

»Nicht verlieben, sondern lieben – von ganzem Herzen lieben.«

»Das gibt es doch gar nicht. Sieh dir doch all diese Ehen an, die aus sogenannter Liebe geschlossen wurden. Die Lüge wird bald offenbar. Zum Beispiel die Ehe meiner Eltern! Das soll doch eine reine Liebesheirat gewesen sein. Mama glaubt heute noch daran. Was ist denn diese Liebe? Mama betet Papa freilich noch immer an – rein gewohnheitsmäßig, weil sie an ihre Liebe glauben *will*; und Papa? Offen heraus, Eva Maria. Er spielt eine erbärmliche Komödie, wenn er immer wieder Liebesversicherungen vom Stapel läßt. Er liebt nur sich selbst, sonst keinen Menschen, auch uns nicht. Er macht die Komödie nur mit, um Mama die Illusion zu erhalten oder besser, um sie damit zu beherrschen. Ich fühle schon seit Jahren, daß alles das Theater ist. Warum quälen sich die Menschen mit solchen Lügen? Wenn sie ehrlich wären, würden sie sich sagen: wir verbinden unsere Interessen miteinander und wollen sehen, wie wir möglichst gut miteinander auskommen können. Wäre das nicht viel vernünftiger?«

»Arme Jo, du tust mir leid! Du hattest in der Ehe deiner Eltern wohl nicht das rechte Beispiel vor Augen. Das hat dich anscheinend beeinflußt. Ich wünsche dir, daß du einmal eine Ehe führen kannst, die dich überzeugt, daß man sehr glücklich sein kann, wenn man einander liebt.«

Jolante strich sich hastig über die Stirn.

»Ich habe leider zu scharfe Augen und sehe das Leben, wie es ist. Aber man könnte dich beneiden um deinen Glauben an so eine Liebe. Sag doch mal ehrlich, hast du Doktor Bernd geliebt?«

Eva Maria wurde wieder dunkelrot, aber sie sah Jolante groß und offen an.

»Ja!«

»Und was tust du nun mit dieser Liebe?«

»Sie wird immer mein Herz ausfüllen, Jo, und ob mich Doktor Bernd wieder liebte oder nicht – nie hätte ich diese Liebe missen mögen.«

Verständnislos schüttelte Jolante den Kopf.

»Das verstehe ich nicht! Ich mochte ihn auch sehr gern, aber in dem Moment, da ich erfuhr, daß er eine andere liebt, war er für mich einfach erledigt — unausstehlich.«

»Weil du ihn eben nicht geliebt hast.«

»Lieben, so wie du es meinst, kann ich wohl nicht.«

»Doch, wenn nur der Rechte kommt.«

Eine Weile sah Jolante Eva Maria nachdenklich an. Dann zuckte sie die Achseln.

»Diesem Rechten werde ich wohl nie begegnen. Wie sollte ich auch? Was mir bisher über den Weg gelaufen ist an edler Männlichkeit, hat mich kalt gelassen. Doktor Bernd erschien mir noch am begehrenswertesten. Aber mein Herz ist nicht gebrochen, als ich merkte, daß er eine andere liebt, wenn es mich auch ein Weilchen geärgert hat. Wie gut, daß ich ihn nicht wirklich geliebt habe, so wie du es meinst. Du mußt doch schrecklich unglücklich sein mit so einer unerwiderten Liebe im Herzen.«

Eva Maria wandte sich ab.

»Darauf werde ich dir später einmal Antwort geben, Jo, momentan kann ich es nicht.«

»Oh, ich kann es abwarten. Jetzt will ich aber wieder heimgehen. Offen gestanden, ich war nur gekommen, um dich mit dieser Nachricht zu ärgern, wie auch ich mich geärgert habe. Geteiltes Leid ist halbes Leid. Ich mag dich heute nicht belügen, weil du so — so herzlich zu mir warst.«

Eva Maria strich ihr wieder über das Haar.

»Es ist wirklich schade um vieles Gute, was in dir schlummert, Jo, ich wünsche dir, daß du immer so ehrlich bist.«

Jolante lachte ein wenig.

»Um Gottes willen, da käme manchmal wenig Erfreuliches zum Vorschein.«

»Ich habe aber seit heute Hoffnung, daß wir zwei uns doch eines Tages näherkommen werden. Seit heute glaube ich nicht mehr so unbedingt daran, daß du mit deiner modernen Weltanschauung alt wirst. Wenn du sie doch über Bord werfen könntest.«

»Jetzt sprichst du wie Mama. Du bist wirklich manchmal wie eine alte Großmutter. Bist gar nicht mit der Zeit fortgeschritten. Also — adieu! Und — gelegentlich auf Wiedersehn!«

Damit drückte Jolante plötzlich Eva Maria einen Kuß auf die Lippen, der so gar nichts gemein hatte mit ihrer sonstigen kühlen

Begrüßung. Und in ihren dunklen Augen lag ein seltsam sinnender Ausdruck, wie ihn Eva Maria noch nicht darinnen gesehen hatte.

Sehr nachdenklich legte Jolante den Heimweg zurück. Eva Marias Worte waren nicht ohne Eindruck auf sie geblieben. Und sie fragte sich ganz im stillen, ob es nicht doch ganz schön sein müsse, einen Menschen zu haben, den man so recht von Herzen lieben könnte.

XXI

Ralf war heute morgen etwas unruhig und zerstreut. Hans sah während ihrer gemeinsamen Arbeit einige Male forschend zu ihm hinüber. Als Hans vor etwa einer Stunde in das Büro gekommen war, hatte er Ralf so in Gedanken versunken gefunden, daß dieser ihm auf keine Frage Antwort gab. Daß Mertens kurz vorher bei Ralf gewesen war, wußte er, denn Mertens war ihm begegnet und hatte ihm sehr freundlich zugenickt, allerdings mit einer Freundlichkeit, die Hans als falsch erkannte. Da Ralf ihm aber nichts darüber sagte, fragte er auch nicht, wie es Ralf verlangt hatte.

Mertens war allerdings in aller Frühe bei Ralf gewesen, hatte wieder allerlei Liebes und Gutes von Hans gesprochen, und es war, als fließe sein Herz über von Zärtlichkeit für seinen Neffen. Ralf ahnte, daß dieser Herzenserguß nur von ihm vorgetäuscht wurde, um zu dokumentieren, wie lieb Mertens seinen Neffen habe. Wenn Hans ein Unglück zustoßen würde, sollte niemand sagen können, daß sein Onkel ihn gehaßt hatte. Niemand durfte daran zweifeln, daß ihm ein Unfall seines Neffen sehr nahegehen würde.

Keine Ahnung hatte Mertens, wie sehr er von Ralf durchschaut wurde und wie genau dieser von seinen neuen verbrecherischen Plänen unterrichtet war. Ehe er Ralf verlassen hatte, sagte er lächelnd:

»Also, mein lieber Herr Doktor, versorgen Sie nur unsern Wildfang heute noch einmal mit dem nötigen Gelde. Hat er Sie schon darum gebeten?«

»Allerdings, Herr Direktor, und er sagte mir auch offen, daß er heute abend um zehn Uhr allein zur Stadt fahren wolle. Ich solle es ihm nicht übelnehmen, daß er mich nicht dazu aufgefordert habe, aber er habe eine galante Verabredung, bei der jeder Dritte nur störend sei.«

Mertens hatte anscheinend harmlos gelacht.

»So ein Schlingel! Aber lassen Sie ihn nur, das werden die besten und tüchtigsten Männer, die sich in der Jugend austoben, und ich habe nun doch Hoffnung, daß er mal ein tüchtiger Chef der Rodenberg-Werke wird. Und dann kann er uns beiden, Ihnen und mir, nur Dank dafür wissen, nicht wahr? Ich werde jedenfalls dafür sorgen, daß Ihnen eine Beförderung zuteil wird. Aber verraten Sie ihm keinesfalls schon jetzt, wie milde und liebreich ich über das alles denke, vorläufig muß er noch ein wenig Respekt vor dem gestrengen Vormund haben.«

Und mit seinem falschen Lächeln hatte er Ralf die fleischige Hand gereicht, an der auch jetzt der große Solitär funkelte.

Nur mit großem Widerwillen hatte Ralf diese gefaßt, und als Mertens gegangen war, schüttelte er die seine, als sei sie unrein geworden. Dann war er in tiefe Gedanken versunken, so, wie ihn Hans noch antraf. Ralf wußte nun ganz genau, daß Mertens heute abend seinen verbrecherischen Plan ausführen würde – soweit er und Lutz Rodenberg ihn nicht daran hindern würden.

Der Tag verging ohne jeden weiteren Zwischenfall. Kurz vor Feierabend sagte Ralf zu Hans:

»Jetzt höre mir einmal genau zu, mein lieber Junge. Du wirst also heute abend um zehn Uhr wie gewöhnlich bis zu der Stelle gehen, wo das Auto auf dich wartet. Du steigst nicht ein, entfernst dich auch nicht, sondern bleibst, in dem Tannengebüsch versteckt, ruhig stehen. Hast du eine Ahnung, ob Fritz dich wieder belauschen wird?«

»Nein, Ralf, Fritz hat sich gestern auf zwei Tage Urlaub geben lassen, angeblich, weil seine Schwester Hochzeit hat.«

Ralf fragte sich, ob nicht Mertens hinter diesem Urlaub stecke. Es war sehr wahrscheinlich, daß er Fritz für heute abend aus dem Wege haben wollte.

»Also, du bleibst stehen und wartest – bis du diesen Pfiff hörst.«

Dabei zog Ralf eine kleine, silberne Pfeife, die er zuweilen brauchte, wenn er Arbeiter bei der Arbeit beaufsichtigte und ihnen ein Zeichen geben mußte, hervor und setzte sie an die Lippen.

Hans sah ihn erstaunt an.

»Was soll dann geschehen, wenn ich dich pfeifen höre?«

»Dann setzt du dich sofort in Bewegung und kommst auf der Straße, die nach der Hauptfahrstraße führt, schnell herbei, dahin, wohin dich mein Pfeifen ruft. Aber achte darauf, daß du dich nicht eher von der Stelle rührst, bis du den Pfiff hörst, ich muß mich ganz unbedingt darauf verlassen können. Sobald du meinen Pfiff vernommen hast, gibst du mir Antwort durch einen lauten Ruf und läufst los. Hast du das kapiert?«

»Ja, Ralf.«

»Gib mir dein Wort darauf, genau nach meiner Vorschrift zu handeln.«

Hans sah ihn unruhig forschend an, fragte aber nicht.

»Es ist gut, Ralf, ich gebe dir mein Wort.«

Sie drückten sich fest die Hände. Und dann sagte Ralf weich:

»Grüße Eva Maria herzlich von mir und sage ihr, ich lasse sie bitten, heute abend nicht eher zu Bett zu gehen, bis du wieder zu Hause bist. Wahrscheinlich werde ich dich nach Hause begleiten – und – da möchte ich Eva Maria noch sprechen.«

Hans nickte.

»Ich werde das bestellen, Ralf.«

»Gut, mein lieber Junge, und nun gehe heim. Will's Gott, hast du morgen ein leichtes Herz, und Eva Maria auch.«

Sie schüttelten sich die Hände und trennten sich. Hans ging nach Hause, und Ralf begab sich in seine Wohnung, erfrischte sich und kleidete sich um. Dann nahm er im Kasino sein Abendessen ein, aber es wollte ihm heute nicht schmecken, seine Unruhe steigerte sich von Minute zu Minute. Einige Herren, die mit ihm am Tisch saßen, neckten ihn wegen seiner Zerstreutheit. Er entschuldigte sich, und gleich nach dem Essen zog er sich zurück. In der Garderobe nahm er seinen Mantel und einen breitrandigen Hut, den er sonst nicht zu tragen pflegte. Den zog er tief in die Stirn und ging schnell zu dem Seitenausgang der Werke. Vorsichtig sah er sich um. Kein Mensch war zu sehen. Aber er trat an die Tannengebüschgruppe heran, in der versteckt später der Wagen warten sollte. Jetzt stieß Ralf einen leisen Pfiff aus, und sofort teilte sich das Gebüsch, und eine hochgewachsene Männergestalt trat heraus.

Sie sahen einander in der Dunkelheit, da der Himmel wieder bewölkt war, nur wie dunkle Schatten, faßten sich aber sofort bei den Händen.

»Zur Stelle!« flüsterte Lutz Rodenberg.

»Gut, wir wollen jetzt gleich die bewußte Stelle aufsuchen. Noch ist es zu früh, aber wir müssen die ersten sein. Bitte kommen Sie, halten Sie sich dicht an meiner Seite.«

Schweigend, jedes Geräusch vermeidend, gingen die beiden Herren Seite an Seite dahin. Sie hielten sich im Schatten der Bäume und spähten mit scharfen Augen um sich. Endlich hielt Ralf Lutz Rodenberg fest und deutete auf einen großen Schneehaufen, der sich nur wenige Schritte entfernt von ihnen an der Seite des Fahrwegs befand. Lutz nickte verständnisvoll. Sie sahen sich nach einem Versteck um und entschlossen sich für eine Gebüschgruppe, die nur wenige Schritte in den Wald hinein lag.

Vorsichtig zwängten sie sich in das Gebüsch hinein, so daß nur wenig Schnee von den Ästen fiel.

Von diesem Versteck aus konnten sie, zumal in der Dunkelheit jedem Auge verborgen, einen Teil der weiß beschneiten Fahrstraße überblicken, ebenso die Bäume, die rechts und links diese Straße einsäumten und in der Nähe des Schneehaufens standen. Ralf zog seine Uhr, und das erleuchtete Zifferblatt zeigte neun Uhr fünfzehn Minuten.

»Wir werden gut eine halbe Stunde warten müssen, Herr Doktor, denn erst muß meiner Berechnung nach das Auto von der Stadt aus hier vorübergefahren sein. Dann aber wird Mertens sofort an das Werk gehen müssen. Ich habe den Chauffeur deshalb etwas früher als sonst bestellt, damit Mertens weiß, daß er Zeit hat. Denn, daß Hans nicht vor zehn Uhr zu dem Wagen kommen wird, weiß er«, sagte er leise.

»Gut, wir werden warten.«

»Haben Sie alles Nötige bei sich?«

»Alles, wie verabredet. Sie auch?«

»Gewiß!«

»Wird Hans uns auch keinen Strich durch die Rechnung machen?«

»Ausgeschlossen, er wird genau nach Vorschrift handeln. Still! Sehen Sie da drüben?«

Die beiden Herren starrten mit scharfen Augen in den Wald hinein, wo Ralf gesehen hatte, daß sich ein Schatten bewegte. Auch Lutz bemerkte den sich Nähernden, der sich vorsichtig im Schatten der Bäume hielt.

»Hoffentlich sucht er nicht gerade Deckung in unserem Gebüsch«, flüsterte Ralf erregt.

»Ruhe!« flüsterte Lutz zurück.

Sie rührten sich nicht mehr, wagten kaum zu atmen. Der Schatten glitt näher, immer näher. Er hielt direkten Kurs auf den Schneehaufen zu. Nun war er so nahe herbeigekommen, daß die beiden Herren eine untersetzte Gestalt in weitem, schwarzem Mantel mit tief in das Gesicht gezogenem, breitrandigem Hut erkennen konnten. Sie faßten sich erregt bei den Händen. Jetzt trat die Gestalt auf die Fahrstraße hinaus und lauschte vorsichtig nach beiden Seiten. Als alles ruhig war, glitt sie an den Schneehaufen heran, grub eifrig mit beiden Händen den Schnee beiseite und holte das zusammengerollte Drahtseil heraus.

Ralfs Herz klopfte bis zum Halse hinauf. Ganz fest drückte er Lutz Rodenbergs Hand, und dieser gab den Druck wie im Krampf zurück.

Mertens hatte keine Ahnung, daß er belauscht wurde, aber vorsichtig verbarg er das Drahtseil, nachdem er den Schnee abgeschüttelt hatte, unter seinem Mantel, grub aber erst das Loch im Schneehaufen wieder zu. Diesmal hatte er dicke Handschuhe an. Leise schlich er wieder in den Wald hinein mit dem Ralf so bekannten Raubtierschritt. Ganz dicht kam er an dem Gebüsch vorbei, wo die beiden atemlos verharrten. Schon glaubten sie, daß Mertens dasselbe Versteck aufsuchen wollte, aber zum Glück ging er vorüber und verbarg sich einige Schritte weiter hinter einem dicken Baumstamm.

Etwa zehn Minuten vergingen so, die Ralf und Lutz wie Stunden erschienen. Sie rührten sich nicht. Endlich vernahmen sie das Rattern eines Motors. Leise erzitterte die Erde. Auf der Fahrstraße wurde der Schein der Autolampen sichtbar. In ihrem Licht sahen die beiden Herren Mertens' blasses, fleischiges Gesicht hinter dem Baumstamm vorsichtig hervorschauen. Ganz deutlich konnte Ralf Mertens' Gesicht erkennen. Drüben von der Straße war das unmöglich, selbst wenn der Chauffeur herübergeblickt hätte, hätte er Mertens nicht zu entdecken vermocht. Die Herren sahen ihn nur, weil sie seitwärts von ihm standen.

Nun war der Wagen vorüber, der Schein der Lampen verglomm hinter der Kurve. Da kam Leben in die dunkle Gestalt hinter dem Baum. Mit katzenartiger Behendigkeit eilte Mertens über die Fahrstraße hinüber, schon im Gehen das Drahtseil unter dem Mantel hervorziehend. Um einen Baumstamm jenseits der Straße wand er schnell das eine Drahtseilende. Genau konnten Lutz und Ralf das nicht erkennen, sie sahen nur, wie er hantierte, und konnten sich denken, was er tat. Nach einigen Minuten war das Drahtseil drüben befestigt, und nun kam Mertens über die Straße zurück, das Drahtseil durch die behandschuhten Hände gleiten lassend. Ganz nahe der Stelle, wo die beiden Herren atemlos lauschten, befestigte er nun das andere Ende um einen Baumstamm, dabei das Drahtseil ganz fest anziehend, so daß es nun glatt über die Straße gespannt war, etwa einen halben Meter hoch. Der Atem kam ihm bei dieser Anstrengung stoßweise aus der Brust. Mehrere Male schlang er das Drahtseil um den Baumstamm herum und befestigte das übrige Ende noch um einen danebenstehenden Baum, damit es ja recht festhalten sollte. Als er gerade damit fertig war, sprangen plötzlich die beiden Herren aus ihrem Versteck hervor und faßten mit festem Griff jeder einen Arm des vor Schreck und Entsetzen fast gelähmten Mertens. Ralf hatte schon einen Strick bereit, den er mitgebracht hatte, und mit diesem Stricke fesselten sie nun Mertens' Hände und befestigten das Ende des Strickes an demselben Baumstamm, an dem das Drahtseilende befestigt worden war, so daß Mertens nicht entfliehen konnte. Das alles geschah so schnell, daß Mertens noch gar nicht fassen konnte, was eigentlich mit ihm geschehen war. Nur wurde ihm klar, daß sein drittes Attentat auf seinen Neffen abermals mißglücken würde.

Jetzt zog Lutz Rodenberg seine Taschenlampe hervor und leuchtete Mertens ins Gesicht, während er selbst im Dunkeln blieb. Ralf aber sagte hart und laut:

»Diesmal hilft Ihnen kein Leugnen, Herr Direktor Mertens, diesmal sind Sie wohl auch um eine Ausrede verlegen. Das dritte Attentat auf Ihren Neffen können Sie nicht als einen Zufall hinstellen.«

Mertens hatte jetzt Ralf erkannt, und er glaubte in der anderen Gestalt, die im Dunkeln geblieben war, seinen Neffen Hans zu erkennen. Nach Fassung ringend, suchte er jetzt die Situation für sich zu retten.

»Was fällt Ihnen ein, Herr Doktor Bernd, wie können Sie wagen, mich wie ein Wegelagerer zu überfallen, Sie und mein sauberer Herr Neffe. Was ist das für eine Komödie, die Sie hier aufführen? Ich möchte doch wissen, was Sie hier treiben. Ich kam zufällig hier vorüber und sah zu meinem Entsetzen ein Drahtseil über den Weg gespannt. Natürlich wollte ich es lösen. Haben Sie dies Seil etwa gespannt, um harmlose Menschen zu erschrecken, oder wie soll ich mir das erklären. Und was soll das heißen, daß Sie mich überfallen und binden wie zwei Straßenräuber?«

So stieß er, immer sicherer werdend, hervor.

»Sparen Sie sich solche Ausflüchte, Herr Direktor Mertens, diesmal hilft Ihnen kein Leugnen und keine noch so fein ausgeklügelte Ausrede. Wir haben uns vorgesehen und Zeugen zur Stelle geschafft, schon seit fast einer Stunde beobachten wir Sie und haben gesehen, daß Sie das Drahtseil höchst eigenhändig von Baum zu Baum über den Weg spannten. Sie wollten einen netten, kleinen Autounfall arrangieren, um Ihren Neffen Hans auf diese Weise aus dem Wege zu räumen, nachdem Ihnen das zweimal bereits mißglückt war.«

»Unverschämter, was erlauben Sie sich? Sie sind sofort entlassen!«

»Darüber werden Sie zum Glück nicht mehr zu bestimmen haben, geben Sie die große Pose auf. Sie sehen, ich habe für Zeugen gesorgt. Dieser Herr ist nicht Hans. Hans Dornau weiß noch gar nicht, daß Sie ihm heute nacht abermals eine so liebevolle Behandlung zugedacht haben. Er weiß nur, daß Sie ihn einmal mit dem Rammklotz zerschmettern wollten, und daß Sie ihn mit einem Stoß in das Getriebe einer Riesenmaschine befördern wollten. Daß Sie sich außerdem Mühe gaben, ihn durch mich einem lasterhaften Leben zuzuführen, um ihn gesundheitlich und moralisch zu vernichten, weiß er auch, aber auch dieses Ansinnen ist zunichte gemacht worden. Hans pflegte die Nächte, in denen ich ihn einem Lotterleben zuführen sollte, ruhig und friedlich auf meinem Diwan zu schlafen, während der Wagen leer an Ihnen vorüberfuhr. Er wäre auch heute abend leer gewesen, Ihr Attentat hätte nur den Chauffeur getroffen, wenn ich diesen nicht gewarnt hätte. Ich will Ihnen auch gleich, um Ihnen zu zeigen, daß Sie keine neuen Märchen auszusinnen brauchen, mitteilen, daß Sie gesehen worden sind, als Sie vorgestern abend das Drahtseil aus dem Schuppen holten und dann hier in diesem Schneehaufen vergruben, wo Sie es vorhin, diesmal mit Handschuhen, wieder herausholten. Dies alles hat Zeugen gehabt. Und wenn Sie wieder einmal solche Teufeleien vorhaben und sich einen Spießgesellen suchen, dann müssen Sie sich Ihre Leute genauer ansehen. Ich wäre Ihnen am liebsten an die Gurgel gesprungen, als Sie mir die Beleidigung zufügten, mich für diese Schurkerei zu gewinnen. Nur Hans zuliebe habe ich es unterlassen und Ihnen eine ekelhafte Komödie vorgespielt – vorspielen müssen, denn Sie sind ein gefährlicher Mensch, ein gewissenloser Schurke, den man nur mit seinen eigenen Waffen bekämpfen kann. Gottlob, daß es mir endlich geglückt ist, Sie zu überführen.«

Mertens sah ein, daß seine Sache verloren war, aber er machte noch einen Versuch, sich zu retten. Noch immer glaubte er, der Mann im Dunkeln sei Hans, denn dieser hatte noch kein Wort gesprochen. Und er hoffte, ihn einzuschüchtern.

»Löse mir endlich die Hände, du Schlingel, und mache der Komödie ein Ende, ich verstehe nicht, was Doktor Bernd da für Unsinn schwatzt. Denkst du, daß du mich schrecken kannst mit solchen faustdicken Lügen? Was sind das schon für Zeugen, die ihr haben wollt? Ist ja alles nur Schwindel. Ihr, du und der saubere Herr Doktor Bernd, der Knall und Fall aus den Werken hinausfliegen wird, habt hier ein Theater aufgeführt, um irgendeine Erpressung an mir vorzunehmen oder mich als Vormund unschädlich zu machen. Es paßt dir nicht, mein Bürschchen, daß ich dir die Zügel knapp halte, und du willst meiner Zucht entschlüpfen. So haben wir nicht gewettet! Schnell, löse mir die Fesseln, sonst sollst du mich kennenlernen.«

Jetzt richtete Lutz Rodenberg die Taschenlampe auf sein Gesicht.

»Bitte, überzeugen Sie sich, daß ich nicht Ihr Neffe Hans bin.«

Mertens starrte erschrocken in das ihm fremde Gesicht, über das der Schein der Lampe unruhig hin und her zuckte. Und nun verließ ihn der Mut.

»Wer sind Sie? Lösen Sie mir die Fesseln«, sagte er kläglich.

Lutz hielt jetzt die Lampe ganz still, so daß sein Gesicht klar und hell beleuchtet wurde.

»Schauen Sie mich einmal genauer an, Herr Direktor Mertens, denken Sie sich den Bart weg. Fällt Ihnen nicht auf, daß ich Hans Dornau sehr ähnlich bin? Und sehen Sie die Narbe unter meinem rechten Auge – wissen Sie nicht, daß Lutz Rodenberg diese Narbe hatte? Ja, Herr Direktor Mertens, die Toten stehen auf, um Sie Ihrer Schurkerei an Ihrem Neffen Hans zu überführen. Mein guter Vater legte Ihnen das Amt des Vormundes in die Hände, wie schlecht haben Sie es verwaltet. Zur rechten Zeit bin ich heimgekommen, um zu helfen, Ihnen das Handwerk zu legen, es ist wahrlich nicht Ihr Verdienst, daß ich erfuhr, daß ich heimkommen dürfe. Und Ihnen werde ich sicherlich nicht gelegen kommen«, sagte er hart und laut.

Mertens starrte ihn fassungslos an, als sei er wirklich von den Toten auferstanden. Sein Kiefer klappte herab, ihm wurde übel vor Angst. Jetzt gab er seine Sache verloren.

»Lutz Rodenberg! Das – das kann doch nicht sein!« stotterte er hervor.

»Sie sehen mich doch vor sich stehen! Und nun Schluß mit dieser elenden Komödie, haben Sie wenigstens den Mut, ihr Verbrechen einzugestehen. Wir werden Sie jetzt der Polizei übergeben.«

Jetzt kam die ganze erbärmliche Feigheit Arthur Mertens' zutage. Er jammerte wie ein altes Weib, bat um Gnade, man möge an seine unschuldige Familie denken und ihr nicht die Schmach antun, ihn der Polizei auszuliefern. Er habe sich mit dem Drahtseil nur einen harmlosen Scherz machen wollen, um Hans von seinen nächtlichen Fahrten in die Stadt abzubringen.

Ekel vor dieser Erbärmlichkeit stieg in den beiden Männern auf. Lutz machte eine hastig abwehrende Bewegung.

»Genug, lassen Sie das. Es ist scheußlich, wenn man einen so erbarmungslosen Verbrecher, der zwei junge Leben gewissenlos opfern wollte, um seine Machtgier zu befriedigen, wie ein altes Weib flennen sieht. Wenn wir Sie nicht der Polizei ausliefern, dann geschieht das nur, um meine arme Schwester zu schonen. Aber Leute Ihres Schlages müssen unschädlich gemacht werden, und das soll geschehen, so wahr Sie meinen Vater schmachvoll betrogen und sich in sein Vertrauen eingeschlichen haben.«

»Was haben Sie mit mir vor?« jammerte Mertens völlig gebrochen.

»Das sollen Sie gleich erfahren! Herr Doktor, bitte rufen Sie Hans herbei, ihm soll für alle Quälerei, die er erdulden mußte, Genugtuung gegeben werden.«

Ralf sprang mitten auf den Fahrweg und setzte die silberne Pfeife an den Mund. Ein lauter Ruf antwortete ihm. Und bald darauf sah man Hans Dornau um die Kurve biegen. Im vollen Lauf kam er heran.

»Was ist, Ralf?«

Dieser fing ihn vor dem Drahtseil in seinen Armen auf und drückte ihn an sich.

»Sieh dir dies nette Drahtseil an, mein Junge, es war bestimmt, deinem jungen Leben ein Ende zu machen. Das Auto, das dich angeblich zur Stadt bringen sollte, wäre gegen das Drahtseil gerannt und hätte sich überschlagen.«

Hans sah ihm erblassend ins Gesicht.

»Mertens!« rief er tonlos.

»Ja, Hans, komm hier herüber und sieh dir diese Jammergestalt von einem Vormund an. Jetzt winselt er um Gnade, denn diesmal habe ich einen Zeugen mitgebracht, um ihn endlich zu überführen.«

Er hatte Hans zu dem Baum geführt, an dem Mertens noch angebunden war. Lutz stand wieder im Dunkeln, nur die andern waren beleuchtet. Hans sah Mertens mit großen, zornigen Augen an.

»Das drittemal hast du mir nach dem Leben getrachtet, das erstemal konnte ich mich selbst noch retten, das zweitemal danke ich meine Rettung meinem Freunde Ralf, den du angestiftet hattest, mich gesundheitlich und moralisch zu vernichten. Jetzt wolltest du mich durch diesen nett inszenierten Autounfall ums Leben bringen, und mit mir zusammen den unschuldigen Chauffeur. Du bist ein Schuft, ein ehrloser Schuft, und man müßte dich ins Gesicht schlagen, wenn man sich damit nicht die Hände beschmutzte«, stieß Hans heiser vor Erregung hervor.

»Herr Doktor Bernd, wollen Sie jetzt Direktor Mertens das Schriftstück zur Unterschrift vorlegen, das wir aufgesetzt haben«, sagte Lutz Rodenberg, ohne sich Hans zu erkennen zu geben.

»Ich werde inzwischen das Drahtseil entfernen, damit der Weg für den Chauffeur frei wird.«

Ralf zog ein Schriftstück hervor und hielt es Mertens hin, es hell beleuchtend.

Hans sah, noch immer vor Erregung bebend, hinter dem Fremden her, der das Drahtseil löste und zusammenwickelte. Dann schaute er wieder auf Mertens. Mit verzerrtem Gesicht las der das Schriftstück durch. Es lautete:

Ich bekenne, daß ich dreimal ein Attentat auf meinen Neffen Hans Dornau unternommen habe. Dreimal ist er durch Gottes Hilfe davor bewahrt worden, meinen verbrecherischen Absichten zum Opfer zu fallen. Ich bekenne mich schuldig des dreimal versuchten Mordes.

»Das soll ich unterschreiben?« kreischte Mertens auf.

»Ja, das sollen Sie unterschreiben, damit wir eine Waffe gegen Sie in den Händen haben. Nur wenn Sie unterzeichnen, verzichten wir darauf, Sie sofort der Polizei auszuliefern«, erwiderte Ralf ruhig und bestimmt.

»Erlassen Sie mir das, ich verspreche Ihnen, daß ich nicht das geringste mehr unternehmen werde, um meinem Neffen zu schaden.«

»Entweder Sie unterschreiben oder Sie werden der Polizei ausgeliefert. Lassen Sie alle Weitschweifigkeiten.«

»Erbarmen Sie sich doch, ich bin dann ein verlorener Mann.«

»Das sind Sie ohnedies. Auf Ihr Versprechen geben wir nichts, dies Papier wird ein wirksamerer Schutz gegen Ihre Teufeleien sein. Wenn Sie sich in Zukunft nicht so betragen, wie wir es verlangen, dann wird das Papier der Polizei ausgeliefert. Führen Sie einen untadeligen Lebenswandel, dann haben Sie nichts zu fürchten. All dies geschieht nur aus Rücksichtnahme auf Ihre Familie. Sonst wären Sie schon der Polizei ausgeliefert worden. Also bitte, unterschreiben Sie?«

»Ich werde doch keine ruhige Stunde mehr haben, wenn ich das unterschrieben habe.«

»Hoffentlich sorgt schon Ihr Gewissen dafür, daß Sie keine ruhige Stunde mehr haben. Und nun halten Sie uns nicht länger auf, entweder Sie unterschreiben oder wir liefern Sie der Polizei aus.«

»Aber – Sie versprechen mir, keinen Gebrauch von dem Papier zu machen.«

»Nicht, solange Sie sich so benehmen, wie wir es erwarten, das versprechen wir, und von Männern unseres Schlages wird jedes Versprechen gehalten. Was sonst noch zu verhandeln ist, wird morgen geschehen. Wir werden Sie rufen lassen, wenn wir Ihrer bedürfen. Bis dahin bleiben Sie in Ihrer Wohnung. Ihrer Gattin wegen können Sie ja ein Unwohlsein vorschützen.«

Die letzten Worte hatte der Fremde gesprochen, der noch immer im Dunkeln stand, und Hans sah etwas betroffen zu ihm hin und lauschte der Stimme nach, die ihm irgendwie bekannt und vertraut erschien. Wer war dieser Mann, und warum hatte Ralf ihn als Zeugen herbeigerufen?

Von diesem Gedanken wurde Hans aber immer wieder abgelenkt durch die übrigen Vorgänge, so daß er das Grübeln aufgab.

»Also gut, ich werde unterschreiben, es bleibt mir ja nichts anderes übrig. Bitte, lösen Sie mir die Hände«, jammerte Mertens ganz geknickt.

Während Lutz, im Dunkeln bleibend, leuchtete, löste Ralf Mertens die Fesseln und reichte ihm einen Füllfederhalter. Das Papier legte er auf eine Unterlage von zusammengefalteten Zeitungen, die er als notwendige Unterlage mitgebracht hatte. Mertens' Hände waren nun frei, aber er war immer noch an dem Baum festgebunden.

Jammernd unterschrieb er das Dokument seiner Schmach. Ralf reichte es mit leuchtenden Augen Hans hinüber.

»Verwahre das gut, mein Junge, es ist ein sehr wertvolles Dokument.«

Hans steckte es zu sich. Angeekelt durch Mertens' unmännliches Jammern, wandte er sich ab und suchte das Gesicht des fremden Mannes zu erkennen, was ihm aber nicht gelang, da dieser ihm auswich.

Ralf löste nun auch noch den Strick, der Mertens an den Baum fesselte.

»Sie sind frei, Herr Direktor Mertens! Wenn Sie wollen, können Sie jetzt ungehindert nach Hause gehen.«

Ohne noch ein Wort zu sagen, stolperte Mertens davon. Er knirschte mit den Zähnen, als er durch den Wald dahinschritt, aber er wußte, daß sein Geschick in den Händen dieser Männer lag.

Diese sahen ihm eine Weile stumm nach, bis er wie ein Schatten im Walde verschwunden war. Da wandte sich Hans an Ralf:

»Willst du nicht die Güte haben, Ralf, mich diesem Herrn vorzustellen? Du kannst dir denken, daß ich gern wissen möchte, wem ich diese Hilfe zu danken habe, und wen du in diese Dinge eingeweiht hast.«

Ralf legte den Arm um seine Schulter.

»Ich habe eine Bitte an dich, Hans, laß uns jetzt mit diesem Herrn, der unseres Vertrauens würdig ist, nach Villa Rodenberg gehen. Er hat deiner Schwester und dir etwas mitzuteilen, was sehr wichtig ist. Deshalb bat ich dich, Eva Maria zu sagen, sie möchte sich vor deiner Heimkehr nicht zur Ruhe begeben. Seinen Namen wird euch dieser Herr dann selber sagen.«

Hans verbeugte sich vor Lutz.

»Nicht nur, weil ich Ihnen vielen Dank schuldig bin, sondern auch, weil mein Freund Ralf es wünscht, werden Sie uns willkommen sein. Ralf umgibt sich seit einigen Tagen mit Rätseln, und ich bin das nicht von ihm gewöhnt. Aber ich vertraue ihm schrankenlos, so schrankenlos, wie meine Dankbarkeit ist, daß er mir abermals das Leben gerettet hat und mich von einem quälenden Druck befreite.«

Nach diesen Worten warf sich Hans in Ralfs Arme, und der Fremde erwiderte bewegt:

»Ja, Herr Dornau, Sie danken allerdings ganz allein Herrn Doktor Bernd Ihr Leben. Ich konnte ihm nur helfen, auszuführen, was er zu Ihrer Rettung und Befreiung geplant hatte. Ich danke Ihnen, daß Sie mich in Ihr Haus einladen, und hoffe, daß Sie das nicht bereuen werden.«

Die drei Männer gingen nun davon, Ralf nahm das Drahtseil an sich. Sie begaben sich zuerst zu dem Chauffeur, dem Ralf mitteilte, daß er jetzt zur Stadt zurückfahren könne. Der Chauffeur, der inzwischen auf seinem Sitz ein Nickerchen gemacht hatte, war sehr froh, heimfahren zu können. Ohne Zögern kurbelte er an, ahnungslos, daß er dem Manne, der ihn heimschickte, sein Leben dankte. Er hatte nichts von den Vorgängen bemerkt, die sich in seiner Nähe abgespielt hatten.

Eva Maria war voller Sorge zurückgeblieben, als Hans sich um zehn Uhr entfernt hatte. Sie ging unruhig durch die hellerleuchteten Zimmer. Alle Lampen hatte sie eingeschaltet, weil ihr so bange und unbehaglich zumute war. Gleich Hans fühlte sie, daß Ralf irgend etwas Besonderes vorhatte.

Angstvoll lauschte sie immer wieder hinaus; die Minuten wurden ihr zu Ewigkeiten, und sie atmete wie erlöst auf, als sie endlich im Schein der noch brennenden Bogenlampe drei Gestalten den Berg heraufkommen sah und Ralf und Hans erkannte. Wer der sie begleitende dritte Herr war, ahnte sie nicht, sie sah nur, daß er hochgewachsen war, und daß den unteren Teil seines von einem breitkrempigen Hut beschatteten Gesichtes ein Vollbart bedeckte. Und was bedeutete das, daß Ralf ein aufgewickeltes Drahtseil am Arme trug? Aber ehe sie sich über das alles ganz klar wurde, waren die Herren schon im Hause verschwunden. Erwartungsvoll stand sie mitten im Zimmer, und als die Tür geöffnet wurde, trat Hans zuerst ein.

»Verzeih', Eva Maria, daß ich so spät noch einen Gast mitbringe, es geschah auf Ralfs Wunsch.«

Ralf hatte draußen das Drahtseil abgelegt und, gleich Hans, Hut und Mantel draußengelassen. Nur der Fremde erschien in Hut und Mantel, und Eva Maria war erstaunt, daß er den Hut nicht abnahm, als er sich jetzt vor ihr verneigte.

»Verzeihen Sie, mein gnädiges Fräulein, daß ich so spät noch störe, aber besondere Ereignisse gestatten eine Abweichung vom Herkömmlichen«, sagte Lutz.

Eva Maria verneigte sich.

»Es bedarf keiner Entschuldigung, mein Herr; wenn Sie in Gesellschaft Doktor Bernds kommen, sind Sie uns angenehm. Aber bitte, wollen Sie nicht ablegen.«

Hans war auch etwas befremdet, daß der Fremde nicht wenigstens vor seiner Schwester den Hut abnahm. Einen ungehobelten Eindruck hatte er sonst nicht auf ihn gemacht.

Lutz stand jetzt direkt unter dem Kronleuchter. Langsam nahm er seinen Hut ab, so daß das Licht voll auf sein Gesicht fiel. Mit einem Lächeln sah er auf Eva Maria und Hans.

»Muß ich mich vorstellen oder erkennt ihr den Verschollenen, den ihr durch euer Inserat über das Meer zurückgerufen habt?«

Die Geschwister standen wie gelähmt. Trotz des Bartes sahen

sie, wie ähnlich der Fremde Hans war. Und nun erblickte zuerst Eva Maria die Narbe unter seinem rechten Auge.

»Onkel Lutz!« schrie sie auf. »Onkel Lutz – gütiger Gott, du lebst! Hans, siehst du denn nicht die Narbe? Das ist Onkel Lutz!«

Und sie taumelte erregt auf diesen zu. Er zog sie in seine Arme.

»Meine liebe, schöne Nichte Eva Maria – so hast du mich doch erkannt?«

Sie nickte lachend und weinend.

»An der Ähnlichkeit mit Hans und an der Narbe. Ach, Onkel Lutz, wie herrlich, daß du lebst, und wie jammervoll, daß Großvater das nicht mehr erleben durfte!«

Bei diesen Worten schluchzte sie haltlos auf.

Nun hatte sich auch Hans von der Überraschung erholt. Er trat an den Onkel heran und drückte seinen Arm.

»Onkel Lutz, du? Herrgott, wie habe ich mich manchmal danach gesehnt, daß du wiederkehren möchtest. Und nun stehst du so plötzlich vor mir!«

»Und komme ich dir nicht ungelegen, Hans? Dein Freund Ralf hat mir zwar schon versichert, daß es nicht der Fall sein würde, aber ich möchte es auch von dir selber hören, daß du mir nicht zürnen wirst, wenn ich dir dein Erbe fortnehme.«

Hans lachte befreit auf.

»Gottlob, daß du da bist! Dir gönne ich die Rodenberg-Werke von Herzen, denn dir waren sie von Großvater bestimmt. Ach, daß Großvater deine Heimkehr nicht mehr erleben durfte, ich muß es ebenso schmerzlich bedauern wie Eva Maria. Aber – nun sage mir, wie bist du mit Ralf zusammengekommen und gerade in der Stunde, in der ich – aber nein – das müssen wir Eva Maria erst schonend beibringen.«

»Was ist geschehen, Hans?« fragte diese erblassend.

»Du sollst alles hören, Eva Maria, und es ist gar kein Grund mehr, zu erschrecken«, sagte Lutz Rodenberg. »Dank dem wackeren Eingreifen des Herrn Doktor Bernd, den ich schon seit einigen Tagen das Vergnügen habe, zu kennen, ist dein Bruder heil und gesund zurückgekehrt. Du hast dir einen tüchtigen, ehrenwerten Mann als Lebensgefährten ausgesucht.«

Errötend sah Eva Maria zu Ralf hinüber, der lächelnd die Gruppe betrachtete.

»Das weißt du auch schon, Onkel Lutz?«

»Jawohl, ich bin durch Doktor Bernd bereits in alles eingeweiht. Aber, ich denke, wir nehmen behaglich Platz und erzählen dir alles der Reihe nach, damit du klar siehst, was sich alles begeben hat seit meinem Auftauchen auf den Rodenberg-Werken. Und dann müßt ihr mir von meinem Vater erzählen — viel erzählen. Weiß Gott, daß ich ihn nicht lebend wiederfinde, ist ein bitterer Wermutstropfen in dem Kelch meiner Freude, die Heimat wiederzusehen.«

Und von seinen Gefühlen überwältigt sank Lutz in einen Sessel und sah sich mit großen Augen in dem Zimmer um. Es war das Wohnzimmer, und hier stand noch jedes Möbelstück an seinem Platz wie einst, als er das letztemal vor seiner Flucht hier geweilt hatte. Die Erinnerung an jenen Tag stieg in ihm auf. Vor dem Gefängnis hatte er damals fliehen müssen und hatte sich schuldig geglaubt. Er sah des Vaters schmerzverzogenes Gesicht wieder vor sich, und es zuckte und arbeitete in ihm wie ein Krampf:

Eva Maria merkte feinfühlig, was in ihm vorging, und streichelte liebevoll tröstend seinen Arm.

»Lieber Onkel Lutz, daß du nur lebst und heimgekehrt bist. Glaube mir, Großvater ist jetzt bei uns mit seiner Liebe. Seine Ahnung hat ihn nicht betrogen. Immer sprach er davon, daß du noch am Leben sein könntest, er hat es nie glauben wollen, daß du tot sein könntest.«

Lutz faßte die streichelnde Hand und führte sie an seine Augen.

»Du mußt mir das alles erzählen, Eva Maria. Doktor Bernd sagte mir, daß Vater nur zu dir und Hans von mir gesprochen habe. Aber vor allem laß dir erst erzählen, aus welcher Gefahr Doktor Bernd deinen Bruder errettet hat.«

Die drei Herren berichteten nun abwechselnd, was sich zugetragen hatte. Rot und blaß wurde Eva Maria dabei. Sie sprang auf und umarmte den Bruder, als müsse sie ihn jetzt noch schützen, und dann warf sie sich in Ralfs Arme.

»Ralf, lieber Ralf, zum zweiten Male danke ich dir meines Bruders Leben. Wie soll ich das je gutmachen?«

Ralf zog sie fest an sich, sprechen konnte er nicht, das Glück, Eva Maria von ihren Sorgen befreit zu haben, leuchtete ihm nur aus den Augen. Lutz sah lächelnd zu den beiden auf.

»Nun, ich denke, dazu wirst du genug Gelegenheit bekommen, wenn ihr erst verheiratet seid.«

Und nun erzählten die Herren weiter, von Mertens' Entlarvung, und Hans rief erregt:

»Du hättest diesen erbärmlichen Schuft nur winseln hören sollen, Eva Maria. Erst hat er natürlich noch geleugnet.«

»Ja, aber das Auftauchen von Lutz Rodenberg als Zeugen seiner Tat hat ihn dann stumm gemacht«, sagte Ralf. »Du kannst dir denken, Eva Maria, daß es für mich ein Wagnis war, deinen Onkel Lutz in meinen Verdacht einzuweihen. Ich hatte doch keine Beweise. Wie hätte ich vor ihm bestehen sollen, wenn Mertens nicht überführt wurde? Er hätte mich für einen Verleumder halten müssen.«

Lächelnd drückte Lutz seine Hand.

»So viel Menschenkenntnis müssen Sie mir schon zutrauen, lieber Herr Doktor, daß ich Sie nicht für einen Verleumder gehalten hätte. Ich habe Ihnen jedes Wort glauben müssen.«

»Die arme Tante Melanie!« rief Eva Maria mitleidig aus. »Welch ein Unglück, die Gattin eines solchen Mannes sein zu müssen.«

»Beruhige dich ihretwegen, Eva Maria, sie wird nie erfahren, daß ihr Mann ein Verbrecher ist. Wir werden schweigen. Ihr Glück hat wohl stets nur in einer Illusion bestanden, wir wollen ihr diese nicht rauben, wenn es nicht sein muß. Ich werde dafür sorgen, daß Mertens in Zukunft ein einwandfreies Leben führt«, sagte Lutz.

»Dieser Ansicht möchte ich mich anschließen, seine Familie braucht nicht zu erfahren, was geschehen ist. So wird Mertens zwar unverdient geschont werden müssen, aber Frau Melanie wird ein schweres Leid erspart, und das halte ich für wichtiger«, fügte Ralf hinzu.

»Was hast du mit Mertens vor, Onkel Lutz?« fragte Hans.

»Ich muß mir das erst reiflich überlegen. Jetzt aber, da eure Angelegenheit erledigt ist, laßt mich von meinem Vater hören.«

Die Geschwister erzählten nun alles, was für Lutz wissenswert war.

Tief ergriffen hörte er ihnen zu. Als sie ihm schilderten, welchen Traum sein Vater gehabt hatte, daß er Lutz auf der Veranda eines fremdartigen Hauses gesehen, das mitten in einem blühenden Garten lag, in dem fremdartige Blumen blühten, atmete er tief auf.

»Dies Traumbild hätte vielleicht der Wirklichkeit entsprechen können.«

»Er sah dich an der Seite eines noch kindhaften jungen Mädchens, das goldenes Haar hatte und dich Vater nannte«, berichtete Eva Maria weiter.

Lutz preßte die Hand an die Augen und saß eine Weile fassungslos.

Dann sagte er heiser:

»Goldenes Haar hat meine kleine Dolo nur, wenn die Sonne darauf scheint, sonst ist es kastanienfarbig.«

Die Geschwister sahen ihn fragend an.

»So bist du verheiratet, Onkel Lutz, und hast eine Tochter?«

Lutz berichtete nun von seiner Rettung durch seine Frau, von seiner glücklichen Ehe und dem leider zu frühen Tod seiner Gattin. Und in liebevoller Weise sprach er dann von seiner kleinen Stieftochter Dolores. Er entnahm seiner Brieftasche zwei Fotos, das eine stellte seine verstorbene Frau in den ersten Tagen seiner glücklichen Ehe dar, das andere Dolores. Dieses war zu Dolores' fünfzehntem Geburtstag aufgenommen worden, also ein Bild ganz neuen Datums. Eva Maria vertiefte sich zuerst in das schöne sanfte Gesicht Helena Rodenbergs. Hans aber sah mit großen Augen auf das reizende Gesicht von Dolores Vanzita.

Ganz eigen warm und weh wurde ihm dabei zumute, ein Gefühl, wie er es noch nie empfunden, durchzog seine Seele. In einer sonderbaren Scheu, und doch wie magnetisch angezogen, blickte er immer wieder auf die Züge dieses jungen Mädchens, als müsse er ein Rätsel ergründen. Nur zögernd reichte er es Eva Maria hinüber, die es auch sehen wollte, und als sie es angesehen hatte, faßte er noch einmal danach.

»Hast du sie mit nach Deutschland gebracht, Onkel Lutz?« fragte er, sich zu einem ruhigen Ton zwingend.

»Nein, Hans, ich habe sie zurückgelassen auf Armada, weil ich doch noch nicht wußte, ob ich hier bleiben würde. Aber ich werde sie herüberholen, ihr müßt sie kennenlernen und gut Freund mit ihr werden. Sie ist ein liebes, reizendes Geschöpf, ein bißchen wild und unbändig aufgewachsen, aber mit einem goldnen Herzen. Es würde mich freuen, Eva Maria, wenn du sie ein wenig in die Schule nehmen würdest, sie muß noch vieles lernen, nicht an Schulwissen, denn da habe ich sie alles gelehrt, was ich selber weiß, soweit sie nicht von einer Lehrerin, bei der sie mit zwei Freundinnen Unterricht nahm, unterrichtet wurde, aber es fehlt ihr manches, was eine junge Dame der Gesellschaft braucht. Und da wird sie an dir das beste Beispiel finden.«

»Ich stelle mich ganz zur Verfügung, Onkel Lutz, und freue mich sehr auf deine junge Tochter.«

Hans gab seiner Freude keinen Ausdruck, es war eine nie gekannte Scheu in ihm, zu verraten, einen wie tiefen Eindruck das Bild von Dolores Vanzita auf ihn gemacht hatte. –

Viel hatten sich diese vier Menschen noch zu sagen, sie dachten nicht an Trennung, bis die Nacht fast vorüber war. Immer wieder hatten sie zu berichten und zu fragen. Hans lauschte immer sehr interessiert, wenn Lutz die Rede auf Dolores brachte. Aber er machte ein fast gleichgültiges Gesicht dazu – er wollte nicht, daß man ihm anmerkte, wie sehr ihn dieses junge Geschöpf interessierte.

Hermann, der alte Diener, saß draußen im Vestibül und war eingeschlafen. Man hatte ihn vergessen. Erst, als man sich endlich entschloß, zur Ruhe zu gehen, fand Eva Maria den alten Diener schlafend.

Sie hatte es als ganz selbstverständlich angesehen, daß Onkel Lutz gleich in Villa Rodenberg bliebe.

»Hans hilft dir mit Nachtzeug aus, und morgen früh lassen wir dein Gepäck aus dem Hotel holen, es ist ganz ausgeschlossen, daß wir dich fortlassen«, hatte sie gesagt.

Als sie Hermann nun Weisung gab, was für ein Zimmer gerichtet werden sollte, sagte sie:

»Armer Hermann, jetzt haben Sie die halbe Nacht im Sessel zubringen müssen. Ganz vergessen haben wir Sie, aber das werden Sie begreifen, wenn ich Ihnen sage, für wen das Zimmer gerichtet werden soll.«

Hermann hatte sich schnell ermuntert.

»Für den Herrn, der mit Herrn Hans und dem Herrn Doktor kam, gnädiges Fräulein?«

»Ja, Hermann, aber sie werden staunen, wenn Sie hören, wer dieser Herr ist. Sie haben ihn wohl nicht genau angesehen?«

»Nein, gnädiges Fräulein.«

»Es ist Lutz Rodenberg, der Totgeglaubte.«

Fassungslos fuhr der alte Diener zurück.

»Herr Lutz? Mein Gott – Herr Lutz, das kann doch nicht sein?«

»Sehen Sie ihn nur genau an. Kommen Sie mit hinein, Sie müssen ihn doch begrüßen.«

»Ach, du lieber Gott, und unser seliger gnädiger Herr erlebte das nicht mehr!« rief Hermann ganz verstört.

Aber er ging mit hinein, und als ihm Lutz lächelnd die Hand reichte und ihm zunickte, da erkannte ihn Hermann doch.

»Das haben Sie nicht gedacht, Hermann, daß ich wiederkehren würde, nicht wahr?«

»Nein, Herr Lutz – wollte sagen, gnädiger Herr, keiner hat mehr darauf gehofft, nur unser seliger gnädiger Herr. Und – ich habe Sie vorhin, als Sie kamen, wahrhaftig nicht erkannt.«

»Nun, morgen früh holen Sie mir den Bart herunter, Hermann, er ist mir ohnedies sehr lästig, weil ich nicht daran gewöhnt bin. Und dann werden Sie mich schon erkennen.«

»Das tue ich schon jetzt, gnädiger Herr!«

Für Lutz wurde das Zimmer zurechtgemacht, das er als junger Mann bewohnt hatte, und das seither nicht benutzt werden durfte. Eva Maria sah selbst mit nach dem Rechten und stellte die große Fotografie des Großvaters, die letzte Aufnahme vor seinem Tode, auf den Nachttisch. Dann ging sie wieder hinunter.

»Es ist alles bereit, Onkel Lutz.«

»So wollen wir uns nun für heute trennen. Gute Nacht, Herr Doktor – morgen trinken wir Brüderschaft, wie es sich für gute Freunde und Verwandte gehört. Beides werden Sie mir sein. Alles andere morgen früh drüben in den Werken, ich komme mit Hans.«

Lutz und Ralf drückten sich mit aufleuchtenden Augen die Hand, und damit wurde eine Freundschaft für Lebenszeit besiegelt.

»Ich bringe dich hinauf, Onkel Lutz«, sagte Hans, der sich schon von Ralf verabschiedet hatte und nun Eva Maria und Ralf noch einen Abschied unter vier Augen gönnen wollte.

Als die Liebenden allein waren, zog Ralf Eva Maria in seine Arme.

»Sind nun alle Ängste und Sorgen verschwunden, mein Liebes?«

Sie schmiegte sich an ihn.

»Dank dir, mein Ralf. So leicht und frei ist mir nun wieder ums Herz.«

»Du vergißt, daß die Ankunft deines Onkels ohnedies alle Sorge von dir genommen hätte, denn seine Rückkehr hätte Mertens schnell überzeugen müssen, daß Hans ihm nun nicht mehr im Wege war.«

»Aber du vergißt, mein Ralf, daß Onkel Lutz vorhatte, noch mindestens eine Woche unerkannt hier zu verweilen. Da wäre er zu spät gekommen, um Hans zu retten. Nein, nein, mein lieber Ralf, dir allein danke ich das Leben meines Bruders, und ich bin froh und glücklich, daß du uns geholfen hast. Wie kann ich es dir nur danken?«

»Hab' mich lieb, das ist Dank genug.«

Mit einem hinreißenden Lächeln sah sie ihn an.

»Ich muß dich lieben, ob ich will oder nicht, kann nichts dazu tun – muß dich lieben – lieben«, sagte sie mit verhaltener Zärtlichkeit.

Er küßte sie heiß und innig.

»Und nun gibt es keine Heimlichkeit mehr, Eva Maria, wir können uns zu unserer Liebe bekennen.«

Sie seufzte leise.

»Jo war heute morgen bei mir. Sie wollte mir sagen, daß du eine andere liebst, und meinte, geteiltes Leid sei halbes Leid. Ein wenig wird es ihr doch weh tun, wenn sie erfährt, daß wir verlobt sind. Es wurde mir schwer, ihr zu verheimlichen, daß ich diese andere bin. Wenn sie es auch wegleugnen will, sie hat dich doch sehr gern gehabt.«

Er streichelte ihr Haar.

»Und das bedrückt das gütige Herz meiner Eva Maria. Du mußt dich nicht um sie sorgen, es geht nichts tief bei ihr.«

»Wenn nur einmal für sie der Rechte käme. Es ist doch viel Gutes in ihr, was nur unter ihren törichten Schrullen über moderne Weltanschauung versteckt ist. Wenn sie den Rechten finden würde, dann könnte sie all die Torheiten vergessen.«

»Meinst du?«

»Ja, ich hatte heute so recht das Gefühl, daß sie mehr zu bedauern als zu verurteilen ist.«

»Ich bin herzlos genug, mich das jetzt nicht kümmern zu lassen, diese Minuten sind mir zu kostbar, um sie zu verschwenden.«

Und er küßte Eva Maria, bis sie beide atemlos waren. Dann gab er sie frei und verabschiedete sich.

Seine Brust hob sich in tiefen Atemzügen, als er durch den noch dunklen morgendlichen Winterwald dahinschritt. Auch ihm war das Herz leicht und frei geworden. Hans war in Sicherheit, seine Eva Maria ohne Sorge, er hatte einen neuen Freund fürs Leben gefunden – und – er brauchte nicht mehr die häßliche Komödie zu spielen, die ihm so herzlich sauer geworden war.

XXII

Mit unbeschreiblichen Gefühlen war Mertens in seine Wohnung zurückgekehrt. Da er seit Jahren getrennte Schlafzimmer mit seiner Gattin bewohnte, war es ihm möglich gewesen, sich unbemerkt fortzuschleichen und unbemerkt wiederzukommen. Wie zerbrochen fiel er auf sein Lager, schlafen konnte er nicht. Seine ehrgeizigen machthungrigen Pläne waren zerstört, er war bis in den Staub gedemütigt worden und hatte ein Dokument unterschreiben müssen, das ihn für immer in die Hand dieser drei Menschen gab. Immer wieder sagte er sich den Wortlaut des Dokumentes vor und biß die Zähne zusammen vor Wut und Verzweiflung.

Dann wieder mußte er mit Grauen daran denken, wie ihm zumute sein würde, wenn sein Plan geglückt und Hans eine Leiche gewesen wäre, und wenn danach Lutz erst aufgetaucht wäre. Dann wäre er zum Mörder geworden, ohne sein Ziel zu erreichen. Dieser Gedanke jagte doch einen Schauder über seinen Rücken. Hans war jetzt nicht mehr wichtig für ihn – aber Lutz und Doktor Bernd haßte er nun mit Ingrimm. Dieser Haß würgte ihn förmlich, weil er sich nicht Luft schaffen konnte. Das Dokument, das er unterschrieben hatte, knebelte ihn. Und was hätte er auch gegen Lutz unternehmen können? Der war nicht so leicht zu beseitigen wie ein unreifer Junge. Aber Ralf, den hätte er gern mit seinen Händen erwürgt, ihm dankte er das Mißglücken seiner Pläne und die Demütigung. Wie er ihn betrogen, wie er sein Spiel mit ihm getrieben hatte. Und wie tölpelhaft er sich von ihm hatte narren lassen. Die Wut erstickte ihn fast. Auch Ralf Bernd konnte er nichts anhaben, er mußte sich gefallen lassen, daß er verächtlich auf ihn herabsah. Wie er nur zu Lutz Rodenberg gekommen war? Diesen hatte zweifelsohne das verwünschte Inserat heimgerufen, sonst wäre er kaum zurückgekehrt. Der konnte jetzt den Kopf hochtragen, da seine Unschuld erwiesen war, sonst hätte man ihn ducken können. Oh, daß er so ohnmächtig war. Was würde man nun morgen über ihn beschließen? Zum Glück würde man Rücksicht nehmen müssen auf seine Frau und seine Kinder, ja, nur ihretwegen hatte man es ihm erspart, ihn der Polizei auszuliefern. Man würde weder Melanie noch seinen Kindern etwas von seinen Vergehen berichten, um sie zu schonen, dessen konnte er sicher sein. Das war das einzig Tröstliche an dieser Sache, in seinem Hause würde er wenigstens seine Autorität behalten, sonst würde es ein jammervolles Leben werden. Jammervoll würde es sich ohnedies gestalten.

Und dafür suchte er nicht bei sich die Schuld. Selbstvorwürfe kannte er nicht, nur Doktor Bernd und Lutz waren schuld.

Unruhig wälzte er sich auf seinem Lager und fand keinen Schlaf. Er brauchte am Morgen wahrlich nicht zu heucheln, als er seiner Frau mitteilte, daß er sich nicht wohl fühle und noch einige Stunden im Bett bleiben wolle.

Frau Melanie betreute ihn liebevoll, sie fühlte seinen Puls, quälte ihn mit hundert Fragen, holte alle möglichen Medikamente herbei und wollte den Arzt rufen lassen. Er mußte sich das energisch verbitten, aber die liebevolle, demütige Sorge seiner Frau war ihm doch eine kleine Wohltat. Es labte ihn, daß sie sich um ihn sorgte, und in seiner seelischen Zerknirschung gab er ihr allerlei Kosenamen, die sie lange nicht mehr von ihm gehört hatte, und die sie beseligten. Sie hatte keine Ahnung, daß der angebetete Gatte ein Schuft war und zugleich ein Feigling, der hinter seiner Frau Deckung suchte vor den Folgen seines Verbrechens.

Gegen elf Uhr wurde dann von den Werken telefoniert, Herr Direktor Mertens möge kommen, es sei Wichtiges zu besprechen. Frau Melanie wollte absagen, aber ihr Mann riß ihr den Hörer aus der Hand und beeilte sich zu sagen, daß er sofort kommen werde.

Schnell kleidete er sich an und ließ inzwischen den Wagen vorfahren. In einer halben Stunde war er in den Werken, in dem ehemaligen Arbeitszimmer Georg Rodenbergs. Dorthin hatte man ihn beordert.

In den Werken hatte sich inzwischen allerlei ereignet. Die unerwartete Heimkehr des Totgeglaubten wühlte alle Gemüter auf, aber fast alle, außer einigen Spitzeln Arthur Mertens', freuten sich darüber, schon deshalb, weil Mertens nicht mehr Alleinherrscher sein konnte. Dessen Macht mußte doch dadurch gebrochen werden.

Wie sehr sie gebrochen war, ahnte niemand, das wußten nur Hans und Doktor Bernd, die seit dem frühen Morgen mit Lutz konferierten. Teilweise wurden auch einige der hohen Beamten mit hinzugezogen, und so vollzog sich Lutz Rodenbergs »Übernahme« ohne alle Schwierigkeiten.

Lutz hatte Hans und Ralf mitgeteilt, was er über Mertens beschlossen hatte, und nun erwarteten sie ihn. Er trat ziemlich beklommen ein, mühte sich aber, Haltung zu wahren. Es war freilich schwerer, seinen Anklägern jetzt im hellen Tageslicht gegenüberzustehen als gestern abend im Dunkeln.

Lutz hatte sich gleich heute morgen von Hermann den Bart abnehmen lassen, und so hatten ihn die Leute, die schon vor seiner Flucht in den Werken angestellt gewesen waren, leicht wiedererkannt. Er ließ Mertens nicht lange im unklaren über sein Schicksal.

»Zum Glück hat mein Vater mir in seinem Testament keine Vorschriften darüber gemacht, ob ich jemand entlassen will oder nicht, wenn er mir auch ans Herz legt, alte, verdienstvolle Beamte und Arbeiter festzuhalten. Zu den verdienstvollen Beamten können Sie sich nach dem Vorgefallenen nicht mehr zählen. Wenn Sie auch ein guter Geschäftsmann waren unter der Leitung meines Vaters, so haben Sie doch nachher, wie ich in Erfahrung gebracht habe, manchen Fehler begangen, hauptsächlich in der Behandlung der Leute, die sehr erbittert sind darüber, daß Sie Vergünstigungen, die mein Vater ihnen einräumte, zurückgezogen haben. Jedenfalls wird für Sie schnell ein Ersatz gefunden werden.«

Lutz sah ihn streng an.

»Sie wollen mich doch nicht meiner Stellung entheben?« keuchte er.

Mertens' fleischiges Gesicht wurde sehr fahl.

»Sie haben doch nicht angenommen, daß wir mit einem Manne Ihrer Art gemeinsam arbeiten wollen? Schon dafür, daß Sie meines Vaters gütiges Vertrauen, das Sie sich erschlichen haben, so schmählich mißbrauchten, hätten Sie Ihre Entlassung verdient — man hätte allen Grund, Sie einfach davonzujagen. Aus Rücksicht auf meine arme Schwester wollen wir diese harte Form nicht anwenden. Sie werden meiner Schwester, wenn Sie nach Hause kommen, mitteilen, daß es Ihnen unmöglich erscheint, unter meiner Führung in den Rodenberg-Werken zu bleiben. Unter meines Vaters Leitung wäre Ihnen das möglich gewesen, da er der ältere war, ich sei zu jung, als daß Sie sich mir unterordnen könnten. Das wird meine Schwester verstehen. Melanies Erbe ist groß genug, um alle Sorgen von ihr fernzuhalten. Es ist bestimmt, daß ihr Vermögen in den Werken arbeiten soll. Ich bin indes willens, Ihnen ein Fünftel ihres Vermögens auszuzahlen, damit Sie damit eine eigne Existenz gründen oder sich an einem anderen Unternehmen beteiligen können. Villa Melanie kaufe ich meiner Schwester gerne ab. Da Villa Rodenberg den Geschwistern Dornau gehört, würde ich in Villa Melanie wohnen. Alles Inventar können Sie mitnehmen, wenn Sie übersiedeln, ich werde mir das Haus nach meinem Geschmack einrichten lassen. Bis Sie Ihr Domizil gewechselt haben, was möglichst bald geschehen soll, werde ich in Villa Rodenberg als Gast wohnen.«

Mertens versuchte sich aufzulehnen.

»Und das bestimmen Sie alles über meine Familie und mich, ohne mich zu fragen?«

»Nicht über Ihre Familie. Ich bedauere tief, daß Ihre Frau und Ihre Kinder an dieser Verbannung teilnehmen müssen, aber wenn Sie hierbleiben würden, wäre auf die Dauer nicht zu verbergen, wie ich über Sie denke. Wenn Sie wünschen, werde ich die Verbannung auf Sie allein erstrecken und werde meiner Schwester dann die Gründe dafür nennen.«

Entsetzt hob Mertens die Hände.

»Um Gottes willen, demütigen Sie mich nicht auch noch vor meiner Familie!«

»Gut, so fügen Sie sich meinen Anordnungen. Sie können alles als Ihr eigner Entschluß hinstellen, damit meine Schwester nicht mit Ihnen gedemütigt wird. Also – sind Sie einverstanden?«

Mertens ließ die Arme schlaff herabsinken.

»Ich muß wohl, Sie haben ja die Macht!«

»Und Sie haben eine weit schlimmere Behandlung verdient, das machen Sie sich nur klar, und danken Sie dem Schicksal, daß man aus Rücksicht auf Ihre Familie so glimpflich mit Ihnen verfährt.«

»Was wird meine Frau dazu sagen, wie soll ich ihr das beibringen«, jammerte Mertens.

»Nun, Sie sind ja sonst nicht darum verlegen gewesen, ihr Komödie vorzuspielen. So können Sie auch jetzt das Ihre tun, um der Ärmsten wenigstens die Illusion ihres Glückes zu erhalten. Aber ich rate Ihnen – behandeln Sie Frau und Kinder gut, vergessen Sie nie, daß Sie nur von ihrer Gnade leben, sonst werden Sie die Folgen zu tragen haben. Ich werde auch aus der Ferne über meine Schwester wachen, und wehe Ihnen, wenn sie sich je über Sie beklagen sollte. Und nun habe ich Ihnen weiter nichts mitzuteilen. Sie werden ja wohl in Ihrem Kontor noch mancherlei zu tun haben und werden sich auch von den Beamten verabschieden. Es soll jeder Skandal vermieden werden aus Rücksicht auf meine Schwester. Wir trennen uns scheinbar nach gütlicher Übereinkunft. Ich werde inzwischen meine Schwester aufsuchen, mich ihr zu erkennen geben und ihr sagen, daß wir schon gestern zusammengetroffen sind und ich Sie gebeten habe, ihr nichts von meinem Wiederauftauchen zu verraten. Ich werde ihr auch schonend beibringen, daß Sie sich selbständig zu machen gedenken. Meine Schwester darf nicht ahnen, wie wir zusammen stehen deshalb müssen wir möglichst vermeiden, in ihrer Gegenwart zusammenzutreffen. Und nun habe ich nichts mehr hinzuzufügen. Ich werde alles Nötige in die Wege leiten.«

Damit war der bisherige Herr der Rodenberg-Werke schmachvoll entlassen.

Als er gegangen war, mit einem tückischen Blick auf Lutz und Ralf, sagte der letztere:

»Man muß sich die ganze Scheußlichkeit seines verbrecherischen Charakters vor Augen halten, um ihn nicht bedauern zu müssen. Nicht um alle Schätze der Welt möchte ich so vor einem Menschen stehen, wie er vor uns hat stehen müssen.«

Lutz faßte ihn bei beiden Armen.

»Mein lieber Ralf, du bist auch gottlob aus anderem Holz geschnitten als er.«

Er hatte gleich heute morgen Ralf das verwandtschaftliche Du angetragen, und Ralf hatte sich sehr darüber gefreut. Er brachte Lutz eine so starke Sympathie entgegen, daß er es als eine Auszeichnung betrachtete, von ihm zum Freunde erwählt worden zu sein.

Lutz fuhr sogleich nach Villa Melanie hinüber. Seine Schwester promenierte gerade im Garten, als der Wagen vorfuhr. Erstaunt sah sie auf, als Lutz den Garten betrat, ohne auf den Diener zu achten. Er trat auf sie zu.

»Melanie!«

Sie sah erschrocken auf. Wie kam der fremde Mann dazu, sie bei ihrem Vornamen zu rufen. Abweisend sah sie schärfer zu ihm hinüber und plötzlich wurde sie blaß und öffnete die Augen weit.

»Lutz! Du? Allgütiger Gott, Lutz – du lebst!«

Und aufweinend flog sie auf ihn zu und umfaßte ihn.

Das sah Jolante vom Fenster aus. Erstaunt kam sie heraus. Sie lachte ein wenig. Ihre Mutter in den Armen eines fremden Mannes, das war doch komisch. Wer war dieser Fremde?

Aber da rief die Mutter schon, mit Lutz herankommend:

»Jo, komm doch schnell, sieh doch – Jo, Onkel Lutz – er lebt!«

Das brachte Jo nicht aus der Fassung.

»Daß er lebt, sehe ich, Mama! Also Onkel Lutz bist du? Ich staunte schon, daß Mama einem fremden Manne um den Hals flog und konnte mir bereits denken, daß das keine illegitime Sache sein könne. Nun, shakehand, Onkel Lutz, wir können uns ja ohne Hintergedanken an deinem Wiederauftauchen freuen. Aber Hans Dornau wird ein langes Gesicht machen!«

So sagte sie in ihrer etwas burschikosen Art, die Lutz nicht sonderlich gefiel. Aber immerhin – eine solche Art junger Damen war ihm bisher nicht bekannt, und er stellte sich amüsiert auf den gleichen Ton mit ihr ein.

»Nein, denke dir, Jo, Hans machte kein langes Gesicht, sondern er freute sich sogar ehrlich über meine Ankunft, und Eva Maria auch.«

»Ah – also in Villa Rodenberg ist die Bombe schon geplatzt? Na ja, das sind eben sonderbare Menschen, mein Cousin und meine Cousine; ist schon möglich, daß sie sich freuen. Wie ulkig, daß wir nun plötzlich einen Onkel Lutz haben, der schon mal tot war. Du, Mama, was wird denn Papa dazu sagen?«

»Er hat sich schon dazu geäußert, Jo. Ja, Melanie, ich habe schon gestern abend eine heimliche Zusammenkunft mit deinem Gatten gehabt und habe ihn gebeten, dir nicht zu verraten, daß ich aufgetaucht sei. Ich wollte dich überraschen.«

»Aha, das hat Papa so aus dem Gleichgewicht gebracht, daß er heute morgen krank war?«

Frau Melanie war ein wenig unruhig.

»Dann warst du wohl jetzt auf den Werken, Lutz, mit Arthur zusammen?«

Sie konnte sich denken, daß ihr Mann ihre Freude an der Wiederkehr ihres Bruders nicht teilte.

»Ja, Melanie, wir hatten allerlei Wichtiges zu besprechen, was erst erledigt werden mußte.«

»Aber, nun komm doch erst ins Haus, Lutz! Mein Gott, die Freude hat mich ganz schwindelig gemacht.«

Lutz merkte sehr wohl, daß die Schwester etwas unfrei war. Er ahnte, daß sie in Sorge war, wie ihr Mann sein Heimkommen aufgenommen habe. Fast war ihm Jolantes kühle, ehrliche Offenheit lieber als die etwas bedrückte Freude der Schwester. Sie gingen in das Haus, und Frau Melanie gab als sorgliche Hausfrau sofort Befehl, daß eine Erfrischung gebracht würde. Lutz fand die Schwester sehr verändert, ja, Ralf hatte recht, als er ihm gesagt hatte, Frau Melanie sei eine freiwillige Sklavin aus Liebe. Und er fühlte, daß es ihren Lebensnerv getroffen haben würde, wenn man ihr die Binde von den Augen genommen hätte.

Und so erklärte er ihr schonend, Arthur und er seien darüber einig geworden, daß dieser aus den Rodenberg-Werken ausscheide und sich irgendwie selbständig mache. Er könne es ihm auch nicht verdenken, daß er jetzt nicht an zweite Stelle rücken wolle, wo er seit des Vaters Tod doch allein an der Spitze gestanden habe. Dem Vater habe er sich wohl früher unterordnen können, aber er selbst sei zu jung, um von Arthur zu verlangen, daß er sich von ihm abhängig mache.

»Wir haben uns ganz friedlich darüber ausgesprochen und geeinigt. Eventuell will Arthur in eine andere Firma eintreten, vielleicht werdet ihr in eine Großstadt übersiedeln, Melanie.«

Frau Melanie hörte nur aufatmend, daß ihr Mann und ihr Bruder sich friedlich geeinigt hatten, das war ihr eine Erlösung. Alles andere kümmerte sie wenig. Sie würde sich in alles fügen, was ihr Gatte beschlossen hatte.

Jolante klatschte in die Hände.

»Oh, Mama, vielleicht kommen wir nach Berlin! Das wäre herrlich! Hier ist es nämlich schrecklich langweilig, Onkel Lutz, es ödet mich entsetzlich an. Zumal jetzt in der Trauerzeit. Denke dir mein Pech, Großvater hatte mir kurz vor seinem Tode eine Winterreise nach St. Moritz versprochen und konnte dann selbstverständlich sein Versprechen nicht halten. Denkst du nun, Papa hätte das nötige Geld dazu herausgerückt? Ausgeschlossen! Und so sitze ich hier fest. Mama hätte mich sehr gern begleitet, es hätte ihr auch sehr gut getan, mal eine andere Luft zu atmen als die hiesige.«

Lutz sah nachdenklich in Jolantes Gesicht. Hier war vielleicht eine Gelegenheit, die Schwester mit Jolante auf einige Zeit aus dem Wege zu schaffen, damit sie nichts merkte von seinem Verhältnis Mertens gegenüber.

»Nun, Jo, wenn ich mich nun als guter Onkel bei dir einschmeichelte und dich mit deiner Mutter auf einige Wochen nach St. Moritz schickte auf meine Kosten! Schnee gibt es da sicherlich noch genug, trotzdem hier der Winter bald vorüber sein wird.«

Jolante jubelte laut auf und fiel ihm um den Hals.

»Herrlich! Du bist ein famoser Mensch, du gefällst mir. Mama, wann werden wir reisen?«

»Aber Jo, laß mich doch erst zu Verstand kommen, ich weiß ohnedies nicht, wo mir der Kopf steht. Ich will auch nicht gleich von Onkel Lutz fort. Und dann – Papa braucht mich jetzt sicherlich sehr nötig, wo eine so große Veränderung bevorsteht.«

»Ach, glaube das doch nicht, Mama, wenn Männer wichtige Geschäfte haben, sind die Frauen nur im Wege. Und du könntest dich noch ein bißchen stärken, ehe die Übersiedlung deine Kräfte in Anspruch nimmt. Acht Tage bewillige ich dir zu zärtlichem Gedankenaustausch mit deinem Bruder. Dann aber auf nach St. Moritz!«

Auch Lutz unterstützte Jolantes Bitte, er rechnete aus, daß die

Schwester dann so lange fernbleiben könne, bis er abreiste, um Dolores zu holen, und um seine Geschäfte drüben abzuwickeln. Dann kam er nicht in ihrer Gegenwart mit Mertens zusammen.

Melanie hätte Jolante gern ihren Wunsch erfüllt, aber sie war noch ganz aus den Fugen und unfähig, einen Entschluß zu fassen, ohne ihren Gatten zu fragen. So sagte sie schließlich:

»Nun gut, wenn Papa zustimmt, dann reisen wir.«

Jolante zog ein Mäulchen und meinte seufzend:

»Dann wird's natürlich wieder Essig!«

Lutz aber lachte und sagte:

»Ich übernehme die Garantie, daß dein Vater einwilligt, Jo.«

Sie sah ihn bewundernd an:

»Du imponierst mir, Onkel Lutz, und somit bist du der erste Mann, der das fertigbringt. Schade, daß man seinen Onkel nicht heiraten kann. Aber am Ende bist du schon verheiratet?«

»Ich war es, Jo – meine Frau ist leider gestorben.«

Und er berichtete kurz von seiner Rettung durch seine Frau und von seinem Leben und Treiben in Brasilien. Er tat es aber in anderer Art, als er es diese Nacht Eva Maria und Hans berichtet hatte. Es klang viel kühler und sachlicher. Vor Menschen, die ihm innerlich nicht nahestanden, verschloß er seine Gefühle. Mit Bedauern hatte er gemerkt, daß seine Schwester ihm fremd geworden war, daß ihre Freude darüber, daß er lebte, sehr durch ihre Unruhe gedämpft wurde, wie wohl ihr Gatte darüber denken mochte. Für sie existierten eben nur ihr Mann und ihre Kinder. Er nahm es ihr nicht übel, fand sich nur damit ab, indem er sein Innerstes nicht preisgab. Und Jo? Nun, sie machte wenigstens kein Hehl daraus, daß sie für Gefühle nicht viel übrig habe.

Melanie fragte nun:

»Du warst also schon bei Eva Maria und Hans? Sie waren sicherlich ebenfalls überrascht?«

»Mein erster Weg führte mich allerdings zu meinem Vaterhause, Melanie, das kannst du dir denken.«

Und nun fiel ihm ein, daß er Eva Maria heute morgen versprochen hatte, bei seiner Anwesenheit in Villa Melanie Jolante möglichst schonend von ihrer Verlobung mit Ralf Mitteilung zu machen. Und so fuhr er fort:

»Ich kam übrigens gestern abend gerade zu einer Familienfeier in Villa Rodenberg zurecht.«

Mutter und Tochter staunten.

»Eine Familienfeier? Wie meinst du das, Onkel Lutz? Geburtstag haben doch weder Hans noch Eva Maria jetzt.«

»Es war auch keine Geburtstagsfeier, sondern eine Verlobungsfeier.«

Jolante sah ihn fragend an.

»Eine Verlobung? Hat Eva Maria sich vielleicht verlobt? Denn Hans kommt doch nicht in Frage.«

»Ja, Eva Maria.«

»Das begreife ich nicht. So schnell? Mit wem hat sie sich denn verlobt, Onkel Lutz?«

»Mit dem Ingenieur Doktor Bernd.«

Jolante zuckte leise zusammen, und ihre Lippen preßten sich aufeinander. Lutz, der von Eva Maria gehört hatte, daß Jolante Ralf hatte heiraten wollen, staunte über ihre Selbstbeherrschung. Frau Melanie aber sah besorgt zu ihrer Tochter hin und war ziemlich fassungslos. Jolante brachte es aber fertig, ein ganz gleichgültiges Gesicht zu zeigen, obwohl es momentan in ihr stürmte und tobte. Also war es doch Eva Maria gewesen? Da konnte sie leicht ruhig dabei bleiben, als sie von ihr hörte, daß Ralf eine andere liebe. Ralf Bernd hatte ihr nur nicht verraten wollen, daß es Eva Maria war, die er liebte. Liebte? O nein, wer glaubte daran, er hatte eben weise erwogen, daß Eva Maria vorzuziehen war, weil sie ihr Erbe bereits hatte antreten können.

»Na, meinen Segen!« rief sie plötzlich hart und laut.

Und sie nahm sich vor, Eva Maria nicht den Gefallen zu tun, sich über diese Verlobung zu ärgern. Pöh! Man ging nach St. Moritz, da konnte man Verehrer haben, so viele man wollte. Mochte Eva Maria mit ihrem langweiligen, korrekten Doktor glücklich werden. Das Erwachen würde früh genug kommen, er war eben ein scheinheiliger Heuchler – wie alle Männer. Zu beneiden war die Cousine jedenfalls nicht. Damit machte Jolante einen Schlußpunkt unter diese Enttäuschung. Sie plauderte in ihrer burschikosen Art noch eine Weile mit Onkel Lutz, versuchte, ihm mit ihrer modernen Weltanschauung zu imponieren, was ihr aber mißlang, da er lachend erklärte, er sei etwas mißtrauisch gegen eine solche Weltanschauung einer jungen Dame, bevor sie nicht den Beweis erbracht hätte, daß sie genau verstünde, was eine Weltanschauung sei. Sie wollte schmollen, mußte aber dann lachen. Onkel Lutz gefiel ihr immer mehr. Als er sich nach etwa einer Stunde verabschiedete, erbot sie sich, da er den Wagen fortgeschickt hatte, ihn ein Stück Wegs zu begleiten. Er nahm dankend an. Als sie allein waren, sagte sie unbekümmert:

»Sag mal, Onkel Lutz, bist du mit Papa wirklich so friedlich übereingekommen bezüglich seines Austritts aus den Werken, oder hat es Krach gegeben?«

Er sah sie amüsiert an.

»Nein, es hat keinen Krach gegeben – aber – ein bißchen heiß ist es hergegangen. Unter uns – dein Vater ist nicht sehr entzückt von meinem Auftauchen.«

Sie nickte.

»Das dachte ich mir!«

»Du scheinst ein recht verständiges Mädchen zu sein, Jo, trotz deiner modernen Weltanschauung. Und da du mir angeboten hast, mir gelegentlich deine Dankbarkeit zu beweisen dafür, daß ich dir die Reise nach St. Moritz schenke, möchte ich dich gleich beim Wort nehmen. Willst du mir einen Gefallen tun?«

»Gern, wenn ich kann.«

»Nun, so versuche, deine Mutter möglichst lange in St. Moritz festzuhalten, es kommt mir nicht auf ein paar Tausender an. Ganz offen, wenn es auch nicht direkt einen Krach gegeben hat, so ist doch die Sache aus gewissen Gründen auch nicht ganz friedlich abgegangen.«

»Also – kurz heraus, Papa ist sauer, daß er nicht mehr Alleinherrscher ist. Ich verstehe!«

»Nun, nehmen wir an, daß es so ist, wie du sagst. Ich möchte aber deiner Mutter ersparen, daß sie merkt, daß wir etwas verknurrt sind, dein Vater und ich. Du weißt, sie ist eine friedliebende Seele, und es soll ihr nicht weh getan werden, wenn es sich verhüten läßt. Ich möchte deshalb möglichst wenig in Gegenwart deiner Mutter mit deinem Vater zusammentreffen. Wenn du mir dazu etwas helfen könntest?«

Sie sah ihn nachdenklich an.

»Ich will Hase heißen, Onkel Lutz, wenn mein Erzeuger nicht irgendwas angestellt hat. Das Ganze sieht mir doch sehr nach Strafversetzung aus. Aber – ich frage nicht weiter, will mir das letzte Restchen Respekt vor meinem Vater nicht selber rauben.

Mama darf aber davon nichts erfahren; wenn sie ihren Mann nicht mehr anbeten kann, geht für sie die Welt unter.«

Er sah sie mit ernsten Augen an.

»Du bist unheimlich klug für deine Jahre.«

Es war fast ein Ausdruck des Schmerzes, der um Jolantes Lippen bebte.

»Warum bin ich denn hinter meine moderne Weltanschauung geflüchtet, Onkel Lutz? Weil ich zu klug bin, um zu wollen, daß ich auch mal so eine arme Sklavin werde wie meine Mutter. Ich will mir wenigstens keine Illusionen machen. Ja, ich bin zu klug, um nicht zu erkennen, daß bei uns eine gräßliche Komödie gespielt wird, ich will nicht sagen, von wem. Und das macht einen schlecht und bösartig. Neulich hat mir Eva Maria mal furchtbar ernsthaft und lieb ins Gewissen geredet, und wenn sie mir inzwischen auch einen Streich gespielt hat, schadet nichts, ich hätte ihr den gleichen Streich gespielt. Aber, was sie mir da gesagt hat, hat mir plötzlich die Augen darüber geöffnet, wie schlecht ich geworden bin. Und ich habe seither viel darüber nachdenken müssen und weiß nun, woher das kommt. Es ist im Grunde nichts als Empörung, daß meine Mutter sich so geduldig alles gefallen läßt. Aber, laß uns nicht mehr davon sprechen, es nützt nichts. Und, was an mir liegt, soll geschehen, um Mama recht lange in St. Moritz zu halten. Es ist so komisch, wenn sie längere Zeit nicht unter Papas Einfluß steht, dann lebt sie immer förmlich auf und wird ein ganz anderer Mensch. Es wird ihr guttun. Nur mußt du uns die oberhoheitliche Erlaubnis von Papa verschaffen, denn ohne diese bringen wir Mama nicht fort.«

Lutz hatte Jolante mitleidig angesehen. Er verstand sie, verstand auch das, was sie nicht aussprechen wollte, da er ihren Vater kannte. Schade um das gute Wesen, was in Jolante verborgen lag, es lohnte sich, das zutage zu fördern. Eva Maria hatte recht, Jolante war besser, als sie scheinen wollte. Aber er sprach das nicht aus, weil er fühlte, daß sie Mitleid nicht vertragen würde. Aber er nahm sich vor, in dieser jungen Seele nach Gold zu schürfen. Vielleicht konnte man sie später eine Weile aus dem elterlichen Hause lösen und sie zurückholen.

Jetzt sagte er nur:

»Über all das sprechen wir gelegentlich noch, Jolante, und, glaube mir, Eva Maria steht dir im Herzen sehr viel näher, als du glaubst. Wenn du gehört hättest, was sie mir über dich gesagt hat. Sie glaubt fest an das Gute in dir – und – ich tue das auch. Und die Erlaubnis deines Vaters verschaffe ich dir.«

Er sah, daß sie mit einer tiefen Bewegung kämpfte, sah, daß sie hastig eine Träne fortwischte.

Aber dann zwang sie sich schnell wieder zu ihrem alten Tone.

»Wenn du das fertigbrächtest? Nimm dir nicht zu viel vor, Papa hat einen Dickkopf.«

»Ich auch – und was ich verspreche, halte ich.«

Jo staunte ihn an.

»Also, wie gesagt, du imponierst mir, und es ist nur schade, daß ich dich nicht heiraten kann.«

»Oh, Jo, das würde dir nicht gefallen, erstens bin ich viel zu alt für dich, und zweitens müßtest du dann deine ganze moderne Weltanschauung über Bord werfen.«

Sie sah ihn seltsam an.

»Um einen Mann wie dich lohnt es sich vielleicht. Und außerdem – ich merke, daß meine moderne Weltanschauung in letzter Zeit doch einen Knacks bekommen hat.«

Er faßte ihre Hand mit festem Druck.

»Scherz beiseite, Jo, du wirst glücklicher werden, wenn du versuchst, ohne sie auszukommen.«

Es zuckte um ihre Lippen, und ein tiefer Seufzer hob ihre Brust.

»Mal sehen, was sich tun läßt. Also, ich halte Mama in St. Moritz fest, solange du willst, und wenn ich mich krank ins Bett legen müßte.«

»Das wird hoffentlich nicht nötig sein.«

Sie plauderten noch eine Weile, er erzählte ihr von Armada, von den weiten Campos, über die die Pferde dahinstürmten, und von dem Silberbergwerk, das seiner Stieftochter gehörte. Sie lauschte aufmerksam, und ihre Augen glänzten.

»Da möchte ich mal einige Ferienwochen verbringen«, sagte sie lachend.

»Es ist sehr einsam und abgelegen.«

»Oh, ich dachte mir die Campos belebt von glutäugigen Portugiesen, von Reitern, die auf ungesattelten Pferden dahinstürmen.«

»Das tun die Pferdehirten allerdings, und sogar meine kleine

Dolo, die eine verwegene Reiterin ist, reitet auf ungesattelten Pferden und wirft den Lasso. Aber die Pferdehirten würden dir nicht gefallen, und elegante Kavaliere gibt es dort überhaupt nicht.«

Sie zog ein Mäulchen.

»Dann danke ich!«

Und lachend plauderte sie weiter. Aber in ihren Augen lag immer noch der ihnen sonst fremde sinnende Ausdruck.

XXIII

Jolante reiste wirklich schon nach einigen Tagen mit ihrer Mutter nach St. Moritz ab. Zu ihrem Erstaunen hatte ihr Vater ohne weiteres eingewilligt. Mertens war es eine Erleichterung, jetzt nicht immer den sorgenden Augen seiner Gattin ausgesetzt sein zu müssen. Auf ihre Frage, warum er seine Position so schnell aufgegeben habe, sagte er mit erzwungenem Lächeln: »Es lockt mich mehr, mein eigener Herr zu sein. In meinem Alter beugt man sich nicht gern einem neuen Herrn, der noch dazu jünger ist als ich. Und dann – ich werde mich bemühen, in Berlin etwas zu finden. Jo wollte doch immer gern nach Berlin, und dort findet sie eher einen Mann nach ihrem Geschmack, man muß auch ein wenig an seine Kinder denken.«

Seine Frau war darüber sehr gerührt; Jolante aber, die das hörte, war so erstaunt, daß ihr die schnoddrige Antwort verging. Die Milde ihres Vaters und sein Vorgehen, daß er ihretwegen nach Berlin übersiedeln wolle, erschienen ihr sehr verdächtig. Sie kannte ihn leider zu gut, um das glauben zu können.

Also, wie ich schon Onkel Lutz gesagt habe, das Ganze sieht einer Strafversetzung verflixt ähnlich. Sicherlich hat Papa irgend etwas angestellt, so daß man ihm den Laufpaß gegeben hat, dachte sie. Und so hatte sich alles glatt abgewickelt. Jolante war auch zur Villa Rodenberg hinübergegangen, mit einem großen Blumenstrauß, und hatte Eva Maria zur Verlobung gratuliert. Kein Wort hatte sie geäußert, daß Eva Maria nicht offen ihr gegenüber gewesen sei; sie war ehrlich genug, sich zu sagen, daß sie das sich selbst durch ihr Verhalten verscherzt hatte. Aber sie küßte Eva Maria sehr herzlich und sagte lächelnd:

»Ich denke, ihr zwei paßt sehr gut zusammen. Und selbstverständlich werde ich Brautjungfer zu deiner Hochzeit.«

Eva Maria fiel ein Stein vom Herzen, daß Jolante so leicht darüber hinweggekommen war, und sie küßte sie ebenso herzlich.

»Es macht mich froh, daß du diesen Wunsch aussprichst, Jo.« —

Als Jolante und ihre Mutter abgereist waren, lebte Arthur Mertens sehr zurückgezogen. Er fuhr nur einige Male nach Berlin, um neue Verbindungen anzuknüpfen. Das geschah wieder einmal, kurz bevor seine Frau und seine Tochter heimkehren sollten. Lutz hatte sich bereits zur Abreise nach Brasilien entschlossen, um seine Stieftochter zu holen. Mertens benutzte immer sein Auto auf diesen Fahrten nach Berlin, und diesmal sollte ihn das Schicksal ereilen, das er seinem Neffen zugedacht hatte. Sein Auto stieß an einem Bahnübergang mit einem Güterzug zusammen, und er konnte nur tot unter den Trümmern des Autos hervorgezogen werden, während sein Chauffeur wie durch ein Wunder mit einer unbedeutenden Fleischwunde davonkam. Die Kunde von dem Unglücksfall wurde den Rodenberg-Werken gemeldet.

Lutz Rodenberg, sein Neffe Hans und Ralf Bernd sahen sich mit großen Augen an, als diese Kunde eintraf. Jeder von ihnen sah ein Gottesgericht in diesem Unfall.

Lutz wurde dadurch in die traurige Lage versetzt, nach St. Moritz zu reisen und seiner Schwester und Jolante die Trauernachricht bringen zu müssen. Er mußte seine Abreise deshalb noch einige Tage verschieben. Frau Melanie erlag fast diesem Schicksalsschlag.

Sie war in so guter Stimmung gewesen, weil Jolante in St. Moritz sich wirklich ehrlich in einen jungen Mann verliebt hatte, der sie sehr schick und amüsant fand und sie wiederliebte. Gerade in diesen Tagen hatte sich der junge Mann erklärt, und Melanie hatte ihre Zustimmung gegeben unter der Voraussetzung, daß ihr Mann einwilligen würde. Der Brief, in dem sie ihren Gatten um sein Jawort bat, hatte diesen nicht mehr erreicht.

Die Verhältnisse des jungen Mannes waren zufriedenstellend, er war aus guter Familie, der einzige Sohn eines reichen Fabrikanten. Er hieß Heinz Vollmer und war ein lustiger, sehr sympathischer Mensch, der auch Lutz sehr gut gefiel.

Die Todesnachricht ihres Vaters fiel wie ein Schatten auf Jolantes junges Glück, aber sie kam viel leichter darüber hinweg als die Mutter. Sie war viel weicher und weiblicher geworden und hatte ihre moderne Weltanschauung als überflüssigen Ballast über Bord geworfen, schon ehe ihre Verlobung perfekt wurde, und wahrscheinlich hatte gerade das dazu beigetragen, daß sie Heinz Vollmer gefesselt hatte.

Arthur Mertens' Tod hinterließ bei niemand eine Lücke außer bei seiner Frau, und selbst diese kam leichter darüber hinweg, als man gefürchtet hatte, vielleicht deshalb, weil sie sich in dieser Zeit viel inniger an Jolante angeschlossen hatte und sich jetzt sehr gut mit ihr verstand. Jo zeigte sich der Mutter wirklich als ein Trost und eine Stütze, es war, als sei ihr die Mutter jetzt nähergerückt, weil sie nicht mehr so sklavisch an ihrem Manne hing.

Lutz nahm die beiden Damen mit nach Hause, und obwohl nun die Veröffentlichung von Jolantes Verlobung aufgeschoben werden mußte, erwartete man doch in nächster Zeit den Besuch Heinz Vollmers und seines Vaters, der die künftige Schwiegertochter kennenlernen wollte. Die beiden Herren, Vater und Sohn, wurden während ihres Aufenthaltes als Gäste in Villa Rodenberg beherbergt.

Dadurch kam auch ein innigeres Verhältnis zwischen Eva Maria und Jolante zustande.

Es war nun keine Rede mehr davon, daß Frau Melanie ihr Heim verlassen sollte, aber sie war einverstanden, daß Lutz ihr Villa Melanie abkaufte, und daß sie gewissermaßen als seine Hausdame bei ihm blieb. Das Inventar der Villa wurde zum großen Teil Jolante zur Verfügung gestellt, wenigstens was die kostbaren Stücke betraf. Ein anderer Teil wurde für Egon in einem Speicher aufbewahrt, bis dieser eine Rechtsanwaltspraxis eröffnen würde. Frau Melanie behielt nur die Ausstattung ihrer Zimmer und was sie persönlich gebrauchte. Lutz wollte sich Villa Melanie nach eigenem Geschmack einrichten lassen. Das alles sollte geschehen, während er über das Meer fuhr, um Dolo nach Deutschland zu holen und drüben die Geschäfte nach bestem Wissen und Können für seine Stieftochter und auch in seinem eigenen Interesse zu ordnen. Er wollte wohl seinen dauernden Aufenthalt in den Rodenberg-Werken nehmen, wollte aber jedes Jahr einmal drüben nach dem Rechten sehen. Aufgeben wollte er das einträgliche Silberbergwerk noch nicht, denn er sagte sich, vielleicht würde Dolores eines Tages einen Mann heiraten, der es weiterführen könne.

Eva Marias Hochzeit sollte erst stattfinden, wenn Lutz mit Dolores zurückgekommen war. Erstens war das Trauerjahr um Georg Rodenberg noch nicht vorbei, dann wollte man auch Tante Melanies Trauer Rechnung tragen. Doktor Ralf Bernd war zum Direktor der Werke ernannt worden und sollte während Lutz Rodenbergs Abwesenheit mit Hans und den leitenden Beamten die Werke führen. Ein neuer kaufmännischer Direktor, der prima Referenzen vorlegen konnte, war bereits engagiert und zeigte sich als hervorragende Kraft. So war Arthur Mertens auch hier völlig ersetzt. Sein Tod hatte auf einfache Art alle Konflikte, die sich vielleicht hätten ergeben können, gelöst.

Lutz reiste nach herzlichem Abschied von seinen Angehörigen nach Hamburg, um sich dort mit einem deutschen Dampfer einzuschiffen.

Eva Maria und Ralf hatten sich dareingefügt, daß der Termin ihrer Hochzeit noch um einige Monate verschoben wurde. Ihre Brautzeit war eine so wundervolle, daß sie es nicht gar so schwer empfanden. Hans freute sich heimlich auf die Ankunft von Dolores Vanzita, aber kein Mensch ahnte etwas davon. Niemand wußte auch, daß er sich täglich in das Zimmer seines Onkels Lutz geschlichen und dort das aufgestellte Bild von Dolores lange Zeit immer wieder betrachtet hatte. Um keinen Preis hätte er das verraten, er zeigte immer ein sehr gleichgültiges Gesicht, wenn von Dolores gesprochen wurde.

Aber während Lutz Rodenbergs Abwesenheit kaufte er sich ein Reitpferd und nahm Reitunterricht – er wußte ja, daß Dolores eine exzellente Reiterin sei. Niemand ahnte aber, daß er nur ihretwegen darauf gekommen war, Reitunterricht zu nehmen, es fiel auch weiter nicht auf, da es ja bei der Ausdehnung der Werke sehr praktisch für ihn war, ein Reitpferd zu besitzen.

Im ganzen fühlte sich Hans jetzt wie neugeboren, da er das beklemmende Gefühl los war, immer von einer ungewissen Gefahr bedroht zu sein. Aber er war etwas unduldsam den Zärtlichkeiten des Brautpaares, Ralf und Eva Maria, gegenüber.

»Brautleute sind im Grunde ein schrecklicher Umgang für vernünftige Menschen, ich möchte nur wissen, ob ich als Bräutigam einmal in so rosenroten und himmelblauen Wolken schwebe«, sagte er eines Tages. Und dabei mußte er seltsamerweise an Dolores Vanzita denken. Ralf und Eva Maria lachten darüber, sahen sich glückstrunken in die Augen und küßten sich.